SolidWorks 基础与应用精品教程

张忠将　编

U0095336

机 械 工 业 出 版 社

本书结合 SolidWorks 软件的实际应用，按照实用、易学、易用的要求，详细介绍了 SolidWorks 软件的基础知识、草图的绘制、基础特征、附加特征、参考几何体和特征编辑、曲线与曲面建模、工程图、装配等内容。

本书每章都配有典型实例，让读者对该部分内容有一个实践演练和操作的过程，以加深对书中知识点的掌握。在本书光盘中配有素材、演示视频、范例设计结果和练习题答案等，可使读者通过各种方式来学习本书的内容。

本书内容全面，条理清晰，实例丰富，可作为大中专院校的 CAD/CAE 课程教材，也可作为广大工程技术人员和广大在校生的自学参考书。

图书在版编目（CIP）数据

SolidWorks 基础与应用精品教程/张忠将编. —北京：机械工业出版社，2010.6
ISBN 978-7-111- 31041-9

Ⅰ. ①S… Ⅱ. ①张… Ⅲ. ①计算机辅助设计—应用软件，SolidWorks—教材
Ⅳ. ①TP391.72

中国版本图书馆 CIP 数据核字（2010）第 115084 号

机械工业出版社（北京市百万庄大街 22 号　邮政编码 100037）
策划编辑：徐　彤　郎　峰　责任编辑：王华庆
版式设计：霍永明　　　　　责任校对：姜　婷
封面设计：饶　薇　　　　　责任印制：杨　曦
北京中兴印刷有限公司印刷
2010 年 11 月第 1 版第 1 次印刷
210mm×285mm · 18.25 印张 · 555 千字
0 001—4 000 册
标准书号：ISBN 978-7-111- 31041-9
　　　　　ISBN 978-7-89451-579-7（光盘）
定价：39.00 元（含 1CD）

凡购本书，如有缺页、倒页、脱页，由本社发行部调换
电话服务　　　　　　　　　网络服务
社服务中心：(010)88361066
销 售 一 部：(010)68326294　门户网：http://www.cmpbook.com
销 售 二 部：(010)88379649　教材网：http://www.cmpedu.com
读者服务部：(010)68993821　**封面无防伪标均为盗版**

前　言

SolidWorks 公司成立于 1993 年，致力于为工程师和设计人员提供设计全世界最好产品的工具。1995 年，SolidWorks 软件的第一个版本推向市场，由于不需要昂贵的硬件和软件即可对其进行操作，而且价格适中，在短短的两年时间内，它就赢得了业界的广泛赞誉，使 SolidWorks 公司成为 CAD/CAM 产业中获利最高的公司，也为设计软件的易用性树立了一个新的基准。从 1995 年至今，SolidWorks 软件累计获得了 17 项国际大奖，其中，仅从 1999 年起，美国 CAD 专业权威杂志《CADENCE》即连续 4 年授予 SolidWorks 软件最佳编辑奖，以表彰 SolidWorks 软件的创新、活力和简明。

现在，作为 CAD 技术的先导者，SolidWorks 软件在生产领域拥有全球化程度最高的用户，而且还为设计软件在全球教育市场上的普及率树立了一个基准。在我国通过 SolidWorks 的专业考试后，可以免试国家机械工程师 3D 的设计认证考试。公司在招聘具备 3D 设计经验的人才时，掌握 SolidWorks 软件的使用方法已成为对应聘者最普遍的一项要求。

笔者撰写本书的目的在于，用最简明的语言和图例介绍 SolidWorks 软件的使用方法，并结合一些操作对 SolidWorks 软件中少数不易理解的功能进行重点讲解。除此之外，为避免在学习过程中"眼高手低"的情况（如出现"讲座听得懂，看书看得懂，但却不会操作"的情况）发生，本书配有大量精彩实例及练习。这些实例既操作简单，又具有趣味性和挑战性，能够让读者"寄学习于娱乐中"，并能循序渐进、探寻宝藏似地掌握 SolidWorks 软件的使用方法。

本书在内容安排上循序渐进，由浅入深。全书共分为八章，其中第 1 章介绍了 SolidWorks 软件的基础知识，就像是介绍 Windows 操作系统的功能一样简单易懂；第 2 章介绍了草图绘制的方法；第 3 章介绍了五个基础特征的创建方法；第 4 章介绍了附加特征的创建方法；第 5 章介绍了特征的编辑方法，即对特征的修改和复制等；第 6 章介绍了曲线和曲面的建模方法；第 7 章介绍了工程图的创建；第 8 章介绍了组件装配的过程。

本书光盘中带有演示视频、素材、范例设计结果和练习题答案等。利用光盘中的这些素材和多媒体文件，读者可以像看电影一样轻松愉悦地学习 SolidWorks 软件的各项功能。

本书在编写过程中得到了姜鹏、秦苏情、顾升路、谢先军、张英豪、姜熙维、郭建超、毛志文、王铁明等人的帮助，在此表示衷心感谢。

由于 CAD/CAM/CAE 技术发展迅速，加之编者知识水平有限，书中难免有疏漏之处，敬请广大专家、读者批评指正或进行交流。

编　者

目 录

SolidWorks 2008 基础知识

本章内容提要

章前导读

本章主要讲述 SolidWorks 的基础知识，包括软件特点、常用术语、产品设计过程、工作界面、鼠标的使用和操作环境的设置等内容。

1.1 SolidWorks 概述

SolidWorks 是一款优秀的三维机械设计软件，通常被简称为 SW 软件。它可以帮助机械设计师、模具设计师、消费品设计师以及其他专业人员更快、更准确、更有效地将创新思想转变为市场产品。本节主要是从总体上介绍 SolidWorks。

1.1.1 SolidWorks、AutoCAD、Pro/E、UG 和 CATIA 的比较

SolidWorks、AutoCAD、Pro/E、UG 和 CATIA 是目前 CAD 领域应用最广的几种软件。AutoCAD 属于低端 CAD 软件，SolidWorks 属于中端 CAD 软件，Pro/E、UG 和 CATIA 属于高端 CAD 软件。它们的特点如下：

➤ AutoCAD 主要用于 2D 平面绘图，是 3D 绘图的基础，主要用于建筑、机械、装潢、暖通、服装等平面施工图的设计。

➤ SolidWorks 是最简单易学的 3D 绘图软件，其在钣金设计和出工程图方面使用起来非常方便，在机械、工业设备、家电产品等领域发挥着重要的作用。因为其简单易学，而且比较便宜，我国有较多的工程设计公司使用 SolidWorks。另外，通过 SolidWorks 的专业考试后，可以免试国家机械工程师 3D 的设计认证考试，具有良好的发展势头。

➤ 相对来说，Pro/E 的用户最多，属于较主流的 CAD 设计软件。Pro/E 主要应用于机械、电子和玩具行业。

➤ UG 的曲面功能较强，在模具和加工方面的表现要胜过 SolidWorks 和 Pro/E，但相对来说比较难学。UG 在汽车行业应用较多。

➤ CATIA 是较强的建模软件，在 3D 建模和分析领域功能强大，但对计算机配置要求较高，在我国的普及率不如 UG 和 Pro/E。CATIA 主要应用于飞机制造行业。

1.1.2　SolidWorks 的特征建模方式

SolidWorks 主要是通过特征来建立模型的。所谓特征，就是代表零件某一方面特性的操作，如"拉伸凸台/基体"特征就是将草图向一个方向或两个方向进行拉伸形成实体的操作，而"拉伸切除"特征则是通过拉伸草图切除实体的操作。SolidWorks 的零件设计流程如图 1-1 所示。

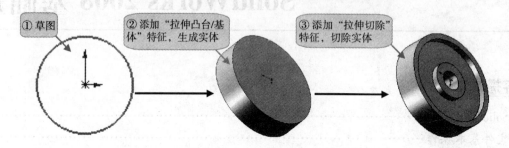

① 草图

② 添加"拉伸凸台/基体"特征，生成实体

③ 添加"拉伸切除"特征，切除实体

图 1-1　SolidWorks 的零件设计流程

在 SolidWorks 中，按照特征的性质不同，可将其分为基准特征、草绘特征与实体编辑特征等。

1）基准特征。在新建一个零件模型时，为了便于操作，系统提供了前视、上视和右视三个基准面，以及一个标准坐标原点，我们将其称为基准特征，如图 1-2 所示。此外，为了便于创建其他零件特征，用户还可以根据需要创建其他基准面、基准轴、基准点、基准坐标系等基准特征。

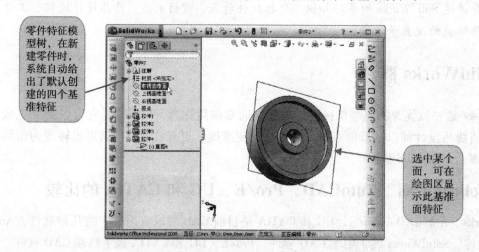

零件特征模型树，在新建零件时，系统自动给出了默认创建的四个基准特征

选中某个面，可在绘图区显示此基准面特征

图 1-2　新建零件时系统提供的基准面和基准坐标系特征

2）草绘特征。草绘特征是指在特征创建过程中，设计者必须通过草绘特征截面才能生成的特征，如"拉伸凸台/基体"特征、"旋转凸台/基体"特征、"扫描"特征和"放样凸台/基体"特征等。

3）实体编辑特征。实体编辑特征是指系统内部定义好的一些参数化特征。创建实体编辑特征时，设计者只要按照系统的提示设定相关参数，即可完成特征的创建，如"圆角"、"倒角"、"筋"、"抽壳"和"拔模"特征等。

　除此之外，SolidWorks 还为我们提供了对已创建特征进行整体操作的特征，如镜像与阵列特征等。

1.1.3　SolidWorks 特征间的关系

SolidWorks 主要是通过使用特征来创建三维图形的。这里需要注意的是：如果特征 1 取决于特征 2

而存在，则特征 1 是特征 2 的子特征或相关特征，而特征 2 就是特征 1 的父特征。

例如，图 1-3a 所示的"抽壳"特征是在第一个"旋转凸台/基体"特征形成的实体上创建的，所以"旋转凸台/基体"特征即是"抽壳"特征的父特征。用右键单击模型树中的特征名称，在弹出的快捷菜单中选中"父子关系"菜单项，打开"父子关系"对话框（见图 1-3b），在其列表中可以查看当前模型的父子关系。

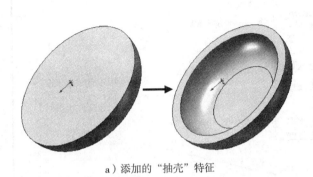

a）添加的"抽壳"特征　　　　　　　　b）"父子关系"对话框

图 1-3　特征的父子关系

父特征可以有多个子特征，子特征也可以有多个父特征。作为子特征的特征同时也可以是其他特征的父特征。

> 理解特征的父子关系很重要。例如，删除父特征时，其子特征将一同被删除；修改父特征时，如果需要的话，其子特征应同步修改，否则可能导致设计出错。

1.2　文件基本操作

在 SolidWorks 中，文件操作主要包括新建文件，打开和导入文件，保存、打包、关闭文件，以及文件间的切换等。下面介绍这些基础文件的操作。

1.2.1　新建文件

步骤 1　启动 SolidWorks 2008 后，系统将显示图 1-4 所示的操作界面，用左键单击 ☐（新建）按

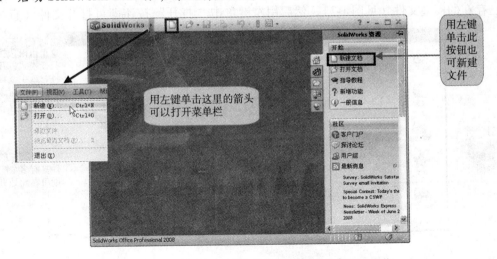

图 1-4　SolidWorks 2008 的启动画面和新建文件的操作

钮，或者选择"文件"→"新建"菜单，均可新建文件。

步骤 2 如图 1-5 所示，在打开的"新建 SolidWorks 文件"对话框中选择不同的按钮，可以新建不同类型的文件，这里保持系统默认，选择"零件"按钮，再用左键单击"确定"按钮即可新建零件文件。

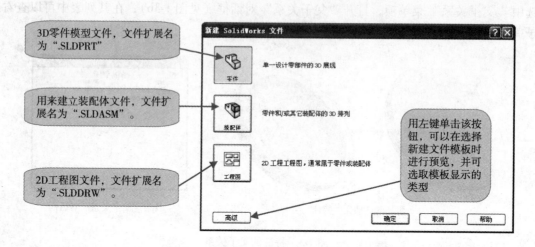

图 1-5 "新建 SolidWorks 文件"对话框

从"新建 SolidWorks 文件"对话框中可以看出，SolidWorks 可创建三种不同类型的文件，即零件、装配体和工程图。

> **提示** 第一次启动 SolidWorks 2008，并新建模型文件时，通常还会弹出"欢迎使用 SolidWorks"的操作界面，以及"单位和尺寸标准"对话框（见图 1-6），在此对话框中可以选择设置系统使用的初始单位和尺寸标准，通常只需保持系统默认，用左键单击"确定"按钮即可。

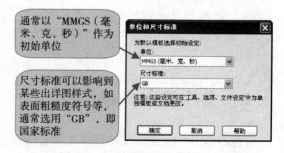

图 1-6 "单位和尺寸标准"对话框

1.2.2 打开文件

选择"文件"→"打开"菜单或在工具栏中用左键单击 📂（打开）按钮，在打开的"打开"对话框中选中已存在的模型文件（见图 1-7），然后用左键单击"打开"按钮即可打开文件（直接用左键双

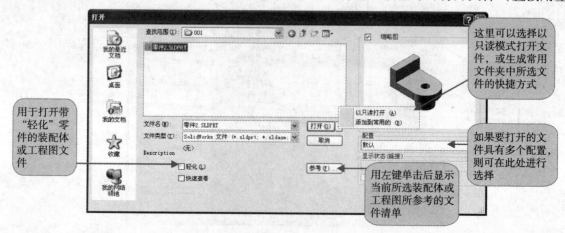

图 1-7 "打开"对话框

击文件，或将文件直接拖动到 SolidWorks 操作界面中也可打开文件）。

 另外，SolidWorks 也可导入其他工程软件（如 AutoCAD、Pro/E、UG 等）制作的模型文件，此时只需在打开文件时，在"打开"对话框的"文件类型"下拉列表中选择相应的文件类型即可。

1.2.3　保存文件

文件的保存十分简单，选择"文件"→"保存"菜单或用左键单击工具条中的 ￼（保存）按钮，即可完成文件的保存。如果需要将当前图形另存为一个文件，可选择"文件"→"另存为"菜单，打开"另存为"对话框（见图 1-8a），重新设置文件名、保存位置和文件类型，然后用左键单击"保存"按钮将文件保存。

需要注意的是，在此对话框中，选中"保存类型"下拉列表，可以实现 SolidWorks 文件的导出操作（见图 1-8b），可以将 SolidWorks 文件导出为 AutoCAD、Pro/E、UG、CATIA 和图片文件等多种类型。

a）"另存为"对话框　　　　　　　　　　　b）"保存类型"下拉列表

图 1-8　"另存为"文件对话框和"保存类型"下拉列表

 在有多个模型同时打开时，如果需要从一个文件切换到另一个文件，可打开"窗口"菜单，该菜单中包含了所打开的文件列表，用左键单击要切换的文件名便可以在不同的文件之间进行切换。

实例 1　自定义尺寸标准和视区背景

只有在第一次启动 SolidWorks 时，系统才要求我们对单位和尺寸标准进行设置，以后新建的文档都会默认使用此标准。那么要更改单位和尺寸标准设置，应如何进行操作？另外，应如何更改系统默认使用的视区背景？本实例将对这两个问题做出解答。

一、制作分析

单位、尺寸标准和视区背景可在同一个"系统选项"对话框中进行设置。在此对话框中，除了可以设置单位、尺寸标准以及视区背景外，还可对很多选项进行设置，如设置草图的捕捉类型和文件位置等。在学完本实例后，用户不妨按照自己的要求，对更多的选项进行设置。

二、制作步骤

步骤 1　打开"系统选项"对话框　新建一个零件类型的文件，选择"工具"→"选项"菜单，或者用左键单击工具栏的 ￼（选项）按钮，打开"系统选项"对话框，如图 1-9 所示。

步骤2 选择视区背景选项 具体步骤如图1-9中的①～③所示。

步骤3 设置背景颜色 具体步骤如图1-9中的④～⑥所示。

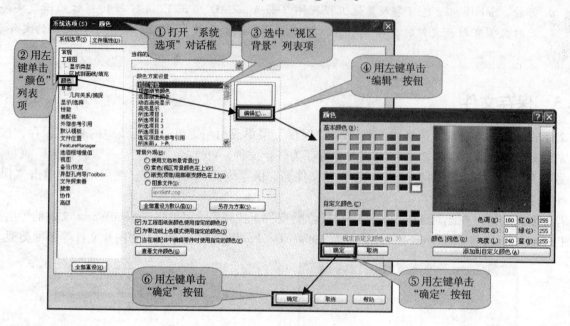

图1-9 设置"视区"颜色

步骤4 设置其他选项 在"系统选项"对话框中，用左键单击"文件属性"标签，切换到"文件属性"选项卡，在此选项卡中可以对图纸、材料属性和图像品质等进行设置。这里以设置"单位"列表项为例，具体步骤如图1-10所示。

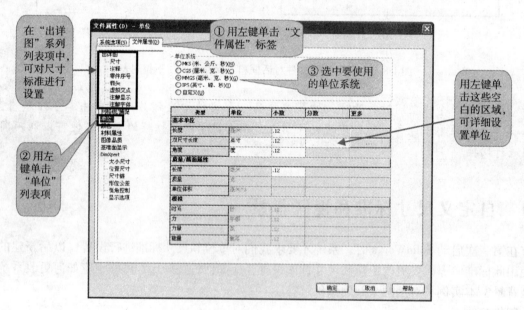

图1-10 设置单位和尺寸标准

1.3 SolidWorks 工作界面

通过对文件基本操作的讲解，我们知道 SolidWorks 可以创建三种不同类型的文件，即零件、装配体和工程图。针对不同的文件形式，SolidWorks 提供了对应的界面。下面以零件编辑状态下的主界面为例介绍 SolidWorks2008 的工作界面。SolidWorks2008 零件图工作界面如图 1-11 所示。

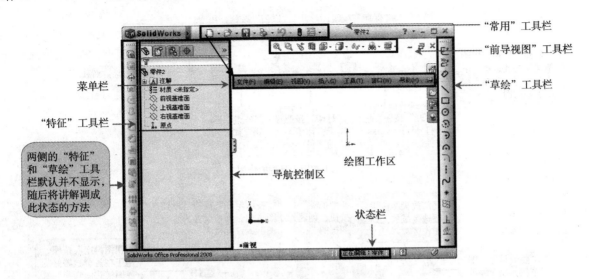

图 1-11 SolidWorks 2008 零件图工作界面

在零件编辑状态下，SolidWorks 的工作界面主要由菜单栏和工具栏、导航控制区、绘图工作区和状态栏组成。下面具体介绍各个组成部分的作用。

1.3.1 菜单栏和工具栏

与其他软件一样，SolidWorks 中的菜单栏提供了一组分类安排的命令，工具栏提供了一组常用操作命令。此外，在不同工作模式与状态下，SolidWorks 的菜单栏与工具栏内容会发生相应的变化，同时，如果某些工具按钮或菜单项呈浅灰色，表明该菜单或工具按钮在当前状态下无法使用。

下面首先简要介绍一下 SolidWorks 2008 零件图工作界面中各主要菜单项的作用。

➢ 文件：该菜单项主要提供了一组与文件操作相关的命令，如新建、打开、保存和打印文件等。

➢ 编辑：该菜单项提供了一组与对象和特征编辑相关的命令（如复制、剪切、粘贴）以及对模型进行压缩和解除压缩的命令等，另外还可设置模型的颜色。

➢ 视图：该菜单项提供了一组设置视图显示与视图调整相关的命令，如可设置在绘图工作区中是否显示基准面、基准轴、坐标系和原点等；也可通过此菜单项旋转、平移或缩放视图；另外，还可通过此菜单项捕获屏幕或录制视频等。

➢ 插入：利用该菜单项中的命令，可在模型中插入各种特征，以及通过该菜单项可将数据从外部文件添加到当前模型中。

➢ 工具：该菜单项提供了草图绘制和标注等命令，以及测量、统计和分析命令，另外还包括宏和系统自定义等命令。

➢ 窗口：该菜单项包含了一组激活、打开、关闭和调整 SolidWorks 窗口的命令，也可选取菜单底部的文件列表，以在打开的文件间进行切换。

➢ 帮助：该菜单项用来访问软件帮助主页，获取即时帮助，以及了解软件版本信息和客户服务信息等。

在图 1-11 中，系统提供了四个工具栏，其中"常用"工具栏和"前导视图"工具栏是默认打开的工具栏，分别用于文件操作和视图操作，如图 1-12 所示。可用右键单击顶部工具栏的空白处，在弹出的菜单中选中"草绘"或"特征"菜单项，打开"草绘"或"特征"工具栏。"草绘"工具栏用于绘制草图，"特征"工具栏用于创建特征。这两个是最常使用的工具栏，所以在绘制模型前可首先将其调出。

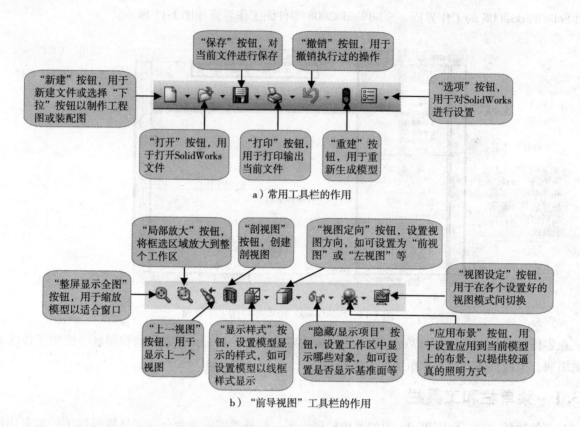

a）常用工具栏的作用

b）"前导视图"工具栏的作用

图 1-12　"常用"工具栏和"前导视图"工具栏的作用

　　除了图 1-12 显示的较常使用的模型绘制工具栏外，通常我们还可以使用"CommandManager"工具栏的强大功能绘制模型。用右键单击顶部工具栏的空白处选中"CommandManager"菜单项，便可以打开此工具栏。"CommandManager"工具栏如图 1-13 所示。

　　"CommandManager"工具栏是一个与当前绘制内容密切相关的工具栏，它可以推测用户的当前需要，从而动态更新工具栏上的显示内容。"CommandManager"工具栏默认将用户经常使用的按钮进行了分类，用左键单击"CommandManager"工具栏下面的选项卡，便可以在这些分类间进行切换。

图 1-13　"CommandManager"工具栏

> 　　为了进一步为图形区域节省空间，可以使用鼠标右键单击"CommandManager"工具栏，然后选中"使用带有文本的大按钮"菜单项，令"CommandManager"工具栏只显示图标形式的按钮。

　　用右键单击顶部工具栏的空白处，还可以在弹出的快捷菜单中选择使用其他工具栏，如曲线、曲面工具栏等。

1.3.2　导航控制区

　　导航控制区位于主操作界面的左侧，由 （FeatureManager）、 （PropertyManager）、 （ConfigurationManager）和 （DimXpertManager）四个选项卡组成，如图 1-14 所示。

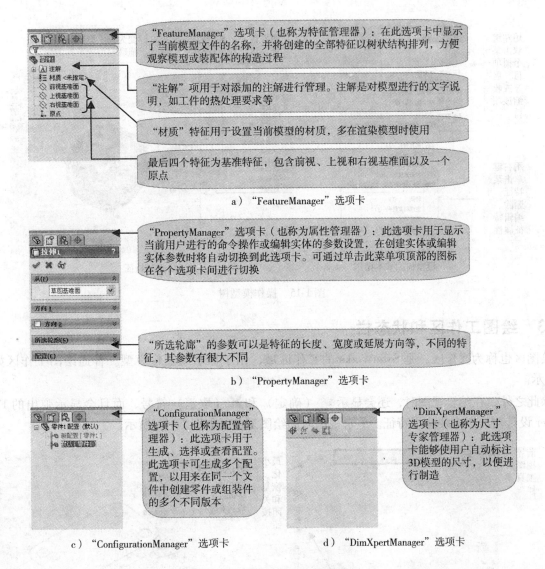

a）"FeatureManager"选项卡

b）"PropertyManager"选项卡

c）"ConfigurationManager"选项卡　　　　d）"DimXpertManager"选项卡

图 1-14　导航控制区中的选项卡

下面简要介绍一下模型树的使用要点：

➢ 通过左键双击某个树项目，展开或收缩该项目，如图 1-15a 所示。特征的子项目多为"草绘"特征，此处的特征是新创建的"拉伸"特征。

➢ 如果希望删除、编辑特征属性等，可在模型树中用右键单击该特征，然后从弹出的快捷菜单中选中相应的菜单项，如图 1-15a 所示。

➢ 在模型树中用左键单击某个特征时，可选中该特征，如图 1-15b 所示。

➢ 上下拖动模型树下端的线可以将某些特征暂时不纳入（或恢复）编辑状态，以方便运行插入、删除指定特征等编辑操作。

如图 1-15a 所示，用右键单击模型树中的某个特征时，除了弹出快捷菜单外，在其上方还弹出了一个快捷操作工具栏（选择特征时也可显示此工具栏），此工具栏是 SolidWorks 2008 提供的一个新功能。通过此工具栏，可以执行编辑特征、编辑草图、压缩、退回、隐藏、放大所选范围和正视图等操作。压缩的特征不被装入内存，可减少系统的运算量。在不同特征的不同状态下，所弹出的快捷操作工具栏会有所不同。

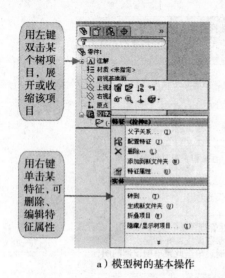

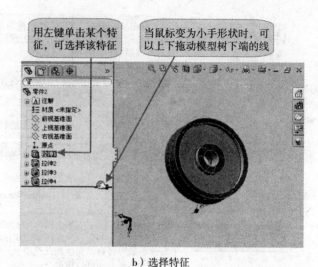

a）模型树的基本操作　　　　　　　b）选择特征

图 1-15　操作模型树

1.3.3　绘图工作区和状态栏

绘图区也称为操作区，是 SolidWorks 的工作区域，用于显示或制作模型。普通绘图工作区如图 1-16a 所示。

除此之外，在编辑视图时，还会显示 ✅（确定）和 ❌（取消）符号，而且会显示弹出的 Feature-Manager 设计树，以方便选择特征。编辑视图时的绘图工作区如图 1-16b 所示。

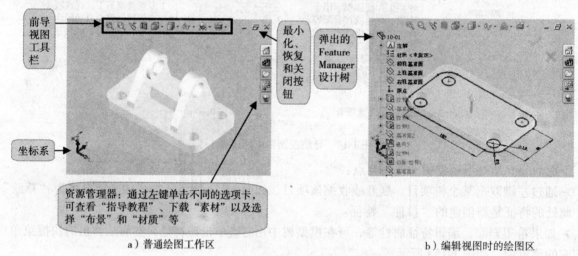

a）普通绘图工作区　　　　　　　　b）编辑视图时的绘图区

图 1-16　绘图工作区

状态栏位于 SolidWorks 主窗口最底部的水平区域，用于提供关于当前窗口编辑的内容状态，例如指示当前鼠标位置、草图状态等信息，如图 1-17 所示。

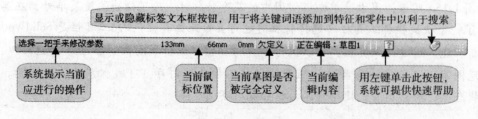

图 1-17　状态栏

1.4　视图的调整方法

在绘制与编辑图形时，为了便于操作，我们经常需要缩放、平移和旋转视图。使用 SolidWorks 提供的"前导视图"工具栏和"视图"菜单可对视图进行调整。此外，我们也可借助鼠标快速缩放、平移和旋转视图。

1.4.1　使用鼠标和键盘调整视图

在 SolidWorks 中，鼠标滚轮（同时又是鼠标中键）非常重要，使用它能够快速缩放、平移和旋转视图。鼠标滚轮的作用见表 1-1。

表 1-1　鼠标滚轮的作用

鼠标操作	作用	图例或说明
前后滚动鼠标滚轮	缩小或放大视图	应注意放大操作时的鼠标位置，SolidWorks 将以鼠标位置为中心放大绘图区域
按住鼠标滚轮并移动光标	旋转视图	视图旋转指示
使用鼠标滚轮选中模型的一条边，再按住鼠标滚轮并移动光标	将绕此边线旋转视图	视图绕此边线进行旋转指示
按住【Ctrl】键和鼠标滚轮，然后移动鼠标	平移视图	视图移动指示
按住【Shift】键和鼠标滚轮，然后移动光标	沿垂直方向平滑缩放视图	视图缩放指示
按住【Alt】键和鼠标滚轮，然后移动光标	以垂直于当前视图平面，以对象中心的直线为旋转轴旋转视图	视图绕轴旋转指示

在 SolidWorks 中，除了使用鼠标或通过键盘按键配合鼠标来调整视图外，还可以单独使用键盘快捷键快速地操作视图。键盘调整视图的操作见表 1-2。

表 1-2 键盘调整视图的操作

按　键	执　行　操　作
方向键	水平（左、右方向键）或竖直（上、下方向键）旋转对象
【Shift】＋方向键	水平（左、右方向键）或竖直（上、下方向键）旋转 90°
【Alt】＋左／右方向键	绕中心旋转（绕垂直于当前视图平面的中心轴旋转）
【Ctrl】＋方向键	平移
【Shift】＋【Z】或【Z】	动态放大（【Shift】＋【Z】键放大）或缩小（【Z】键缩小）
【F】	整屏显示视图
【Ctrl】＋【Shift】＋【Z】	显示上一视图
【Ctrl】＋【1】	显示前视图
【Ctrl】＋【3】	显示左视图
【Ctrl】＋【5】	显示上视图
【Ctrl】＋【7】	显示等轴测视图
【Ctrl】＋【8】	正视于选择的面
空格键	打开"方向"对话框

1.4.2　使用工具按钮调整视图

除了可以利用鼠标和键盘快速地调整视图外，通过左键单击"前导视图"工具栏中的工具按钮还可对视图进行更多的调整。"前导视图"工具栏在本章 1.3.1 节中已做过介绍，这里只对几个常用选项略加解释。

➤ 　：剖视图[○]按钮。该按钮被按下后，将在属性管理器中显示剖视图的属性设置操作界面，通过选择"剖面"，并输入不同的参数，最后用左键单击 ✔ （确定）按钮，即可创建模型的剖视图。创建剖视图的操作如图 1-18 所示。

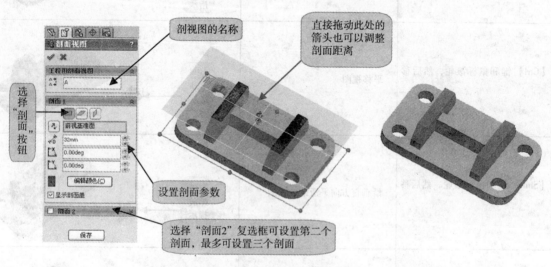

图 1-18　创建剖视图的操作

➤ 　："视图定向"按钮。该按钮被按下后，将弹出视图定向选择下拉菜单（见图 1-19a），通过左

键单击此菜单栏中的按钮，可将视图调整为上、下、左、右、前、后和轴测视图进行显示。视图调整后的效果如图 1-19b 所示。

在视图定向选择下拉菜单中，还可以选择▢（单一视图）、▤（二视图—水平）、▥（二视图—竖直）和▦（四视图）等按钮，将绘图工作区划分为多个工作区域（称为视口），以同时在多个方向显示和操作模型。选中"四视图"按钮时的工作区域如图 1-20 所示。

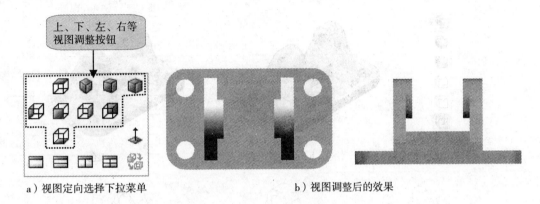

a）视图定向选择下拉菜单　　　　　　　b）视图调整后的效果

图 1-19　视图定向选择下拉菜单和视图调整后的效果

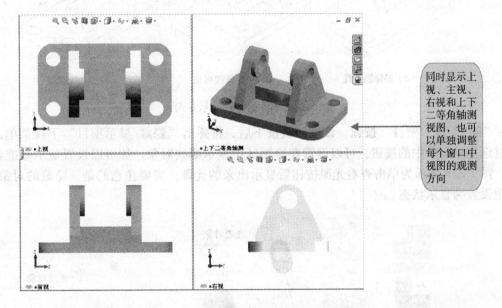

图 1-20　选中"四视图"按钮时的工作区域

用左键单击⊥（正视于）按钮后，可选择模型的某个面，以显示正视于此面的视图，如图 1-21 所示。

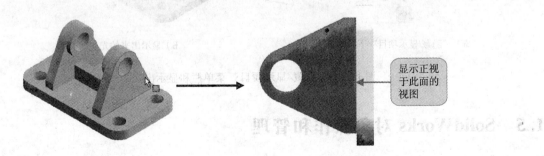

图 1-21　正视于某个面的视图定向操作

（链接视图）按钮在多视口显示状态下可用，用于使两个视口相同（如同为前视图）的视图同时变动。

➤ ：："显示样式"按钮。该按钮被按下后，将弹出显示样式选择下拉菜单，如图 1-22a 所示。下拉菜单中的按钮分别表示以带边线上色、上色、消除隐藏线、隐藏线可见和线架图模式显示零件模型。零件的各种显示方式如图 1-22b ~ 图 1-22f 所示。

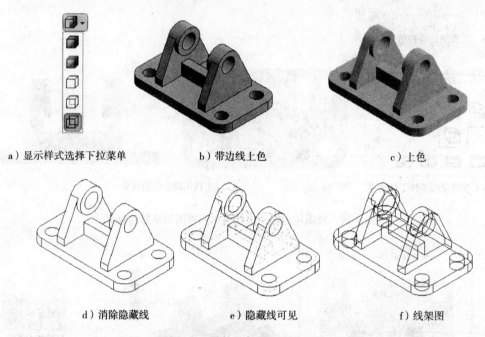

a）显示样式选择下拉菜单　　　　b）带边线上色　　　　c）上色

d）消除隐藏线　　　　e）隐藏线可见　　　　f）线架图

图 1-22　零件的各种显示方式

➤ ："隐藏/显示项目"按钮。该按钮被按下后，将弹出"隐藏/显示项目"下拉菜单，图 1-23a 所示。通过选择该菜单中的按钮，可以设置在绘图区中显示哪些对象，如可以设置显示基准轴、原点、坐标系等。图 1-23b 所示为单击查看光源按钮后显示出来的光源。需要注意的是，隐藏的对象无法通过此处的按钮设置为显示状态。

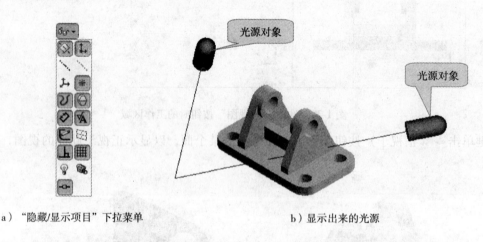

a）"隐藏/显示项目"下拉菜单　　　　b）显示出来的光源

图 1-23　"隐藏/显示项目"菜单栏和显示出来的光源

1.5　SolidWorks 对象操作和管理

在 SolidWorks 中，有一些常用的对象操作和管理方法，如创建对象的方法、鼠标和键盘的操作、选择和删除对象的方法等。灵活掌握这些操作，是学好 SolidWorks 的关键。

1.5.1　创建对象

在 SolidWorks 中，通常使用特征工具条中的按钮直接创建三维对象，⬛（拉伸凸台/基体）按钮和 ⬛（旋转凸台/基体）按钮是无需附着其他实体而能够在草图基础上直接创建实体的按钮。下面看一个使用"拉伸凸台/基体"按钮创建圆柱体的实例。

步骤1　新建一个"零件"类型的文件，用左键单击特征工具条中的"拉伸凸台/基体"按钮，然后在绘图区中选择一个基准面作为绘制拉伸凸台/基体草图的平面，如图 1-24 所示。

步骤2　选择基准面后，系统进入草绘模式，在此模式下用左键单击绘制圆按钮，以中心点为圆心，绘制一个圆，如图 1-25 所示。草图绘制完成后，用左键单击右上角的"确定"按钮，退出草绘模式。

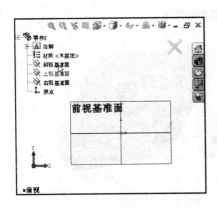

图 1-24　选择绘图平面

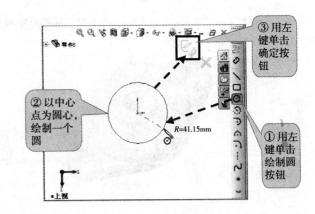

图 1-25　绘制圆的操作

步骤3　系统打开"拉伸"属性设置页面（见图 1-26a），设置拉伸高度为 100.00mm，然后单击绘图区右上角的 ✔（确认）按钮，完成圆柱体的绘制。其效果如图 1-26b 所示。

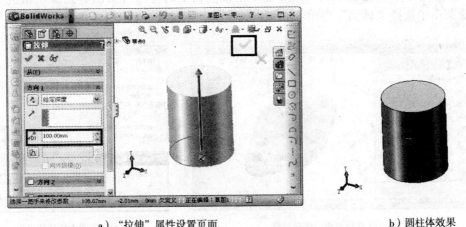

a）"拉伸"属性设置页面　　　　　　　　b）圆柱体效果

图 1-26　"拉伸"属性设置页面和圆柱体效果

1.5.2　选择对象

选择对象是一个很普遍的操作，下面来看一下选择对象的方法。

➢ 用鼠标左键单击：在绘图工作区利用鼠标左键单击可选择对象。按住【Ctrl】键，继续用左键单击其他对象可选择多个对象，如图 1-27 所示。

➤ 框选：可以通过拖动选框来选择对象。利用鼠标在对象周围拖出一个方框，方框内的对象将全部被选中。框选选择对象的操作如图 1-28 所示。另外，可以在选择对象时按住【Ctrl】键，通过拖动多个选框来选择多组对象。

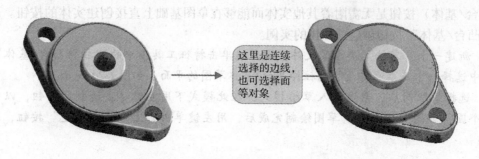

图 1-27　选择对象和选择多个对象的操作

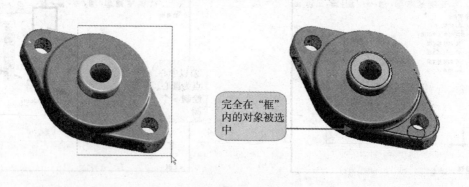

图 1-28　框选选择对象的操作

➤ 模型树选择：通过在 FeatureManager 模型树中选择对象（如特征、草图、基准面和基准轴），如图 1-29a 所示。在选择对象的同时按住【Shift】键，可以选择多个连续项目；在选择对象的同时按住【Ctrl】键，可以选取多个非连续项目。用右键单击模型树中的特征（材质、光源、相机和布景除外），在弹出的快捷菜单中选择"转到"菜单项，可以按名称搜索特征，如图 1-29b 所示。

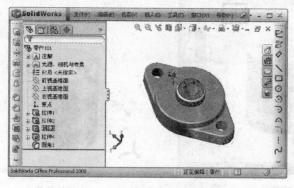

a）在模型树中选择对象

b）按名称搜索特征的操作

图 1-29　使用模型树选择对象和按名称搜索特征的操作

➤ 选择过滤器：使用选择过滤器可以选择模型中的特定项。例如，使用"过滤边线"模式时，将只能选取边线。使用选择过滤器选择对象的操作如图 1-30 所示。可用右键单击工具栏空白处，选择"选择过滤器"菜单，打开"选择过滤器"工具栏，也可按【F5】键将其打开。选择过滤器各个按钮的作用如图 1-30 所示。

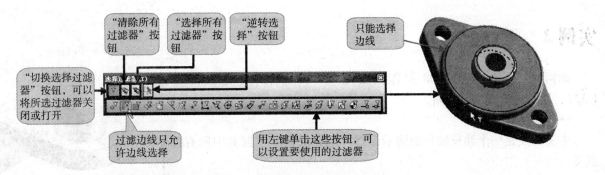

图 1-30 使用选择过滤器选择对象的操作

要取消对象的选取，可采用以下几种方法：

➤ 按【Esc】键，可取消全部对象的选取。

➤ 按【Ctrl】＋鼠标左键单击，可取消指定对象的选取。

➤ 用左键单击空白区域，可取消全部对象的选取。

1.5.3 删除对象

删除对象的方法十分简单，在选择好要删除的对象后，直接按【Delete】键（或用右键单击 FeatureManager 模型树，在弹出的快捷菜单中选择"删除"）即可完成删除。如果想撤销删除，只需用左键单击"标准"工具条中的 ↺（撤销）按钮即可。

在删除对象时需要注意以下几点：

➤ 不能删除非独立存在的对象，如实体的表面，包括其他特征的对象等。

➤ 不能直接删除被其他对象引用的对象，如通过拉伸草绘曲线生成实体后，不能将该草绘曲线删除。

1.5.4 隐藏对象

在用 SolidWorks 建模的过程中，如果所建模型的一部分阻碍了其他对象的绘制，那么可以将某些对象暂时隐藏以方便操作。

在 FeatureManager 模型树中用右键单击要隐藏或显示的对象，在弹出的工具栏中用左键单击 🔩（隐藏）按钮或"显示"按钮可隐藏或显示对象。隐藏对象的操作和效果如图 1-31 所示。

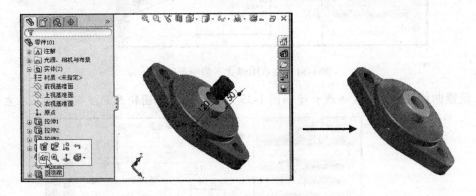

图 1-31 隐藏对象的操作和效果

需要注意的是：隐藏的对象不能与其他对象有关联，否则所有关联对象将会被全部隐藏。

另外，可以用左键单击 ⬇（压缩）按钮将对象压缩，压缩的对象只需考虑特征的父子关系，无需考虑关联性。压缩的对象不被装入内存，不参与模型的大多数运算，主要是为了减少系统的运算量，而隐藏对象仍然处于内存中，并且参与模型的运算，主要是为了方便操作。

实例2　工件的绘制

如何使用 SolidWorks2008 制作模型呢？下面设计一个连接件（见图 1-32），以对此进行初步了解。

一、制作分析

本实例仅是一个建模操作的演示过程，不要求大家掌握其中所有操作的意义。

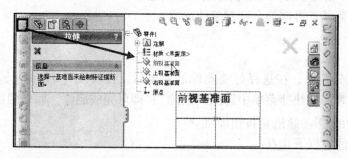

图 1-32　连接件

二、制作步骤

步骤1　选择草绘面　新建一个零件类型的模型文件，用左键单击"特征"工具栏中的 ▣（拉伸凸台/基体）按钮，在绘图工作区的模型树中选择"前视基准面"作为草绘面，如图 1-33 所示。

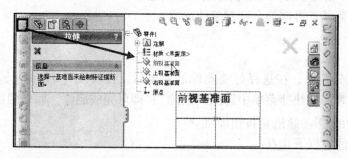

图 1-33　执行拉伸凸台/基体操作并选择草绘面

步骤2　绘制"草图"　用左键单击"草图"工具栏的 ╲（线）按钮，沿系统捕捉线，使线保持竖直或水平，绘制出在草图模式下的图形轮廓，如图 1-34 所示。绘制完毕后，按【Esc】键退出直线的绘制状态。

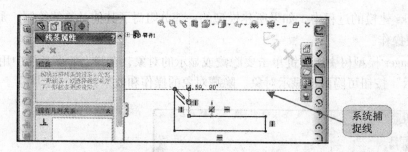

图 1-34　在草图模式下的图形轮廓

步骤3　设置曲线长度　设置曲线长度如图 1-35 所示。选择草图轮廓的底部直线，在左侧"线条属

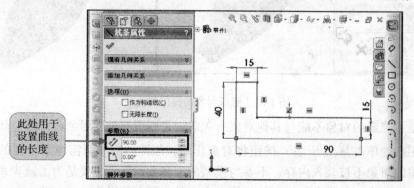

图 1-35　设置曲线长度

性”的“参数”栏中设置曲线的长度为“90.00”，并按照图1-35所示设置其他曲线的长度，最后用左键单击“确定”按钮即可。

　　步骤4　设置拉伸参数　打开“拉伸”属性设置操作界面，设置拉伸高度，如图1-36所示。在左侧“拉伸”属性管理器的“方向1”卷展栏中设置拉伸的高度为“60.00mm”，并用左键单击“确定”按钮，完成工件的初始拉伸操作。

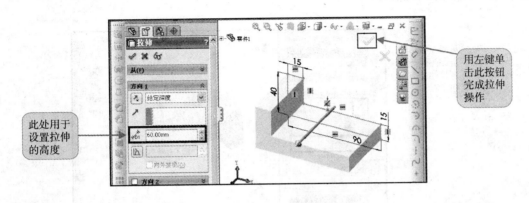

图1-36　设置拉伸高度

　　步骤5　添加圆角　添加圆角的操作如图1-37所示。

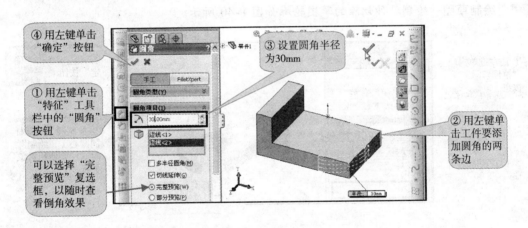

图1-37　添加圆角的操作

　　步骤6　绘制草图　绘制拉伸的底面轮廓的操作如图1-38所示。

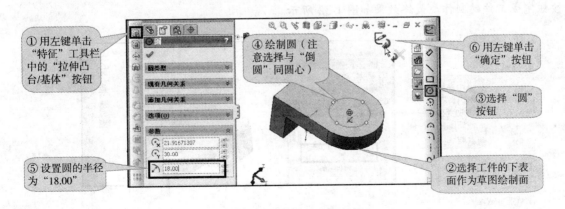

图1-38　绘制拉伸的底面轮廓的操作

> **技巧**：绘制圆时，可首先将鼠标移到"倒圆"上，待捕捉到圆的圆心后再使用捕捉的圆心绘制圆。

步骤7　设置拉伸参数　按步骤4的操作过程设置此时拉伸的高度为 25mm，并用左键单击 ✔（确定）按钮完成拉伸操作，如图1-39所示。

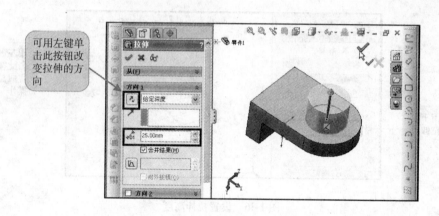

图1-39　设置拉伸高度

步骤8　绘制草图　绘制拉伸切除的草图轮廓如图1-40所示。

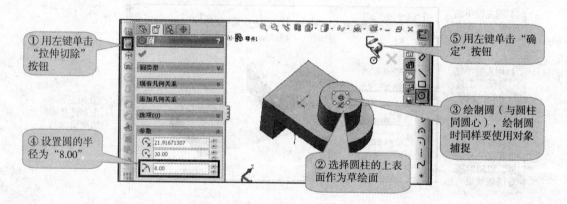

图1-40　绘制拉伸切除的草图轮廓

步骤9　设置拉伸切除参数　如图1-41所示，设置拉伸切除的高度为 40mm，用左键单击 ✔（确定）按钮完成工件的制作。最终效果如图1-32所示。

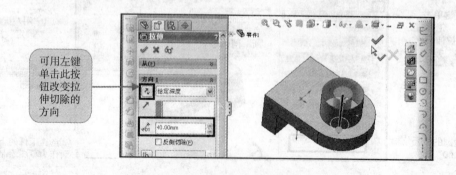

图1-41　设置拉伸切除的高度

本 章 小 结

学完本章内容后，用户应对 SolidWorks2008 软件以及用它进行模型设计的思路有一个基本的了解，应熟练掌握新建、打开和保存文件的方法，掌握工具栏的打开和关闭以及工具栏命令按钮的添加方法，还需掌握调整视图以及选择、删除和隐藏对象的方法，为后面的学习打下坚实的基础。

思考与练习

一、填空题

(1) _____、_____、_____、_____和_____是目前 CAD 领域应用最广的几种软件，_____属于低端 CAD 软件，_____属于中端 CAD 软件，_____、_____和_____属于高端 CAD 软件。

(2) 在 SolidWorks 中，按照特征的性质不同，可将其分为_____、_____与_____。

(3) 如果一个特征取决于另一个对象而存在，则它是另一个对象的_____或相关对象。

(4) 在新建一个零件模型时，为了便于操作，系统提供了_____、_____和_____三个基准面，以及一个_____，我们将其称为基准特征。

(5) SolidWorks 可以创建三种不同类型的文件：_____、_____和_____。

(6) _____工具栏是一个与当前绘制内容密切相关的工具栏，可以推测用户的当前需要，从而动态更新工具栏上的显示内容。

(7) 按住_____键和鼠标滚轮，然后移动光标可以平移视图。

(8) 使用_____可以选择模型中的特定项，例如使用过滤边线模式时，将只能选取边线。

二、问答题

(1) SolidWorks 主要用在什么领域？它都有哪些特点？

(2) 如何新建一个 SolidWorks 零件类型文件？

(3) SolidWorks 2008 的工作界面由哪些部分组成？它们各有什么作用？

三、操作题

(1) 尝试将 SolidWorks 的绘图区背景设置为红色。

(2) 打开本书提供的素材文件 1-Lx. SLDPRT（光盘：素材 \ 001sc \ 1-Lx. SLDPRT），练习选择、隐藏对象以及旋转、平移和缩放视图等操作。素材如图 1-42 所示。

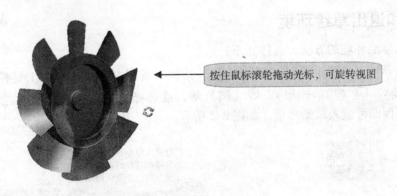

按住鼠标滚轮拖动光标，可旋转视图

图 1-42　素材

第2章

草图的绘制

本章内容提要

章前导读

　　本章讲述草图绘制的基本操作，包括草图实体绘制和草图编辑。草图实体绘制包括直线、多边形、圆和圆弧、椭圆和椭圆弧、抛物线、中心线、样条曲线和文字等的绘制。草图编辑包括圆角、倒角、等距实体、转换实体引用、剪裁/延伸草图、构造几何线、镜像草图和阵列草图等工具的使用。此外，标注尺寸和添加几何关系也是编辑绘制草图的重要组成部分。

2.1　草图基本操作

　　在 SolidWorks 中，模型的创建都是从绘制二维草图开始的。草图指的是一个平面轮廓，用于定义特征的截面形状、尺寸和位置等。图 2-1 所示即是一个二维草图。

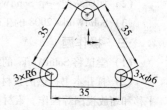

2.1.1　进入和退出草绘环境

图 2-1　二维草图

　　共有两种进入草绘环境的方法，具体如下：

　　➢ 用左键单击草图工具栏中的 按钮，或用左键单击草图工具栏中的任一草图绘制按钮，如 ＼（直线）、□（边角矩形）、◎（圆）等，或选择"插入"→"草图绘制"菜单，再选择任一基准面或实体面即可进入草绘环境，如图 2-2 所示。

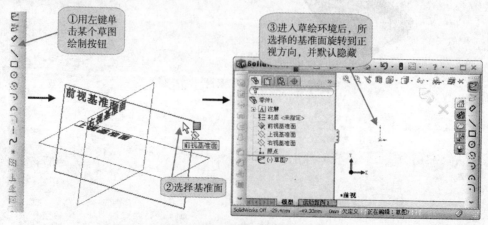

图 2-2　进入草绘环境的方式 1

➤ 用左键单击"特征"工具栏中的 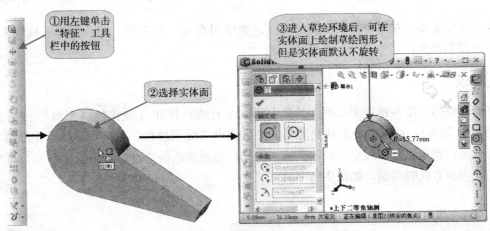（拉伸凸台/基体）按钮、（旋转凸台/基体）按钮，或选择相应的菜单栏，再选择任一基准面或实体面即可进入草绘环境，如图 2-3 所示。此时，必须绘制闭合草图才能退出草绘环境。

①用左键单击"特征"工具栏中的按钮

②选择实体面

③进入草绘环境后，可在实体面上绘制草绘图形，但是实体面默认不旋转

图 2-3　进入草绘环境的方式 2

进入草绘环境后，即可按要求绘制草绘图形了。草图绘制完成后，可用左键单击"草图"工具栏中的 （退出草图）按钮来退出草绘模式，也可用左键单击绘图区右上角的 （退出草图）按钮或 （取消）按钮来退出草绘模式。

2.1.2　草图工具栏

草图工具栏提供了绘制草图所用到的大多数工具，并且将它们进行了分类，包括尺寸标注工具、添加几何关系工具、实体绘制工具和草图编辑工具等。草图工具栏中各工具的详细说明如图 2-4 所示。

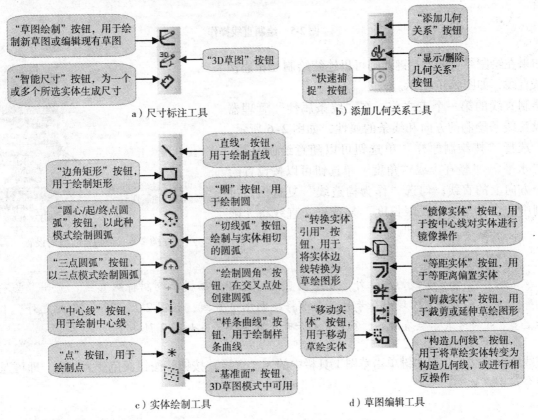

"草图绘制"按钮，用于绘制新草图或编辑现有草图

"3D草图"按钮

"智能尺寸"按钮，为一个或多个所选实体生成尺寸

a）尺寸标注工具

"添加几何关系"按钮

"显示/删除几何关系"按钮

"快速捕捉"按钮

b）添加几何关系工具

"直线"按钮，用于绘制直线

"边角矩形"按钮，用于绘制矩形

"圆"按钮，用于绘制圆

"圆心/起/终点圆弧"按钮，以此种模式绘制圆弧

"切线弧"按钮，绘制与实体相切的圆弧

"三点圆弧"按钮，以三点模式绘制圆弧

"绘制圆角"按钮，在交叉点处创建圆角

"转换实体引用"按钮，用于将实体边线转换为草绘图形

"镜像实体"按钮，用于按中心线对实体进行镜像操作

"中心线"按钮，用于绘制中心线

"等距实体"按钮，用于等距离偏置实体

"样条曲线"按钮，用于绘制样条曲线

"移动实体"按钮，用于移动草绘实体

"剪裁实体"按钮，用于裁剪或延伸草绘图形

"点"按钮，用于绘制点

"基准面"按钮，3D草图模式中可用

"构造几何线"按钮，用于将草绘实体转变为构造几何线，或进行相反操作

c）实体绘制工具

d）草图编辑工具

图 2-4　草图工具栏中各工具的详细说明

本章将按照上述分类，分别介绍使用草图工具栏中提供的工具绘制草绘图形的方法。

2.2 草图绘制实体

草图绘制实体是指直接绘制草图图线的操作，如绘制直线、多边形、圆和圆弧、椭圆和椭圆弧等，下面分小节介绍其操作。

2.2.1 直线

进入草绘环境后，用左键单击草图工具栏中的 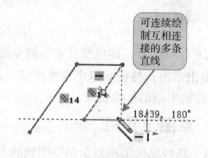（直线）按钮（或选择"工具"→"草图绘制实体"→"直线"菜单），此时指针形状变为 ，并且弹出"线条属性"管理器，然后在绘图工作区的适当位置单击左键以确定直线的起点，释放鼠标，将光标移到直线的终点后单击鼠标左键，再双击鼠标左键，即可完成当前直线的绘制，如图 2-5a 所示。

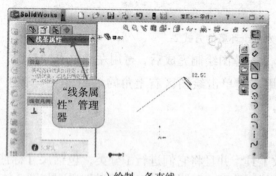

a）绘制一条直线　　　　　　　b）连续绘制多条直线

图 2-5　绘制直线操作

如果在绘制终点单击左键，则可以连续绘制互相连接的多条直线，如图 2-5b 所示。

绘制直线的第一个点之前，在"线条属性"管理器中可设置线条绘制的方向和线条的属性，如图 2-6 所示。其中，选择"按绘制原样"单选钮可以随意绘制直线，选择"水平"、"竖直"或"角度"单选钮可以按设置绘制某个方向上的直线；勾选"作为构造线"复选框，可以绘制中心线；勾选"无限长度"复选框，直线将无限延长。

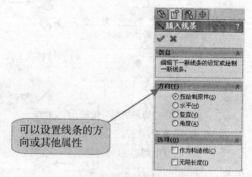

图 2-6　绘制直线前的设置

> 知识库　除了提前设置直线的属性外，在绘制直线时也可根据提示绘制特殊直线。例如，当笔形鼠标指针的右下角出现 — 符号时，表示将绘制水平直线，如图 2-7a 所示。除此之外，| 符号表示竖直，| 符号表示竖直对齐，◎ 符号表示两个点重合等，如图 2-7b 所示。

直线绘制完成后，用左键单击草图工具栏中的 （直线）按钮，按钮颜色变为灰色，即可退出绘制直线命令。

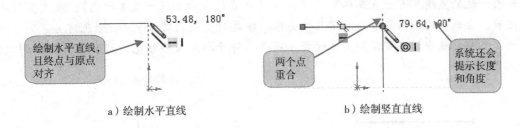

a）绘制水平直线   b）绘制竖直直线

图 2-7 绘制直线时的光标提示

> 在直线的第二个点绘制完成且未移动鼠标前，可以在"线条属性"管理器中输入直线第二点的精确参数，如图 2-8 所示。
>
> 另外，在直线第二个点绘制完成后，鼠标指针沿着直线向直线的绘制方向移动（见图 2-9a），再将鼠标指针移动到直线的外部，可以绘制与已绘直线相切的圆弧，如图 2-9b 所示。

图 2-8 绘制直线时的参数设置

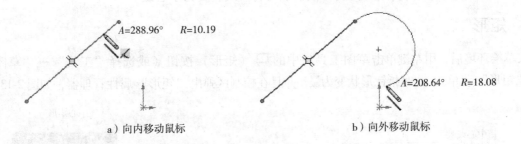

a）向内移动鼠标   b）向外移动鼠标

图 2-9 绘制与直线连接的圆弧

若要修改直线的长度或角度，可选中一个端点并拖动，如图 2-10a 所示。对于水平或竖直的直线，在调整角度前应删除其约束。若要移动直线，可选中该直线并将它拖动到另一位置，如图 2-10b 所示。若要删除直线，则用鼠标选中直线后按【Delete】键即可。

a）修改直线长度和角度   b）移动直线

图 2-10 修改直线的方式

如果修改的直线具有竖直或水平几何关系（在直线下面显示━或┃标志），在改变直线角度之前，应删除其几何关系（所谓几何关系，即是对直线的约束）。删除几何关系的方法如图2-11 所示。用鼠标选中该直线几何关系的提示符号，符号即变为粉红色，然后按【Delete】键可将其删除。

a）删除水平几何关系　　　　　　　　b）删除竖直几何关系

图 2-11　删除几何关系的方法

2.2.2　中心线

中心线也称为构造线，主要起参考轴的作用，通常用于生成对称的草图特征或旋转特征。中心线及其作用如图 2-12 所示。

除了本章 2.2.1 节讲述的在绘制直线时选择绘制中心线的方法外，用左键单击草图工具栏中的　（中心线）按钮也可绘制中心线，并且其绘制方法与绘制直线基本相同，只是中心线通常显示为点画线。

另外，用左键单击　（构造几何线）按钮也可将直线转变为中心线。

2.2.3　矩形

进入草绘环境后，用左键单击草图工具栏中的　（矩形）按钮（或选择"工具"→"草图绘制实体"→"矩形"菜单），此时指针形状变为　，并且在控制区弹出"矩形"属性管理器，如图 2-13 所示。

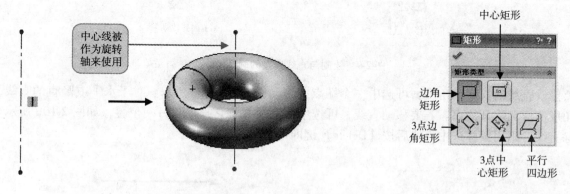

图 2-12　中心线及其作用　　　　　　图 2-13　"矩形"属性管理器

在"矩形"属性管理器的"矩形类型"卷展栏中有五种绘制矩形的方式，分别为边角矩形、中心矩形、3 点边角矩形、3 点中心矩形和平行四边形。下面分别介绍这五种绘制矩形的方法。

1. 边角矩形

边角矩形是通过两个对角点绘制矩形的方式。在"矩形"属性管理器的"矩形类型"卷展栏中，用左键单击　（边角矩形）按钮，可通过边角矩形方式来绘制矩形。其具体操作是在绘图区的不同位置用左键单击两次（这两次的位置是矩形的对角坐标）即可，如图 2-14 所示。

2. 中心矩形

中心矩形是通过中心点和对角点绘制矩形的方式。在"矩形"属性管理器的"矩形类型"卷展栏中用左键单击 $\boxed{\text{▫}}$（中心矩形）按钮，可通过中心矩形方式来绘制矩形。在绘图区中用左键单击确定矩形中心点的位置，然后移动鼠标以中心点为基准向两边延伸，调整好矩形的长度和宽度后，单击鼠标左键即可绘制中心矩形，如图2-15所示。

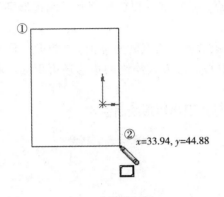

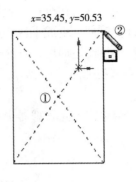

x=35.45, y=50.53

x=33.94, y=44.88

图2-14　绘制边角矩形　　　　　　　　　　　图2-15　绘制中心矩形

3. 3点边角矩形

3点边角矩形是通过确定三个角点绘制矩形的方式。在"矩形"属性管理器的"矩形类型"卷展栏中用左键单击 $\boxed{\text{◇}}$（3点边角矩形）按钮，可通过3点边角矩形方式来绘制矩形。

在绘图区单击鼠标左键确定第1点，然后移动鼠标从该点处产生一条跟踪线，该线指示矩形的宽度。在合适位置处单击鼠标左键确定第2点（确定矩形的宽度和倾斜角度），最后沿与该线垂直的方向移动鼠标调整矩形的高度，并单击鼠标左键确定第3点即可，如图2-16所示。

4. 3点中心矩形

3点中心矩形是通过矩形中心点和两个角点绘制矩形的方式。在"矩形"属性管理器的"矩形类型"卷展栏中单击 $\boxed{\text{◇}}$（3点中心矩形）按钮，可通过3点中心矩形方式来绘制矩形。

在绘图区单击鼠标左键确定矩形中心点的位置，然后移动鼠标从该点处产生一条跟踪线，该线确定矩形的1/2长度。在合适位置处单击鼠标左键确定第2点（此点确定矩形的长度和倾斜角度），然后沿与该线垂直的方向移动鼠标调整矩形另一边的长度，并单击鼠标左键确定第3点即可生成三点中心矩形，如图2-17所示。

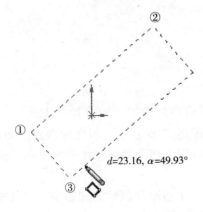

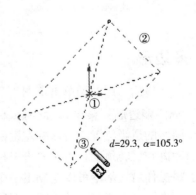

d=23.16, α=49.93°

d=29.3, α=105.3°

图2-16　绘制3点边角矩形　　　　　　　　　图2-17　绘制3点中心矩形

5. 平行四边形

平行四边形与 3 点中心矩形的绘制方式基本相同，都是通过三个角点来确定矩形，只是此命令可以用于绘制平行四边形。在"矩形"属性管理器的"矩形类型"卷展栏中用左键单击 ▱（平行四边形）按钮，可通过平行四边形方式绘制平行四边形。

在绘图区用左键单击确定平行四边形起点的位置，移动鼠标从该点处产生一条跟踪线，该线指示平行四边形一条边的长度。在合适位置处用左键单击确定第 2 点，然后移动鼠标确定平行四边形第 3 点的位置，单击鼠标左键即可生成平行四边形，如图 2-18 所示。

通过上述操作绘制矩形后，可通过"参数"卷展栏更改矩形每个角点的坐标值。"矩形"属性管理器的"参数"卷展栏如图 2-19 所示。使用中心矩形和 3 点中心矩形方式绘制的矩形还可更改中心点的坐标值。

另外，用左键单击属性管理器中的 ✔（关闭对话框）按钮可退出矩形绘制模式。

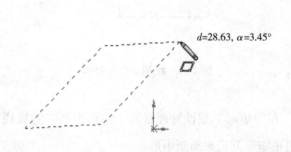

图 2-18　绘制平行四边形　　　　图 2-19　"矩形"属性管理器的"参数"卷展栏

在退出矩形绘制模式后，还可以通过拖动矩形的一个边或角点来修改矩形的大小和形状，如图 2-20 所示。

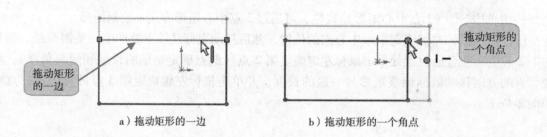

a）拖动矩形的一边　　　　　b）拖动矩形的一个角点

图 2-20　修改矩形

2.2.4　多边形

进入草绘环境后，用左键单击草图工具栏中的 ⬡（绘制多边形）按钮（或选择"工具"→"草图绘制实体"→"多边形"菜单），此时鼠标指针变为，并且弹出"多边形"属性管理器，如图 2-21a 所示。在绘图区的适当位置单击鼠标左键确定多边形中心点的位置，移动鼠标，此时系统提示鼠标指针与中心点的距离和旋转角度，再次单击鼠标左键完成绘制。

通过上述操作后，基本可以绘制出一个多边形。此时，在"多边形"属性管理器中，可设置多边形的边数、中心坐标、内切圆或外接圆的直径以及角度等。图 2-21b 所示为更改边数的多边形效果。再次用左键单击 ⬡（多边形）按钮可退出多边形绘制状态。

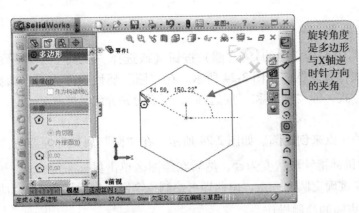

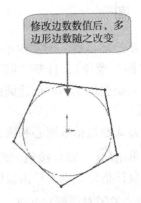

a）多边形的绘制操作　　　　　　　　　b）更改边数的多边形效果

图 2-21　绘制多边形

退出多边形绘制模式后，可通过拖动多边形的一条边来修改多边形的大小，如图 2-22a 所示。若要移动多边形，可通过拖动多边形的角点或中心点来完成，如图 2-22b 所示。

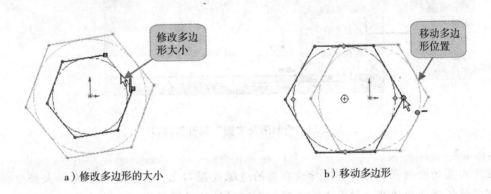

a）修改多边形的大小　　　　　　　　　b）移动多边形

图 2-22　修改多边形的大小或位置

若想让多边形的边线具有不同的长度或几何状态，可在选中多边形的边线后，在"多边形"属性管理器的"现有几何关系"卷展栏（见图 2-23a）中删除"阵列"几何关系，此时就可以随意地改变多边形的形状了，如图 2-23b 所示。

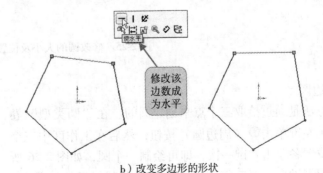

a）删除"阵列"几何关系　　　　　　　　b）改变多边形的形状

图 2-23　修改多边形的边线

2.2.5　圆

进入草绘环境后，用左键单击草图工具栏中的 ⊙（圆）按钮（或选择"工具"→"草图绘制实体"→"圆"菜单），打开"圆"属性管理器，如图 2-24 所示。在"圆"属性管理器的"圆类型"卷展栏中，系统提供了两种创建圆的方式，即"圆"和"周边圆"，下面分别介绍其操作。

1. 圆

此种方式通过拾取圆心和圆上的一点来创建圆。如图 2-24 所示，在"圆"属性管理器的"圆类型"卷展栏中单击 ⊙（圆）按钮，此时鼠标指针形状变为 ，然后在绘图区单击鼠标左键指定一点作为圆心，移动鼠标指针，再次单击鼠标左键确定圆上一点，由此即可绘制一个圆。最后用左键单击属性管理器中的 （关闭对话框）按钮，结束圆的绘制操作。

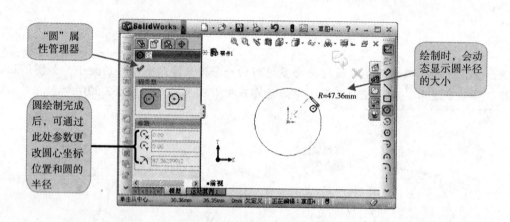

图 2-24　绘制圆及"圆"属性管理器

 在退出圆的绘制模式后，将光标放在圆的边缘或圆心上，可通过拖动光标来修改圆。例如，可通过拖动圆的边线来放大或缩小圆，也可通过拖动圆的中心来移动圆，如图 2-25 所示。

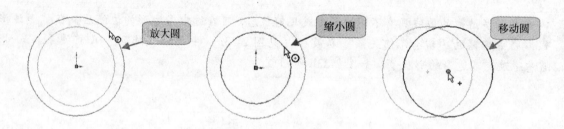

图 2-25　修改圆的大小及位置

2. 周边圆

此种方法是通过拾取三个点来创建圆的。在"圆类型"卷展栏中，用左键单击 ⊙（周边圆）按钮，然后在工作区中三个不共线的位置各单击左键一次，即可绘制一个圆，如图 2-26 所示。最后用左键单击属性管理器中的 （关闭对话框）按钮，结束周边圆的绘制操作。

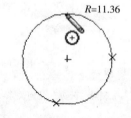

图 2-26　绘制周边圆的过程

2.2.6　圆弧

在 SolidWorks 中创建圆弧时，主要有圆心/起/终点圆弧、切线弧和三点圆弧三种方法，下面分别介绍其绘制过程。

1. 圆心/起/终点圆弧

此种方式是通过选取弧圆心和端点来创建圆弧的。进入草绘环境后，用左键单击草图工具栏中的 （圆心/起/终点圆弧）按钮（或选择"工具"→"草图绘制实体"→"圆心/起/终点圆弧"菜单），此时鼠标指针形状变为 ，然后在绘图区单击鼠标左键指定一点作为弧的圆心，移动鼠标指针，会有虚线圆出现，在虚线圆上的两个不同位置先后各单击鼠标左键一次确定弧的两个端点，即可绘制一段圆弧，如图 2-27 所示。最后用左键单击属性管理器中的 （关闭对话框）按钮，可结束圆弧的创建操作。

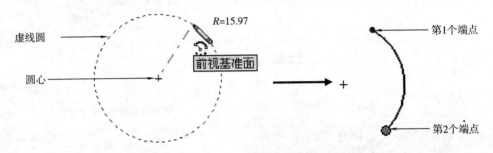

图 2-27　用圆心/起/终点方式绘制圆弧操作

2. 切线弧

如果绘图区有直线、弧或者样条曲线存在，可以创建一段在其端点处与其相切的弧。其操作方法为：进入草绘环境后，用左键单击草图工具栏中的 （切线弧）按钮（或选择"工具"→"草图绘制实体"→"切线弧"菜单），此时鼠标指针形状变为 ，然后在某一直线或圆弧的一个端点处单击鼠标左键，确定切线弧的起始点，接着移动鼠标指针至适当的位置再次单击鼠标左键，确定切线弧的方向、半径及终止点，即可完成切线弧的绘制，如图 2-28 所示。

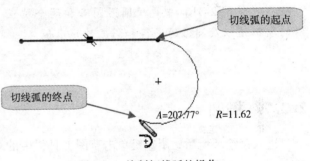

图 2-28　绘制切线弧的操作

> 需要注意的是：鼠标指针移动的方向不同，所生成的切线弧也不同。例如，顺着直线的方向向后拖动，再向外拖动可以生成内切圆弧，如图 2-29a 所示；从端点位置开始，直接垂直于直线向外拖动，再向两边拖动，将生成与直线垂直的圆弧，如图 2-29b 所示。

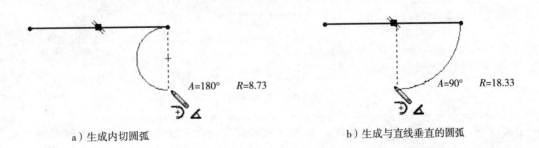

a）生成内切圆弧　　　　　　　　　　b）生成与直线垂直的圆弧

图 2-29　绘制切线弧的不同方式

3. 三点圆弧

该方式通过三个点来创建一段圆弧。进入草绘环境后，用左键单击草图工具栏中的 ⌒（三点圆弧）按钮（或选择"工具"→"草图绘制实体"→"三点圆弧"菜单），此时鼠标指针形状变为 ⌒ ，然后在绘图区的两个不同位置先后各单击鼠标左键一次指定圆弧的两个端点，此时会有一段弧粘在鼠标指针上，移动鼠标指针，单击鼠标左键即可创建一段三点圆弧，如图 2-30 所示。

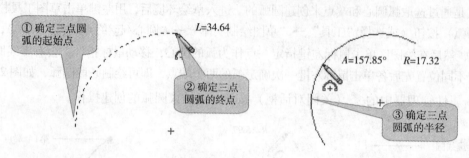

图 2-30　绘制三点圆弧

知识库　在圆弧绘制完成且未执行其他操作时（或进入草绘模式后，选中绘制的圆弧），可在"圆弧"属性管理器的"参数"卷展栏（见图 2-31）中更改圆弧圆心和两个端点的坐标值以及圆弧的半径和圆弧的角度值。

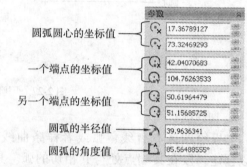

图 2-31　"圆弧"属性管理器的"参数"卷展栏

2.2.7　椭圆

进入草绘环境后，用左键单击草图工具栏中的 ⬭（椭圆）按钮（或选择"工具"→"草图绘制实体"→"椭圆（长短轴）"菜单），此时指针形状变为 ⬭ ，然后在绘图区的适当位置单击鼠标左键确定椭圆圆心的位置，拖动鼠标并单击鼠标左键确定椭圆一个半轴的长度，再次拖动鼠标并单击鼠标左键确定椭圆另一个半轴的长度，椭圆即绘制完成，如图 2-32 所示。

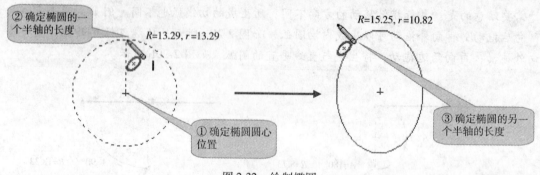

图 2-32　绘制椭圆

知识库　在绘制完成的椭圆上有四个星位，在星位处按住鼠标左键并拖动，可令椭圆旋转，或调整长轴/短轴的半径，如图 2-33a 所示。在椭圆圆心处按住鼠标左键并拖动，可使椭圆绕一个星位旋转（通常为右下角的星位），如图 2-33b 所示。

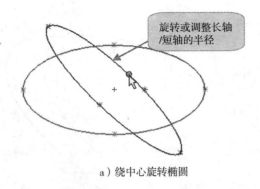

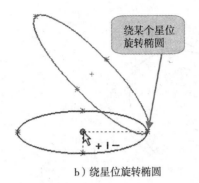

a）绕中心旋转椭圆　　　　　　　　　　b）绕星位旋转椭圆

图 2-33　调整椭圆的方法

2.2.8　椭圆弧

可通过以下操作来绘制椭圆弧（即部分椭圆）：

步骤1　进入草绘环境后，用左键单击草图工具栏中的（部分椭圆）按钮，或选择"工具"→"草图绘制实体"→"部分椭圆"菜单，此时鼠标指针形状变为。

步骤2　在绘图区的适当位置单击鼠标左键确定椭圆弧圆心的位置，然后移动鼠标指针拖出一个虚线圆，如图 2-34 所示。

步骤3　单击鼠标左键确定椭圆的一个轴，此时再移动鼠标指针就能拖出一个椭圆，如图 2-35 所示。

步骤4　在椭圆圆周上单击鼠标左键确定椭圆弧的起点位置和椭圆弧另一个轴的长度，然后移动鼠标指针，在椭圆圆周上再次单击鼠标左键确定椭圆弧的终点位置（见图 2-36），此时椭圆弧即创建完成。

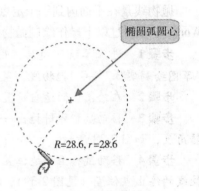

图 2-34　确定椭圆弧的圆心位置

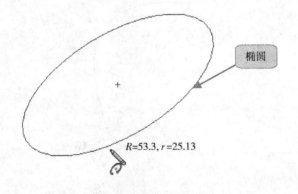

图 2-35　确定椭圆的一个轴

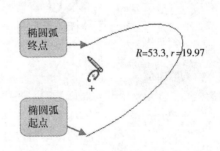

图 2-36　确定椭圆弧的起点位置和终点位置

> 将椭圆弧绘制完成后，用鼠标拖动椭圆弧的星位，可调整椭圆弧的长轴和短轴长度，如图 2-37a 所示。用鼠标拖动椭圆弧线，可调整椭圆弧的形状和弧长，如图 2-37b 所示。用鼠标拖动椭圆中心，可平移椭圆弧，如图 2-37c 所示。

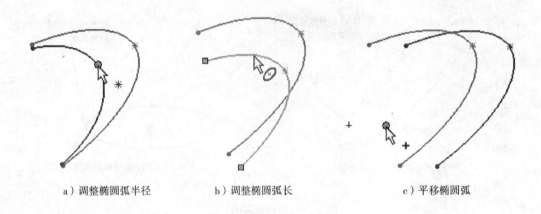

a）调整椭圆弧半径　　　　b）调整椭圆弧长　　　　c）平移椭圆弧

图 2-37　修改部分椭圆的方法

2.2.9　抛物线

抛物线是在平面内到一个定点和一条定直线距离相等的点的轨迹。它是圆锥曲线的一种，在 Solid-Works 中可通过以下操作绘制抛物线。

步骤 1　进入草绘环境后，用左键单击草图工具栏中的 ⊍（抛物线）按钮（或选择"工具"→"草图绘制实体"→"抛物线"菜单），此时指针形状变为 ⊍。

步骤 2　在绘图区的适当位置单击鼠标左键确定抛物线的焦点位置。

步骤 3　移动鼠标指针拖出一条虚抛物线，再次单击鼠标左键确定抛物线的大小（焦距长度）和旋转角度，如图 2-38 所示。

步骤 4　移动鼠标至合适位置，单击左键确定抛物线的起点位置，再次移动鼠标并单击左键确定抛物线的终止点位置（见图 2-39），抛物线即绘制完成。

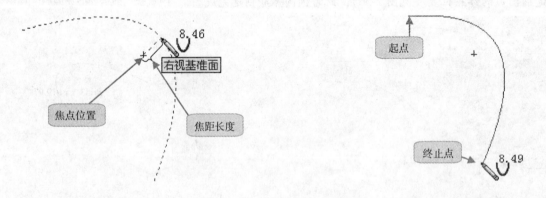

图 2-38　确定抛物线的焦点位置和焦距长度　　　　图 2-39　确定抛物线的起点和终止点位置

抛物线绘制完成后，若要展开抛物线，可将顶点拖离焦点，如图 2-40a 所示。若要使抛物线更尖锐，可将顶点拖向焦点，如图 2-40b 所示。若要改变抛物线的一个边长（或角度）而不修改抛物线的曲率，可选中一个顶点并拖动，如图 2-40c 所示。

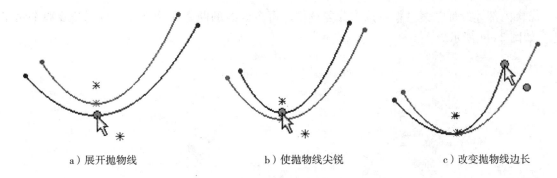

　　a）展开抛物线　　　　　　　　b）使抛物线尖锐　　　　　　　c）改变抛物线边长

图 2-40　修改抛物线的方法

2.2.10　样条曲线

　　样条曲线是构造自由曲面的主要曲线，其形状控制方便，可以满足大部分产品设计的要求。

　　绘制样条曲线的方法：确定草绘平面后，用左键单击草图工具栏中的 [图标]（绘制样条曲线）按钮（或选择"工具"→"草图绘制实体"→"样条曲线"菜单），此时指针形状变为 [图标]，然后再在绘图区中连续单击鼠标左键，最后双击鼠标左键即可创建样条曲线，如图 2-41 所示。

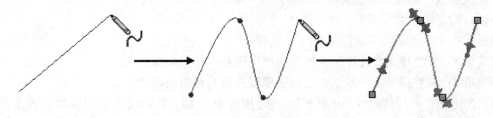

图 2-41　样条曲线的创建过程

> [知识库] 样条曲线绘制完成后，在每个样条曲线控制点处都会显示样条曲线的控标图标，通过调整这些图标可以调整样条曲线在此点处的相切重量和相切径向方向，从而调整样条曲线在此点处的曲率，如图 2-42 所示。
>
> 　　选择"工具"→"样条曲线工具"→"显示样条曲线控标"菜单，可显示或隐藏控标图标。

　　下面解释一下样条曲线属性管理器中相关参数的作用。

　　➤ "显示曲率"复选框：选中此复选框，在绘图区中将显示样条曲线控制点处的曲率，如图 2-43 所示。

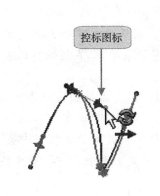

图 2-42　样条曲线控标图标的作用

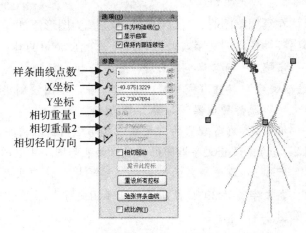

图 2-43　样条曲线属性管理器和曲线曲率

➤ "保持内部连续性"复选框：选中此复选框，可令曲线的曲率保持连续，否则曲线曲率将呈间断性变化，如图2-44所示。

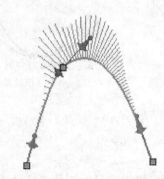 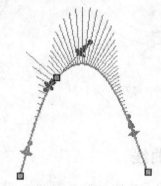

a）选中"保持内部连续性"复选框　　　　　　b）未选中"保持内部连续性"复选框

图2-44　保持内部连续性的作用

➤ 样条曲线点数：选择要设置参数的样条曲线控制点。

➤ X坐标：指定样条曲线当前控制点的X坐标。

➤ Y坐标：指定样条曲线当前控制点的Y坐标。

➤ 相切重量1：调整样条曲线控制点处的曲率以控制左相切向量的大小。

➤ 相切重量2：调整样条曲线控制点处的曲率以控制右相切向量的大小。

➤ 相切径向方向：通过修改样条曲线控制点处相对于X轴、Y轴或Z轴的倾斜角度来控制相切方向。

➤ "相切驱动"复选框：使用相切重量和相切径向方向来激活样条曲线控制。

➤ "重设此控标"按钮：将所选样条曲线控制点的控标值设置为其初始状态。

➤ "重设所有控标"按钮：将所有样条曲线控制点的控标值设置为其初始状态。

➤ "弛张样条曲线"按钮：当通过拖动控制点更改了样条曲线的形状时，可用左键单击此按钮以令样条曲线重新参数化（平滑）。

➤ "成比例"复选框：选中此复选框，当通过控制点调整样条曲线的形状时，样条曲线将只是按比例调整整个样条曲线的大小，而其基本形状保持不变。

2.2.11　文字

在绘制草图时，可以使用文本工具为图形添加一些文字注释信息。通过设置文字的格式，还可以制作出各种各样的文字效果。下面看一个在SolidWorks2008中添加文字的操作。

步骤1　确定草绘平面后，首先绘制一段圆弧（见图2-46a），然后用左键单击草图工具栏中的 Ⓐ（绘制文字）按钮（或选择"工具"→"草图绘制实体"→"文字"菜单），在绘图区的左侧弹出"草图文字"属性管理器，如图2-45所示。

步骤2　在管理器的"文字"编辑框内输入文字"雅马哈YZF-R6"，在绘图区中选中"圆弧"（见图2-46a），设置文字沿圆弧放置，效果如图2-46b所示。

步骤3　在管理器的"文字"编辑框中选中文字"雅马哈YZF-R6"，并用左键单击 Ⓑ（旋转）按钮，令文字旋转30°，最后单击"草图文字"属性管理器中的 ✔（确定）按钮即可。创建旋转文字的效果如图2-47所示。

a）绘制圆弧

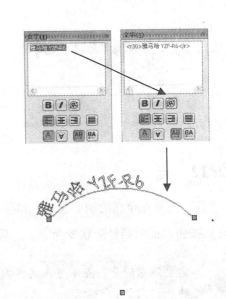

b）添加文字的效果

图 2-45　"草图文字"　　　　图 2-46　文字沿曲线放置　　　图 2-47　创建旋转文字的效果
　　　　属性管理器

> 草图文字创建完成后，拖动草图文字附着的曲线，文字将会随曲线移动；还可以用左键双击草图文字，在打开的"草图文字"属性管理器中对文字进行更改。

下面解释一下图 2-45 中"草图文字"属性管理器中各选项的作用。

➢（曲线收集器列表）：用于设置草图文字附着的曲线、边线或其他草绘图形等。

➢ 文字：可输入文字，并且输入的文字在绘图区中沿所选实体放置。如果没有选取实体，文字则出现在原点的开始位置，并且是水平放置。

➢ **B**（加粗）、 *I*（斜体）或（旋转）按钮：可加粗、倾斜或旋转字体，需在选中文字后用左键单击相应按钮执行。用左键单击按钮后，将在文字周围添加编辑码（相当于网页中的 HTML 码），可通过更改某些编辑码的数值来更改文字旋转（或倾斜）的角度，如图 2-48 所示。

图 2-48　更改文字的旋转角度

➢（左对齐）、（居中）、（右对齐）或（两端对齐）按钮：用于调整文字沿曲线对齐的方式。

➢（竖直反转）和（水平反转）按钮：用于在竖直方向或水平方向上反转文字。

➢ 宽度因子：按指定的百分比均匀加宽每个字符，如图 2-49a 所示。当使用文档字体时（即"使用文档字体"复选框被选中），宽度因子不可用。

➢ 间距：按指定的百分比更改每个字符之间的间距，如图 2-49b 所示。当文字两端对齐或使用文档字体时，间距不可使用。

➢ "使用文档字体"复选框：取消此复选框，可自定义使用另一种字体。

➢ "字体"按钮：用左键单击该按钮可以打开"字体"对话框，选择字体样式以及设置字体大小。

a）加宽字符 　　　　　　　　　　　b）调整字符间距

图 2-49　调整宽度因子和间距

2.2.12　点

"点"工具在草图绘制中起定位和参考的作用，其操作较简单。用左键单击草图工具栏中的 ✳ （创建点）按钮，此时指针形状变为 ✎ ，然后在绘图区中单击鼠标左键即可放置该点。

> **提示**　需要注意的是：点不可在实体内部已经存在的定义点上创建，但是可创建到曲线中点等类型的虚拟点上。

2.3　草图绘制工具

草图绘制工具就是对已绘制好的草图图线进行编辑修改，生成新的草图图线的操作。它包括圆角、倒角、等距实体和剪裁/延伸草图等操作，下面对它们分别进行介绍。

2.3.1　绘制圆角

利用"绘制圆角"工具可以将草图中两相交图线进行圆角处理。其基本操作步骤为：

步骤 1　首先绘制两条不平行的直线（见图 2-50），用左键单击草图工具栏中的 ⌐ （绘制圆角）按钮（或选择"工具"→"草图工具"→"圆角"菜单），弹出"绘制圆角"属性管理器，如图 2-50 所示。

步骤 2　在"绘制圆角"属性管理器中，设置圆角半径为 10.00mm，并选中"保持拐角处约束条件"复选框。

步骤 3　用鼠标左键选取圆角过渡的两条线段，系统将生成如图 2-51 所示的圆角。

步骤 4　用左键单击草图工具栏中的 ⌐ （圆角）按钮，按钮颜色变为灰色，可退出绘制圆角状态。

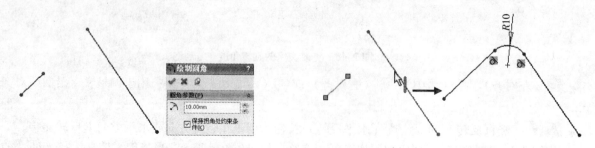

图 2-50　绘制两条相交线段和"绘制圆角"属性管理器 　　　图 2-51　圆角创建完成

> **知识库**　创建圆角时，所选取的两条线段可以相交，也可以不相交。圆角在其端点处与所选线段都是相切关系。另外，在创建圆角时，如果两线段相交，直接用左键单击该交点即可生成圆角，如图 2-52 所示。

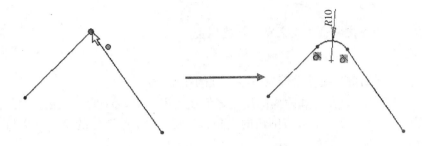

图 2-52 直接用左键单击交点绘制圆角

下面解释一下"绘制圆角"属性管理器中各按钮的作用。

➤"保持可见"按钮：在属性管理器中默认为 ⊙ 形状时，可连续绘制多个圆角；当用左键单击此按钮将其转变为 ⊞ 形状时，执行绘制圆角命令后，系统将自动退出该命令。

➤"保持拐角处约束条件"复选框：选中此复选框，如果顶点具有尺寸或几何约束条件，将保留虚拟交点；取消此复选框的选择状态，如果顶点具有尺寸或几何约束条件，则生成圆角后将删除这些几何约束条件，如图 2-53 所示。

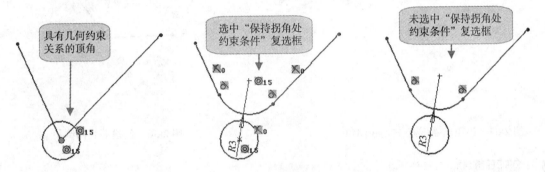

图 2-53 "保持拐角处约束条件"复选框的作用

➤"撤销"按钮：撤销上一个圆角。当某些圆角通过一个圆角命令创建时，可通过此按钮顺序撤销一系列圆角。

2.3.2 绘制倒角

绘制倒角与绘制圆角类似，用左键单击草图工具栏中的 ＼（绘制倒角）按钮（或选择"工具"→"草图工具"→"倒角"菜单），弹出"绘制倒角"属性管理器，然后设置倒角参数，再在绘图区选取倒角的两条线段即可，如图 2-54 所示。

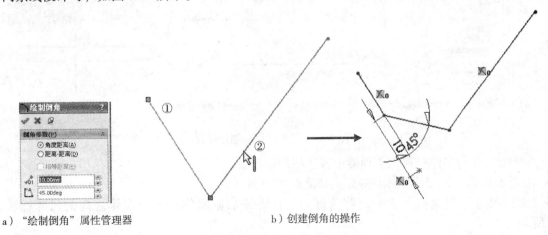

a）"绘制倒角"属性管理器　　　　　　　b）创建倒角的操作

图 2-54 倒角的创建过程

也可通过直接用左键单击曲线交点来创建倒角。

下面解释一下"绘制倒角"属性管理器中各选项的作用。

➢"角度距离"单选钮：以角度和距离的形式来创建倒角。图 2-54 所示即是使用此方法来创建倒角的，其中，"角度"是选择的第一条边与倒角的夹角，"距离"是所选择的第一条边与倒角的交点至原来两曲线交点的距离。

➢"距离-距离"单选钮：选中此单选钮，将以距离-距离的形式创建倒角。在此模式下可分别设置所选第一条曲线和第二条曲线上的倒角距离，如图 2-55 所示。

➢"相等距离"复选框：选中此复选框可以创建等距离倒角，如图 2-56 所示。

➢ (距离1) 和 (方向1)：用于在不同模式下设置距离和方向。

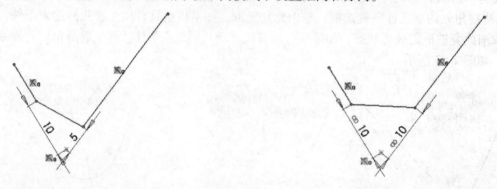

图 2-55　以距离-距离方式创建倒角　　　　　　　　　　图 2-56　创建等距离倒角

2.3.3　等距实体

利用"等距实体"工具，可以按设置的方向间隔一定的距离复制出对象的副本。其具体操作为：用左键单击草图工具栏中的 (绘制等距实体) 按钮（或选择"工具"→"草图工具"→"等距实体"菜单），弹出"等距实体"属性管理器（见图 2-57a）然后设置等距距离等相关参数，再选中要进行等距处理的实体，用左键单击 (确定) 按钮，即可创建等距实体，如图 2-57b 所示。

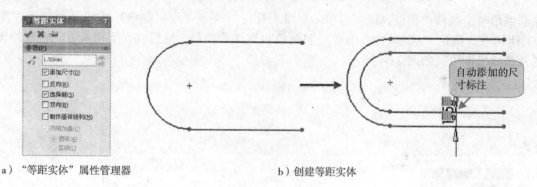

a）"等距实体"属性管理器　　　　　　　　　　　　b）创建等距实体

图 2-57　等距实体的创建过程

下面介绍"等距实体"属性管理器中各选项的作用。

➢ 等距距离：设置原实体与等距实体之间的距离。

➢"添加尺寸"复选框：选中此复选框后，自动添加原实体和等距实体之间的尺寸标注，如图 2-57b 所示。

➢"反向"复选框：选中此复选框后，可设置在相反方向生成等距实体，如图 2-58a 所示。

➤ "选择链"复选框：选中此复选框，可设置生成与选中实体链接的所有连续草图实体的等距实体；如不选中此复选框，将只生成选中实体的等距实体，如图 2-58b 所示。

➤ "双向"复选框：在内外两个方向上生成等距实体，如图 2-58c 所示。

➤ "制作基体结构"复选框：选中此复选框，可以在生成草图实体后，将原草图实体转换为构造线，如图 2-59a 所示。

➤ "顶端加盖"复选框：选中"双向"复选框后，此项可用，用于添加一顶盖来延伸原有非相交草图实体，可选择生成圆弧或直线两种类型的延伸顶盖，如图 2-59b 和图 2-59c 所示。

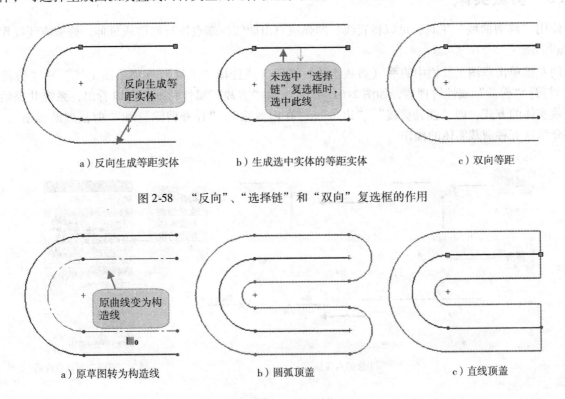

a）反向生成等距实体   b）生成选中实体的等距实体   c）双向等距

图 2-58   "反向"、"选择链"和"双向"复选框的作用

a）原草图转为构造线   b）圆弧顶盖   c）直线顶盖

图 2-59   "制作基体结构"和"顶端加盖"复选框的作用

2.3.4   转换实体引用

使用转换实体引用工具可将现有草图或实体模型某一表面的边线投影到草绘平面上，并且其投影方向垂直于绘图平面，在绘图平面上生成新的草图实体。其具体操作为：进入某个基准面的草绘模式后（见图 2-60a），首先选中要进行转换实体引用的面（或线）（见图 2-60b），再用左键单击草图工具栏中

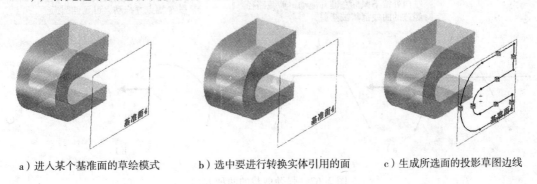

a）进入某个基准面的草绘模式   b）选中要进行转换实体引用的面   c）生成所选面的投影草图边线

图 2-60   "转换实体引用"的操作界面

的🗔（转换实体引用）按钮（或选择"工具"→"草图工具"→"转换实体引用"菜单），即可在基准面上生成所选面的投影草图边线，如图2-60c所示。

> 📖 利用转换实体引用生成的草图与原实体间存在着链接关系，若原实体改变，转换实体引用后的草图也将随之改变。

2.3.5 剪裁实体

使用"修剪曲线"工具，可以将直线、圆弧或自由曲线的端点进行修剪或延伸。修剪直线操作如图2-61a所示。

用左键单击草图工具栏中的✂（剪裁实体）按钮（或选择"工具"→"草图工具"→"剪裁"菜单），打开"剪裁"属性管理器，如图2-61b所示。由"剪裁"属性管理器可以看出，系统共提供了五种剪裁实体的方式，即"强劲剪裁"、"边角"、"在内剪除"、"在外剪除"和"剪裁到最近端"。下面分别介绍这五种剪裁实体的操作。

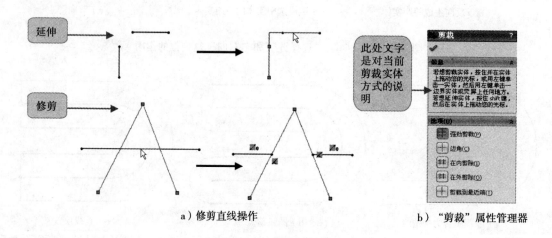

a）修剪直线操作   b）"剪裁"属性管理器

图2-61　剪裁实体

1. 强劲剪裁

使用强劲剪裁可以通过用鼠标指针拖过每个草图实体来剪裁多个相邻草图实体（见图2-62a），还可以令草图实体沿其自然路径延伸，如图2-62b所示。

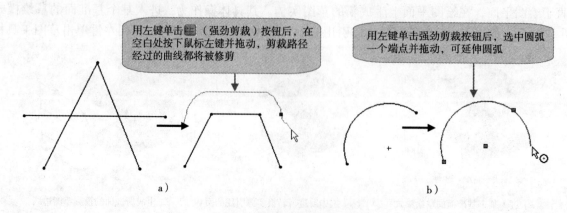

图2-62　强劲剪裁的两种方式

圆弧在其两边具有最大的延伸长度（通常为补圆弧的 1/2 长度），一旦达到最大延伸长度，延伸将转到另一侧。

2. 边角

"边角"剪裁用于延伸或剪裁两个草图实体，直到它们在虚拟边角处相交，如图 2-63 所示。

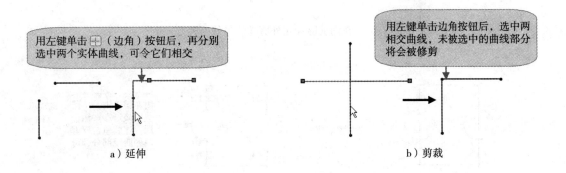

用左键单击 ⊞（边角）按钮后，再分别选中两个实体曲线，可令它们相交

用左键单击边角按钮后，选中两相交曲线，未被选中的曲线部分将会被修剪

a）延伸　　　　　　　　b）剪裁

图 2-63 "边角"裁剪的两种方式

3. 在内剪除

"在内剪除"用于剪裁位于两个边界实体内的草图实体部分，如图 2-64a 所示。执行操作时，首先需要选中两条边界曲线，然后选中裁剪对象，则裁剪对象位于边界内的部分将被删除。

4. 在外剪除

"在外剪除"用于剪裁位于两个边界实体外的草图实体部分，如图 2-64b 所示。执行操作时，首先需要选中两条边界曲线，然后选中裁剪对象，裁剪对象位于边界外的部分将被删除。

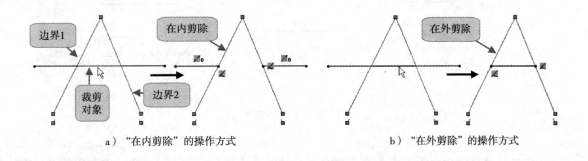

边界1　　裁剪对象　　边界2　　在内剪除

在外剪除

a）"在内剪除"的操作方式　　　　　　b）"在外剪除"的操作方式

图 2-64 "在内剪除"和"在外剪除"的操作方式

 在执行"在内剪除"或"在外剪除"操作时，需要注意的是：被裁剪的对象并不是一定要与边界相交，而只要它们位于两个对象的内部（或外部）即可（见图 2-65），但此时被裁剪的对象不可以是闭合的实体。

5. 剪裁到最近端

"剪裁到最近端"可以自动判断剪裁边界，用左键单击的对象即是要剪裁的对象，无需做其他任何选择。剪裁到最近端的操作方式如图 2-66 所示。

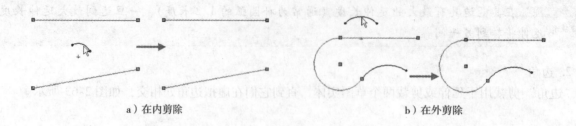

a）在内剪除   b）在外剪除

图 2-65　在内剪除和在外剪除的另外两种方式

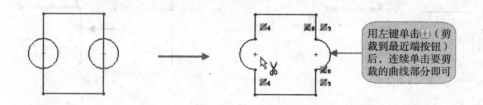

> 用左键单击⊞（剪裁到最近端按钮）后，连续单击要剪裁的曲线部分即可

图 2-66　"剪裁到最近端"的操作方式

2.3.6　延伸实体

使用"延伸实体"工具，可在保证实体原有趋势不变的情况下向外延伸，直到与另一实体相交。用左键单击草图工具栏中的 T（延伸实体）按钮（或选择"工具"→"草图工具"→"延伸"菜单），然后用左键单击要延伸的实体，即可将实体延伸，如图 2-67 所示。

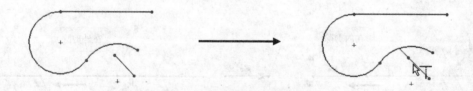

图 2-67　延伸实体的操作方式

> 若在实体的延伸方向上没有其他实体作为延伸终止条件，SolidWorks 将尝试沿另一方向延伸。若还没有找到合适的延伸终止条件，系统将放弃执行延伸操作。

2.3.7　分割实体

使用分割实体工具，可将草图实体在某一位置上一分为二。用左键单击草图工具栏中的✂（分割实体）按钮，或选择"工具"→"草图工具"→"分割实体"菜单，然后在绘图区用左键单击需分割的图线位置即可在此位置进行分割，如图 2-68 所示。

> 如果要将两个被分割的草图实体合并成一个实体，则在打开草图后，用左键选中分割点，并按下【Delete】键将其删除即可。

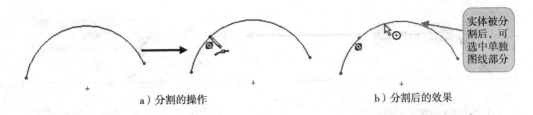

a）分割的操作　　　　　　　　　　b）分割后的效果

图 2-68　分割实体的操作方式

2.3.8　构造几何线

　　"构造几何线"是一种线型转换工具，用来协助生成草图实体。它既可以将草图的各种实线转换为构造几何线，也可将构造几何线转换为实体图线。

　　如图 2-69 所示，首先选取实线，再用左键单击草图工具栏中的 （构造几何线）按钮，即可将实线转变为构造几何线。执行同样操作可将构造几何线转变为实线。

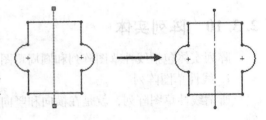

图 2-69　构造几何线的操作方式

2.3.9　镜像实体

　　镜像○实体是指以某条直线（中心线）作为参考，复制出对称图形的操作，常用来创建具有对称部分的复杂图形。

　　进入草绘环境后，选中要被执行镜像操作的图形，用左键单击草图工具栏中的 （镜像实体）按钮（或选择"工具"→"草图工具"→"镜向"菜单），再在弹出的"镜向"属性管理器中用左键单击"镜向点"下的横条，并选中作为镜像参考的直线或中心线，将复制出关于直线或中心线对称的图形，如图 2-70 所示。

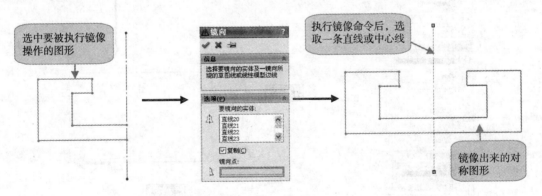

图 2-70　镜像实体的操作方式

　　除了镜像实体工具外，SolidWorks 还提供了 （动态镜像实体工具），使用此工具，可在绘制实体时同时进行镜像操作，如图 2-71 所示。

───────────────

　　○　在 SolidWorks 软件中为"镜向"。

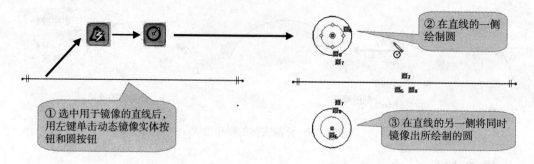

② 在直线的一侧绘制圆

① 选中用于镜像的直线后，用左键单击动态镜像实体按钮和圆按钮

③ 在直线的另一侧将同时镜像出所绘制的圆

图 2-71　动态镜像实体的操作方式

2.3.10　阵列实体

阵列实体包括线性草图阵列和圆周草图阵列，下面对它们分别进行介绍。

1. 线性草图阵列

所谓线性草图阵列，就是在横向和竖向两个方向上阵列图形。下面介绍一个线性草图阵列的操作实例。

首先绘制一个五角星并将其选中，然后用左键单击草图工具栏中的 ▦ （线性草图阵列）按钮（或选择"工具"→"草图工具"→"线性阵列"菜单），弹出"线性阵列"属性管理器，在"方向 1"卷展栏和"方向 2"卷展栏中设置相应的"间距"和阵列个数，最后用左键单击 ✅ （确定）按钮，即可生成阵列草图，如图 2-72 所示。

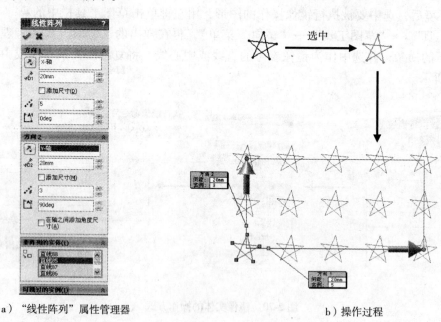

a）"线性阵列"属性管理器　　　　　　　　b）操作过程

图 2-72　线性草图阵列的操作方式

下面解释一下"线性阵列"属性管理器中各选项的作用。

➤ "方向 1" 卷展栏：用于设置阵列在此方向上的参数。例如，可设置阵列的参考轴以及各阵列对象间的距离、个数和阵列方向与参考轴间的角度等，如图 2-73 所示。

➤ "方向 2" 卷展栏：用于设置阵列在此方向上的参数，其操作同"方向 1"卷展栏。另外，选中"在轴之间添加角度尺寸"复选框，可以在完成阵列后，自动标注两个阵列方向间的角度，如图 2-74 所示。

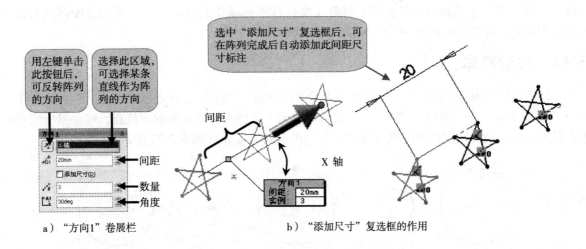

a）"方向 1"卷展栏　　　　　　　b）"添加尺寸"复选框的作用

图 2-73　"方向 1"卷展栏的作用

➤"可跳过的实例"卷展栏：选中此卷展栏中的列表区域后，可选择不需包括在阵列中的实例，如图 2-75 所示。

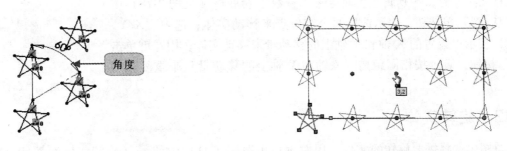

图 2-74　自动标注两个阵列方向间的角度　　　　　　图 2-75　选择不想包括在阵列中的实例

2. 圆周草图阵列

圆周草图阵列用于将草图中的图形以圆周的形式阵列。下面介绍一个圆周草图阵列的操作实例。

如图 2-76 所示，首先选中要进行阵列的图形，然后用左键单击草图工具栏中的 ❀（圆周草图阵列）按钮（或选择"工具"→"草图工具"→"圆周阵列"菜单），弹出"圆周阵列"属性管理器，设置阵列个数和角度，最后单击 ✔（确定）按钮即可。

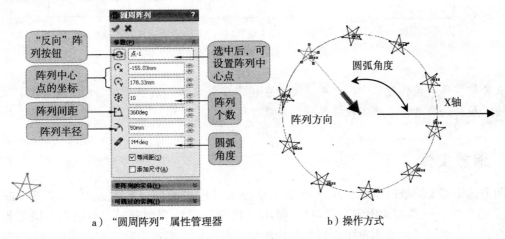

a）"圆周阵列"属性管理器　　　　　　b）操作方式

图 2-76　圆周草图阵列的操作方式

选中"等间距"复选框后，将在阵列间距（要进行阵列操作的总角度）内平均分配阵列对象；如取消其选中状态，阵列间距则为两个阵列对象间的角度值。

2.3.11　移动实体

在草图中选中要移动的实体，用左键单击草图工具栏中的 ⬚（移动实体）按钮（或选择"工具"→"草图工具"→"移动"菜单），再用左键单击一点作为移动实体的定位点，移动鼠标到目标点后单击鼠标左键，最后用左键单击 ✔（确定）按钮即可移动实体，如图 2-77 所示。

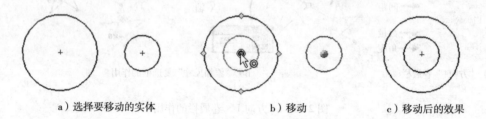

a）选择要移动的实体　　　　　b）移动　　　　　c）移动后的效果

图 2-77　移动实体操作

图 2-78　"参数"卷展栏

在移动实体时，在其属性管理器的"参数"卷展栏（见图 2-78）中选中"从/到"单选钮，表示选择两个定位点来移动实体；选中"X/Y"单选钮，表示以设置的 X 轴和 Y 轴上的移动量来移动实体；用左键单击"重复"按钮，表示按相同距离（X 轴和 Y 轴上的移动量）来重复移动实体。

2.3.12　旋转实体

在草图中选择需要旋转的实体，用左键单击草图工具栏中的 ⬚（旋转实体）按钮（或选择"工具"→"草图工具"→"旋转"菜单），用左键单击一点作为旋转中心，选择后将显示一坐标系，按下鼠标左键并拖动即可旋转实体，最后用左键单击 ✔（确定）按钮即可，如图 2-79 所示。

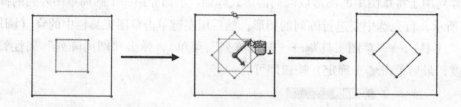

图 2-79　旋转实体的操作方式

> **提示** 在旋转实体的操作过程中，也可通过在左侧"旋转实体"属性管理器的 ⬚（角度）文本框中输入旋转的角度值来确定精确旋转的角度。

2.3.13　缩放实体

在草图中选中需要缩放的实体，用左键单击草图工具栏中的 ⬚（缩放实体）按钮（或选择"工具"→"草图工具"→"缩放比例"菜单），弹出"比例"属性管理器，用左键单击圆心设置比例缩放点，再在 ⬚（比例因子）文本框中设置缩放的比例，最后用左键单击确定按钮即可缩放实体，如图 2-80 所示。

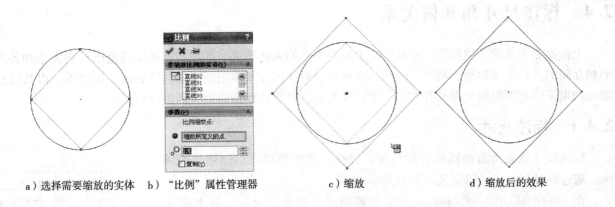

a）选择需要缩放的实体　b）"比例"属性管理器　　　　　c）缩放　　　　　d）缩放后的效果

图 2-80　缩放实体的操作方式

> 选中"比例"属性管理器中的"复制"复选框，可在缩放实体时保留原实体，即实现复制实体操作。

2.3.14　检查草图的合法性

检查草图合法性可以及时准确地判断草图到指定特征操作的可行性。例如，在某一草图绘制完成后，选择"工具"→"草图工具"→"检查草图合法性"菜单，弹出"检查有关特征草图合法性"对话框，在对话框中设置"特征用法"选项为"凸台拉伸"，用左键单击对话框中的"检查"按钮，弹出新对话框显示"此草图有自相交叉的轮廓线"，同时草图中自相交叉的部分会以绿色显示，如图 2-81 所示。

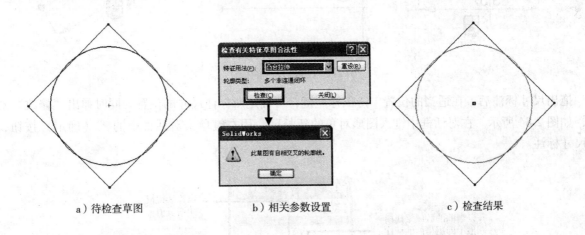

a）待检查草图　　　　　　　b）相关参数设置　　　　　　c）检查结果

图 2-81　检查草图合法性的操作方法

由于草图中有自相交叉的部分，表明此草绘图形不符合凸台拉伸操作，因此需要重新绘制草绘图形。

若检查草图合法，在弹出的对话框中将出现"没有找到问题"之类的字符，此时表明可以使用此草绘图形进行相应的特征操作。

2.4 标注尺寸和几何关系

上面绘制实体的各项操作,只是确定了截面图形的大体轮廓,并没有具体地规范图形的大小和各图形相互间的关系,图形很不精确。因此,必须通过标注尺寸来确定图形的具体长度、弧度等,以及通过添加约束来确定图形间是否具有垂直、平行等关系,以此达到精确定义图形的目的。

2.4.1 标注尺寸

标注尺寸就是为截面图形标注长度、直径、弧度等尺寸,如图 2-82 所示。通过标注尺寸,可以定义图形的大小。

在 SolidWorks2008 中,标注尺寸主要利用 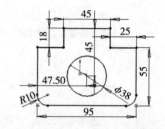（智能尺寸）工具来完成,可标注线性尺寸、角度尺寸、圆弧尺寸和圆的尺寸,下面分别介绍其操作。

图 2-82 草图上的尺寸标注

1. 标注线性尺寸

线性尺寸分为水平尺寸、垂直尺寸和平行尺寸三种。用左键单击草图工具栏中的"智能尺寸"按钮（或选择"工具"→"标注尺寸"→"智能尺寸"菜单）,将鼠标指针移动至需标注尺寸的直线附近,直线显示为红色时用左键单击,然后一直向下移动鼠标,可拖出水平尺寸,一直向左拖动鼠标可拖出垂直尺寸,沿着垂直于直线的方向移动可拖出平行尺寸,如图 2-83 所示。

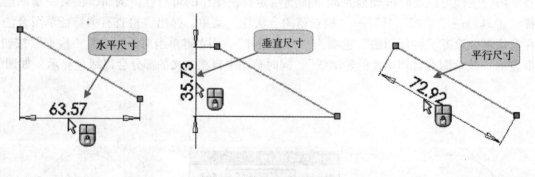

图 2-83 线性尺寸的标注

拖出尺寸标注后,在适当的位置单击鼠标左键,可确定所标注尺寸的位置,同时弹出"修改"对话框,如图 2-84 所示。在对话框中键入图形对象的新长度,用左键单击对话框中的 ✔（确定）按钮,完成尺寸标注。

图 2-84 "修改"对话框

2. 标注角度尺寸

用左键单击草图工具栏中的"智能尺寸"按钮,用鼠标左键分别单击需标注角度尺寸的两条直线,移动鼠标并在适当位置单击左键,可确定所标注尺寸的位置,同时弹出"修改"对话框（见图 2-85）,

在对话框中键入需标注角度的新角度值，用左键单击对话框中的确定按钮，即可标注角度尺寸，如图 2-85 所示。

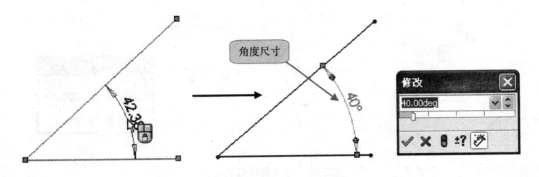

图 2-85　角度尺寸的标注

 在标注角度尺寸时，移动鼠标指针至不同的位置，可得到不同的标注形式，如图 2-86 所示。

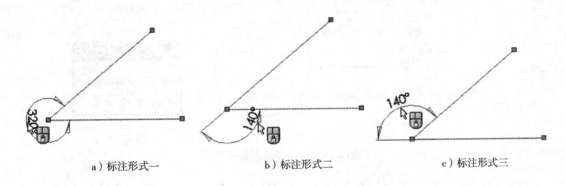

a）标注形式一　　　　　　　　b）标注形式二　　　　　　　　c）标注形式三

图 2-86　几种不同的角度尺寸标注形式

3. 标注圆弧尺寸

可标注圆弧半径和圆弧弧长两种圆弧尺寸，下面分别介绍其操作。

➢ 标注圆弧半径：用左键单击草图工具栏中的 ![智能尺寸] （智能尺寸）按钮，再用左键单击圆弧，移动鼠标拖出半径尺寸，再次用左键单击确定尺寸的放置位置，即可标注圆弧半径尺寸，如图 2-87 所示。

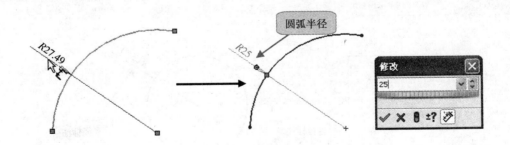

图 2-87　标注圆弧半径尺寸

➢ 标注圆弧弧长：用左键单击草图工具栏中的"智能尺寸"按钮，用鼠标左键分别单击圆弧的两个端点及圆弧，移动鼠标拖出圆弧的弧长尺寸，再次用左键单击确定尺寸的放置位置，即可标注圆弧弧长尺寸，如图 2-88 所示。

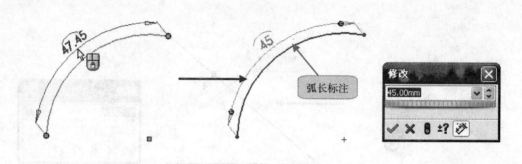

图 2-88　标注圆弧弧长尺寸

4. 标注圆的尺寸

用左键单击草图工具栏中的 ![icon] （智能尺寸）按钮，用左键单击圆并移动鼠标，拖出圆的直径尺寸，再次用左键单击确定尺寸标注的放置位置，即可标注圆的直径尺寸，如图 2-89 所示。

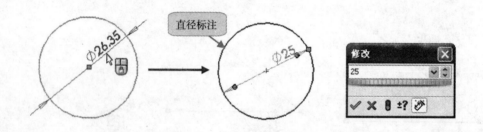

图 2-89　标注圆的直径尺寸

在标注圆的直径时，用鼠标左键单击的位置不同，圆的标注形式也有所不同，如图 2-90a 所示。此外，通过左键单击"尺寸"属性管理器"引线"选项卡的 ![icon] （半径）按钮，可以标注圆的半径尺寸，如图 2-90b 所示。

在"尺寸"属性管理器中，对每种尺寸标注都提供了大量的选项用于设置。例如，可设置尺寸标注的对齐方式、箭头样式和文字样式等，由于篇幅限制，本文不一一讲述其意义，有兴趣的读者不妨自己尝试一下。

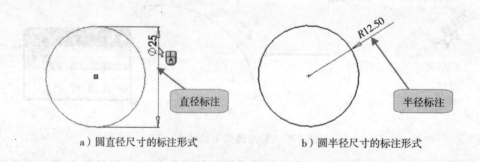

a) 圆直径尺寸的标注形式　　　　　　　　b) 圆半径尺寸的标注形式

图 2-90　圆直径尺寸的标注形式和圆半径尺寸的标注形式

在草绘模式下，若在尺寸标注上用左键双击，则会弹出"修改"对话框，可在此对话框中对尺寸标注进行修改。

2.4.2　几何关系

几何关系是指各几何元素或几何元素与基准面、轴线、边线或端点之间相对位置的关系。例如，两条直线平行或垂直、两圆相切或同心等，均是两几何元素间的几何关系。在 SolidWorks2008 中，可自动添加几何关系，也可手动添加几何关系，下面分别介绍其操作。

1. 自动添加几何关系

自动添加几何关系是指在绘图过程中，系统根据几何元素的相对位置自动赋予几何意义，不需另行添加几何关系。例如，在绘制竖直直线时（见图 2-91a），系统自动添加 ▌（竖直）几何关系，并在"线条属性"管理器的"现有几何关系"列表中列出该几何关系，如图 2-91b 所示。

a）绘制的竖直直线

b）"现有几何关系"列表

图 2-91　带有竖直几何关系的直线和"线条"属性管理器的"现有几何关系"列表

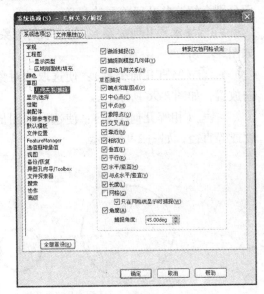

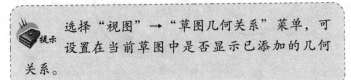 可选择"工具"→"选项"菜单，打开"系统选项"对话框（见图 2-92），在"系统选项"选项卡中选择"草图"→"几何关系/捕捉"选项，然后在右侧选中或取消"自动几何关系"复选框，以此设置在绘制图形时系统是否自动添加几何关系。

选择"视图"→"草图几何关系"菜单，可设置在当前草图中是否显示已添加的几何关系。

图 2-92　"系统选项"对话框

2. 手动添加几何关系

手动添加几何关系是指用户根据模型设计的需要，手动设置图形元素间的几何约束关系。下面先来看一个添加几何关系的操作实例。

步骤 1　首先绘制一条倾斜直线（见图 2-93），然后用左键单击草图工具栏中的 ┻（添加几何关系）按钮，或选择"工具"→"几何关系"→"添加"菜单。

步骤 2 用左键单击倾斜直线，则该直线的名称将显示在"添加几何关系"属性管理器的"所选实体"选项列表中，如图 2-94 所示。

步骤 3 用左键单击"添加几何关系"卷展栏中的 ━（水平）按钮，则该倾斜直线将水平放置，如图 2-95 所示。

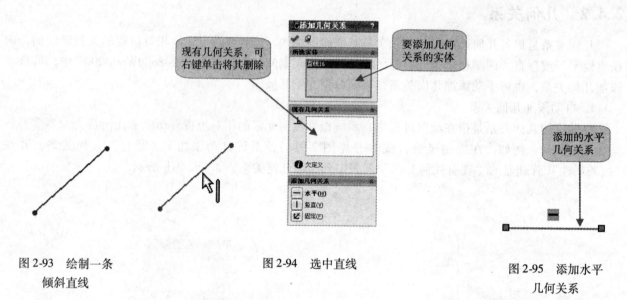

图 2-93　绘制一条　　　　　　　图 2-94　选中直线　　　　　　　图 2-95　添加水平
　　　　倾斜直线　　　　　　　　　　　　　　　　　　　　　　　　　几何关系

系统会根据用户所选中的草绘实体提供不同的几何关系按钮，通过它们可添加水平、竖直、相等、共线、平行、相切、同心、中点、对称等几何关系。下面分别介绍这些几何关系的意义。

➢ ━（水平几何关系）：使选取的对象水平放置，如图2-95 所示。

➢ ┃（竖直几何关系）：使选取的对象按竖直方向放置，如图 2-96 所示。

➢ ＝（相等几何关系）：使选取的图形元素等长度或等直径，如图 2-97 所示。

a）添加几何关系前　　　　　b）添加几何关系后

图 2-96　添加竖直几何关系

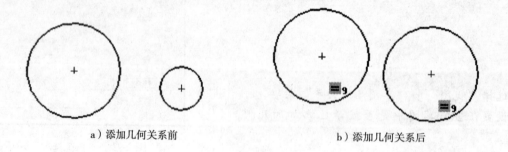

a）添加几何关系前　　　　　　　　　　b）添加几何关系后

图 2-97　添加相等几何关系

➢ ╱（共线几何关系）：使两条或两条以上的直线落在同一直线或其延长线上，如图 2-98 所示。

➢ ╲（平行几何关系）：使两条或两条以上的直线与一条直线或一个实体边缘线平行，如图 2-99 所示。

➢ ♂（相切几何关系）：使两图线（直线、圆、圆弧、椭圆或实体边缘线）相切，如图 2-100 所示。

➢ ◎（同心几何关系）：使两圆或圆弧同圆心，如图 2-101 所示。

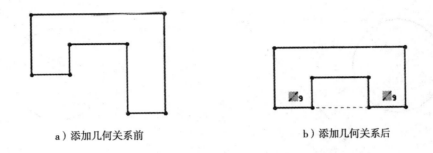

a）添加几何关系前　　　　　　　　b）添加几何关系后

图 2-98　添加共线几何关系

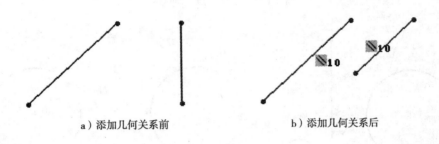

a）添加几何关系前　　　　　　　　b）添加几何关系后

图 2-99　添加平行几何关系

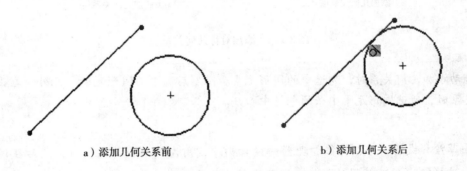

a）添加几何关系前　　　　　　　　b）添加几何关系后

图 2-100　添加相切几何关系

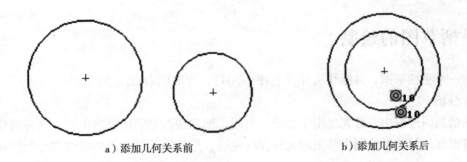

a）添加几何关系前　　　　　　　　b）添加几何关系后

图 2-101　添加同心几何关系

➢ ☑（中点几何关系）：使点（端点或圆心点）位于线段的中点，如图 2-102 所示。
➢ ▣（对称几何关系）：使两条图线关于一个中心线对称，如图 2-103 所示。

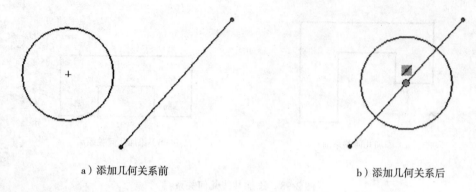

a）添加几何关系前　　　　　　　　b）添加几何关系后

图 2-102　添加中点几何关系

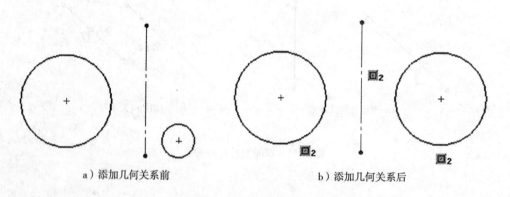

a）添加几何关系前　　　　　　　　b）添加几何关系后

图 2-103　添加对称几何关系

> **提示**　在手动添加几何关系时，先选中的图形元素会限制后选中的图形元素。此外，在设置对称几何关系时，所选图形元素中必须包括中心线。

> **知识库**　退出草绘模式后，可在特征管理器的设计树中，用左键单击草图项目，然后在弹出的工具栏中选择 （编辑草图）按钮，即可进入此草图项目的编辑模式，也可直接用左键双击绘图区中的草图，进入其编辑模式。

实例　手柄草图的绘制

下面绘制一个手柄草图，并标注尺寸（见图 2-104），以巩固本章所学的知识。

一、制作分析

本实例在绘制的过程中，首先使用中心线、直线、圆和圆弧等实体绘制工具，结合镜像实体和修剪工具，并通过添加几何关系绘制出草图的大体曲线轮廓，然后给草图的各个组成部分标注尺寸，最终得到理想的模型。

二、制作步骤

步骤 1　绘制中心线　用左键单击 （草图绘制）按钮，并选择一基准面进入草图绘制模式。用左键单击草图工具栏中的 （中心线）按钮，在绘图区中绘制一条过坐标原点的水平中心线，如图 2-105 所示。

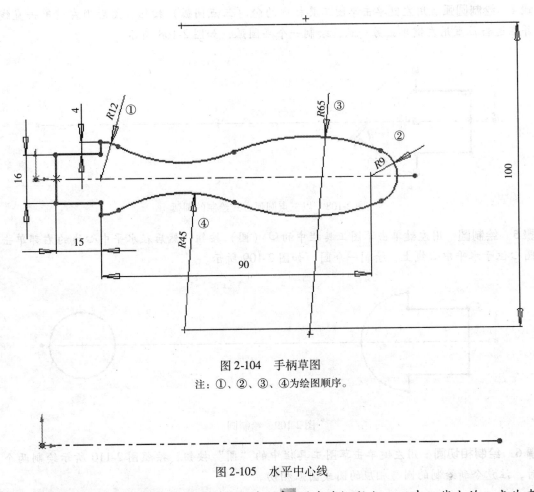

图 2-104 手柄草图
注：①、②、③、④为绘图顺序。

图 2-105 水平中心线

步骤 2 绘制折线 用左键单击草图工具栏中的 ▧（直线）按钮，以中心线上的一点为直线的起点，连续绘制折线，如图 2-106 所示。

图 2-106 连续绘制折线

步骤 3 镜像折线 采用框选方式，选取需镜像的图线及中心线，用左键单击草图工具栏中的 ▲（镜像实体）按钮，生成如图 2-107 所示的对称图形。

图 2-107 以镜像实体方式完成图形左部直线的绘制

步骤4　绘制圆弧　用左键单击草图工具栏中的 ⌒（三点圆弧）按钮，然后用左键单击直线的两个端点，并在适当位置用左键单击另一点，绘制一个半圆弧，如图2-108所示。

图2-108　以三点圆弧方式绘制的圆弧

步骤5　绘制圆　用左键单击草图工具栏中的 ⊙（圆）按钮，然后在水平中心线的右部单击鼠标左键，令圆心位于水平中心线上，绘制一个圆，如图2-109所示。

图2-109　绘制圆

步骤6　绘制相切圆　用左键单击草图工具栏中的"圆"按钮，按照图2-110所示绘制两个圆。在绘制圆时，注意令新绘制的圆与相应的圆或圆弧相切。

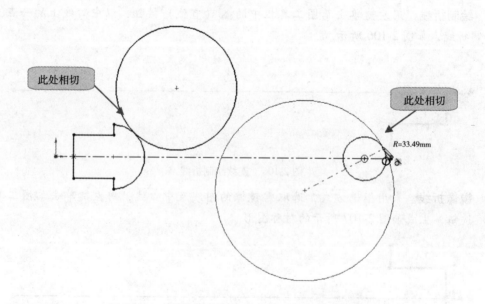

图2-110　绘制两个圆并令其与相关的圆或圆弧相切

步骤7　设置相切约束　用左键单击草图工具栏中的 ⊥（添加几何关系）按钮，分别选中两个新绘制的圆，然后在"添加几何关系"属性管理器中用左键单击"相切"按钮，令两个圆弧相切，如图2-111所示。

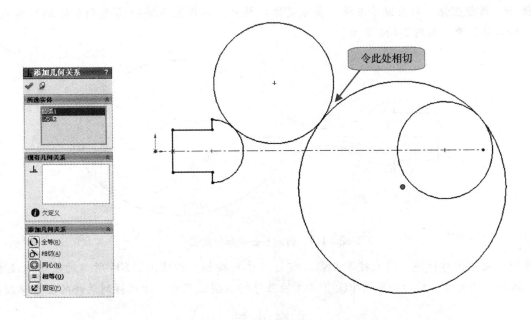

图 2-111　令新绘制的两个圆相切

步骤 8　剪裁草图　用左键单击 ✂ （剪裁实体）按钮，并在"剪裁"属性管理器中用左键单击 ✚ （剪裁到最近端）按钮，再用左键单击需剪裁的曲线部分，得到图形的初步效果，如图 2-112 所示。

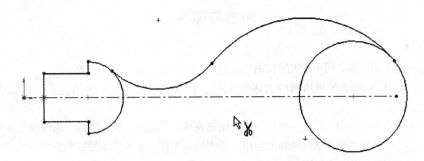

图 2-112　剪裁部分曲线后的效果

步骤 9　镜像圆弧　选取剪裁后剩下的两段圆弧及中心线，用左键单击草图工具栏中的 ⚎ （镜像实体）按钮，得到图 2-113 所示的图形。

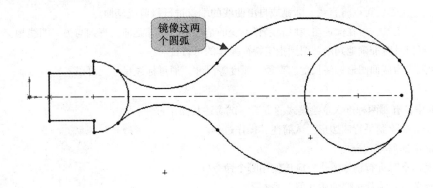

图 2-113　镜像相关曲线

步骤10 剪裁实体 用左键单击 <img /> （剪裁实体）按钮，同样采用 <img /> （剪裁到最近端）方式将图形中不必要的部分删除，如图 2-114 所示。

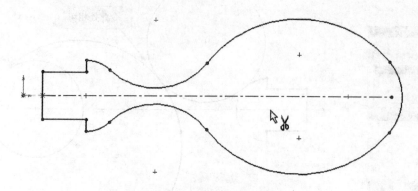

图 2-114 剪裁不必要部分曲线

步骤11 添加尺寸标注 用左键单击 <img /> （智能尺寸）按钮，按照图 2-104 所示的值添加尺寸标注。注意，先添加线性尺寸，然后按照图中①②③④的顺序标注圆弧尺寸，即可得到最终的理想草绘图形。

本 章 小 结

熟练、准确地绘制出草图，是使用 SolidWorks 进行模型设计的第一步。本章主要介绍了绘制草图实体、对草图实体进行修改以及标注尺寸和设置草图实体间几何关系的方法。其中，尺寸标注和几何关系是本章的难点，应重点掌握。

思考与练习

一、填空题

（1）草图指的是一个平面轮廓，用于定义特征的_____、_____和_____等。

（2）草图工具栏提供了草图绘制所用到的大多数工具，并且进行了分类，包括_____工具、_____工具、_____工具和_____工具。

（3）草图绘制实体是指直接绘制_____的操作，如绘制直线、多边形、圆和圆弧、椭圆和椭圆弧等。

（4）_____也称为构造线，主要起参考轴的作用，通常用于生成对称的草图特征或旋转特征。

（5）在 SolidWorks 中绘制圆弧，主要有_____、_____和_____三种方法。

（6）_____是在平面内到一个定点和一条定直线距离相等的点的轨迹，它是圆锥曲线的一种。

（7）使用_____工具可以按设置的方向，间隔一定的距离复制出对象的副本。

（8）使用_____工具可将现有草图或实体模型某一表面的边线投影到草绘平面上，其投影方向垂直于绘图平面，在绘图平面上生成新的草图实体。

（9）使用_____工具，可以将直线、圆弧或自由曲线的端点进行修剪或延伸。

（10）使用_____工具，可在保证图线原有趋势不变的情况下，向外延伸，直到与另一图线相交。

（11）_____可以及时准确地判断草图到指定特征操作的可行性。

（12）标注尺寸就是为截面图形标注长度、直径、弧度等尺寸，通过标注尺寸，可以_____。

二、问答题

（1）SolidWorks 中，有哪两种进入草绘模式的方法？试简述其操作过程。

（2）应使用哪个命令绘制平行四边形？试简述其操作过程。

（3）分割实体后应如何将其合并？

（4）能否在绘制图形时进行镜像操作？应该使用哪个命令？

（5）什么是几何关系？为什么要使用几何关系？

三、操作题

（1）尝试绘制一个五角星（推荐使用"多边形"和"线"工具绘制）。

（2）试绘制如图 2-115 所示的两个草绘图形，并分别为其标注尺寸。

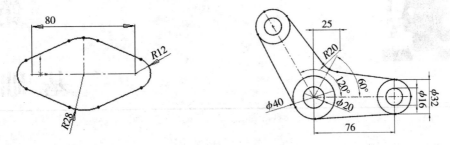

图 2-115　需绘制的草绘图形

第 3 章

基础特征

本章内容提要

章前导读

在零件的特征中，首先草绘截面图形，然后再按照一定的方式生成的三维模型，称为基础特征。基础特征主要包括拉伸特征、旋转特征、扫描特征、放样特征和筋特征。

3.1 拉伸特征

拉伸特征是生成三维模型时最常用的一种特征。其原理是将一个二维草绘平面图形拉伸一段距离形成特征，如图 3-1 所示。

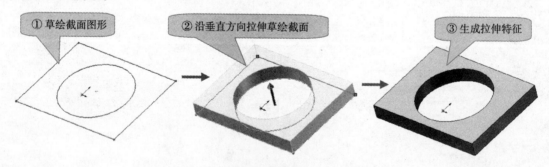

图 3-1 拉伸特征生成过程示意图

拉伸特征主要包括拉伸实体或薄壁、拉伸基体或凸台、切除拉伸和拉伸曲面四种类型，如图 3-2 所

a) 拉伸实体   b) 拉伸凸台

图 3-2 四种拉伸类型

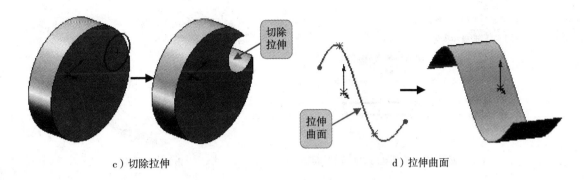

c）切除拉伸　　　　　　　　　　　　　d）拉伸曲面

图3-2　四种拉伸类型（续）

示。其中，拉伸实体、薄壁、凸台和基体可通过 ⬚ （拉伸凸台/基体）按钮创建，切除拉伸可通过 ⬚ （拉伸切除）按钮创建，拉伸曲面可通过 ⬚ （拉伸曲面）按钮创建。

　　本章仅讲述使用"拉伸凸台/基体"按钮和"拉伸切除"按钮创建拉伸特征的方法，对于拉伸曲面操作，将在第6章讲述。

3.1.1　拉伸凸台/基体特征的操作过程

　　拉伸基体就是拉伸出实体，而拉伸凸台则是在拉伸出的实体上实现凸台。下面我们通过创建一个嵌套图形拉伸模型来认识一下拉伸特征的操作方法。模型的截面草绘图形以及拉伸效果如图3-3所示。

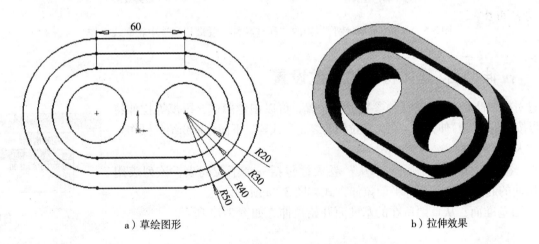

a）草绘图形　　　　　　　　　　　　　　b）拉伸效果

图3-3　模型的截面草绘图形和拉伸效果

　　步骤1　按照第2章的操作，进入草绘环境后草绘截面图形（见图3-3a），并退出草绘模式。

　　步骤2　用左键单击"拉伸凸台/基体"按钮，选中刚绘制的草绘图形最外边的轮廓线，弹出"拉伸"属性管理器，在"方向1"卷展栏（见图3-4a）的 ⬚ （深度）文本框中输入拉伸深度为"30.00mm"，出现拉伸实体的预览效果，如图3-4b所示。

　　步骤3　如图3-5所示，在"拉伸"属性管理器中选择"所选轮廓"卷展栏，然后在绘图区中通过左键单击选中草绘图形内部所有曲线，最后用左键单击 ✓ （确定）按钮，即可生成拉伸特征，最终效果如图3-3b所示。

　　拉伸凸台是在拉伸出的实体上又增加了伸出项。其创建方法较简单，只需在已创建的实体面上绘制草绘图形，然后进行拉伸操作即可。

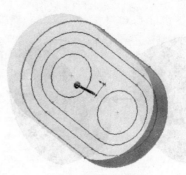

a）"拉伸"属性管理器的"方向1"卷展栏　　　　　b）拉伸预览

图 3-4　"拉伸"属性管理器的"方向1"卷展栏和拉伸预览

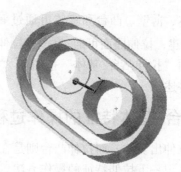

a）"所选轮廓"卷展栏　　　　　b）最终效果

图 3-5　"拉伸"属性管理器的"所选轮廓"卷展栏和选中轮廓线操作

3.1.2　拉伸凸台/基体特征的参数设置

通过对拉伸凸台/基体特征的参数进行设置，可以创建薄壁、拔模等拉伸特征，并可按要求设置拉伸方向、距离和拉伸的终止方式等。下面分别介绍其操作。

1. "从"卷展栏

"从"卷展栏如图 3-6 所示。"从"卷展栏包括一个下拉列表，该列表用于设置拉伸的起始条件。几种平面拉伸方式如图 3-7a 所示。

➤ 草图基准面：从草图所在的基准面开始拉伸，如图 3-7a 所示。

图 3-6　"从"卷展栏

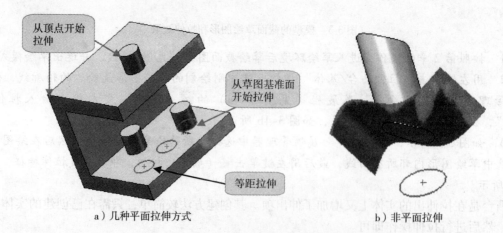

a）几种平面拉伸方式　　　　　b）非平面拉伸

图 3-7　"从"选项卡的作用

➢ 顶点：从被选中顶点所在的平面处开始拉伸，如图 3-7a 所示。

➢ 等距：从与当前草图基准面等距的基准面上开始拉伸，可在输入等距值文本框中设定等距距离，如图 3-7a 所示。

➢ 曲面/面/基准面：从选中的某个曲面、面或基准面处开始拉伸。可以从非平面开始拉伸，但是草图投影必须完全包含在非平面曲面或面的边界内，草图的开始拉伸曲面依存于非平面的形状，如图 3-7b 所示。

2. "方向 1"卷展栏

"方向 1"卷展栏中的参数及拉伸终止条件的下拉列表如图 3-8 所示。用户可在其中设置凸台或基体在"方向 1"卷展栏上的拉伸终止条件、拉伸方向以及拔模参数等。

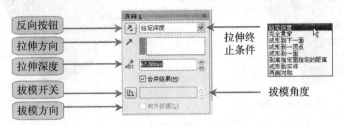

图 3-8　"方向 1"卷展栏中的参数及拉伸终止条件的下拉列表

➢ "拉伸终止条件"选项：该选项用来定义拉伸特征在拉伸方向上的终止位置或条件。在拉伸终止条件的下拉列表中包括八种不同形式的终止条件。拉伸终止条件各选项如图 3-9 所示，其作用见表 3-1。

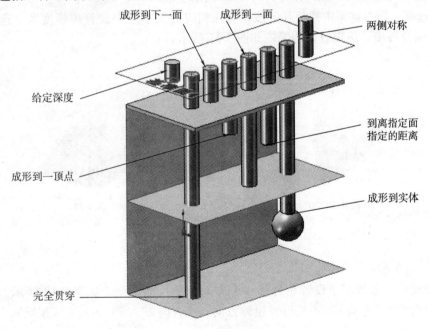

图 3-9　拉伸终止条件各选项

表 3-1　拉伸终止条件各选项的作用

拉伸终止条件	作　　用	拉伸终止条件	作　　用
给定深度	以一定的高度值进行拉伸	成形到一面	拉伸到某个面
完全贯穿	从草图的基准面开始拉伸，直到贯穿几何体的所有部分	到离指定面指定的距离	拉伸到距离指定面一定距离的位置
成形到下一面	从拉伸方向开始，拉伸到实体当前面的下一面	成形到实体	拉伸到某个实体
成形到一顶点	拉伸到所选顶点所在的面	两侧对称	以指定距离向两侧拉伸

用左键单击 🔄 （反向）按钮可以反转拉伸的方向。

➤ "拉伸方向"选项：该选项默认拉伸方向为垂直于草图基准面的方向，但用户也可以自定义拉伸的方向，如图 3-10 所示。

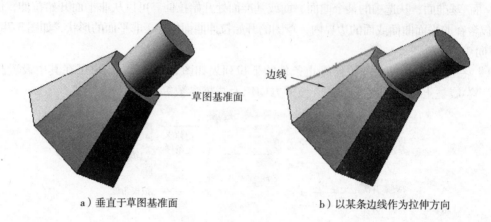

a）垂直于草图基准面   b）以某条边线作为拉伸方向

图 3-10 拉伸方向选项的应用

➤ "合并结果"复选框：选中此复选框后，若有可能，执行拉伸操作后会将所产生的实体合并到现有实体；如果不选中此复选框，拉伸操作后将生成不同的实体。

➤ "拔模"选项：用左键单击拔模开关按钮可在相应的文本框中设置拔模度数，选中"向外拔模"复选框，可设置向外拔模。拔模效果的比较如图 3-11 所示。

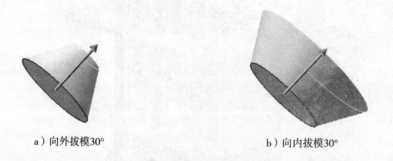

a）向外拔模30°   b）向内拔模30°

图 3-11 拔模效果的比较

3. "方向 2"卷展栏

"方向 2"卷展栏的参数用于设置在另外一个方向上的拉伸效果，如图 3-12 所示。它与"方向 1"的操作类似，不同的是"方向 2"不能设置拉伸方向（"方向 2"与"方向 1"相反），只能设置拉伸深

图 3-12 "方向 2"卷展栏和另外一个方向上的拉伸效果

度、拉伸终止条件和是否拔模，并且在"方向1"卷展栏中选择拉伸终止条件为"两侧对称"时，没有"方向2"选项。

4. "薄壁特征"卷展栏

"薄壁特征"卷展栏（见图3-13）用于设置薄壁拉伸。薄壁是指具有一定厚度的实体特征，可以对闭环和开环草图进行薄壁拉伸。

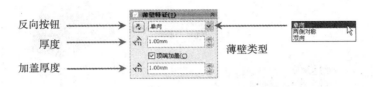

图3-13 "薄壁特征"卷展栏

"薄壁特征"卷展栏中各选项的作用如下：

➤"类型"选项：该选项用于设定薄壁拉伸的类型，包括"单向"、"两侧对称"和"双向"三种类型，如图3-14所示。其作用见表3-2。

表3-2 薄壁"类型"选项的作用

薄 壁 类 型	作 用
单向	设置薄壁向外单侧拉伸
两侧对称	设置薄壁向内外两侧以相同的距离拉伸
双向	设置薄壁向内外两侧以不同的距离拉伸

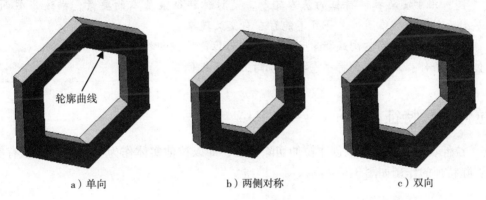

a）单向　　　　　b）两侧对称　　　　　c）双向

图3-14 薄壁特征的类型

➤"顶端加盖"选项：选中"顶端加盖"复选框，可以为薄壁特征的顶端加上顶盖，在 （加盖厚度）文本框中可以指定顶盖的厚度。"顶端加盖"选项只可用于模型中的第一个拉伸实体。

➤"自动加圆角"选项：如果轮廓草图是开环的，则会在"薄壁特征"卷展栏中出现"自动加圆角"复选框，如图3-15a所示。选中此复选框，可在下面的 （圆角半径）文本框中设置自动倒圆角

a）"薄壁特征"选项卡　　　　　　　b）自动生成圆角

图3-15 "自动加圆角"复选框和其效果

的值，从而在具有夹角的相交边线上自动生成圆角，如图 3-15b 所示。

5. "所选轮廓"卷展栏

"所选轮廓"卷展栏，允许用户选中当前草图中的部分草图生成拉伸特征，如图 3-16 所示。

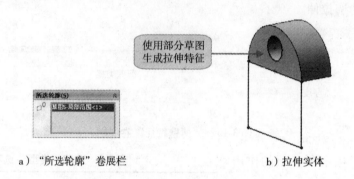

a)"所选轮廓"卷展栏   b)拉伸实体

图 3-16　"所选轮廓"卷展栏和拉伸实体

> 构成拉伸特征通常需要以下三个基本要素：
> ➤ 草图：用于定义拉伸特征的基本轮廓，是拉伸特征最基本的要素，描述了截面的形状。通常要求草图为封闭的二维图形，并且不能存在自交叉现象。
> ➤ 拉伸方向：垂直草图方向或指定方向均可作为拉伸特征的拉伸方向。
> ➤ 拉伸终止条件：定义拉伸特征在拉伸方向上的终止位置。

3.1.3　拉伸切除特征

使用 📷（拉伸切除）按钮可以创建拉伸切除特征，即以拉伸实体作为"刀具"在原有实体上去除材料。拉伸切除特征的作用如图 3-17 所示。

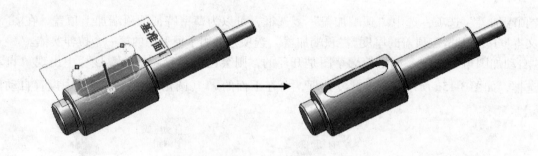

图 3-17　拉伸切除特征的作用

拉伸切除特征与拉伸凸台/基体特征的参数设置基本一致，只是在拉伸切除特征中增加了"反侧切除"复选框（见图 3-18a），利用该复选框可以切除封闭草图以外的部分，如图 3-18b 所示。

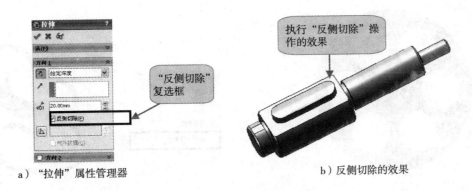

a）"拉伸"属性管理器　　　　　　　b）反侧切除的效果

图 3-18　反侧切除拉伸创建的实体

实例1　链轮的设计

下边绘制一个链轮模型（见图 3-19），以熟悉拉伸凸台/基体特征和拉伸切除特征的操作方法。

一、制作分析

本实例主要使用拉伸操作创建链轮模型。在操作过程中，草图绘制是难点，拉伸操作是重点。除此之外还用到了"圆周阵列"工具，对于此工具的使用方法，本章并不要求全面掌握。

二、制作步骤

步骤1　绘制草图图形　新建一零件类型文件，并进入草绘模式绘制草绘图形（见图 3-20），然后退出草图环境。

步骤2　拉伸出链轮基体　用左键单击"特征"工具栏中的"拉伸凸台/基体"按钮，选中绘图区中的草绘模型，并设置"方向1"卷展栏中的拉伸深度为 8mm，用左键单击 ✓（确定）按钮即可创建链轮的主体轮廓，如图 3-21 所示。

图 3-19　链轮模型

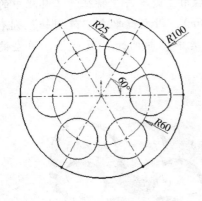

图 3-20　草绘图形

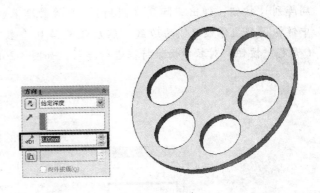

图 3-21　拉伸的"方向1"卷展栏以及链轮模型

步骤3　创建圆　如图 3-22 所示，选中链轮主体模型的某个面，并进入其草绘模式，在链轮主体模型的中央绘制一个半径为 25mm 的圆，然后退出草绘模式。

步骤4　拉伸圆　用左键单击"特征"工具栏中的"拉伸凸台/基体"按钮，选中刚才绘制的圆，并设置拉伸深度为 28mm，同时选中"合并结果"复选框，即可完成主轴拉伸实体的创建，如图 3-23 所示。

图 3-22　创建圆　　　　　　　　　　　　　图 3-23　创建主轴拉伸实体

步骤5　绘制圆　进入链轮模型背面草绘环境，在图 3-24 所示位置绘制半径为 7mm 的小圆。

步骤6　拉伸切除　单击"特征"工具栏中的"拉伸切除"按钮，选中刚才绘制的小圆，并设置拉伸深度为 8mm，进行拉伸切除，如图 3-25 所示。

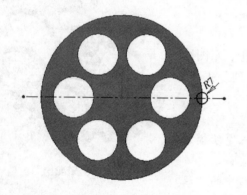

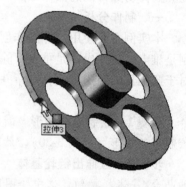

图 3-24　绘制小圆　　　　　　　　　　图 3-25　拉伸切除特征的"方向1"卷展栏和切除效果

步骤7　阵列操作　首先选中刚创建的拉伸切除特征，然后用左键单击"特征"工具栏中的（圆周阵列）按钮，弹出"阵列（圆周）"属性管理器（见图 3-26a），用左键单击"阵列轴"列表项，选中链轮模型主体最外侧的边线，然后设置阵列个数为 30，并选中"等间距"复选框，用左键单击（确定）按钮，对拉伸切除特征进行阵列，如图 3-26b 所示。

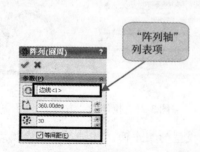

a）"阵列（圆周）"属性管理器　　　　　　　b）阵列操作的效果

图 3-26　阵列拉伸切除特征

步骤8 绘制外齿草图 进入链轮模型背面的草绘环境，绘制如图3-27所示的草绘图形。注意此图形为闭合图形，最下边需绘制一条相连边线，并且两侧直线"竖直"。

步骤9 拉伸出外齿 用左键单击"特征"工具栏中的"拉伸凸台/基体"按钮，选中刚绘制的草绘模型，设置拉伸深度为8mm，创建齿轮的外齿，效果如图3-28所示。

步骤10 阵列齿轮外齿 与步骤7中的操作相同，用左键单击"圆周阵列"按钮，对齿轮外齿进行圆周阵列，效果如图3-29所示。

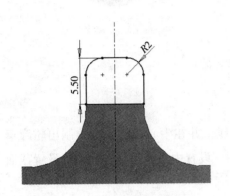

图3-27 齿轮外齿轮廓草图

图3-28 拉伸出齿轮外齿的效果

图3-29 阵列齿轮外齿的效果

步骤11 执行拉伸切除操作 进入链轮模型前轴平面的草绘环境，并绘制一个如图3-30a所示的草绘模型，并使用拉伸切除工具对模型进行切除拉伸（参数设置见图3-30b），完成链轮模型的绘制，效果如图3-30c所示。

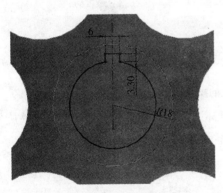

a）前轴平面草绘环境

b）切除拉伸参数设置

c）完成的链轮模型

图3-30 创建链轮模型的中轴空腔

3.2 旋转特征

旋转特征是将草绘截面绕旋转中心线旋转一定角度而生成的特征。常见的轴类、盘类、球类（见图3-31）或含有球面的回转体类零件，都可用旋转命令进行造形。旋转特征主要包括旋转凸台/基体和旋转切除两类特征，可以创建实体、薄壁，也可以设置旋转角度，还可以进行旋转切除。

a）轴类   b）盘类   c）球类

图 3-31   常见的轴类、盘类和球类旋转特征

3.2.1   旋转凸台/基体特征的操作过程

旋转凸台/基体特征的操作过程是这样的：首先绘制一条中心线，并在中心线的一侧绘制出轮廓草图，然后用左键单击 ⊕（旋转凸台/基体）按钮，并选中轮廓草图，设置中心线为旋转轴，再设置截面绕中心线旋转的角度（0°~360°），由此生成旋转特征，如图 3-32 所示。

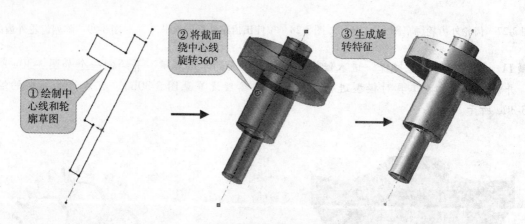

① 绘制中心线和轮廓草图

② 将截面绕中心线旋转360°

③ 生成旋转特征

图 3-32   旋转凸台/基体特征的操作过程

旋转凸台/基体特征的轮廓草图可以是开环也可以是闭环。当为开环时，只能生成薄壁旋转特征。薄壁旋转特征的生成过程如图 3-33 所示。注意，轮廓草图不能与旋转中心线交叉。

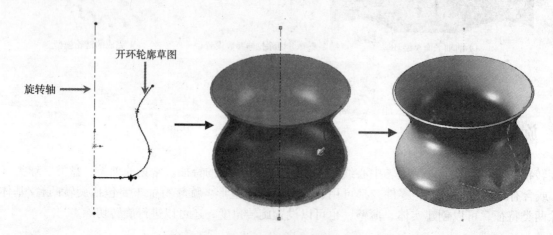

旋转轴 →

开环轮廓草图

图 3-33   薄壁旋转特征的生成过程

3.2.2 旋转凸台/基体特征的参数设置

通过"旋转"属性管理器（见图3-34a），可设置旋转轴、旋转类型、旋转角度和设置薄壁特征等参数。旋转轴可为中心线、直线或边线，通过设置旋转角度（角度从所选草图以顺时针测量）可以生成部分旋转体，如图3-34b所示。

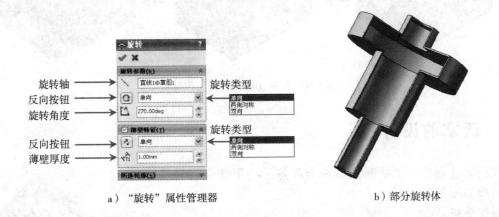

a）"旋转"属性管理器   b）部分旋转体

图3-34 "旋转"属性管理器和薄壁角度旋转效果

> 实体旋转特征的草绘图形可以包含多个相交轮廓线，如图3-35所示。可以在"所选轮廓"卷展栏中选中草图中需要使用的一个或多个交叉或非交叉轮廓线来生成旋转特征。

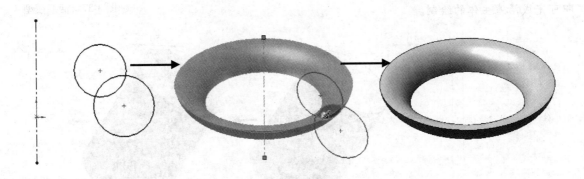

图3-35 选择草图中的相交轮廓线生成旋转特征的过程

3.2.3 旋转切除特征

旋转切除特征是通过旋转草绘图形，从而在原有模型上去除材料的特征。旋转切除特征与旋转凸台/基体特征的操作方法基本一致，如图3-36所示。用左键单击 <img>（旋转切除）按钮，选中进行旋转切除的草绘图形，并设置旋转轴，草绘图形旋转经过的区域将被切除。

旋转切除特征的参数设置，可参考旋转凸台/基体特征。

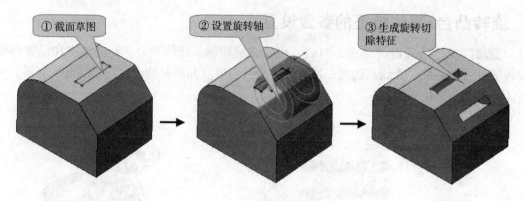

① 截面草图　　② 设置旋转轴　　③ 生成旋转切除特征

图 3-36　旋转切除特征的操作过程

实例 2　活塞的设计

下面我们通过创建一个活塞模型来全面熟悉一下建立旋转特征的方法。活塞模型如图 3-37 所示。

一、制作分析

该活塞模型的设计过程如图 3-38 所示。由图 3-38 可知，本模型在创建过程中主要用到旋转凸台/基体操作、拉伸切除操作和旋转切除操作。

二、制作步骤

步骤 1　旋转活塞主体　如图 3-39 所示，新建一个零件类型的文件，然后在前视基准面中绘制截面草图，再用左键单击 ⟨旋转凸台/基体⟩ 按钮，并选中轮廓草图，保持系统默认设置，用左键单击 ✓（确定）按钮，即可完成活塞主体的绘制。

图 3-37　活塞模型

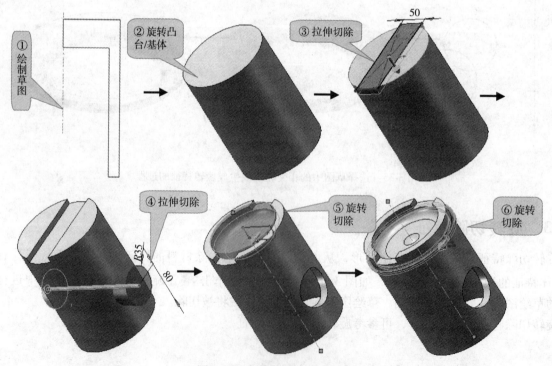

① 绘制草图　　② 旋转凸台/基体　　③ 拉伸切除　　④ 拉伸切除　　⑤ 旋转切除　　⑥ 旋转切除

图 3-38　活塞模型的设计过程

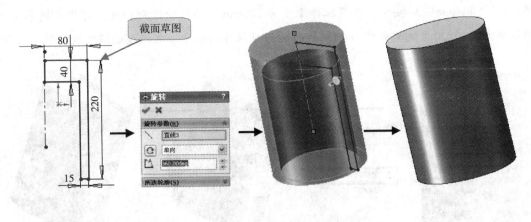

图 3-39 绘制活塞主体

步骤 2 拉伸切除 如图 3-40 所示，进入活塞模型顶面的草绘模式，然后绘制一个矩形草图，用左键单击 （拉伸切除）按钮，设置拉伸深度为 10mm，进行拉伸切除。

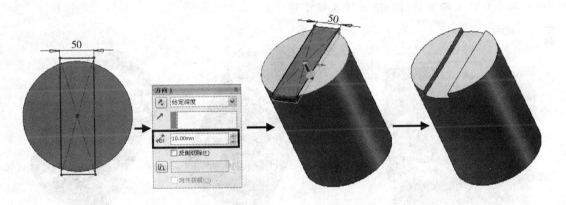

图 3-40 切出活塞模型上部沟槽

步骤 3 创建基准面 如图 3-41 所示，选中右视基准面，再选择"插入"→"参考几何体"→"基准面"菜单，创建一距离右视基准面 80mm 的基准面。

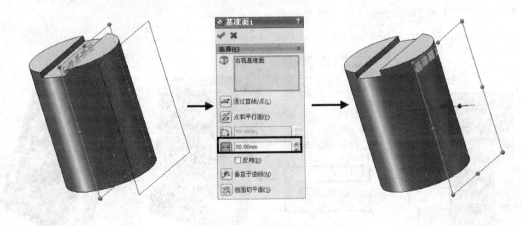

图 3-41 创建基准面

步骤 4 拉伸切除出通气孔 如图 3-42 所示，进入新创建基准面的草绘模式，并绘制一草绘图形，

用左键单击 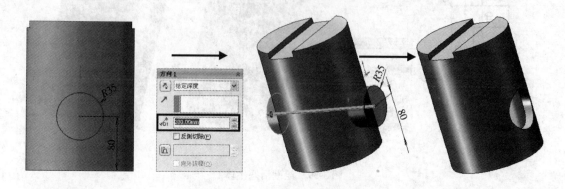（拉伸切除）按钮，设置拉伸深度为 200mm（若拉伸方向相反，可用左键单击"反转"按钮反转拉伸方向），用左键单击 ✅（确定）按钮即可拉伸切除出活塞模型的通气孔。

图 3-42   拉伸切除出活塞模型的通气孔

步骤 5   旋转切除顶面   如图 3-43 所示，进入前视基准面的草绘模式，并绘制草绘图形，使用 ⊕（旋转凸台/基体）工具即可旋转切除出活塞模型的顶面。

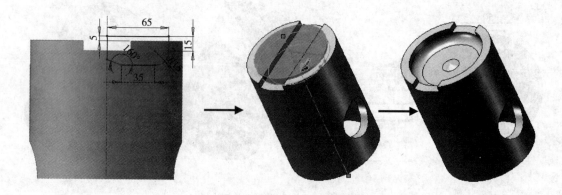

图 3-43   旋转切除出活塞模型的顶面

步骤 6   薄壁切除操作   如图 3-44 所示，再次进入前视基准面的草绘模式，并绘制草绘图形，用左键单击 🔩（旋转切除）按钮，并在其属性管理器中选中"所选轮廓"卷展栏，再选中轮廓线上部的草绘图形，设置薄壁厚度为 2mm，进行旋转薄壁切除。

图 3-44   旋转切除出活塞模型的弹簧沟

步骤 7　再次执行薄壁切除操作　如图 3-45 所示，用左键单击模型树中最后一个特征的草绘图形，在弹出的工具栏中用左键单击"显示"按钮，令此草绘图形可见，再通过与步骤 6 相同的旋转切除操作，选中草绘图形下部的轮廓线进行旋转薄壁切除，即可完成活塞模型的绘制。

图 3-45　旋转切除出活塞模型的另外一条弹簧沟

3.3　扫描特征

　　扫描特征是指草图轮廓沿一条路径移动获得的特征。在扫描过程中，用户可设置一条或多条引导线，最终可生成实体或薄壁特征。

　　扫描特征主要包括简单扫描、引导线扫描和扫描切除三个特征，分别如图 3-46、图 3-47 和图 3-48 所示。下面将分别介绍其创建方法，并介绍扫描特征参数设置的意义。

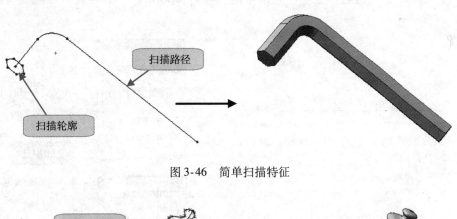

图 3-46　简单扫描特征

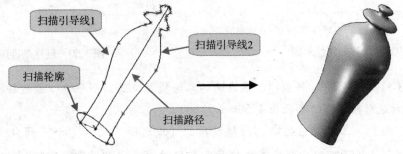

图 3-47　引导线扫描特征

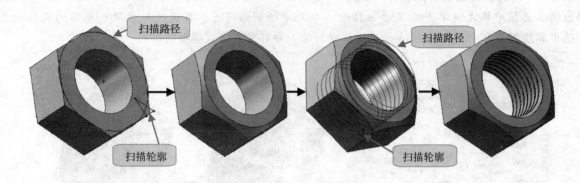

图 3-48　"扫描切除"特征

3.3.1　简单扫描特征的操作过程

如图 3-46 所示，仅仅由扫描轮廓线和扫描路径构成的扫描特征称为简单扫描特征，即令扫描轮廓沿扫描路径运动形成扫描特征。此种扫描特征的特点是：每一个与路径垂直的截面尺寸都不发生变化。

下面看一个实例，介绍一下扫描出图 3-46 所示的内六角扳手模型所需进行的操作。

步骤 1　在前视基准面中绘制出如图 3-49 所示的扫描路径草图，标注相应的尺寸并添加约束，作为扫描的轮廓曲线。

步骤 2　选择"插入"→"参考几何体"→"基准面"菜单，弹出"基准面 1"属性管理器，在此属性管理器中用左键单击 ⚙ （垂直于曲线）按钮，再选中步骤 1 中绘制的轮廓曲线，并选中其一个端点，用左键单击 ✅ （确定）按钮，创建一基准平面，如图 3-50 所示。

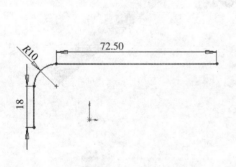

图 3-49　绘制扫描路径草图

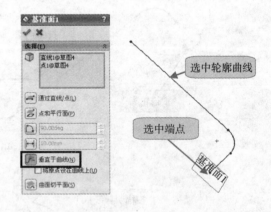

图 3-50　创建基准平面

步骤 3　如图 3-51 所示，进入新创建的基准面的草绘模式，绘制一个中心经过扫描路径端点的正六边形，并且设置正六边形内切圆的半径为 4.50mm。

步骤 4　单击"特征"工具栏中的 ⚙ （扫描）按钮（或选择"插入"→"凸台/基体"→"扫描"菜单），弹出"扫描"属性管理器，顺序选中轮廓和路径曲线，并单击 ✅ （确定）按钮，即可完成内六角扳手模型的绘制，如图 3-52 所示。

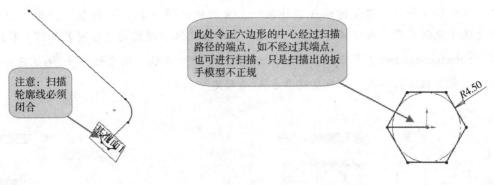

图 3-51　绘制六边形

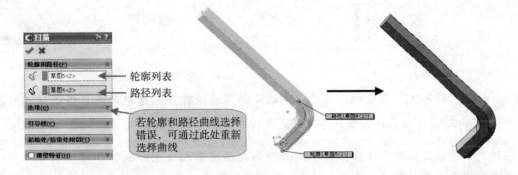

图 3-52　"扫描"属性管理器和创建的内六角扳手模型

3.3.2　引导线扫描特征的操作过程

在扫描过程中，当草图的截面形状有变化时，可以使用引导线来控制扫描过程中间轮廓的形状，这种扫描称为变截面扫描，又称为引导线扫描。下面以扫描出一个化妆品瓶的实体（见图 3-47）为例，讲述引导线扫描的操作过程。

步骤 1　在前视基准面中绘制如图 3-53 所示的草绘图形（注意此处无需添加尺寸和约束），作为扫描的轮廓曲线。

步骤 2　在上视基准面中绘制如图 3-54 所示的草绘图形，并添加相应的尺寸和约束，其中垂直直线作为扫描路径，样条曲线作为第一条引导线。

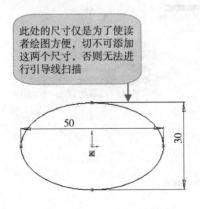

图 3-53　绘制轮廓曲线

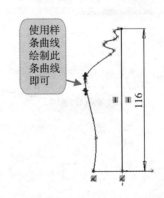

图 3-54　绘制路径曲线和第一条引导线

步骤 3　在右视基准面中绘制如图 3-55 所示的草绘图形，并添加相应的尺寸和约束，作为第二条引导线。

步骤 4　如图 3-56 所示，用左键单击"特征"工具栏中的 🔄（扫描）按钮，打开"扫描 1"属性管理器，首先选中底面椭圆作为扫描轮廓，然后用右键单击属性管理器的路径列表区域，在弹出的快捷菜单中选择"SelectionManager"菜单项，弹出"选择方式"对话框，用左键单击 📓（选择组）按钮，选中中间的竖线作为扫描引导线，并用左键单击 ✔（确定）按钮。

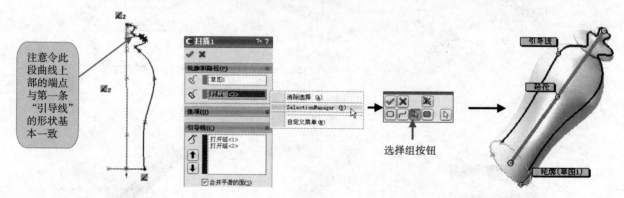

图 3-55　绘制第二条引导线　　　　　　　　　　　图 3-56　选择扫描路径

步骤 5　打开"引导线"卷展栏，使用与步骤 4 相同的操作分别选中两条样条曲线作为扫描引导线，最后用左键单击 ✔（确定）按钮，即可完成化妆品瓶实体的绘制。

> 🗒 **提示**　在进行引导线扫描时应注意：引导线必须和扫描轮廓相交于一点，并作为引导线的一个顶点，所以最好在引导线和截面线间添加相交处的穿透关系。

3.3.3　扫描特征的参数设置

通过"扫描"属性管理器（见图 3-57），可设置扫描路径、扫描轮廓和引导线，并可设置扫描轮廓的旋转方向、路径对齐方式以及扫描面与扫描轮廓面的相切方式等。

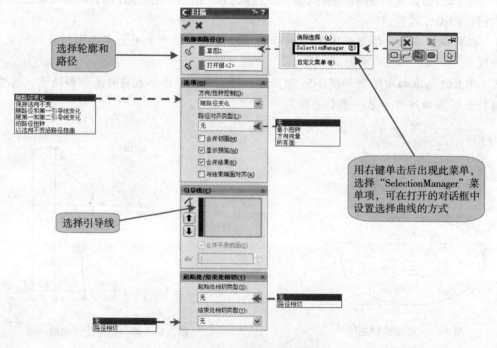

图 3-57　"扫描"属性管理器

1. "轮廓和路径"卷展栏

该卷展栏用于选择扫描轮廓和扫描路径。用右键单击右侧的列表，可通过弹出的快捷菜单来删除所选择的曲线，或选择"SelectionManager"菜单项，在打开的对话框中设置选择曲线的方式。用左键单击 （选择组）按钮，可选择草图中的某条曲线作为轮廓或路径曲线。

2. "选项"卷展栏

"方向/扭转控制"下拉列表用于设置截面图形在扫描过程中的方向和扭转方式，具体介绍如下：

➤ "随路径变化"列表项：选择此列表项，表示使截面与路径的角度始终保持不变。其作用如图 3-58a 所示。

➤ "保持法向不变"列表项：选择此列表项，表示使截面总是与起始截面保持平行。其作用如图 3-58b 所示。

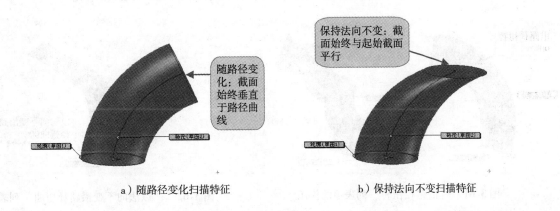

a）随路径变化扫描特征　　　　　　b）保持法向不变扫描特征

图 3-58　"随路径变化"和"保持法向不变"列表项的作用

➤ "随路径和第一引导线变化"列表项：选择此列表项，表示中间截面的扭转角度由路径到第一条引导线的向量决定。其作用如图 3-59 所示。

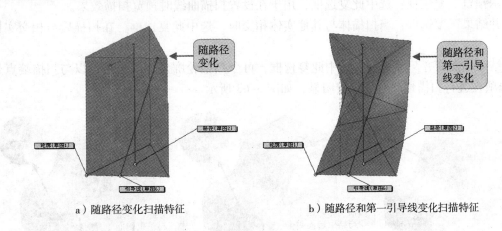

a）随路径变化扫描特征　　　　　　b）随路径和第一引导线变化扫描特征

图 3-59　"随路径变化"和"随路径和第一引导线变化"列表项的作用

➤ "随第一和第二引导线变化"列表项：选择此列表项，表示中间截面的扭转方向由第一条到第二条引导线的向量决定。其作用如图 3-60 所示。

➤ "沿路径扭转"列表项：选择此列表项，表示沿路径扭转截面，可设置截面扭转的角度和方向。其作用如图 3-61 所示。

➤ "以法向不变沿路径扭曲"列表项：选择此列表项，表示令截面保持与起始截面平行，并沿路径扭曲截面。其作用如图 3-62 所示。

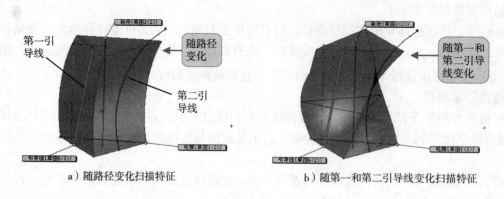

a）随路径变化扫描特征　　　　　　　　b）随第一和第二引导线变化扫描特征

图 3-60　"随路径变化"和"随第一和第二引导线变化"列表项的作用

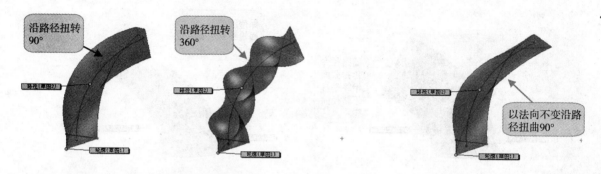

图 3-61　"沿路径扭转"列表项的作用　　　　　图 3-62　"以法向不变沿路径扭曲"列表项的作用

在使用 ⚙（扫描曲面）命令扫描曲面时，"路径对齐类型"下拉列表具有较明显的作用。当路径曲率波动而使轮廓不能对齐时，它可用于令轮廓稳定。此卷展栏中最后几个复选框的作用为：

➢ "合并切面"复选框：如果扫描轮廓具有相切线段，选中此复选框可使所产生的相应扫描曲面相切。

➢ "显示预览"复选框：选中此复选框，用于在设置扫描曲线时预览扫描效果。

➢ "合并结果"复选框：当扫描体与其他实体相交时，选中此复选框，在扫描后与相交实体合并成一个实体。

➢ "与结束端面对齐"复选框：选中此复选框，可令扫描轮廓延伸或缩短，以与扫描端点处的面相匹配。此选项在进行扫描切除时效果较明显，如图 3-63 所示。

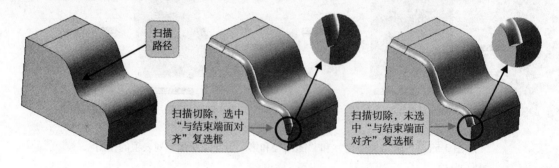

图 3-63　"与结束端面对齐"复选框的作用

3. "引导线"卷展栏

此卷展栏用于选择和设置一条或多条引导线。选中"合并平滑的面"复选框，可在引导线曲率不连续时，对自动生成的曲面进行平滑处理，如图 3-64b 所示。单击 👓（显示截面）按钮，可显示扫描截面在某个位置处的截面形状，如图 3-64c 所示。

4. "起始处/结束处相切"卷展栏

此卷展栏用于设置不相切或设置垂直于起始点路径而生成扫描。

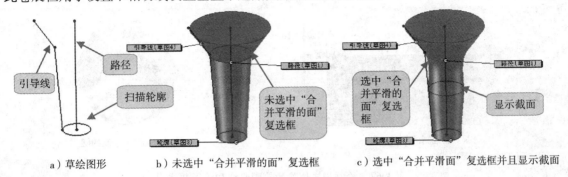

a）草绘图形   b）未选中"合并平滑的面"复选框   c）选中"合并平滑面"复选框并且显示截面

图3-64   "合并平滑的面"复选框的作用

另外，还可进行薄壁扫描，此时将出现"薄壁特征"卷展栏，此卷展栏中各选项的作用与前面介绍的旋转特征相同。

3.3.4 扫描切除特征

扫描切除特征与简单扫描特征的机理相同，只不过扫描切除特征是在轮廓运动的过程中切除轮廓所形成的实体部分。

用左键单击"特征"工具栏中的 （扫描切除）按钮，或选择"插入"→"切除"→"扫描"菜单，打开"切除-扫描"属性管理器，可以选择使用"实体扫描"或使用"轮廓扫描"进行切除扫描，如图3-65所示。

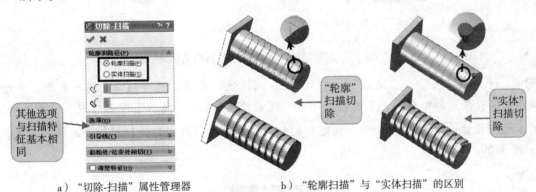

a）"切除-扫描"属性管理器   b）"轮廓扫描"与"实体扫描"的区别

图3-65   "切除-扫描"属性管理器以及"轮廓扫描"与"实体扫描"的区别

下面使用"扫描切除"特征来创建一个螺母，具体操作如下：

步骤1   首先在前视基准面中绘制出螺母的截面图形，然后使用拉伸命令拉伸出螺母的主体（并设置拉伸深度为15mm），如图3-66所示。

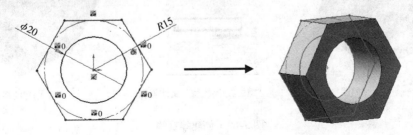

图3-66 绘制螺母主体的过程

步骤2　在上视基准面中绘制出如图 3-67a 所示截面图形，作为扫描切除的轮廓曲线，然后在螺母的一个面上绘制一个圆，作为扫描切除的路径曲线，如图 3-67b 所示。

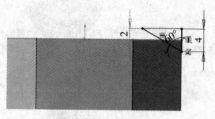

a）需绘制的截面图形

b）需绘制的圆

图 3-67　绘制扫描切除的轮廓曲线和路径曲线

步骤3　用左键单击"特征"工具栏中的 ▣（扫描切除）按钮，打开"切除-扫描"属性管理器，保持系统默认使用"轮廓扫描"，然后分别选中步骤 2 中绘制的轮廓曲线和路径曲线进行扫描切除，再用左键单击 ✔（确定）按钮进行拉伸切除，如图 3-68 所示。

a）"切除-扫描"属性管理器

b）扫描切除效果

图 3-68　"切除-扫描"属性管理器和扫描切除效果

步骤4　选择"插入"→"曲线"→"螺旋线/涡状线"菜单，选中螺母的另一底面，并绘制如图 3-69a 所示的圆；退出草绘模式，系统自动弹出"螺旋线/涡状线"属性管理器（见图 3-69b），按照图 3-69b 所示进行设置；用左键单击 ✔（确定）按钮，创建一螺旋线，作为扫描切除的路径曲线。创建的螺旋线如图 3-69c 所示。

a）需绘制的圆

b）"螺旋线/涡状线"属性管理器

c）创建的螺旋线

图 3-69　创建螺旋线

步骤5 如图3-70所示，在上视基准面中绘制草绘图形，作为扫描切除的轮廓曲线，然后用左键单击"特征"工具栏中的 （扫描切除）按钮，分别选中轮廓曲线和螺旋线，创建出螺母的螺纹，最终完成螺母的创建。

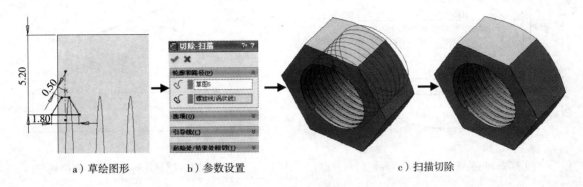

a）草绘图形　　　b）参数设置　　　　　　　　　c）扫描切除

图3-70 绘制截面曲线并进行扫描切除

实例3 使用几何关系控制扫描

下面讲一个使用几何关系控制扫描过程的例子，以加深对扫描特征的理解。

一、制作分析

本实例所使用的草图曲线如图3-71a所示，所绘制的实体如图3-71b所示。本实例共使用了一条轮廓曲线、一条路径曲线和一条引导线。本实例的关键是：本来引导线并没有高度控制，但是通过使用几何关系并结合引导线却控制了扫描截面的高度。

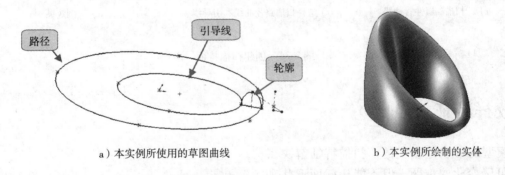

a）本实例所使用的草图曲线　　　　　　　b）本实例所绘制的实体

图3-71 "几何关系"扫描的轮廓曲线和扫描实体

二、制作步骤

步骤1 绘制扫描路径和扫描引导线 进入前视基准面的草绘模式，创建两个如图3-72所示的椭圆，并添加相应的尺寸，分别作为扫描路径曲线和扫描引导线。

步骤2 绘制扫描轮廓 在上视基准面中，绘制一个经过扫描路径曲线和扫描引导线最窄处端点的半椭圆，并绘制一条直线将椭圆封闭，再添加如图3-73所示的几条中心线，标注相应的尺寸，并添加约束（令椭圆下端的直线长度与竖直线长度相等）。

步骤3 执行扫描操作 用左键单击"特征"工具栏中的 （扫描）按钮，打开其属性管理器（见图3-74a），使用选择组方式选择具有几何约束的截面图形作为扫描轮廓，选择大椭圆作为扫描路径曲线，选择小椭圆作为引导线（见图3-74b），最终完成扫描特征的绘制。其效果如图3-74c所示。

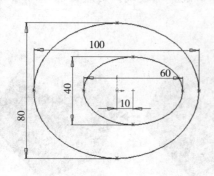

图 3-72　扫描路径曲线和引导线

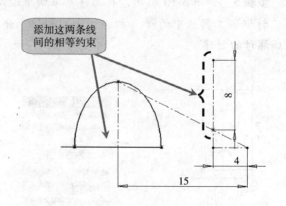

图 3-73　绘制几何控制的轮廓曲线

a）"扫描"属性管理器

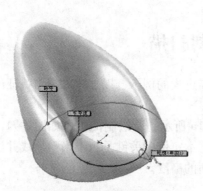

b）选择扫描路径曲线和引导线

c）实例效果

图 3-74　创建扫描特征

3.4　放样特征

　　三维模型的形状是多变的，扫描特征解决了截面方向可以变化的难题，但不能让截面形状和尺寸也随之发生变化，这时需要用放样特征来解决这个问题。

　　放样特征可以将两个或两个以上的不同截面进行连接，是一种相对比较复杂的实体特征。简单放样特征如图 3-75 所示。

　　放样特征包括简单放样特征（仅使用放样轮廓得到的放样特征，如图 3-75 所示）和引导线放样特征（使用放样轮廓和引导线共同控制的放样特征，如图 3-76 所示）。下面分别讲述其创建方法。

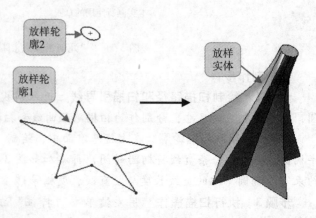

图 3-75　简单放样特征

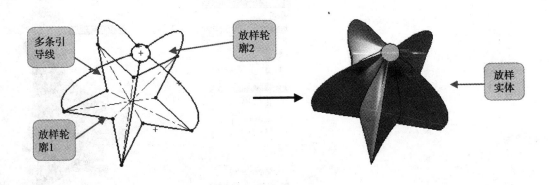

图 3-76 引导线放样特征

3.4.1 简单放样特征

简单放样是直接在两个或多个轮廓间进行的放样特征。下面介绍创建如图 3-75 所示的简单放样特征的操作。

步骤1 在前视基准面中绘制一五角星（可首先绘制一个五条边的多边形，再绘制中间的连线，然后切除无用的线即可，如图 3-77 所示），作为放样特征的一个轮廓。

步骤2 选择"插入"→"参考几何体"→"基准面"菜单，弹出"基准面"属性管理器（见图 3-78a），再用左键单击"基准面"属性管理器中的 ⚲ （垂直于直线）按钮，以前视基准面为参考，创建一新的基准面，如图 3-78b 所示。

图 3-77 创建五角星

a）"基准面"属性管理器   b）创建基准面

图 3-78 创建一个新的基准面

步骤3 在新创建的基准面中，绘制一个小于五角星的圆（见图 3-79），作为放样特征的另外一个轮廓。

步骤4 用左键单击"特征"工具栏中的 ⬢ （放样凸台/基体）按钮（或选择"插入"→"凸台/基体"→"放样"菜单），打开"放样"属性管理器，再在绘图区中依次选择五角星和圆，然后打开"放样"属性管理器中的"起始/结束约束"卷展栏，在"结束约束"下拉列表中选择"垂直于轮廓"选项，令结束位置处的放样面与放样轮廓面垂直相切，用左键单击 ✔ （确定）按钮即可完成放样操作，如图 3-80 所示。

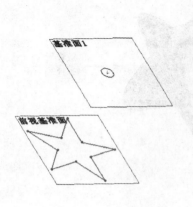

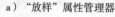

a）"放样"属性管理器　　　　　　　　b）放样效果

图 3-79　绘制一小于五角星的圆　　　　　　　图 3-80　简单放样操作

3.4.2　引导线放样特征

引导线在放样过程中控制截面草图的变化，从而达到控制放样实体模型的目的。下面讲述给本章 3.4.1 节中创建的简单放样特征添加引导线的操作。

步骤1　直接编辑本章 3.4.1 节中所创建放样特征的草绘截面（在模型树中令两个草绘截面都显示出来），添加几条中心线，如图 3-81 所示。

步骤2　选择"插入"→"参考几何体"→"基准面"菜单，以　（通过线/点）方式，创建五个经过新建中心线和顶端圆圆心的基准面，如图 3-82 所示。

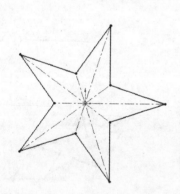

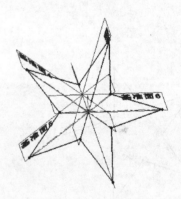

图 3-81　添加辅助绘图线　　　　　　　　　图 3-82　创建几个基准面

步骤3　在新创建的基准面中，分别创建经过顶端圆和下端的五角星顶点的圆弧，并添加相应的约束，如图 3-83 所示。

> 采用引导线放样特征时，引导线草图节点和轮廓节点之间必须建立重合几何关系或穿透几何关系，否则无法进行引导放样。

步骤4　用右键单击"特征"工具栏中的在 3.4.1 节中创建的放样特征，在弹出的对话框中用左键单击　（编辑特征）按钮，打开"放样"属性管理器（见图 3-84a），再打开"引导线"卷展栏，分别选中刚创建的五条引导线（见图 3-84b），用左键单击　（确定）按钮即可完成放样操作。其效果如图 3-84c 所示。

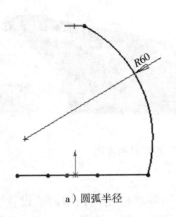

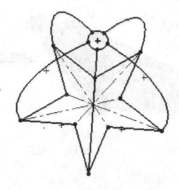

a）圆弧半径　　　　　　　　　　　b）添加引导线后的效果

图 3-83　创建引导线

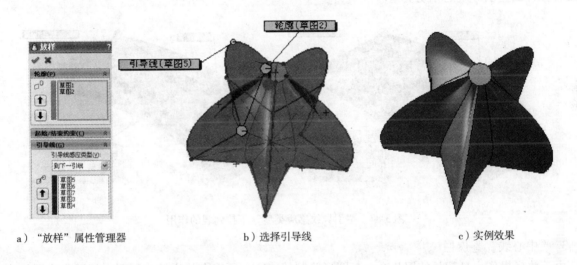

a）"放样"属性管理器　　　　　b）选择引导线　　　　　c）实例效果

图 3-84　添加引导线

> 知识库　放样特征和扫描特征的区别：放样没有路径的概念，在创建放样特征时，只要有轮廓线即可，而引导线则可有可无；另外，在放样时，必须有两个以上的放样轮廓，如要创建实体，则放样轮廓必须是封闭的。

3.4.3　放样特征的参数设置

放样特征的属性管理器与扫描特征的属性管理器有很多相似之处，例如都具有"轮廓和路径"卷展栏、"引导线"卷展栏等，而且其功能基本相同，所以下面仅介绍其与扫描特征不同的属性。

1. "起始/结束约束"卷展栏

此卷展栏（见图 3-85）用于设置产生的放样面与轮廓面间的关系，如可设置开始约束为"垂直于轮廓"方式，即设置开始的放样面垂直于开始轮廓面。设置"起始/结束约束"卷展栏的作用如图 3-86 所示。

另外，可通过"起始/结束约束"卷展栏精确设置拔模角度和相切长度。取消选择"应用到所有"复选框，可单独设置构成轮廓线的每条线段的拔模角度和相切长度。

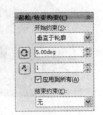

图 3-85　"起始/结束约束"
卷展栏

图 3-86　设置"起始/结束约束"卷展栏的作用

2. "引导线"卷展栏

放样特征的"引导线"卷展栏与扫描特征的"引导线"卷展栏相比，增加了设置引导线影响范围的"引导线感应类型"下拉列表。其作用如图 3-87 所示。另外，通过放样特征的"引导线"卷展栏还可设置拉伸面与引导线的相切类型。

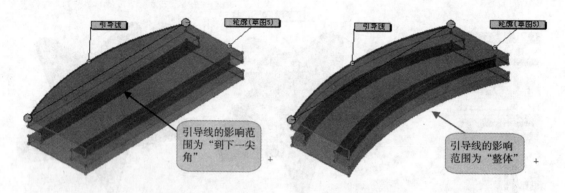

图 3-87　"引导线感应类型"下拉列表的作用

3. "中心线"卷展栏

由于放样操作本身就是使用几个截面图形绘制的特征，所以在放样轮廓图形之间通常由系统自动填充，并且填充部分的截面方向与引导线无关。自动放样效果如图 3-88a 所示。

为了控制放样操作过程中扫描截面的方向，在放样特征中引入了中心线（增加了一个"中心线"卷展栏，如图 3-88b 所示），令所有中间截面的草图基准面都与中心线垂直（见图 3-88c），从而可以更有效地进行放样操作。

需要注意的是：中心线可与引导线共存。

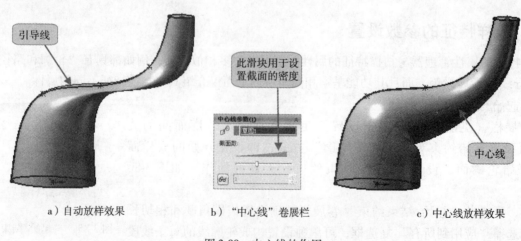

a）自动放样效果　　　　b）"中心线"卷展栏　　　　c）中心线放样效果

图 3-88　中心线的作用

4. "草图工具"卷展栏

使用"草图工具"卷展栏，可以在编辑放样特征时，对 3D 草绘图形进行编辑操作。其作用如图 3-89 所示。

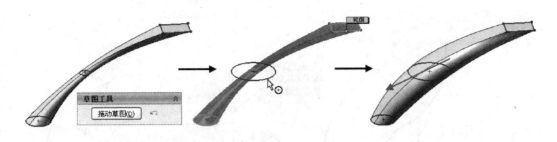

图 3-89 "草图工具"卷展栏的作用

实例 4 挂钩的设计

放样特征在创建具有多个横截面的不规则模型时非常好用。下面讲述使用放样特征制作挂钩的操作。挂钩模型如图 3-90 所示。

一、制作分析

可将挂钩模型拆为几个几何体，即挂钩柄、挂钩体、挂钩尖角。挂钩柄通过拉伸操作创建，挂钩体通过放样操作创建，挂钩夹角通过圆顶操作创建。

本实例的难点是创建挂钩体的放样引导线和轮廓的操作。在操作过程中，应注意辅助中心线的使用。

二、制作步骤

步骤 1 创建挂钩体的一条引导线 在前视基准面中，以草绘中心为中心绘制挂钩体的一条引导线，并添加相应的尺寸，如图 3-91 所示。

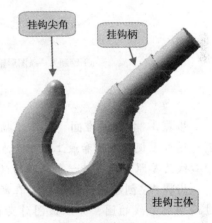

图 3-90 挂钩模型

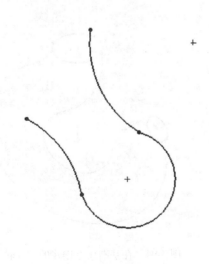

a）绘制图形轮廓线

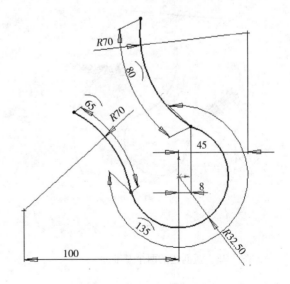

b）添加尺寸

图 3-91 绘制挂钩体的一条引导线

步骤2 创建挂钩体的另一条引导线 在前视基准面中，以草绘中心为中心绘制挂钩体的另一条引导线，并添加相应的尺寸和约束（注意给最上面的两个点添加水平约束，给左边的两个点添加竖直约束），如图3-92所示。

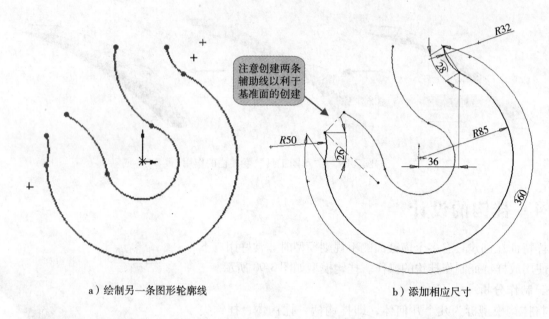

a）绘制另一条图形轮廓线   b）添加相应尺寸

图3-92 绘制挂钩体的另一条引导线

步骤3 创建基准面 选择"插入"→"参考几何体"→"基准面"菜单，以点和平行面的方式创建通过上视基准面和最上边一个点的基准面（基准面1），再以垂直于曲线方式，以步骤2中创建的中心线为参照创建另外一个基准面（基准面2）。新创建的两个基准面如图3-93所示。

步骤4 创建放样轮廓线 在新创建的两个基准面中，分别以两条引导线的中点为圆心，创建通过两条引导线的圆，并以该图作为两端的放样轮廓线。在基准面上创建的放样轮廓线如图3-94所示。

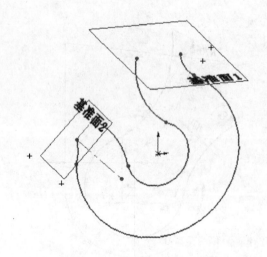

图3-93 新创建的两个基准面

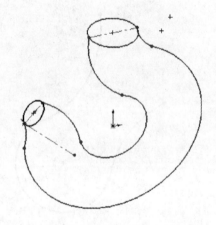

图3-94 在基准面上创建的放样轮廓线

步骤5 创建中间轮廓线 在上视基准面中创建如图3-95a所示的与两条引导线相交的草绘图形，并添加相应的尺寸和约束，然后以此草绘图形作为此处的挂钩体轮廓线，再在右视基准面中创建如图3-95b所示的草绘图形，效果如图3-95c所示。

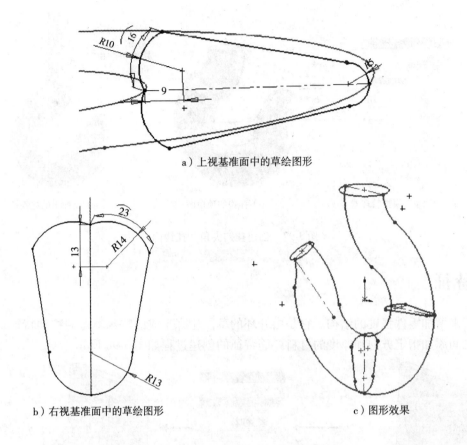

a）上视基准面中的草绘图形

b）右视基准面中的草绘图形

c）图形效果

图 3-95　创建挂钩体中间的两个轮廓线

步骤6　放样挂钩体　用左键单击"特征"工具栏中的 ![icon]（放样凸台/基体）按钮，顺序选中轮廓曲线，再选中引导线，用左键单击 ![icon]（确定）按钮即可创建挂钩体，如图 3-96 所示。

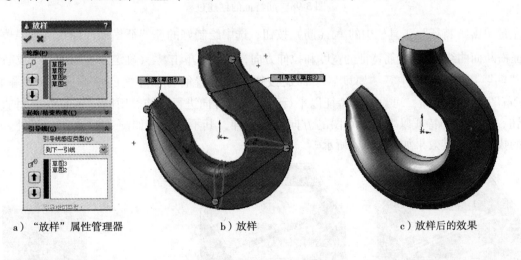

a）"放样"属性管理器　　　　　b）放样　　　　　c）放样后的效果

图 3-96　放样创建挂钩体

步骤7　创建其余部分　选择"插入"→"特征"→"圆顶"菜单，弹出"圆顶"属性管理器（见图 3-97a），保持系统默认，用左键单击挂钩的顶角面（见图 3-97b），然后用左键单击 ![icon]（确定）按钮创建挂钩尖角，再拉伸出挂钩柄即可完成挂钩的设计，如图 3-97c 所示。

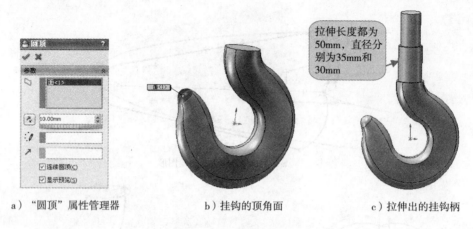

a）"圆顶"属性管理器   b）挂钩的顶角面   c）拉伸出的挂钩柄

图 3-97 创建挂钩尖角和挂钩柄

3.5 筋特征

筋特征用来增加零件强度的结构。它是由开环的草图轮廓生成的特殊类型的拉伸特征，可以在轮廓与现有零件之间添加指定方向和厚度的材料。筋特征的创建过程如图 3-98 所示。

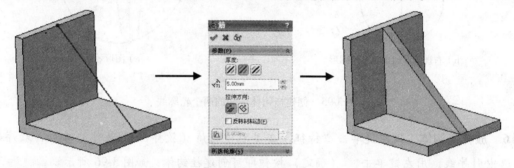

图 3-98 筋特征的创建过程

用左键单击"特征"工具栏中的 <img>（筋）按钮，选中绘制好的筋特征横断面曲线（或选择一个面绘制筋特征横断面曲线），设置筋特征的宽度和拉伸方向，用鼠标单击 <img>（确定）按钮即可生成筋特征。

在"筋"属性管理器中，"厚度"下面的按钮用于设置筋特征厚度的拉伸方向，用鼠标单击 <img>（平行于草图方向）按钮，可设置筋特征以平行于草图的方向进行延伸。用鼠标单击 <img>（垂直于草图方向）按钮，可设置筋特征以垂直于草图的方向进行延伸，其不同效果如图 3-99 所示。另外，还可设置筋特征的拔模角，其效果如图 3-100 所示。

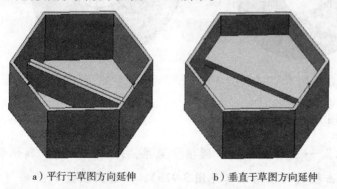

a）平行于草图方向延伸   b）垂直于草图方向延伸

图 3-99 对筋特征拉伸方向的设置

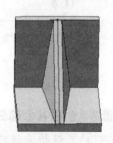

图 3-100 设置拔模角的效果

实例5 给螺纹孔创建加强筋

筋操作虽然简单，但是也有一些难点。下面介绍一个给螺纹孔创建加强筋的例子，以帮助掌握筋特征。需创建的筋特征如图3-101所示。

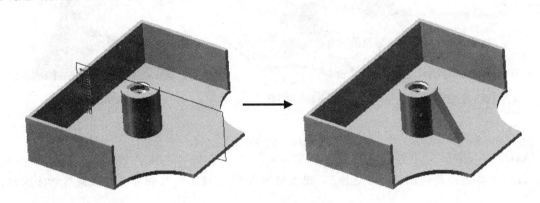

图3-101 需创建的筋特征

一、制作分析

本实例操作的关键是筋特征的草绘截面具有两个延伸端，应深切体会为什么要绘制这两个延伸端。另外，在操作过程中进行了旋转切除操作，此操作是对筋特征的必要补充，也应领会并掌握其操作。

二、制作步骤

步骤1　绘制筋的草图轮廓　打开本书提供的素材文件 3-SL5. SLDPRT（光盘：素材 \ 003sc \ 3-SL5. SLDPRT），在基准面1中绘制如图3-102所示的草绘图形，并添加相应的尺寸和约束。

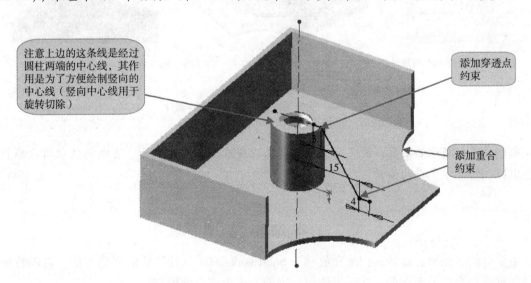

注意上边的这条线是经过圆柱两端的中心线，其作用是为了方便绘制竖向的中心线（竖向中心线用于旋转切除）

添加穿透点约束

添加重合约束

图3-102　绘制筋特征的横断面曲线

步骤2　创建筋特征　用左键单击"特征"工具栏中的 （筋）按钮，选中步骤1中绘制的草绘图形，并在弹出的"筋"属性管理器（见图3-103a）中设置相关参数，用左键单击 （确定）按钮即可完成筋的添加，如图3-103b所示。此时创建的筋特征具有两个突出部分，未与孔的外部圆面对齐，（见图3-103c），此时可以切除未对齐的部分。

步骤3　旋转切除筋的多余部分　首先显示已包含在筋特征中的横断面曲线，再用左键单击"特征"工具栏中的 （旋转切除）按钮，选中横断面曲线，并在弹出的"切除-旋转"属性管理器中设置

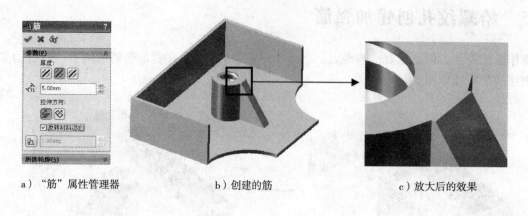

a）"筋"属性管理器　　　　　　b）创建的筋　　　　　　c）放大后的效果

图 3-103　创建筋特征

相应的参数（主要是令旋转切除向外延伸），用左键单击 ✔（确定）按钮即可完成旋转切除操作，如图 3-104 所示。

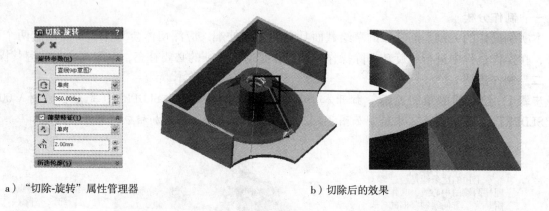

a）"切除-旋转"属性管理器　　　　　　　　　　b）切除后的效果

图 3-104　旋转切除筋特征不需要的部分

> 📖提示　在创建具有圆面的筋特征时，应注意横断面曲线应延长超过圆面，否则筋特征有空隙，将会出现无法正常生成的错误。

本 章 小 结

本章主要介绍了拉伸、旋转、扫描和放样等 SolidWorks2008 基础特征的创建方法。基础特征的共同点是：通常都需要草绘截面图形，然后再依照一定的方式生成三维模型。

在这几种基础特征中，拉伸特征和旋转特征最容易理解，也最常用，而扫描特征除了草绘截面图形外还要定义扫描轨迹（将拉伸特征和旋转特征作为扫描特征的特例，有助于认识扫描特征），放样特征则通过定义草绘截面图形之间的关系来生成模型。

另外，这几种特征的共同点还有：通过在控制面板中适当设置或执行其他命令，都可以创建实体、曲面或薄壁，或者可对原有实体进行切除。

思考与练习

一、填空题

（1）拉伸特征是生成三维模型时最常用的一种方法，其原理是将一个_____形成特征。

（2）拉伸基体就是拉伸出实体，而拉伸凸台则是_____。

（3）使用_____按钮可以创建切除拉伸特征，即以拉伸体作为"刀具"在原有实体上去除材料。

（4）旋转特征是将_____绕_____旋转一定角度而生成的特征。

（5）扫描特征是指草图轮廓沿一条_____移动获得的特征，在移动过程中用户可设置一条或多条_____，最终可生成_____或_____特征。

（6）_____可以将两个或两个以上的不同截面进行连接，从而形成特征。

（7）筋特征是用来增加零件强度的结构，它是由_____生成的特殊类型的拉伸特征。

二、问答题

（1）有哪几种拉伸特征？分别通过哪些按钮实现这些拉伸特征？

（2）创建扫描特征时，如何设置截面图形在扫描过程中的方向和扭转方式？

（3）可以使用哪个特征创建螺纹？简单叙述其操作。

（4）在放样特征中，中心线的作用是什么？中心线和引导线的区别是什么？

三、操作题

试绘制如图 3-105 所示的"元宝"模型。

图 3-105　需绘制的"元宝"模型

> 提示　可使用扫描特征创建，如图 3-106 ~ 图 3-108 所示（请自行查找并添加必要位置的相等约束）。

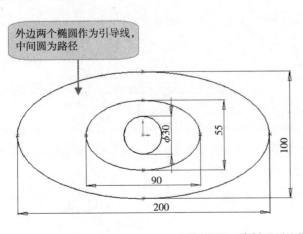

外边两个椭圆作为引导线，中间圆为路径

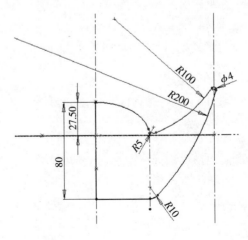

图 3-106　绘制"元宝"的截面图形

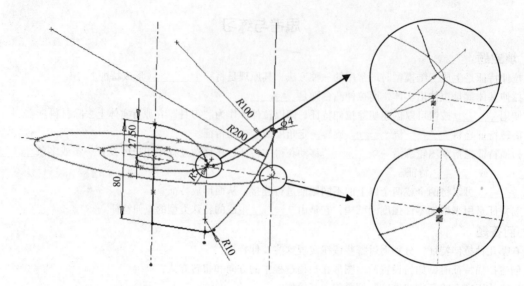

图 3-107   "元宝"截面图形的细节

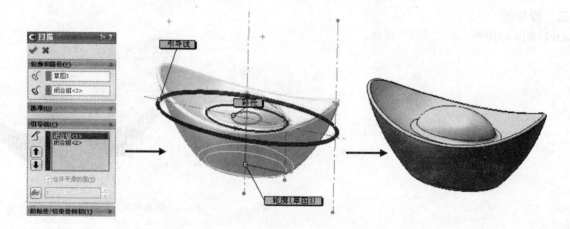

图 3-108   "元宝"扫描操作

<div align="right">

第 **4** 章

附 加 特 征

</div>

本章内容提要

章前导读

　　附加特征是放置在基础特征之上的一类特征，因此又称为放置特征，主要包括孔特征、倒角/圆角特征、抽壳特征和拔模特征。附加特征和基础特征的不同之处在于：基础特征可以独立创建出零件实体，而附加特征必须在已有的实体上进行创建，是对零件实体的进一步加工和修改。

4.1　孔特征

　　孔特征是比较常用的一种特征，它通过在基础特征之上去除材料来生成孔，如图 4-1 所示。

　　孔特征包括简单直孔和异型孔两类特征。简单直孔是指不需要其他参数修饰的直孔；异型孔是指具有多功能的孔，包括螺纹孔、锥形孔、管螺纹孔和沉头孔等。

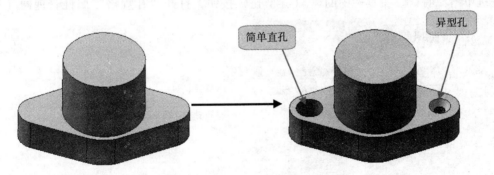

图 4-1　在实体零件上生成孔

4.1.1　简单直孔

　　简单直孔是具有统一半径的圆孔，它的深度方向和形状不发生变化。创建简单直孔非常简单，用左键单击"特征"工具栏中的 <span></span>（简单直孔）按钮（或选择"插入"→"特征"→"孔"→"简单直孔"菜单，选中放置简单直孔的面（左键单击的位置即是孔放置的位置），打开"孔"特征属性管理器，设置好 <span></span>（孔深度）和 <span></span>（孔直径）后，用左键单击 <span></span>（确定）按钮，即可生成简单直孔，如图 4-2 所示。

图 4-2　创建简单直孔的操作

通过上述操作创建简单直孔后，通常还需要对其进行定位。定位简单直孔的操作如图 4-3 所示。选择孔特征，在弹出的对话框中用左键单击 📝（编辑草图）按钮，然后为简单直孔的截面图形添加相应的几何关系或尺寸关系即可。

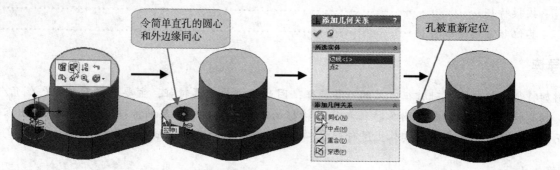

图 4-3　定位简单直孔的操作

4.1.2　异型孔向导

利用异型孔向导，可在模型上生成螺纹孔、柱形沉头孔、锥孔等多功能孔。添加异型孔的操作也非常简单，用左键单击"特征"工具栏中的 📷（异型孔）按钮，打开"孔规格"属性管理器（见图 4-4），

a）实体零件　　　　　　　　　b）设置参数　　　　　　　　c）创建后的效果

图 4-4　创建异型孔的操作

设置好孔的类型、标准和大小等参数后，切换到"孔位置"选项卡，在要生成孔的实体面上单击左键，即可生成异型孔，然后在此界面下直接设置孔的位置关系将孔定位，即可完成异型孔的创建。

异型孔向导可在创建异型孔的过程中对孔进行定位，这是它与简单直孔的不同之处。

> 提示 由图4-4"孔规格"属性管理器中的"孔类型"卷展栏可以发现，异型孔向导共提供了 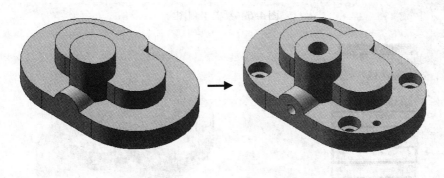（柱孔）、（锥孔）、（孔）、（螺纹孔）、（管螺纹孔）和（旧制孔）六个大类的孔类型，而且提供了 ISO（国际标准）和 ANSI（美国标准）等多种孔标准，在创建孔时，根据需要选择即可。其中，旧制孔是在 SolidWorks 2000 版本之前生成的孔，在其下又包括很多孔类型，而且可以对其参数单独进行设置。
>
> 另外，勾选"显示自定义大小"复选框，可以在其下方的文本框中详细设置孔各部分的直径和长度；在"选项"卷展栏中可以为孔设置额外参数，如螺钉间距和螺钉下锥孔的尺寸等；在"常用类型"卷展栏中可以将经常使用的非标准孔特征设置为常用孔特征，这样下次创建孔时就可以快速调用。

实例1　泵盖的设计

下面制作一个泵盖模型（见图4-5），以熟悉使用简单直孔和异型孔特征创建孔的操作过程。

图 4-5　泵盖模型的制作

一、制作分析

由图4-6我们可以看出，本实例需要在泵盖上绘制四个直孔和三种类型的异型孔。要绘制的异型孔包括柱孔、孔和旧制孔。在绘制时，按照工程图上标注的尺寸进行设置即可。

二、制作步骤

步骤1　创建简单直孔　打开本书提供的素材文件 4-SL1.SLDPRT（光盘：素材 \ 004sc \ 4-SL1.SLDPRT），用左键单击"特征"工具栏中的（简单直孔）按钮，选择泵盖的侧面作为放置简单直孔的面，并在弹出的"孔"属性管理器中设置孔深度为48mm，直径为6mm（见图4-7），用左键单击（确定）按钮即可完成孔的创建。

步骤2　定义孔的位置　用左键单击模型树中新创建的简单直孔特征下的草绘特征，在弹出的对话框中选择"编辑"按钮，进入侧孔的草绘界面，用左键单击"添加几何关系"按钮，分别选中孔草绘图形的中心点和外圆弧，并设置其几何关系为"同心"，如图4-8所示。

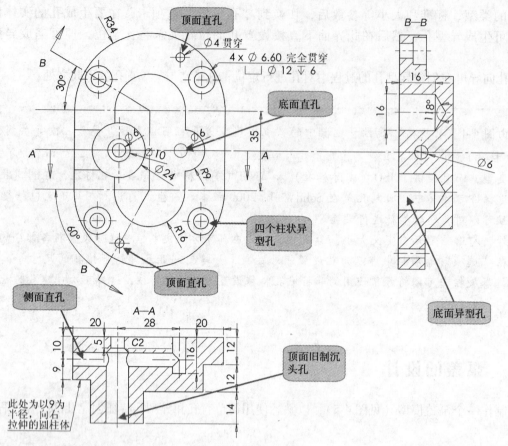

图 4-6　泵盖工程图

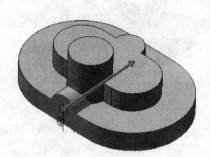

图 4-7　创建泵盖模型侧面的直孔

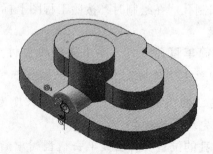

图 4-8　定义侧孔的位置

步骤3 创建底面直孔 如图4-9所示，在"孔"属性管理器中以"给定深度"方式绘制一深度为16mm、直径为6mm的简单直孔，并添加相应的位置约束。

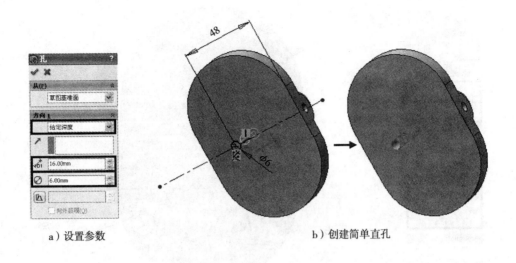

a）设置参数   b）创建简单直孔

图4-9 创建底面简单直孔

步骤4 创建顶面直孔 如图4-10所示，以"完全贯穿"方式在泵盖的顶面绘制两个简单直孔，设置孔直径为4mm，并定义孔的位置。

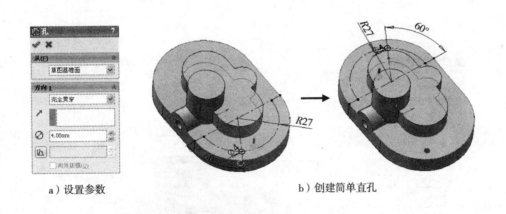

a）设置参数   b）创建简单直孔

图4-10 创建顶面完全贯穿的简单直孔

步骤5 创建底面柱状异型孔 用左键单击"特征"工具栏中的 （异型孔）按钮，打开"孔规格"属性管理器，设置"孔类型"为 （柱孔），"标准"为ISO，"类型"为"六角凹头ISO 4762"，定义通孔直径为6.6mm，柱孔直径为12mm，柱孔深度为6mm，然后切换到"位置"选项卡，在泵盖底部适当位置用左键单击四次，并添加适当约束，定义四个孔的位置即可，如图4-11所示。

步骤6 创建顶面旧制沉头孔 再次用左键单击 （异型孔）按钮，打开"孔规格"属性管理器，设置"孔类型"为 （旧制孔），"类型"为"沉头孔"，并在下面"截面尺寸"列表中设置孔的相关尺寸，并定义孔与顶面圆柱同心即可，如图4-12所示。

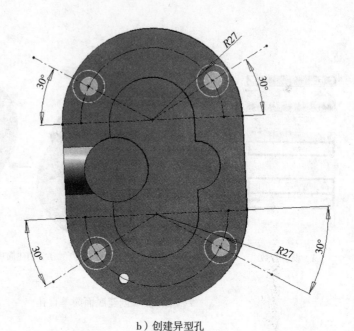

a）设置参数   b）创建异型孔

图 4-11　创建底面柱状异型孔

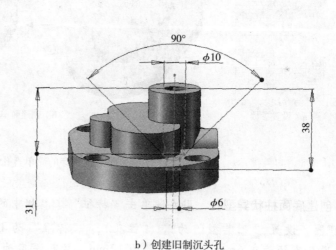

a）设置参数   b）创建旧制沉头孔

图 4-12　创建顶面旧制沉头孔

步骤 7　创建底面异型孔　最后再用左键单击 ▣（异型孔）按钮用来创建两个 ▯（孔），其参数设置和孔的位置如图 4-13 所示（这两个孔与外边的两个半圆弧同心）。此时即完成泵盖模型的创建。

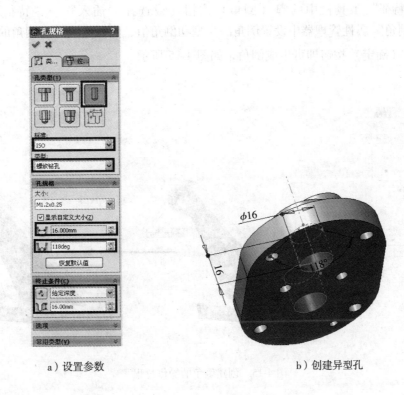

a）设置参数   b）创建异型孔

图 4-13　创建底面异型孔

4.2　倒角/圆角特征

当产品周围的棱角过于尖锐时，为避免割伤使用者，可以使用倒角或圆角特征令其变得圆滑。倒角命令倒出的是仍然具有一定棱角但比原来要相对平滑一些的角，而圆角命令倒出的是以更加平滑的曲面为圆角的角。

4.2.1　倒角特征

倒角又称为倒斜角或去角，可以在所选边线或顶点上生成一个倒角。SolidWorks 2008 中的倒角类型包括角度距离、距离-距离和顶点三种形式，如图 4-14 所示。

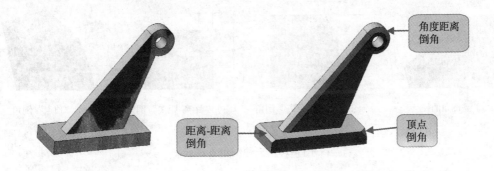

图 4-14　倒角的类型

用左键单击"特征"工具栏中的 🖉 （倒角）按钮（或选择"插入"→"特征"→"倒角"菜单），在弹出的"倒角"属性管理器中设置倒角的类型和倒角值，然后选中需要倒角的边线（或顶点），最后用左键单击 ✅ （确定）按钮即可生成倒角，如图4-15所示。

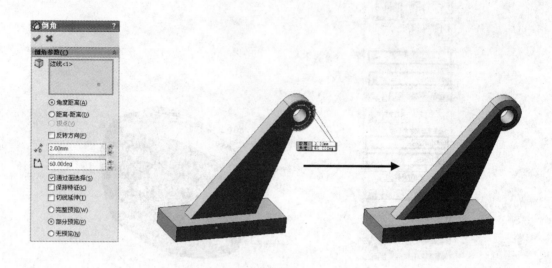

图4-15　创建倒角的操作过程

4.2.2　倒角特征的参数设置

通过"倒角"属性管理器可以设置倒角方式、倒角值、倒角线的选择方式和预览方式等，具体如下：

➢"角度距离"、"距离-距离"和"顶点"：这三个单选钮用于设置倒角方式。其中，"角度距离"和"距离-距离"倒角方式通过选择一条边来进行倒角，而"顶点"倒角方式通过选择顶点来进行倒角，如图4-16所示。选中某个单选钮后，可以在下方的文本框中输入倒角值来设置倒角的大小。

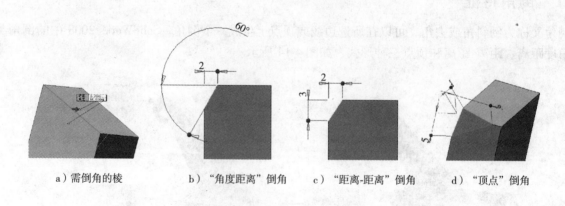

a）需倒角的棱　　　b）"角度距离"倒角　　　c）"距离-距离"倒角　　　d）"顶点"倒角

图4-16　三种倒角方式

➢"反转方向"复选框：在"角度距离"倒角方式下，角度和距离所在的边线。在"距离-距离"和"顶点"方式下，此复选框变为相等距离，用于设置在每条边上进行相等距离的倒角。

➢"通过面选择"复选框：选中该复选框后，可以选择隐藏边线作为倒角的引导线，如图4-17

所示。

> "保持特征"复选框：选中该复选框后进行倒角时，可以保留倒角经过的切除或拉伸等特征。若不选中此复选框，这些特征将在倒角后被移除，如图 4-18 所示。

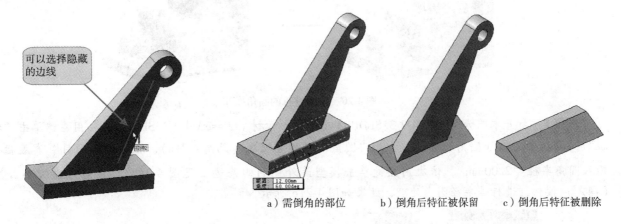

a) 需倒角的部位　　　b) 倒角后特征被保留　　　c) 倒角后特征被删除

图 4-17 "通过面选择"复选框的作用　　　　　图 4-18 "保持特征"复选框的作用

> "切线延伸"复选框：用于将倒角延伸到与所选实体相切的面或边线。
> "完整预览"、"部分预览"和"无预览"单选钮：用于设置倒角的预览方式。

4.2.3 圆角特征

在边界线或顶点处创建的平滑过渡特征称为圆角特征。对产品模型进行圆角处理，不仅可以切除模型棱角，更能满足造型设计中美学的要求，增加模型造型变化。圆角特征包括等半径圆角、变半径圆角、面圆角和完整圆角四种类型，如图 4-19 所示。

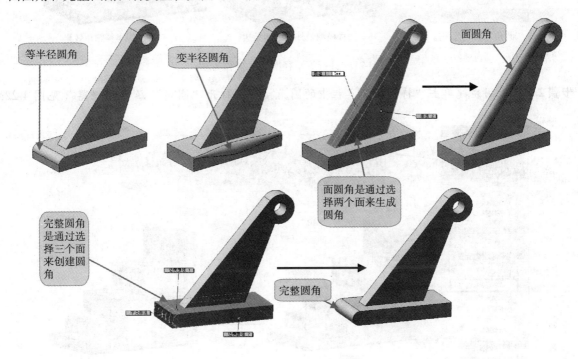

图 4-19 圆角的类型

下面讲述生成如图 4-20 所示的圆角所需要进行的圆角操作，以熟悉上面提到的四种圆角类型。

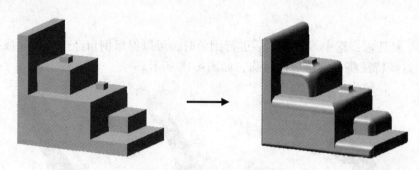

图 4-20　需要进行的圆角操作

步骤 1　打开本节素材文件 4-2-3. SLDPRT（光盘：素材＼004sc＼4-2-3. SLDPRT），用左键单击"特征"工具栏中的 （圆角）按钮，打开"圆角"属性管理器（见图 4-21a），在"圆角项目"卷展栏中输入圆角半径"2.00mm"，依次用左键单击模型最外侧的四条边（见图 4-21b），最后用左键单击 （确定）按钮，进行等半径圆角处理，效果如图 4-21c 所示。

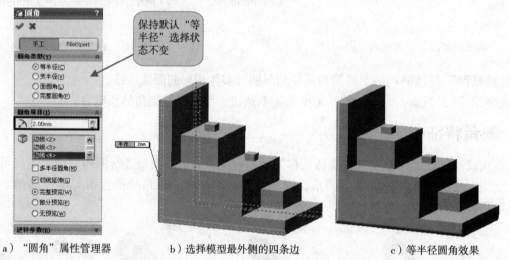

　　a）"圆角"属性管理器　　　　b）选择模型最外侧的四条边　　　　c）等半径圆角效果

图 4-21　进行等半径圆角的操作方法

步骤 2　再次用左键单击"特征"工具栏中的圆角按钮，打开"圆角"属性管理器（见图 4-22a），

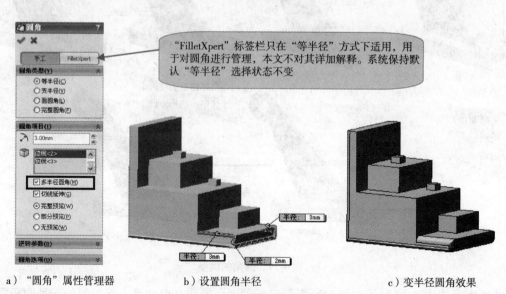

　　a）"圆角"属性管理器　　　　b）设置圆角半径　　　　c）变半径圆角效果

图 4-22　进行变半径圆角操作

首先选中"多半径圆角"复选框，然后设置圆角半径为2mm，并选中模型底面边线；再设置圆角半径为3mm，并分别选中两侧的边线（见图4-22b），用左键单击 ✅（确定）按钮即可完成变半径圆角操作。其效果如图4-22c所示。

    步骤3 三条线相交的等半径圆角操作如图4-23所示。按照步骤1的操作对图4-23中所示的三条边进行等半径圆角操作（圆角半径为3mm）。

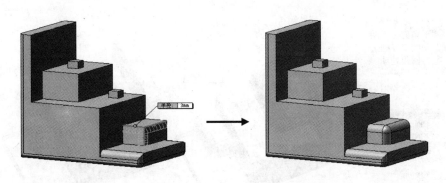

图4-23　三条线相交的等半径圆角操作

    步骤4 用左键单击圆角按钮，首先选中如图4-24所示的三条边，进行圆角半径为3mm的等半径圆角操作；不关闭属性管理器，切换到"逆转参数"卷展栏，选择 ⅄（逆转顶点）空白区，再在绘图区中用左键单击三条圆角线的顶点，然后在下面的 ⅄（逆转距离）列表项中设置三条边的逆转距离分别为5mm、8mm和6mm，用左键单击 ✅（确定）按钮，进行逆转参数圆角处理，如图4-24所示。

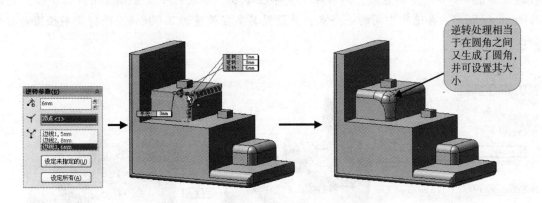

图4-24　三条线相交的逆转参数圆角的操作

    步骤5 如图4-25所示，按照步骤1的操作对图4-25中所示的小长方体的底边进行等半径圆角操

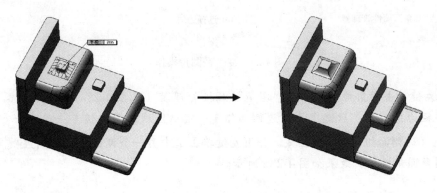

图4-25　等半径圆角操作

作，圆角半径为3mm。

步骤6 如图4-26所示，再通过与步骤5相同的操作对图中所示的小长方体的底边进行等半径圆角操作，只是此步操作需要在"圆角选项"卷展栏（见图4-26）中选中"圆形角"复选框，可发现此时具有不同的圆角效果。

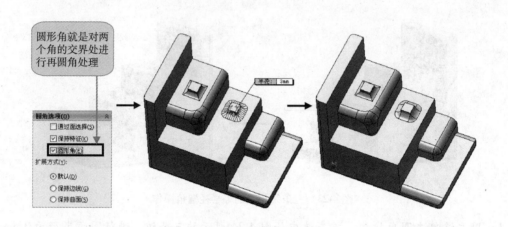

图4-26 圆形角圆角操作

步骤7 用左键单击"圆角"按钮，打开"圆角"属性管理器（见图4-27a），选中"变半径"单选钮，再选中如图4-27b所示的边线，然后在"变半径参数"卷展栏中设置 （附加的半径）两端的长度分别为1mm和5mm，再选中中间的一个点，并设置其半径长度为2.00mm，进行变半径圆角操作，最终效果如图4-27c所示。

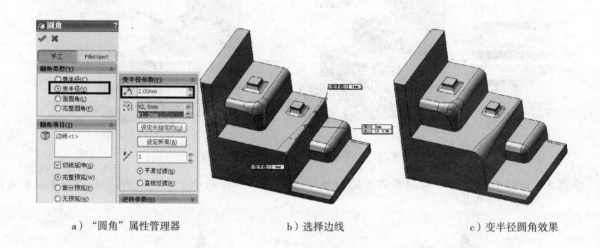

a）"圆角"属性管理器　　　　　b）选择边线　　　　　c）变半径圆角效果

图4-27 变半径圆角操作

步骤8 用左键单击圆角按钮，打开"圆角"属性管理器（见图4-28a），选中"面圆角"单选钮，并且设置圆角半径为5mm，然后选中 （边侧面组1）空白区域，用左键单击选中一个侧面（见图4-28b），再选中 （边侧面组2）空白区域，并用左键单击选中另一个侧面，最后用左键单击 （确定）按钮，进行面圆角圆角操作，效果如图4-28c所示。

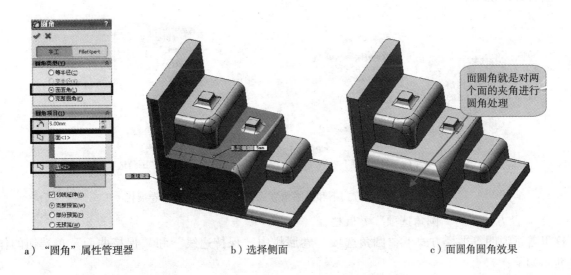

a）"圆角"属性管理器　　　　b）选择侧面　　　　c）面圆角圆角效果

图4-28　"面圆角"圆角操作

> 提示　也可对非相邻非连续的面进行面圆角圆角处理。

步骤9　用左键单击"圆角"按钮，打开"圆角"属性管理器（见图4-29a），选中"完整圆角"单选钮，然后分别设置边侧面组1、边侧面组2和中央面组（见图4-29b），即选择三个相邻面作为生成圆角的面，然后用左键单击 ✔（确定）按钮，进行完整圆角圆角处理，效果如图4-29c所示。

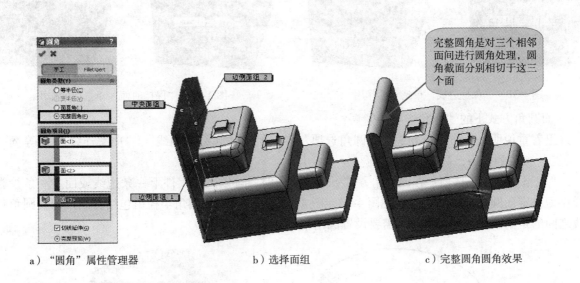

a）"圆角"属性管理器　　　　b）选择面组　　　　c）完整圆角圆角效果

图4-29　完整圆角圆角操作

4.2.4　圆角特征的参数设置

通过4.2.3节圆角操作以及前面对倒角参数的说明，我们大概了解了圆角参数的基本功能，在此仅对上面没有提到的等半径方式下的"圆角选项"卷展栏和面圆角方式下的"圆角选项"卷展栏（见图

4-30）进行详细说明。

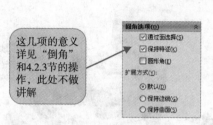

这几项的意义详见"倒角"和4.2.3节的操作，此处不做讲解

a）等半径方式下的"圆角选项"卷展栏　　　　b）面圆角方式下的"圆角选项"卷展栏

图 4-30　等半径方式下和面圆角方式下的"圆角选项"卷展栏

1. 等半径方式下的"圆角选项"卷展栏

这里着重说明等半径方式下"圆角选项"卷展栏中"保持边线"和"保持曲面"单选钮的作用，具体介绍如下：

➤"保持边线"单选钮：模型边线保持不变，而圆角边线自动调整。选中此单选钮后，在很多情况下，圆角的顶部边线会有沉陷，如图 4-31 所示。

➤"保持曲面"单选钮：选中此单选钮后，圆角边线将调整为连续和平滑，而模型边线被更改用来与圆角边线相匹配，如图 4-32 所示。

图 4-31　"保持边线"单选钮的作用　　　　图 4-32　"保持曲面"单选钮的作用

2. 面圆角方式下的"圆角选项"卷展栏

这里着重说明一下面圆角方式下"圆角选项"卷展栏中"包络控制线"、"曲率连续"、"等宽"和"辅助点"参数的作用，具体介绍如下：

➤"包络控制线"选项：在面圆角方式下生成圆角时，可以选择零件上一条边线或面上一条投影分割线作为决定面圆角形状的边界（见图 4-33、图 4-34 和图 4-35）。圆角半径由包络控制线和要圆角化的边线之间的距离决定，因此此时不需要设置圆角值。

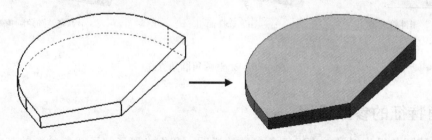

图 4-33　进行面圆角处理的模型

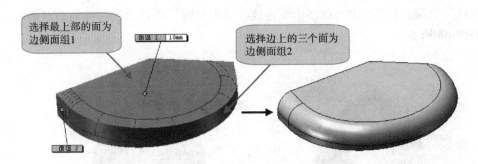

图 4-34 未选择"包络控制线"时的圆角效果

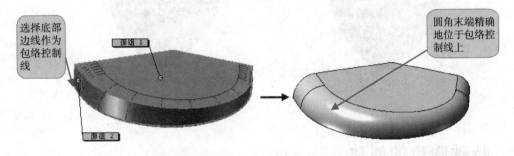

图 4-35 选择"包络控制线"时的圆角效果

➢ "等宽"复选框：选中此复选框后，可生成宽度固定不变的圆角，如图 4-36 所示。

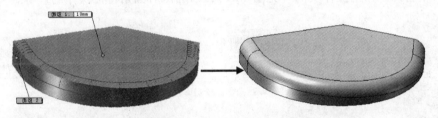

图 4-36 "等宽"复选框的作用

➢ "曲率连续"复选框：选中此复选框后，可在相邻曲面之间生成更平滑的曲面，如图 4-37 所示。

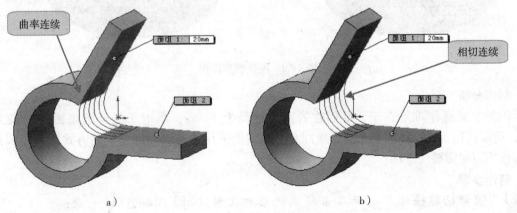

图 4-37 "曲率连续"复选框的作用

　　　　曲率连续圆角不同于标准圆角，因为其横截面曲线为一样条曲线，而不是圆形。曲率连续圆角比标准圆角更为平滑，因为其在边界处曲率连续，而标准圆角在边界处相切连续，曲率存在跳跃。

➤ "辅助点"选项：当两个曲面有多个不连续区域相交时，可以通过选择辅助点来定位插入混合面的位置，如图 4-38 所示。

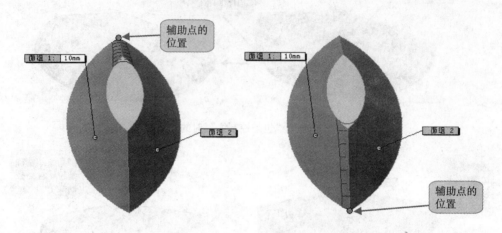

图 4-38 "辅助点"选项的作用

实例 2 特殊圆角的创建

下边讲述一个特殊圆角的操作实例（见图 4-39），以加深对圆角特征操作的理解。

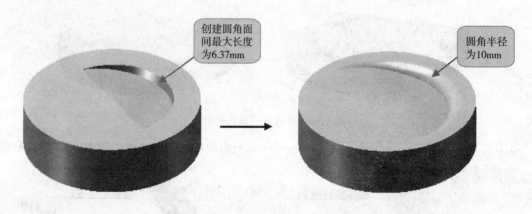

图 4-39 特殊圆角操作

一、制作分析

本实例的主要操作难点在于，要创建的圆角半径为 10mm，而用于创建圆角面间的最大长度为 6.37mm，所以使用普通操作根本无法生成圆角。本实例采用了绘制辅助特征的方式来生成圆角，这是读者在操作练习时需要注意的。

二、制作步骤

步骤1 拉伸切除操作 打开本书提供的素材文件 4-SL2. SLDPRT（光盘：素材 \ 004sc \ 4-SL2. SLDPRT），在上视图基准面中绘制一个适当的圆，并以成形到一面的方式进行拉伸切除操作，如图 4-40 所示。

步骤2 圆角操作 用左键单击"特征"工具栏中的 🔾（圆角）按钮，弹出"圆角"属性管理器，以等半径方式（圆角半径为 10mm）选择圆角圆弧进行圆角处理，如图 4-41 所示。

步骤3 删除面操作 选择"插入"→"面"→"删除"菜单，打开"删除面"属性管理器，在绘图区选中要拉伸切除的面和拉伸切除与圆角相交的面进行删除面操作，如图 4-42 所示。

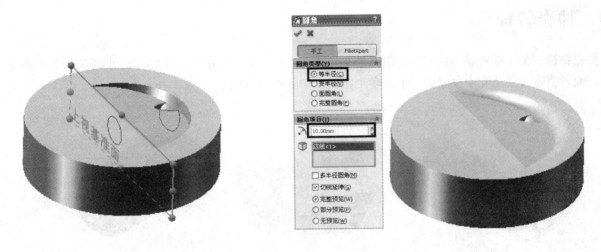

图 4-40 拉伸切除操作   图 4-41 圆角操作

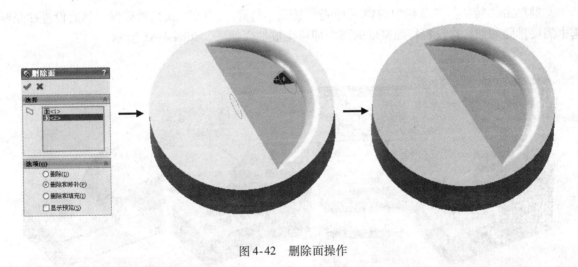

图 4-42 删除面操作

步骤 4 圆角操作 再以中间的线为圆角线，以 195mm 为圆角半径进行圆角处理，得到最终的圆角模型，如图 4-43 所示。

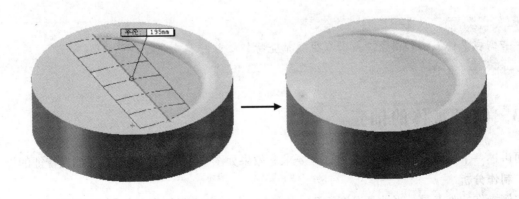

图 4-43 圆角操作

4.3　抽壳特征

　　抽壳特征常见于塑料或铸造零件，用于挖空实体的内部，留下有指定壁厚的壳，并可设置多个抽壳厚度，或者指定想要从壳中移除的一个或多个曲面，如图 4-44 所示。

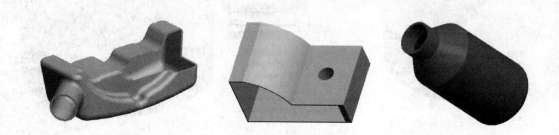

图 4-44　抽壳特征

　　用左键单击"特征"工具栏中的 ◈（抽壳）按钮，打开"抽壳"属性管理器，然后设置抽壳厚度，并选中需要排除的面，再设置特殊厚度的面，即可生成抽壳特征，如图 4-45 所示。

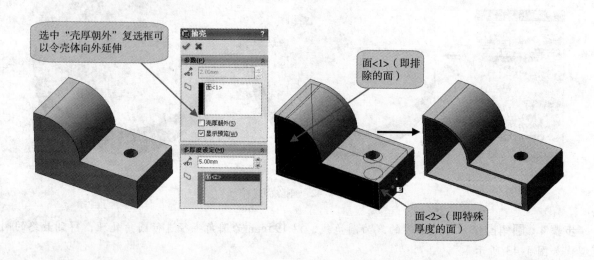

选中"壳厚朝外"复选框可以令壳体向外延伸

面<1>（即排除的面）

面<2>（即特殊厚度的面）

图 4-45　抽壳操作

　　📖 提示　若需在零件上添加圆角，应当在生成抽壳特征之前对零件进行圆角处理。

实例 3　特殊盘体的抽壳

　　下面讲述一个特殊盘体的抽壳实例（其要求和效果如图 4-46 所示），以熟悉抽壳特征的操作过程。

　　一、制作分析

　　本实例操作的难点是：当抽壳厚度为 2mm 时（抽壳时会遇到的问题如图 4-47 所示），抽壳界面将产生自相交现象，因此无法完成抽壳操作。我们此处可以使用创建辅助特征的方法进行抽壳操作。

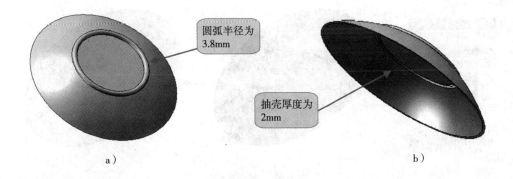

图 4-46 抽壳要求和效果

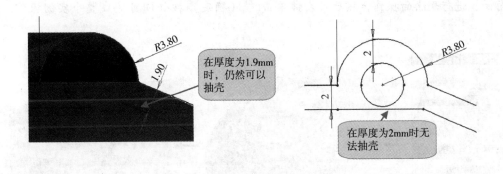

图 4-47 抽壳时会遇到的问题

二、制作步骤

步骤 1 圆角操作 打开本书提供的素材文件 4-SL3.SLDPRT（光盘：素材 \ 004sc \ 4-SL3.SLDPRT），用左键单击"特征"工具栏中的 ◎（圆角）按钮，弹出"圆角"属性管理器，以等半径方式，并以 0.5mm 为圆角半径，对盘体顶部的两个夹角进行圆角处理，如图 4-48 所示。

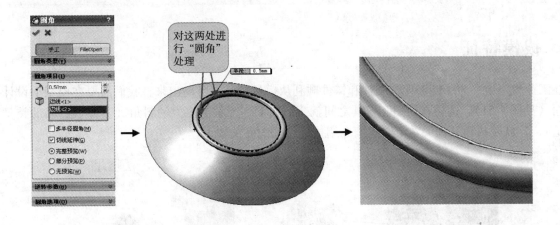

图 4-48 圆角操作

步骤 2 抽壳操作 用左键单击"特征"工具栏中的 ◎（抽壳）按钮（或选择"插入"→"特征"→"抽壳"菜单），弹出"抽壳"属性管理器，设置抽壳厚度为 2mm，并选中盘体底面作为抽壳排除的面，用左键单击 ✔（确定）按钮进行有效抽壳，如图 4-49 所示。

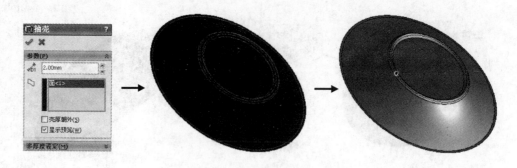

图 4-49　抽壳操作

步骤 3　删除面操作　选择"插入"→"面"→"删除"菜单，打开"删除面"属性管理器，选中两个圆角面，进行删除面操作，然后用左键单击 ✔（确定）按钮即可完成整个实例操作，如图 4-50 所示。

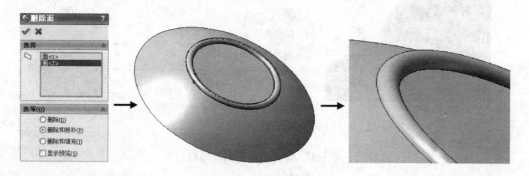

图 4-50　删除面操作

> 在建模过程中，有时由于外形面的需要，会不可避免地出现单点收敛或者扭曲现象，这时可以尝试将实体进行分割，将大部分实体先行抽壳，再对剩下的小部分具有特殊面的实体进行单独处理，然后将两部分壳体进行合并，即可达到抽壳的目的。

4.4　拔模特征

在工业生产中，为了能够让注塑件和铸件顺利从模具型腔中脱离出来，我们需要在模型上设计出一些斜面（见图 4-51），这样在模型和模具之间就会形成 1°～5°甚至更大的斜角（具体视产品的类型和材质而定），这就是拔模处理。本节，我们介绍拔模特征的有关知识。

图 4-51　常见的拔模特征

用户既可以在已有零件上插入拔模特征，也可以在创建拉伸特征时用左键单击 ⟂（拔模开/关）按钮进行拔模。在已有零件上插入的拔模特征包括中性面拔模、分型线拔模和阶梯拔模三种拔模类型，如图4-52所示。其意义如下：

> 中性面拔模：可以选择中性面和需拔模的面来生成拔模特征。

> 分型线拔模：可对分型线周围的曲面进行拔模，分型线可以是分割线（关于分割线的创建方法详见6.1.1节），也可以是现有的模型边线。

> 阶梯拔模：阶梯拔模是分型线拔模的变体，即令分型线绕拔模方向旋转而生成一个面，以代表阶梯。

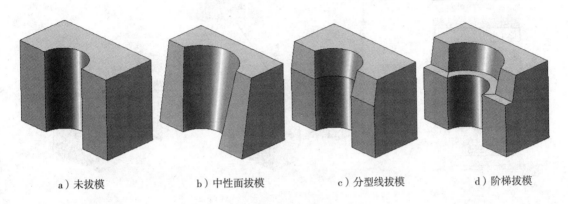

a）未拔模　　　　　b）中性面拔模　　　　　c）分型线拔模　　　　　d）阶梯拔模

图4-52　三种拔模特征

4.4.1　中性面拔模

用左键单击"特征"工具栏中的 ◑（拔模）按钮（或选择"插入"→"特征"→"拔模"菜单），打开"拔模"属性管理器，选择"拔模类型"为"中性面"，再设置好 ⟂（拔模角度），并在"中性面"卷展栏和"拔模面"卷展栏中分别选择中性面和拔模面，用左键单击 ✔（确定）按钮即可进行拔模操作，如图4-53所示。

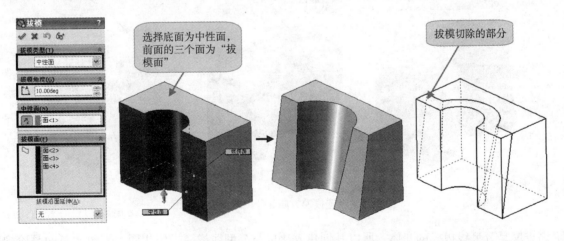

图4-53　中性面拔模操作

> 中性面决定了拔模方向，中性面的Z轴方向为零件从铸型中弹出的方向。可用左键单击 🗘（反向）按钮来翻转拔模方向。

4.4.2　分型线拔模和阶梯拔模

可以通过在实体中创建一条分割线来创建分型线拔模特征。其创建方法与中性面拔模特征基本相同（见图 4-54），只需选择分型线拔模类型、设置拔模角度、设置拔模方向、选择分型线即可生成分型线拔模。

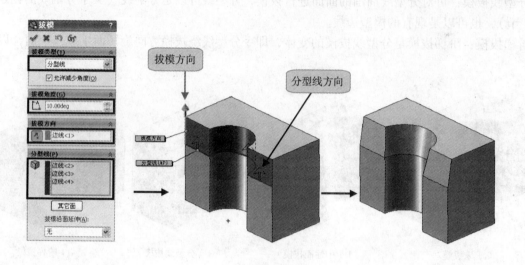

图 4-54　分型线拔模操作

执行分型线拔模时，需要注意的是对"拔模方向"和"分型线方向"的设置。分型线方向的一侧是对实体进行修改的一侧，拔模方向决定了拔模角度的计算位置。例如，对图 4-54 所示的实体，还可以生成如图 4-55 所示的拔模特征（用左键单击"其他面"按钮可切换分型线方向）。

图 4-55　设置拔模方向和分型线方向的作用

阶梯拔模是分型线拔模的变体，所以其创建方法也与分型线拔模操作相同。需要注意的是阶梯拔模无法选择边线作为拔模的参考方向，而且作为拔模参考方向的面，通常是面积不变的面。

另外，阶梯拔模包括锥形阶梯和垂直阶梯两种拔模方式。其中，锥形阶梯拔模方式以与锥形曲面相同的方式生成曲面，而垂直阶梯拔模方式则是以垂直于原有主要面生成曲面。锥形阶梯拔模方式和垂直阶梯拔模方式的区别如图 4-56 所示。

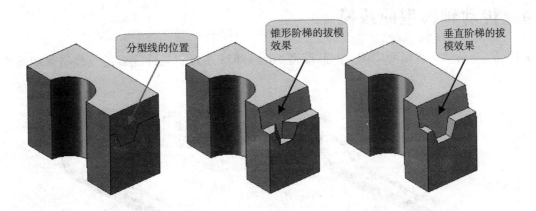

图 4-56　锥形阶梯拔模方式和垂直阶梯拔模方式的区别

4.4.3　拔模特征的参数设置

在进行中性面拔模时，在"拔模"属性管理器的"拔模面"卷展栏中，"拔模沿面延伸"下拉列表主要用于设置选择拔模面的方法，具体如下（对于其他参数本文不再赘述）：

➢"无"选项：只有所选的面才进行拔模，在上面讲解的拔模操作中都选择了"无"选项。

➢"沿相切面"选项：将拔模延伸到所有与所选面相切的面，面相交的地方会成为圆角，如图 4-57所示。

➢"所有面"选项：所有与中性面相邻的面以及从中性面拉伸的面都进行拔模，如图 4-58 所示。

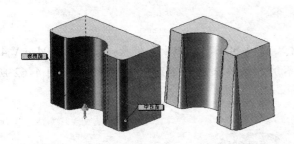

图 4-57　沿相切面拔模

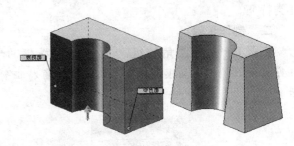

图 4-58　所有面拔模

➢ 内部的面：令所有从中性面拉伸的内部面都进行拔模，如图 4-59 所示。

➢ 外部的面：令所有与中性面相邻的外部面都进行拔模，如图 4-60 所示。

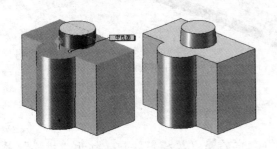

图 4-59　内部的面拔模

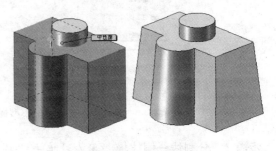

图 4-60　外部的面拔模

实例4 传动轴模型的拔模

下面介绍一个传动轴拔模的实例。产品模型如图 4-61a 所示，最终完成的拔模结果如图 4-61b 所示。

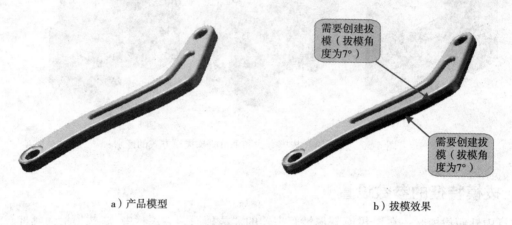

a）产品模型　　　　　　　　　　　　b）拔模效果

图 4-61　传动轴拔模模型和效果

一、制作分析

本实例操作的关键是需要先拔模再进行圆角操作，应注意拔模参考面（因为拔模参考面只能是平面）和分型线的选择方法。另外，有兴趣的读者可以尝试创建本实例中提供的素材，以熟悉前面讲述的几类特征。

二、制作步骤

步骤1　去除圆角特征　打开本书提供的素材文件 4-SL4. SLDPRT（光盘：素材 \ 004sc \ 4-SL4. SLDPRT），拖动模型树下端的线将圆角特征暂时不纳入编辑状态（否则无法拔模），如图 4-62 所示。

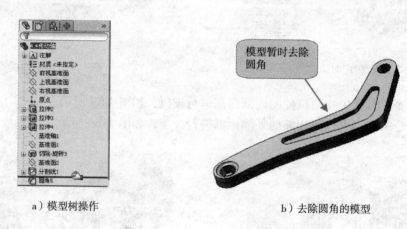

a）模型树操作　　　　　　　　　　　b）去除圆角的模型

图 4-62　模型树操作和去除圆角的模型

步骤2　分割线一侧拔模　用左键单击"特征"工具栏中的 （拔模）按钮，打开"拔模"属性管理器（见图 4-63a），选择"拔模类型"为"分型线"，设置"拔模角度"为"7.00deg"，选择传动轴顶端圆孔处的横面作为拔模参考面（见图 4-63b），再以"沿切面"方式，选择素材中已创建好的分割线为分型线（见图 4-63c），用左键单击 （确定）按钮。

步骤3 分割线另一侧拔模 用左键单击"特征"工具栏中的"拔模"按钮，通过与步骤2中相同的操作完成分割线另一侧拔模，如图4-64所示。

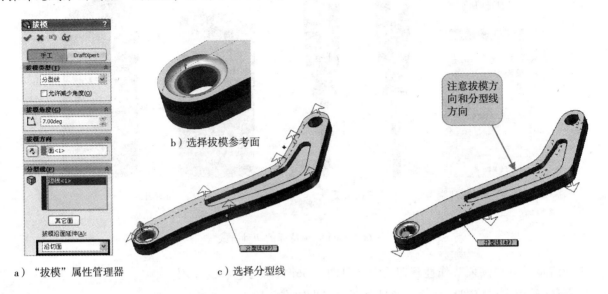

a）"拔模"属性管理器　　　c）选择分型线　　　　b）选择拔模参考面

图4-63 分割线一侧拔模操作　　　　　图4-64 分割线另一侧拔模操作

步骤4 内侧拔模和恢复圆角操作 再次用左键单击"特征"工具栏中的"拔模"按钮，以传动轴内陷处的底面边为分型线进行7°拔模操作（"传动轴"内陷处拔模见图4-65a），并拖动模型树下端的线恢复圆角特征即可，效果如图4-65b所示。

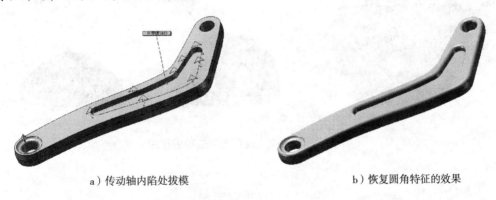

a）传动轴内陷处拔模　　　　　　　　b）恢复圆角特征的效果

图4-65 内侧拔模和恢复圆角的操作方法

4.5 其他非常用附加特征

除了上面介绍的附加特征外，还有圆顶、特型、自由形、变形、压凹、弯曲、包覆和加厚等非常用附加特征，这些特征可以更加灵活地对创建好的模型进行修改，从而创建一些更加复杂的模型。

4.5.1 圆顶特征

圆顶特征是指在零件的顶部面上创建类似于圆角类的特征。创建圆顶特征的顶面可以是平面，也可以是曲面，如图4-66所示。选择"插入"→"特征"→"圆顶"菜单，然后选中用于生成圆顶的基础面，再设置基础面到圆顶面顶部的距离，即可生成圆顶特征。

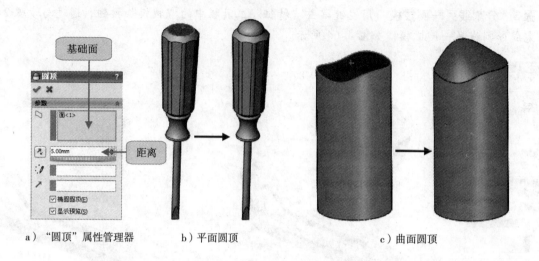

a）"圆顶"属性管理器   b）平面圆顶   c）曲面圆顶

图 4-66　创建圆顶特征的两种方式

下面解释一下"圆顶"属性管理器中（见图 4-66a）部分选项的作用。

➢ （约束点或草图）选项：通过草图或点来约束圆顶面，如图 4-67 所示。

➢ （方向）选项：通过选择一条不垂直于基础面的边界线来定义拉伸圆顶的方向，如图 4-68 所示。

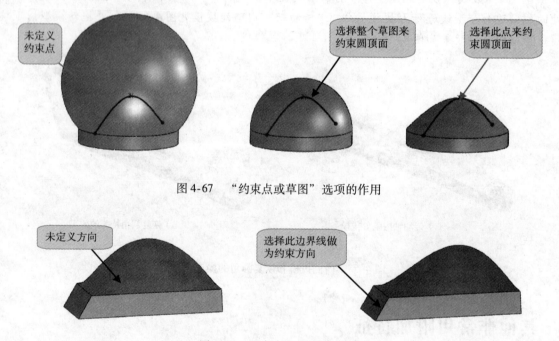

图 4-67　"约束点或草图"选项的作用

图 4-68　"方向"选项的作用

➢"椭圆圆顶"复选框：选中此复选框，可生成椭圆形的圆顶特征。在选中不规则基础面时，此项可显示为"连续圆顶"，此时将其选中后可向上倾斜生成圆顶特征，否则将垂直于多边形的边线向上生成圆顶特征。

4.5.2　特型特征

特型特征与圆顶特征有些类似，都是以一个面为基础面，对其进行展开、约束或拉紧等操作，从而在模型上生成一个附加的面，如图 4-69 所示。

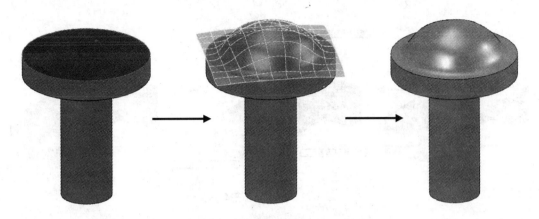

图 4-69 生成的特型特征

选择"插入"→"特征"→"特型"菜单，然后选中用于生成圆顶的特型面，再在打开的"特型特征"对话框（见图 4-70）中设置"展开"、"约束"或"拉紧"的量，单击"确定"按钮即可生成特型特征。

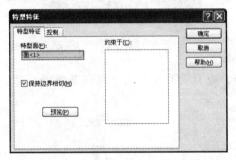

a）"特型特征"对话框中的"特型特征"选项卡

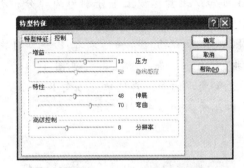

b）特型特征对话框"控制"选项卡

图 4-70 "特型特征"对话框

"特型特征"选项卡中（见图 4-70a），"约束于"列表项用于选择设置约束特型特征的草绘图形，特型特征将被限制在草图范围内，如图 4-71 所示。

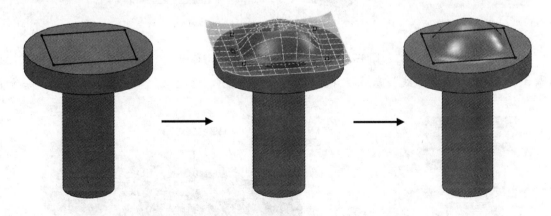

图 4-71 将特型约束于固定的区域中

4.5.3 自由形特征

自由形特征是指通过拖动网格上的控制点来任意改变实体曲面形状的方法，如图 4-72 所示。自由形特征比较适合创建形状多变的自由实体曲面。

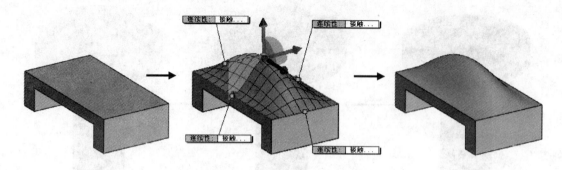

图 4-72　生成自由形特征

下面通过一个创建手柄的实例来讲解自由形特征的
使用方法。

步骤 1　打开本书提供的素材文件 4-5-3. SLDPRT
（光盘：素材 \ 004sc \ 4-5-3. SLDPRT），如图 4-73 所示。
由图 4-73 可知，此素材被上下分割为两部分，有一样条
曲线位于竖向的前视基准面中。

步骤 2　选择"插入"→"特征"→"自由形"菜
单，打开"自由形"属性管理器（见图 4-74a），选择上

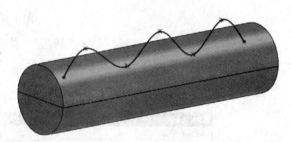

图 4-73　打开的素材

半部的面为要变形的面，再选中"方向 1 对称"复选框，令自由形特征关于前视基准面对称，并在绘图
区中显示出此面，如图 4-74b 所示。

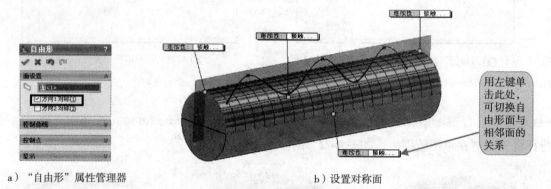

a）"自由形"属性管理器　　　　　　　　　　　　　b）设置对称面

图 4-74　选择要变形的面并设置对称面

步骤 3　切换到"控制曲线"卷展栏（见图 4-75a），选中"通过点"单选钮，再单击"添加曲线"

a）"控制曲线"卷展栏

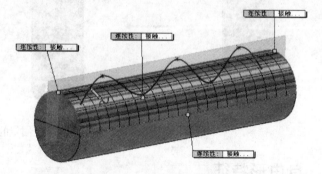

b）添加变形曲线的操作

图 4-75　添加变形曲线

按钮,在对称面与上半部平面的交线附近用左键单击(对称面变色时用左键单击),添加一黄线作为进行变换的控制曲线,如图4-75b所示。

  步骤4 切换到"控制点"卷展栏(见图4-76a),用左键单击"添加点"按钮(其他选项保持系统默认),在控制线上与样条曲线相关控制点对应的点位置连续单击鼠标左键添加五个变形点,如图4-76b所示。

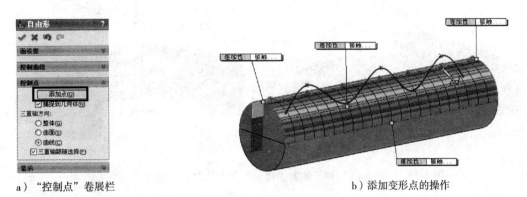

a)"控制点"卷展栏   b)添加变形点的操作

图4-76 添加变形点

  步骤5 用左键单击"添加点"按钮退出其选中状态(见图4-77a),并保持"捕捉到几何体"复选框的选中状态,拖动步骤4中添加的变形点,令其与样条曲线对应的控制点重合,如图4-77b所示。

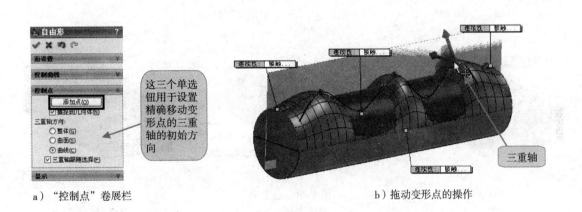

这三个单选钮用于设置精确移动变形点的三重轴的初始方向

三重轴

a)"控制点"卷展栏   b)拖动变形点的操作

图4-77 操作变形点

  步骤6 用左键单击"自由形"属性管理器中的确定按钮,完成自由形特征操作(见图4-78a),然后用右键单击"样条曲线"选择"隐藏",即可将控制曲线隐藏。最终的手柄模型效果如图4-78b所示。

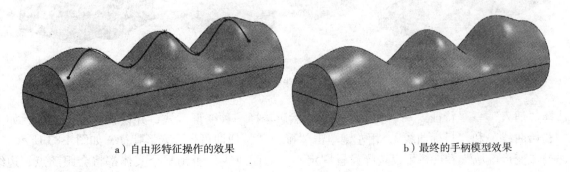

a)自由形特征操作的效果   b)最终的手柄模型效果

图4-78 隐藏控制曲线

如图 4-75a 所示，共有两种控制变形曲线的类型——"通过点"和"控制多边形"。当选中"控制多边形"单选钮时，将通过控制多边形来控制变形曲线的形状。它们的区别如图 4-79 所示。

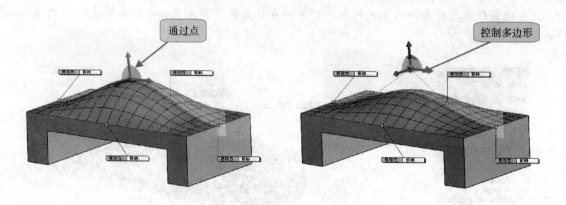

图 4-79　"通过点"和"控制多边形"两种控制变形曲线方式的区别

4.5.4　变形特征

变形特征是指根据选定的面、点或边线来改变零件的局部形状。它共有三种变形方式，即点、曲线到曲线和曲面推进，如图 4-80 ~ 图 4-82 所示。

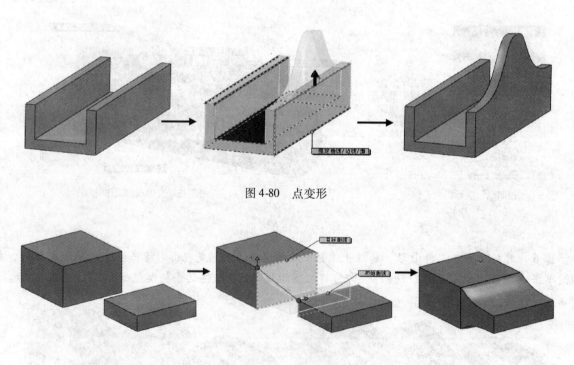

图 4-80　点变形

图 4-81　曲线到曲线变形

选择"插入"→"特征"→"变形"菜单，然后选择一种变形方式，并设置相应的选项，如选择设置"初始曲线"和"目标曲线"，用左键单击"确定"按钮即可生成变形特征，如图 4-83 所示。

通过"变形区域"卷展栏可以选择设置固定不变的面或线（否则整个实体都将会跟随点、边线等发生变化）。"形状选项"卷展栏用于控制变形过程中变形形状的刚性。

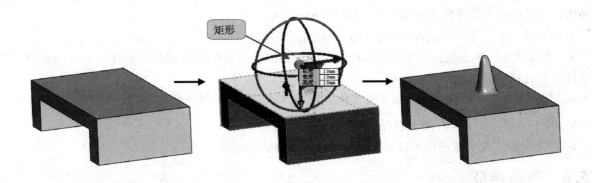

图 4-82　曲面推进变形

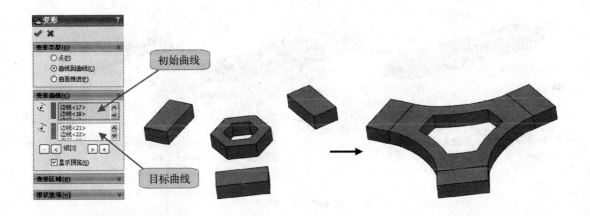

图 4-83　使用变形特征完成的模型设计操作

4.5.5　压凹特征

压凹特征是指使用一个实体去冲击另外一个实体或片体，就像将片体冲压一样，产生与工具实体类似形状的特征。

选择"插入"→"特征"→"压凹"菜单，打开"压凹"属性管理器（见图 4-84a），再在绘图区

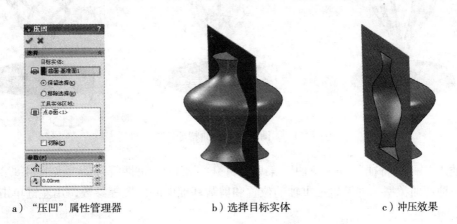

a）"压凹"属性管理器　　　　b）选择目标实体　　　　c）冲压效果

图 4-84　"压凹特征"操作

选中要进行目标冲压的实体或片体（见图 4-84b），然后选中工具实体，用左键单击确定按钮即可将片体冲压。将实体隐藏后可见到冲压效果，如图 4-84c 所示。

下面解释一下"压凹"属性管理器中部分选项的作用。

➤"保留选择"单选钮：用于设置选择的工具实体部分为目标实体或片体被冲压出来的部分。"移除选择"单选钮正好与此相反。

➤"切除"复选框：选中后将用工具实体区域对目标实体或片体进行切除。

➤ ⚂（厚度）文本框：用于设置生成的压凹特征的厚度。

➤ ⚁（间隙）文本框：用于设置工具实体到压凹特征的距离。

4.5.6 弯曲特征

弯曲特征是指通过直观的方式对复杂的模型进行变形操作，可以生成折弯、扭曲、锥削和伸展四种类型的弯曲特征，如图 4-85 ~ 图 4-88 所示。

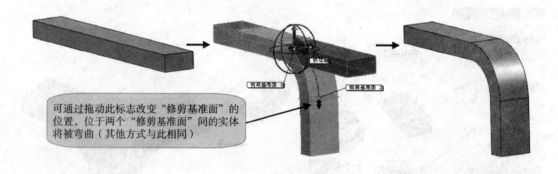

可通过拖动此标志改变"修剪基准面"的位置，位于两个"修剪基准面"间的实体将被弯曲（其他方式与此相同）

图 4-85　折弯特征

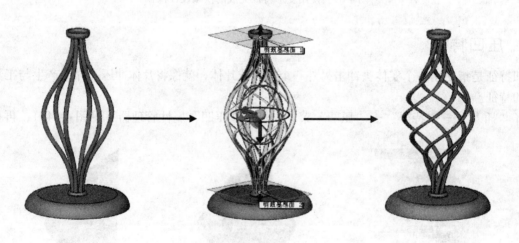

图 4-86　扭曲特征

选择"插入"→"特征"→"弯曲"菜单，打开"弯曲"属性管理器（见图 4-89），选中目标实体，再选择一种弯曲类型，并设置三重轴的位置和剪裁基准面的位置等参数，用左键单击"确定"按钮即可将实体弯曲。

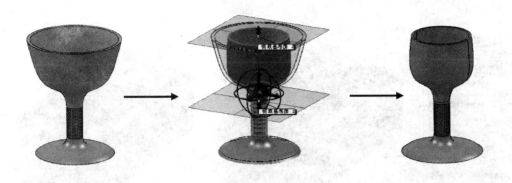

图 4-87 锥削特征

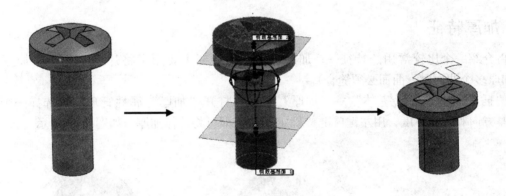

图 4-88 伸展特征

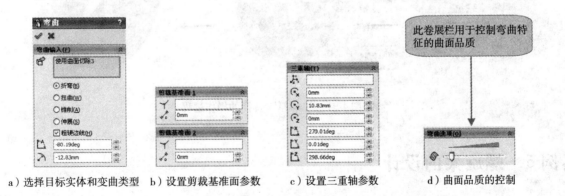

a）选择目标实体和变曲类型　b）设置剪裁基准面参数　c）设置三重轴参数　d）曲面品质的控制

图 4-89 "弯曲"属性管理器

4.5.7 包覆特征

包覆特征是将草绘图形包覆在模型表面，以形成浮雕、蚀雕或刻画效果，主要用于印制公司商标以及零件型号等内容。

选择"插入"→"特征"→"包覆"菜单，打开"包覆"属性管理器，然后绘制一草绘图形，并设置好拔模方向和包覆类型，用左键单击"确定"按钮即可生成包覆特征，如图 4-90 所示。

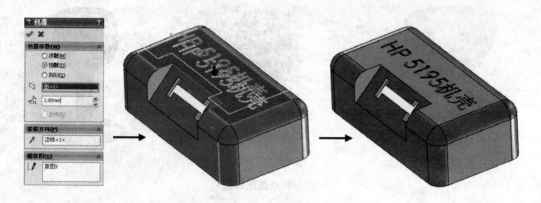

图 4-90 "包覆"特征的操作过程

4.5.8 加厚特征

这里再介绍一个比较常用的特征——加厚特征。此特征主要用于将片体（曲面）加厚生成实体（当同时加厚多个曲面时，曲面必须缝合）。

选择"插入"→"凸台/基体"→"加厚"菜单，打开"加厚"属性管理器，选择一个片体，并设置好加厚方向和加厚厚度，用左键单击"确定"按钮即可将片体加厚，如图 4-91 所示。

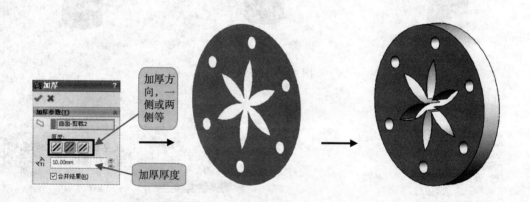

图 4-91 "加厚"特征的操作过程

实例 5 螺旋桨的设计

下面讲一个设计螺旋桨模型的操作实例，其效果如图 4-92 所示。

一、制作分析

本实例主要用到弯曲操作和圆顶操作。螺旋桨只需创建一个桨叶即可，其他三个可通过阵列特征得到。另外，本实例用到了组合操作，此操作本书虽然不作重点讲解，但是读者也应领会并掌握其用法。

二、制作步骤

步骤 1 执行弯曲操作 1 打开本书提供的素材文件 4-SL5. SLDPRT（光盘：素材 \ 004sc \ 4-SL5. SLDPRT），选择"插入"→"特征"→"弯曲"菜单，打开"弯曲"属性管理器，选中"扭曲"

图 4-92 螺旋桨模型效果

单选钮，再选择螺旋桨作为被弯曲的对象，然后移动三重轴的圆心位置至螺旋桨的顶角处，再设置扭曲角度为 90°，用左键单击"确定"按钮执行弯曲操作，如图 4-93 所示。

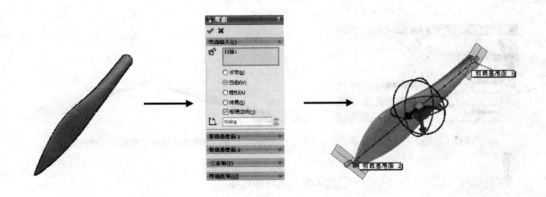

图 4-93 对螺旋桨执行弯曲操作 1

步骤 2 执行弯曲操作 2 在"弯曲"属性管理器中打开"三重轴"卷展栏（见图 4-94），再按照图 4-94 所示设置弯曲参数，用左键单击"确定"按钮执行弯曲操作。

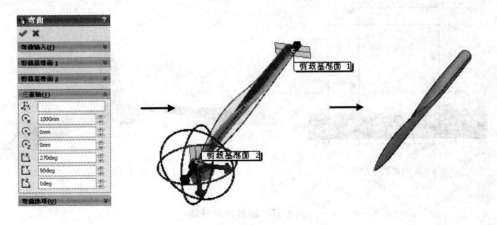

图 4-94 对螺旋桨执行弯曲操作 2

步骤 3　创建中心线　在螺旋桨的底端平面草图中绘制一竖直的经过圆心的直线作为中心线，如图 4-95 所示。

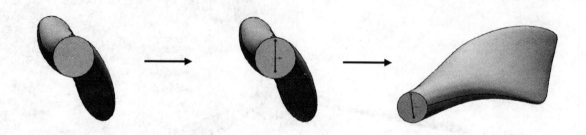

图 4-95　创建中心线

步骤 4　执行阵列操作　用左键单击"特征"工具栏中的 ▦（圆周阵列）按钮，打开"阵列（圆周）"属性管理器（见图 4-96a），选择步骤 3 中绘制的直线为旋转轴，选择螺旋桨模型为要阵列的特征，设置旋转角度为"360.00deg"，阵列个数为"3"，用左键单击"确定"按钮即可阵列出另外两个螺旋桨桨叶。其效果如图 4-96b 所示。

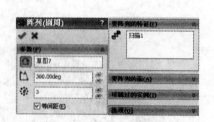

a）"阵列（圆周）"属性管理器

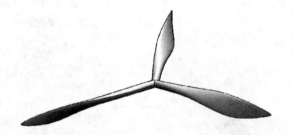

b）阵列出另外两个螺旋桨桨叶的效果

图 4-96　执行阵列操作

步骤 5　旋转出圆柱体　在前视基准面中创建如图 4-97a 所示的草绘图形（草图左侧通过三个螺旋桨的中心交点），再用左键单击旋转凸台/基体按钮对其执行旋转操作（注意不要选中"合并效果"复选框）。创建螺旋桨的连接体，效果如图 4-97b 所示。

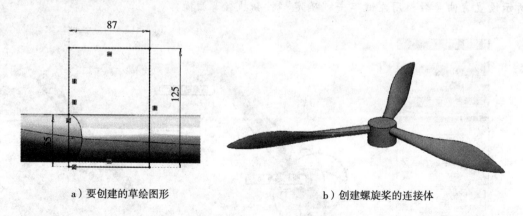

a）要创建的草绘图形

b）创建螺旋桨的连接体

图 4-97　旋转出圆柱体

步骤6 执行锥削操作 选择"插入"→"特征"→"弯曲"菜单,打开"弯曲"属性管理器(见图4-98),选中"锥削"单选钮,将锥削因子设置为"−0.3",选中步骤5创建的实体,并通过"三重轴"卷展栏调整三重轴的方向和位置,用左键单击确定按钮即可完成锥削操作,如图4-98所示。

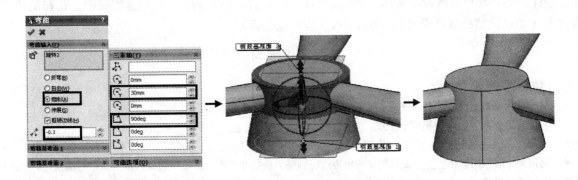

图 4-98 执行锥削弯曲操作

步骤7 执行圆顶操作 选择"插入"→"特征"→"圆顶"菜单,打开"圆顶"属性管理器(见图4-99a),然后选择圆柱的顶部面作为基础面,再设置基础面到圆顶面顶部的距离为"90.00mm",用左键单击"确定"按钮生成圆顶特征,如图4-99b所示。

a)"圆顶"属性管理器   b)生成的圆顶特征

图 4-99 执行圆顶操作

步骤8 执行组合操作和圆角操作 选择"插入"→"特征"→"组合"菜单,打开"组合"属性管理器,然后选中所有实体,以"添加"类型组合选中的实体(见图4-100a),再用左键单击圆角按钮,并设置半径为10mm,选中螺旋桨和连接体间的三条边线进行圆角处理,最终效果如图4-100b所示。

a)"组合"属性管理器   b)组合和圆角处理的最终效果

图 4-100 执行组合操作和圆角操作

本 章 小 结

本章介绍了附加特征的创建方法，主要包括孔、倒角/圆角、抽壳、拔模特征。它们的共同点是不能独立创建，必须在已有的模型实体上创建，所以又称为放置性特征。在上述特征中，孔和倒角/圆角最为常用（如设计塑料制品模型），抽壳和拔模应用也很普遍。

思考与练习

一、填空题

（1）简单直孔是具有统一半径的圆孔，它的_____和_____不发生变化。

（2）利用异型孔向导，可在模型上生成_____、_____、_____等多功能孔。

（3）当产品周围的棱角过于尖锐时，为避免割伤使用者，可以使用_____或_____特征令其变得圆滑。

（4）圆角操作时，选中_____复选框，圆角边线将调整为连续和平滑，而模型边线将被更改以与圆角边线相匹配。

（5）在拔模特征中，_____决定了拔模方向，_____的 Z 轴方向为零件从铸型中弹出的方向。

二、问答题

（1）孔特征包括哪些类型？其不同是什么？

（2）在创建倒角时，保持特征的作用是什么？

（3）有哪几种圆角类型？简述其不同。

（4）创建拔模特征的目的是什么？

（5）简述创建拔模特征的一般步骤。

（6）如果模型中包括圆角、壳和拔模特征，三者的创建顺序是什么？

三、操作题

试创建如图 4-101 所示的圆角。

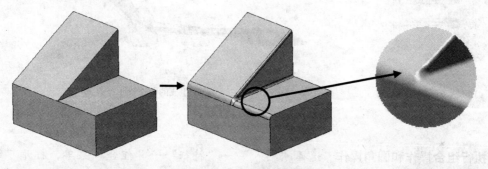

图 4-101　需创建的圆角

提示　可参考图 4-102 所示操作进行创建。

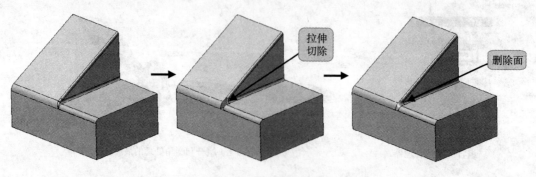

图 4-102　圆角操作步骤

参考几何体和特征编辑

本章内容提要

章前导读

可以使用参考几何体来辅助创建特征以及定义零件的空间位置；可以对不符合要求的几何体进行修改或重定义；另外，对于相同或相似的特征，还可以使用镜像与阵列特征进行创建，从而提高产品设计的效率。本章将讲解上述内容。

5.1 参考几何体

在建模的过程中，我们经常会用到基准面、基准轴以及基准坐标等参考几何体（也称为基准特征，如图5-1a所示），通过这些参考几何体可以确定实体的位置和方向（使用"参考几何体"工具栏中的按钮可以创建参考几何体，如图5-1b所示）。

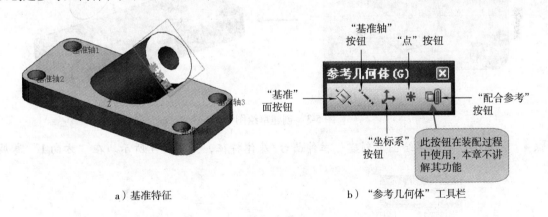

a）基准特征   b）"参考几何体"工具栏

图5-1 基准特征和"参考几何体"工具栏

5.1.1 基准面

如前所述，在使用SolidWorks设计零件时，系统默认提供了前视、右视和上视三个互相垂直的基准面来作为零件设计和其他操作的参照。但是在很多情况下，仅仅依赖这三个基准面是远远不够的，我们还必须根据需要来创建其他基准面。

下面先来看一个创建基准面的操作实例。

步骤1 打开本书提供的素材文件5-1-1. SLDPRT（光盘：素材\005sc\5-1-1. SLDPRT），用左键单

击"参考几何体"工具栏中的 ✎（基准面）按钮，打开"基准面"属性管理器，如图 5-2a 所示。

步骤2 在"基准面"属性管理器中用左键单击 🔲（两面夹角）按钮，并在右侧的文本框中输入"45.00deg"，然后选择素材文件的一条边线和边线下端的面作为创建基准面的参照（见图 5-2b），用左键单击 ✅（确定）按钮即可创建基准面。

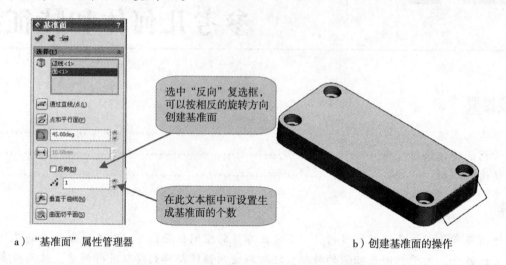

a)"基准面"属性管理器　　　　　　　　b)创建基准面的操作

图 5-2　"基准面"属性管理器和创建基准面的操作

步骤3 选中刚创建的基准面，用左键单击草图工具栏中的"草图绘制"按钮，进入草绘模式，然后用左键单击"圆"按钮，以模型中点为圆心绘制一个半径为 12mm 的圆，并退出草绘模式，如图 5-3 所示。

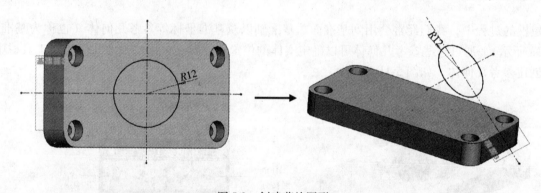

图 5-3　创建草绘图形

步骤4 使用刚绘制的草绘图形创建一拉伸凸台/基体特征，如图 5-4 所示。在"方向1"卷展栏中

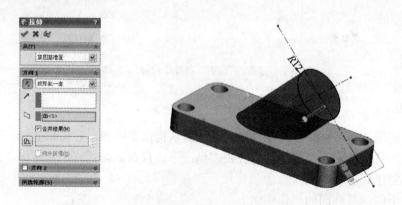

图 5-4　创建拉伸凸台/基体特征

选择"成形到一面"下拉列表项，并在绘图区中选择模型的上表面作为拉伸延伸到的面。如方向有误，可单击 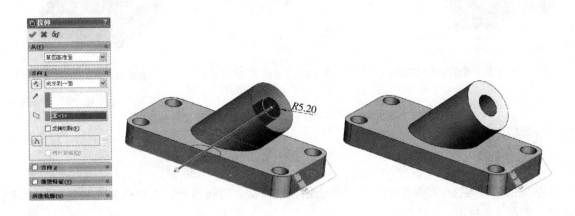（反向）按钮进行调整。

步骤5　以刚创建的拉伸凸台/基体特征的上表面作为草绘面，创建一半径为 5.2mm 的拉伸切除特征，并将其延伸到模型的下表面完成模型的创建，如图 5-5 所示。

图 5-5　创建拉伸切除特征

如图 5-2a 所示，系统共提供了六种创建基准面的方式，这里详细说明如下：

➢ □（通过直线/点）方式：用于创建通过一条直线和直线外一点的基准面，如图 5-6a 所示。

➢ □（点和平行面）方式：用于创建通过某个点且与某个平面平行的基准面，如图 5-6b 所示。

➢ □（两面夹角）方式：以选中的线为轴（或直线到参考面的投影为轴），创建与某个参考面成一定角度的基准面。上面实例即是使用此方法创建的基准面。

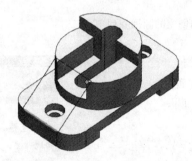

a）通过直线/点方式创建的基准面

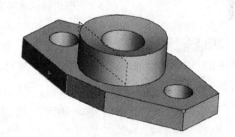

b）点和平行面方式创建的基准面

图 5-6　通过直线/点和点和平行面方式创建基准面

➢ □（等距距离）方式：以一个面为参照面，创建与此面平行并相距一定距离的一个或多个面，如图 5-7a 所示。

➢ □（垂直于曲线）方式：生成通过一个点且垂直于一边线、轴线或曲线的基准面，如图 5-7b 所示。

➢ □（曲面切平面）方式：创建与某个曲面相切且经过某个点（或某个点到曲面的正投影）的基准面，如图 5-7c 所示。

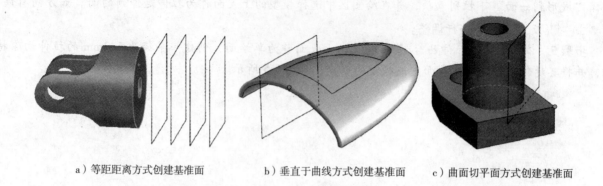

a）等距距离方式创建基准面　　　b）垂直于曲线方式创建基准面　　　c）曲面切平面方式创建基准面

图 5-7　等距距离、垂直于曲线和曲面切平面方式创建基准面

5.1.2　基准轴

基准轴是创建其他特征的参照线，主要用于创建孔特征、旋转特征，以及作为阵列复制与旋转复制的旋转轴，如图 5-8 所示。

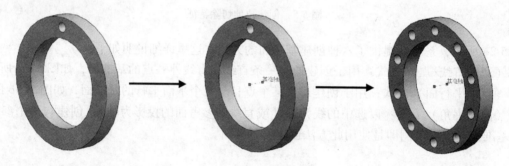

图 5-8　创建的基准轴和用基准轴创建的圆周阵列

要创建如图 5-8 所示的基准轴，可用左键单击"参考几何体"工具栏中的　（基准轴）按钮，打开"基准轴"属性管理器（见图 5-9），然后选中圆环的内表面，用左键单击"圆柱/圆锥体"按钮，并用左键单击　（确定）按钮即可。

图 5-9　"基准轴"属性管理器

> 提示　将在本章 5.3 节讲述图 5-8 所示的圆周阵列特征的创建方法。

如图 5-9 所示，除了上面介绍的通过圆柱/圆锥面方式创建基准轴外，还有以下几种创建基准轴的方式。

➤ 　（一直线/边线/轴）方式：以某一直线、边线或轴线作为参照创建基准轴，生成的基准轴与选作参照的直线、边线或轴重合，如图 5-10a 所示。

➤ 　（两平面）方式：创建与两个所选参考面的交线重合的基准轴，如图 5-10b 所示。

➤ 　（两点/顶点）方式：创建通过两个点的基准轴，如图 5-10c 所示。

➤ 　（点和面/基准面）方式：创建通过一个点且与基准面垂直的基准轴，如图 5-10d 所示。

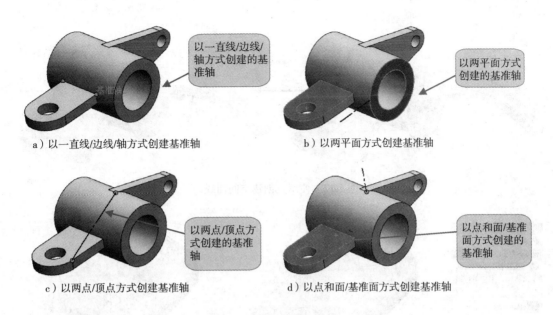

a）以一直线/边线/轴方式创建基准轴 　　　　b）以两平面方式创建基准轴

c）以两点/顶点方式创建基准轴 　　　　d）以点和面/基准面方式创建基准轴

图 5-10　几种基准轴的创建方式

5.1.3　坐标系

在 SolidWorks 中，用户创建的坐标系（也称为基准坐标），主要在装配和分析模型时使用。在创建一般特征时，基本用不到坐标系。

用左键单击"参考几何体"工具栏中的 ↳（坐标系）按钮，打开"坐标系"属性管理器（见图 5-11a），然后选择一点作为坐标系的位置，再依次选择几条边线（或点）确定坐标系三条轴的方向（也可使用系统默认设置的方向），用左键单击 ✔（确定）按钮即可创建一坐标系，如图 5-11b 所示。

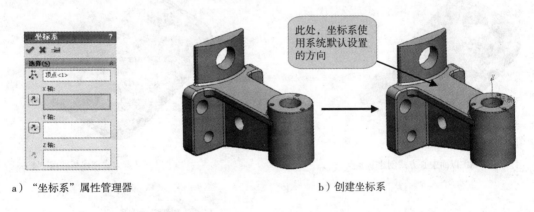

a）"坐标系"属性管理器 　　　　b）创建坐标系

图 5-11　创建坐标系的操作过程

5.1.4　基准点

在 SolidWorks 中，基准点主要用于创建优秀的空间曲线，如图 5-12 所示。空间曲线是创建曲面的基础，将在第 6 章中讲述其创建方法。

用左键单击"参考几何体"工具栏中的 ✳（点）按钮，打开"点"属性管理器（见图 5-13a），然后选择一段圆弧（见图 5-13b）作为创建基准点的参照，用左键单击"圆弧中心"按钮，再用左键单击 ✔（确定）按钮即可创建一个基准点，如图 5-13c 所示。

如图 5-13a 所示，除了上面介绍的通过圆弧中心方式创建基准点外，还有以下几种创建基准点的方式。

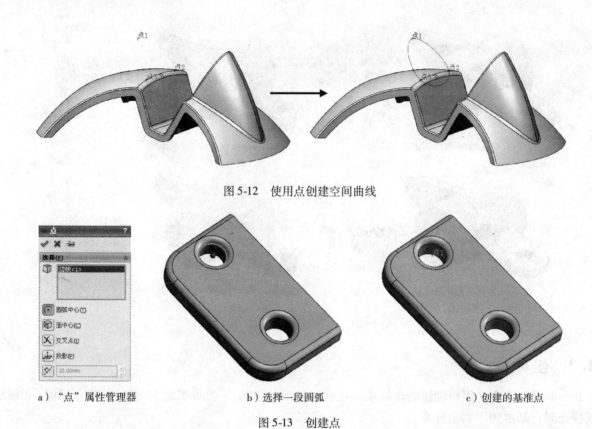

图 5-12   使用点创建空间曲线

a）"点"属性管理器   b）选择一段圆弧   c）创建的基准点

图 5-13   创建点

➢ （面中心）方式：以某一面为参照，创建与其中心点重合的基准点，如图 5-14a 所示。

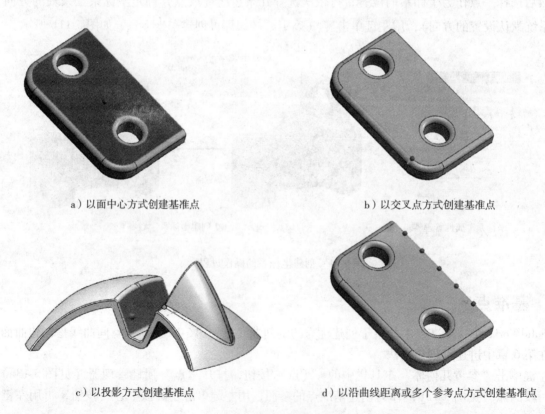

a）以面中心方式创建基准点   b）以交叉点方式创建基准点

c）以投影方式创建基准点   d）以沿曲线距离或多个参考点方式创建基准点

图 5-14   创建点的其他几种方式

> ➤ ⊠（交叉点）方式：以两条基准曲线为参照，创建与其交点重合的基准点，如图 5-14b 所示。
> ➤ ⊿（投影）方式：创建一个点到一个平面的垂直投影点，如图 5-14c 所示。
> ➤ ⬚（沿曲线距离或多个参考点）方式：以一条曲线或边线为参照，以百分比、距离和均匀分布

的方式，创建位于此曲线上的一个或多个基准点，如图 5-14d 所示。

5.2　常用的特征编辑操作

特征设计完成后，如果不符合要求，可以对其进行修改或重新定义。对于相同或相似的特征，还可以使用镜像与阵列等操作来完成，以提高设计和开发的效率。本节将逐一介绍这些特征。

5.2.1　压缩/解除压缩

当模型非常大时，为了节约创建、对象选择、编辑和显示的时间，或者为了便于分析以及在冲突几何体的位置创建特征，可压缩模型中的一些非关键特征，将它们从模型和显示中移除。具体操作为：在特征管理器中选择需压缩的特征，可用左键单击“特征”工具栏中的 🔲（压缩）按钮，或在特征管理器中右键单击需压缩的特征，然后在弹出的快捷工具栏中用左键单击压缩按钮（见图 5-15a），可将特征压缩，如图 5-15b 所示。

> 💡提示　特征被压缩后将从模型中移除（但没有删除），特征从模型视图上消失并在特征管理器中显示为灰色。

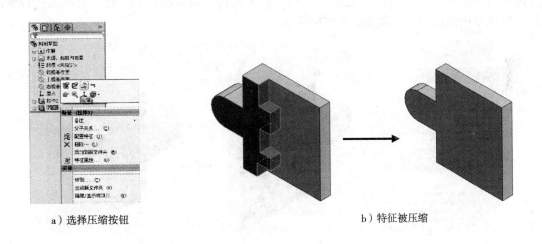

a）选择压缩按钮　　　　　　　　　　b）特征被压缩

图 5-15　压缩特征操作

要解除特征的压缩状态，可在特征管理器中选择需解除压缩的特征，然后用左键单击“特征”工具栏中的 🔲（解除压缩）按钮。

5.2.2　编辑特征参数

可以通过编辑特征的参数来重新定义特征，主要包括重定义特征属性和重定义特征草图等方式。

1. 重定义特征属性

用右键单击要进行重定义的特征，在弹出的快捷工具栏中用左键单击“编辑特征”按钮（见图

5-16a），打开此特征的属性管理器，通过此属性管理器可对特征的各个参数重新进行设置，如图 5-16b 所示。

重定义特征属性的操作与创建特征的操作基本相同，不同的特征对应不同的属性管理器，应注意重定义特征属性后对其他特征的影响。

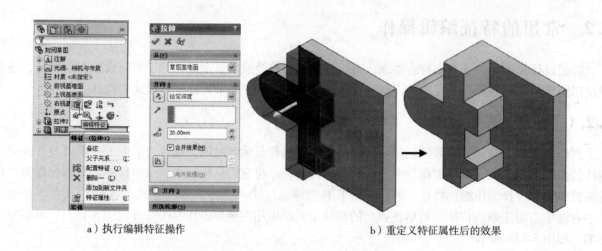

a）执行编辑特征操作　　　　　　　　　　　b）重定义特征属性后的效果

图 5-16　重定义特征

2. 重定义特征草图

可以通过直接重定义特征草图来编辑特征。用右键单击要进行重新定义的特征，在弹出的快捷工具栏中用左键单击"编辑草图"按钮（见图 5-17a），进入此特征的草绘模式，然后对草图进行修改即可达到重定义特征草图的目的，效果如图 5-17b 所示。

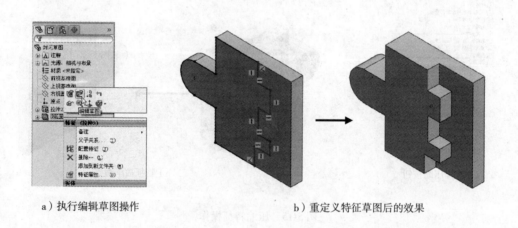

a）执行编辑草图操作　　　　　　　　　　　b）重定义特征草图后的效果

图 5-17　重定义特征草图的操作

5.2.3　动态修改特征

用左键单击"特征"工具栏的 （Instant3D）按钮，可以通过拖动控标或标尺来动态修改模型特征，如图 5-18 和图 5-19 所示。

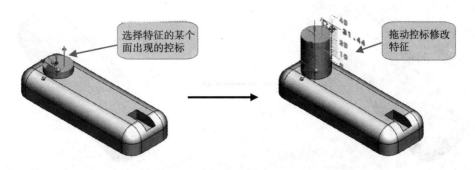

图 5-18　通过拖动控标动态修改模型特征

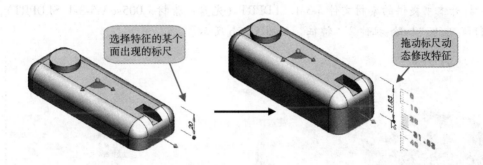

图 5-19　通过拖动标尺动态修改模型特征

> 提示　在动态修改特征的过程中，可通过将鼠标移动到标尺的刻度上来精确模型修改后的尺寸，如图 5-20 所示。

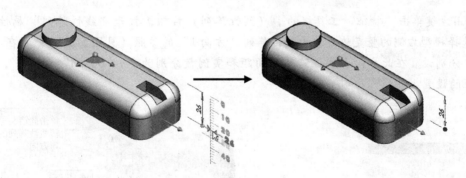

图 5-20　精确模型修改后的尺寸

5.3　镜像与阵列

在创建零件模型时，有时需要按照一定的分布规律创建大量相同的特征或对称的特征，这就需要用到阵列或镜像特征。本节分别介绍其操作。

5.3.1　线性阵列

线性阵列用来沿着一个或两个方向以固定的间距复制出多个新特征，如图 5-21 所示。

要创建图 5-21 所示的线性阵列特征，可执行以下操作：

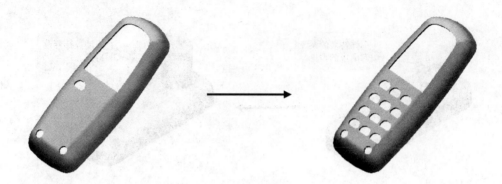

图 5-21　线性阵列特征

步骤 1　打开本书提供的素材文件 5-3-1. SLDPRT（光盘：素材 \ 005sc \ 5-3-1. SLDPRT），在模型树中选中要进行阵列的"切除-拉伸 2"特征，如图 5-22b 所示。

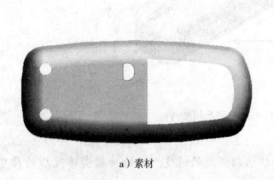

a）素材

b）选择特征

图 5-22　素材文件和选中的"切除-拉伸 2"特征

步骤 2　用左键单击"特征"工具栏的 ▦▦▦（线性阵列）按钮，打开"线性阵列"属性管理器（见图 5-23a）。选择模型右侧的竖直边线作为线性阵列"方向 1"的参照（见图 5-23b），再在"线性阵列"属性管理器中分别设置在此方向上线性阵列的间距和实例数分别为"14.00mm"和"3"，完成线性阵列在此方向上的设置。

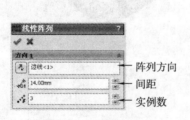

a）"线性阵列"属性管理器

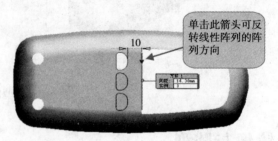

b）选择"方向 1"的参照

图 5-23　设置线性阵列"方向 1"

步骤 3　展开"方向 2"卷展栏（见图 5-24a），并选中方向 2 的"阵列方向"列表框，再选择模型中的"尺寸标注"作为线性阵列"方向 2"的参照（见图 5-24b）。同步骤 2 的操作，设置此方向上阵列的间距和实例数分别为"15.00mm"和"4"，用左键单击 ✔（确定）按钮即可完成线性阵列的创建。

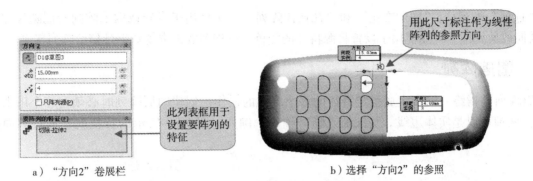

　　a）"方向2"卷展栏　　　　　　　　　　　　　b）选择"方向2"的参照

图 5-24　设置线性阵列"方向 2"

> 提示　选中图 5-24a 所示的"只阵列源"复选框，则在方向 2 上只复制源特征，而不复制方向 1 上生成的阵列实例，如图 5-25 所示。

　　除了上面介绍的选项外，线性阵列特征还具有如图 5-26 所示几个卷展栏，其作用分别为：

➤ "要阵列的面"卷展栏：使用特征的面生成阵列，此时需要选中特征的所有面，并且生成的阵列特征必须位于同一面或同一边界内。

➤ "要阵列的实体"卷展栏：对实体进行阵列操作，如图 5-27 所示。

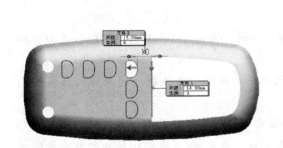

　　图 5-25　只阵列源操作　　　　　图 5-26　线性阵列特征的　　　　图 5-27　"要阵列的实体"
　　　　　　　　　　　　　　　　　　　　　　其他卷展栏　　　　　　　　　　　卷展栏的作用

➤ "可跳过的实例"卷展栏：可在此卷展栏中选择生成阵列时跳过图形区域中选中的阵列实例，如图 5-28 所示。

➤ "特征范围"卷展栏：在多实体零件中，用于设置线性阵列特征的应用范围，如图 5-29 所示。

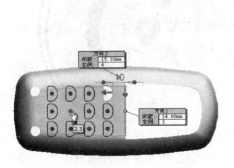

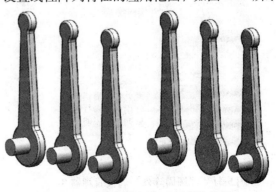

　　图 5-28　跳过某些阵列实例　　　　　　　　图 5-29　"特征范围"卷展栏的作用

➤"选项"卷展栏："随形变化"和"几何体阵列"复选框用于设置或取消阵列特征随尺寸约束改变，"延伸视象属性"复选框用于设置将源特征的颜色、纹理和装饰螺纹数据延伸给阵列实例。

5.3.2　圆周阵列

圆周阵列是指绕一轴线生成指定特征的多个副本的操作。创建圆周阵列时必须有一个用来生成阵列的轴，该轴可以是实体边线、基准轴或临时轴等。例如，图5-30所示的特征就是通过圆周阵列生成的。

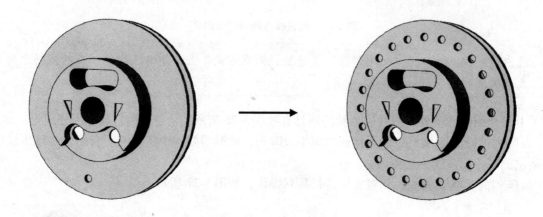

图5-30　圆周阵列操作

要创建图5-30所示的圆周阵列，可执行以下操作：

步骤1　打开本书提供的素材文件5-3-2. SLDPRT（光盘：素材 \ 005sc \ 5-3-2. SLDPRT），在模型树中选中要进行阵列的特征"切除-拉伸4"。

步骤2　用左键单击"特征"工具栏"线性阵列"右侧的下拉按钮，选择 ⊞（圆周阵列列表项），打开"圆周阵列"属性管理器，如图5-31所示。

步骤3　选择"阵列轴"列表框，再在绘图区中选中模型中间的圆孔，以此孔的轴线作为圆周阵列的旋转轴，然后在"圆周阵列"属性管理器中设置角度和实例数，单击 ✅（确定）按钮即可完成圆周阵列的创建。圆周阵列的预览状态如图5-32所示。

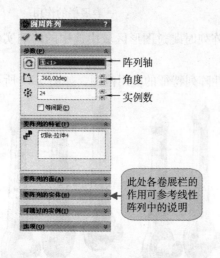

图5-31　"圆周阵列"属性管理器

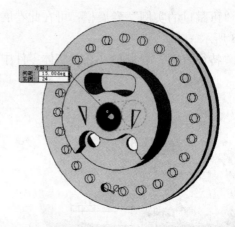

图5-32　圆周阵列的预览状态

5.3.3　镜像

镜像指的是沿着某个平面镜像产生原始特征的副本，副本和原始特征关于这个平面对称，且完全相同。镜像特征一般多用来生成对称的零部件。图5-33所示的镜像特征即是使用此方法生成的。

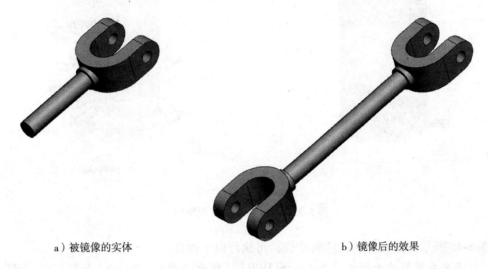

a）被镜像的实体　　　　　　　　　　b）镜像后的效果

图5-33　镜像操作

要创建图5-33所示的镜像特征，可执行以下操作：

步骤1　打开本书提供的素材文件5-3-3.SLDPRT（光盘：素材＼005sc＼5-3-3.SLDPRT），用左键单击"特征"工具栏"线性阵列"右侧的下拉按钮，选择 （镜像）下拉列表项，打开"镜像"属性管理器，如图5-34a所示。

步骤2　选择模型下侧的平面作为镜像面，再选择整个素材作为要镜像的实体，用左键单击 （确定）按钮即可完成镜像特征的创建。镜像效果如图5-33b所示。

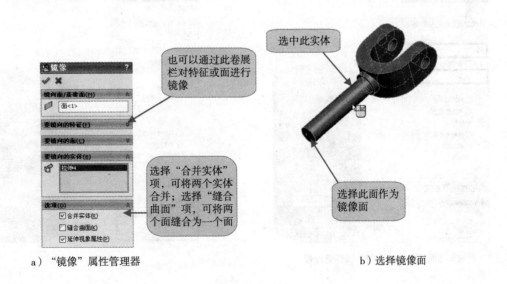

a）"镜像"属性管理器　　　　　　　　　b）选择镜像面

图5-34　"镜像"属性管理器和镜像操作

5.3.4　曲线驱动的阵列

曲线驱动的阵列是指按照固定的成员间隔或成员数量沿着某条曲线来放置阵列成员，以此生成阵列，如图 5-35 所示。

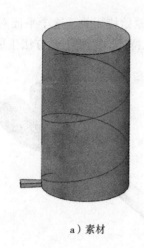

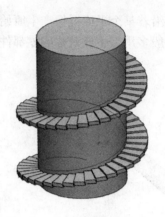

　　　　a）素材　　　　　　　　　　　　　　　　　　　b）阵列效果

图 5-35　曲线驱动的阵列操作

　　要创建图 5-35 所示的曲线驱动的阵列特征，可执行以下操作：

　　步骤 1　打开本书提供的素材文件 5-3-4.SLDPRT（光盘：素材 \ 005sc \ 5-3-4.SLDPRT），用左键单击"特征"工具栏"线性阵列"右侧的下拉按钮，选择 （曲线驱动的阵列）下拉列表项，打开"曲线驱动的阵列"属性管理器，如图 5-36a 所示。

　　步骤 2　在绘图区中选择素材文件提供的螺旋线作为曲线驱动阵列的阵列方向，并设置实例数为"80"、间距为"10.00mm"（见图 5-36a），再在"曲线驱动的阵列"属性管理器中选中"要阵列的特征"列表框，在绘图区中选择圆柱下端的拉伸特征作为阵列对象，如图 5-36b 所示。

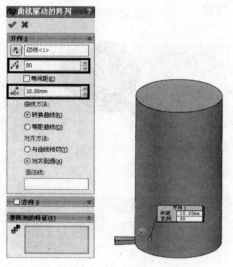

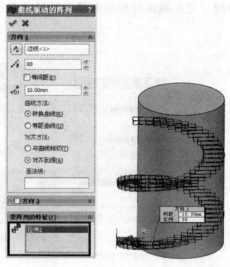

　　a）"曲线驱动的阵列"属性管理器　　　　　　　　　　b）选择阵列对象

图 5-36　选择阵列方向和阵列对象

　　步骤 3　通过上述操作可以发现，阵列特征没有绕着曲线旋转。为了实现此目的，在"曲线驱动的阵列"属性管理器中设置对齐方法为"对齐到源"，并选择圆柱的外表面作为 3D 曲线所位于的面，然后设置曲线方法为"等距曲线"（见图 5-37a），用左键单击 ✔（确定）按钮即可完成曲线驱动阵列的创建，效果如图 5-37b 所示。

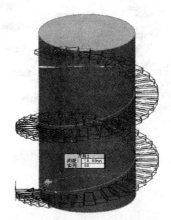

a）"方向1"卷展栏　　　　　　　　　　　b）创建曲线驱动的阵列效果

图 5-37　创建曲线驱动阵列的操作过程

除了上面介绍的选项外，这里着重介绍一下曲线驱动的阵列特征中"曲线方法"和"对齐方法"选项组（见图 5-37a）的作用。

➤ "转换曲线"单选钮：所有阵列特征到所选曲线原点的距离均与源特征到所选曲线原点的距离相等。

➤ "等距曲线"单选钮：所有阵列特征到所选曲线原点的垂直距离均与源特征到所选曲线原点的垂直距离相等。

➤ "与曲线相切"单选钮：在源特征与所选曲线的位置基础上，令所有阵列特征均与所选曲线相切，如图 5-38 所示。

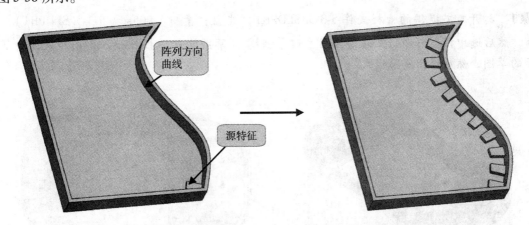

图 5-38　以与曲线相切的对齐方法来创建曲线阵列特征

➤ "对齐到源"单选钮：令每个曲线阵列特征与源特征对齐，即保持所有特征的方向不变，如图 5-39a 所示。

➤ "面法线"选择列表框：此选择列表框在阵列方向曲线为 3D 曲线时起作用，用来选取 3D 曲线所处的面来生成曲线驱动的阵列，如图 5-39b 所示。在 2D 曲线时，此项不起作用。

5.3.5　草图驱动的阵列

草图驱动的阵列是指使用草图中的草图点来定义阵列，使源特征产生多个副本，如图 5-40 所示。

要创建图 5-40 所示的草图驱动的阵列特征，可执行以下操作：

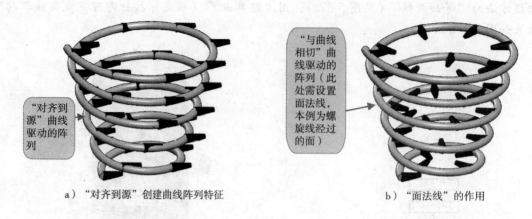

"对齐到源"曲线驱动的阵列

"与曲线相切"曲线驱动的阵列（此处需设置面法线，本例为螺旋线经过的面）

a）"对齐到源"创建曲线阵列特征　　　　　b）"面法线"的作用

图 5-39　"对齐到源"创建曲线阵列特征和"面法线"的作用

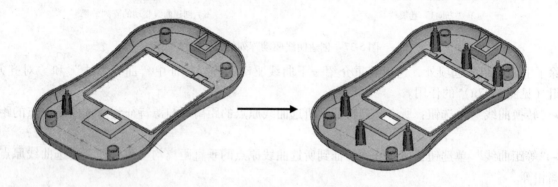

图 5-40　草图驱动的阵列操作

步骤 1　打开本书提供的素材文件 5-3-5. SLDPRT（光盘：素材 \ 005sc \ 5-3-5. SLDPRT），如图 5-41a 所示，然后选中模型内部的上表面，用左键单击 🗗（草图绘制）按钮进入草图模式，绘制如图 5-41b 所示的草图，然后退出草绘模式。

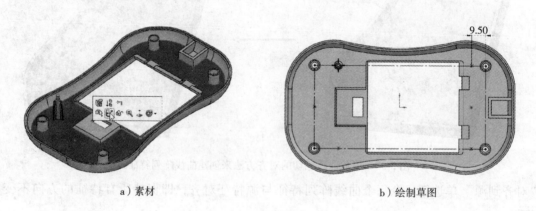

9.50

a）素材　　　　　b）绘制草图

图 5-41　绘制草图操作

步骤 2　用左键单击"特征"工具栏"线性阵列"右侧的下拉按钮，选择 🔳（草图驱动的阵列列表项），打开"由草图驱动的阵列"属性管理器，在绘图区选中步骤 1 中绘制的草图，然后打开"要阵列的实体"卷展栏，选择素材文件中的支柱作为阵列的源特征，单击 ✔（确定）按钮即可完成草图驱动阵列的创建，如图 5-42 所示。

a）"草图驱动的阵列"列表项

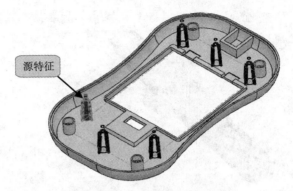

源特征

b）草图驱动的阵列效果

图 5-42　执行草图驱动的阵列的操作方法

> 提示　在"由草图驱动的阵列"属性管理器中（见图 5-42a），在"选择"卷展栏中选择"所选点"单选钮，可以在源特征上选择对齐点。

5.3.6　表格驱动的阵列

　　表格驱动的阵列是指通过编写阵列成员的阵列表来创建阵列，阵列表中包括阵列特征相对于特定坐标系的位置，每添加一行就创建一个新的阵列成员。表阵列中成员的位置可以无规律变化，但需要逐个输入，比较繁琐。图 5-43 所示为典型的表格驱动的阵列操作。

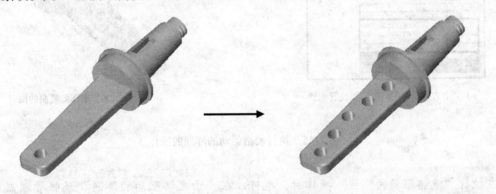

图 5-43　典型的表格驱动的阵列操作

　　要创建图 5-43 所示的表格驱动的阵列特征，可执行以下操作：

　　步骤 1　打开本书提供的素材文件 5-3-6. SLDPRT（光盘：素材 \ 005sc \ 5-3-6. SLDPRT），然后选择"插入"→"参考几何体"→"点"菜单，在圆孔下端边界的中心点处创建一参考点（见图 5-44a），再选择"插入"→"参考几何体"→"坐标系"菜单，在刚才创建的点位置创建一坐标系（见图 5-44b），注意调整坐标系的位置。

　　步骤 2　用左键单击"特征"工具栏线性阵列右侧的下拉按钮，选择▦（表格驱动的阵列列表项），然后打开"由表格驱动的阵列"属性管理器，如图 5-45a 所示。

　　步骤 3　切换到"坐标系"选择列表框，选择步骤 1 中创建的坐标系作为参考坐标系，再切换到"要复制的面"选择列表框，然后选择模型中的孔面作为要复制的面（见图 5-45b），然后在下方的列表中输入如图 5-45a 所示的数据，用左键单击✔（确定）按钮即可完成表格驱动的阵列的创建。

a）创建参考点

b）创建坐标系

图 5-44　创建参考点和坐标系

a）"由表格驱动的阵列"属性管理器

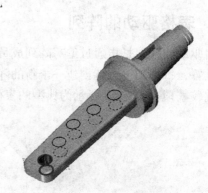

b）选择要复制的面

图 5-45　执行表格驱动的阵列的操作

提示　在执行"表格驱动的阵列"操作时，也可以在"由表格驱动的阵列"属性管理器中用左键单击"浏览"按钮，选择已编辑好的文本文件作为阵列偏移的数据。此时需要提前编辑好文本文件。与图 5-45a 所示属性管理器中对应的文本文件如图 5-46 所示。

表格驱动的阵列所使用的文本文件由两排数据构成，第1排数据为阵列模型的X坐标，第2排数据为阵列模型的Y坐标，两排数据之间应由空格、逗号或制表符等分隔符分开

图 5-46　对应的文本文件

5.3.7　填充阵列

填充阵列是指用某个源特征填充到指定区域，以此生成阵列。可以选择平面或平面上的草图作为填充的区域。另外，可以指定填充阵列的阵列成员间隔、阵列到草绘边界的距离、原始特征的位置等，如图 5-47 所示。

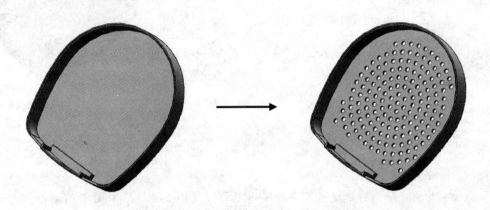

图 5-47　填充阵列操作

要创建图 5-47 所示填充阵列特征，可执行以下操作：

步骤1　打开本书提供的素材文件 5-3-7. SLDPRT（光盘：素材 \ 005sc \ 5-3-7. SLDPRT），用左键单击"特征"工具栏"线性阵列"右侧的下拉按钮，选择 （填充阵列）列表项，打开"填充阵列"属性管理器（见图 5-48a），选择模型的内底面作为填充边界，如图 5-48b 所示。

a）"填充阵列"属性管理器

b）选择填充边界的操作

图 5-48　选择填充边界

步骤2　在"填充阵列"属性管理器中用左键单击阵列布局中的 （圆周）按钮，然后按照图 5-49 所示设置环间距、实例间距和边距，完成阵列布局选项的设置。

步骤3　在"填充阵列"属性管理器的"要阵列的特征"卷展栏中选中"生成源切"单选钮（见图 5-50a），然后选择 （圆），并设置其直径为"4.00mm"（此时的预览效果如图 5-50b 所示），用左键单击 （确定）按钮即可完成填充阵列的创建。

阵列方向：
用于定义填充的起始方向，当所选择的草图边界或面边界无直线时，需要选择参照来定义此方向

环间距

实例间距

边距

图 5-49　设置阵列布局

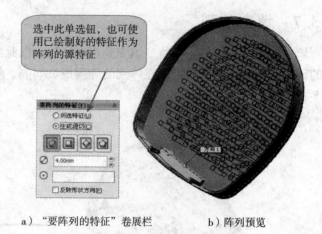

选中此单选钮，也可使用已绘制好的特征作为阵列的源特征

a）"要阵列的特征"卷展栏　　　b）阵列预览

图 5-50　设置要阵列的特征

　　SolidWorks 的填充阵列特征提供了多种阵列布局（见图 5-49），不同布局类型，需要对不同的选项进行设置，此处不再一一讲解。如图 5-51a 和图 5-51b 所示为 ▦ （方形）和 ✿ （多边形）阵列效果。

　　此外，若设置了源特征的 ⊙ （顶点和草图点）位置（在图 5-50a 所示的界面中选择此项，然后在绘图区中选择定位点可对其进行设置），在填充区域中将呈现不完整的阵列布局（见图 5-51c），否则源特征将位于填充边界的中心。

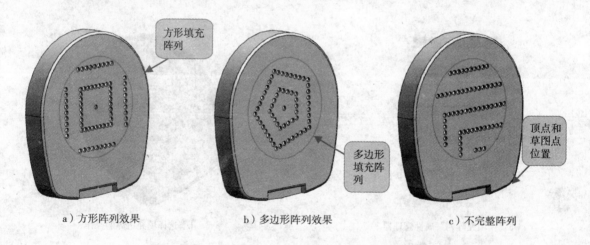

方形填充阵列

多边形填充阵列

顶点和草图点位置

a）方形阵列效果　　　　　　b）多边形阵列效果　　　　　　c）不完整阵列

图 5-51　阵列布局的类型和选择顶点和草图点的作用

实例 1　机罩的设计

下边绘制一个机罩模型（见图 5-52），以熟悉前面所学习的知识。

一、制作分析

本实例主要使用旋转、拉伸、旋转阵列和填充阵列等特征创建机罩模型。在创建的过程中，应重点练习和掌握阵列特征的相关操作。

图 5-52 机罩模型

二、制作步骤

步骤 1 旋转并抽壳出机罩的主体 新建一零件类型的文件，在前视基准面中绘制如图 5-53a 所示的草绘截面，用左键单击 （旋转凸台/基体）按钮，选中绘制的截面图形旋转出机罩的实体模型，再用左键单击 （抽壳）按钮，对机罩实体进行抽壳操作，抽壳的厚度为 1.5mm，效果如图 5-53b 所示。

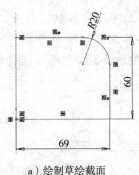

a）绘制草绘截面   b）抽壳操作的效果

图 5-53 旋转并抽壳出机罩的主体

步骤 2 拉伸出机罩的"耳"部 进入机罩口端的草绘模式，绘制如图 5-54a 所示的草绘图形，再用左键单击 （拉伸凸台/基体）按钮，选中草绘图形，拉伸出机罩的一个固定"耳"（拉伸深度为 8mm），效果如图 5-54b 所示。

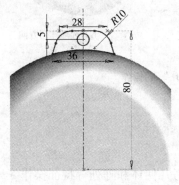

a）绘制草绘图形   b）拉伸基体的效果

图 5-54 拉伸出机罩的"耳"部

步骤3　旋转阵列机罩"耳"部　用左键单击 ⚙（圆周阵列）按钮，打开"圆周阵列"属性管理器（见图5-55a），设置阵列个数为"3"，总旋转角度为"360.00deg"，间隔模式为"等间距"，然后选择模型的内表面，以其中心轴作为"阵列轴"，选择步骤2中绘制的拉伸特征作为阵列的源特征，用左键单击确定按钮即可阵列出机罩的另外两个固定"耳"部，如图5-55b所示。

a）"圆周阵列"属性管理器

b）阵列出机罩的两个固定"耳"部

图5-55　旋转阵列机罩"耳"部的操作

步骤4　填充阵列机罩的"透气孔"　用左键单击 ⚙（填充阵列）按钮，打开"填充阵列"属性管理器（见图5-56a），选择模型的上表面作为填充阵列面，然后设置"阵列布局"为圆周，选择模型上端"耳"的边线作为"阵列方向"（见图5-56b），其他选项按图5-56a中所示进行设置，最后用左键单击确定按钮即可完成机罩模型的创建，效果如图5-52所示。

a）"填充阵列"属性管理器

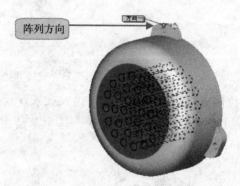

b）选择阵列方向

图5-56　填充阵列机罩"透气孔"的操作

实例2　高尔夫球杆的设计

下面绘制一个高尔夫球杆模型（见图5-57），以熟悉参考几何体和阵列等特征操作。

一、制作分析

本实例用到拉伸、旋转、基准面和阵列等多种特征。在学习过程中，应重点掌握基准面和几个阵列特征的操作方法，并应注意本实例最后所讲述的线性阵列特征中随形变化阵列的使用方法。

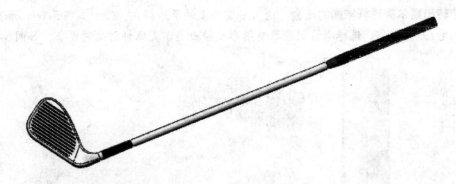

图 5-57 高尔夫球杆模型

二、制作步骤

步骤1 绘制草图 打开本书提供的素材文件 5-SL2. SLDPRT（光盘：素材 \ 005sc \ SL2. SLDPRT），如图 5-58a 所示。在模型的上部截面绘制一直径为 9mm 的圆，并绘制一竖直的构造线，如图 5-58b 所示。

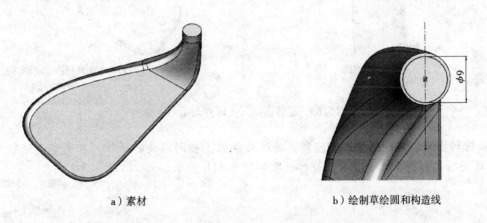

a) 素材   b) 绘制草绘圆和构造线

图 5-58 素材和在其上部截面上绘制的草图

步骤2 拉伸出主杆 退出草绘模式，执行基准面操作，以垂直于直线方式创建垂直于草绘模型中的直线以及通过模型上表面圆心的基准面（见图 5-59a），再执行拉伸凸台/基体操作，拉伸步骤 1 中绘制的圆（拉伸深度为 460mm），效果如图 5-59b 所示。

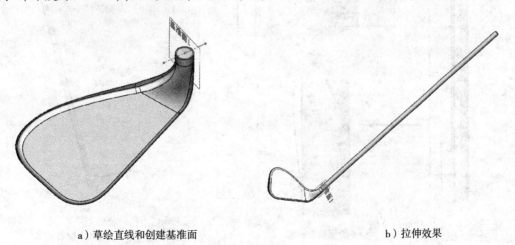

a) 草绘直线和创建基准面   b) 拉伸效果

图 5-59 创建基准面并拉伸出高尔夫球杆

步骤3 旋转出高尔夫球杆末端的皮套 进入基准面 1 的草绘模式，绘制如图 5-60a 所示的草绘图形，然后执行旋转凸台/基体操作，选择刚绘制的草绘图形旋转出高尔夫球杆前端的皮套，如图 5-60b 所示。

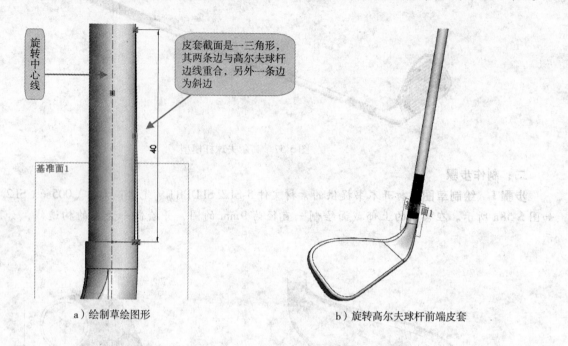

a）绘制草绘图形   b）旋转高尔夫球杆前端皮套

图 5-60 旋转出高尔夫球杆末端的皮套

步骤4 旋转出高尔夫球杆末端的皮套 通过与步骤 3 相同的旋转操作，在高尔夫球杆的末端绘制一皮套。其截面图形如图 5-61a 所示，旋转效果如图 5-61b 所示。

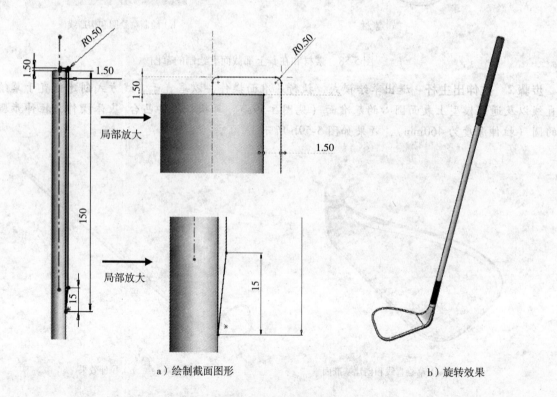

a）绘制截面图形   b）旋转效果

图 5-61 旋转出高尔夫球杆末端的皮套

步骤 5　创建基准面并绘制图形　执行基准面操作，以等距距离方式创建一个与基准面 1 距离为 5mm 的基准面（见图 5-62a），再进入此基准面的草绘模式，绘制一样条曲线（设置为构造线），并执行等距实体操作。以此样条曲线为基准，以双向、顶端加盖（圆弧）方式，并以 0.2mm 为等距距离，绘制出一闭合的截面图形。

步骤 6　拉伸切除出一条阻力沟　使用步骤 5 绘制的截面图形执行拉伸切除操作，设置拉伸距离为 2mm，在皮套上拉伸切除出一条阻力沟，如图 5-62b 所示。

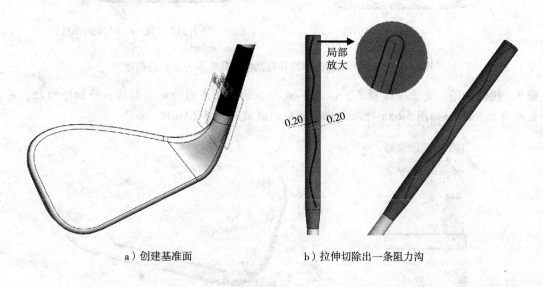

　　　　a）创建基准面　　　　　　　　　b）拉伸切除出一条阻力沟

图 5-62　创建基准面并拉伸切除出一条阻力沟

步骤 7　旋转出多条阻力沟　执行圆周阵列操作，打开"圆周阵列"属性管理器（见图 5-63a），选择皮套圆面的中心轴作为旋转轴，选择步骤 6 中创建的拉伸特征作为源特征，总旋转角度设为"360.00deg"，阵列个数设为"20"，用左键单击"确定"按钮即可创建皮套外部的所有阻力沟，效果如图 5-63b 所示。

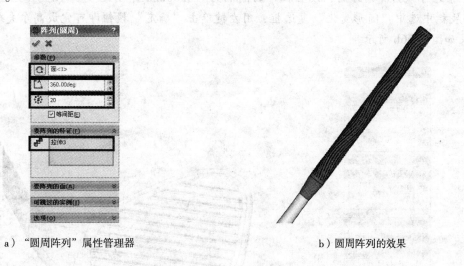

　　　　a）"圆周阵列"属性管理器　　　　　　　　　b）圆周阵列的效果

图 5-63　旋转出多条阻力沟

步骤 8　绘制两条样条曲线并绘制出与其有重合点的截面图形　进入高尔夫球杆杆面的草绘模式，沿着杆面外部的轮廓绘制两条样条曲线（近似即可），然后退出草绘模式。再次在杆面上绘制一封闭的截面图形（见图 5-64b），并设置此截面图形的四个端点与前面绘制的样条曲线重合。

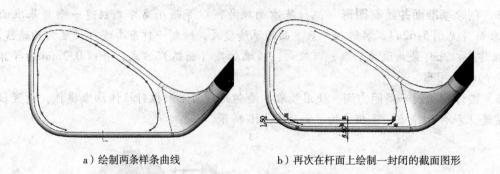

a）绘制两条样条曲线　　　　　　　　　b）再次在杆面上绘制一封闭的截面图形

图 5-64　绘制两条样条曲线并绘制出与其有重合点的截面图形

步骤9　拉伸沟槽　退出草绘模式，以图 5-64 所示的截面图形为截面创建拉伸切除特征，并且设置拉伸的长度为 2.5mm，如图 5-65a 所示。拉伸切除的效果如图 5-65b 所示。

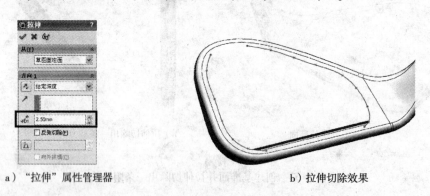

a）"拉伸"属性管理器　　　　　　　　b）拉伸切除效果

图 5-65　拉伸出高尔夫球杆前端的一条沟槽

步骤10　线性阵列所有沟槽　执行线性阵列操作，以步骤9中创建的拉伸切除特征为源特征，以草绘截面的一条尺寸线为阵列方向，设置拉伸的间隔为"4.00mm"，个数为"12"（见图 5-66a），并在"选项"卷展栏中选中"随形变化"复选框，用左键单击"确定"按钮即可完成高尔夫球杆所有沟槽的创建，效果如图 5-66b 所示。

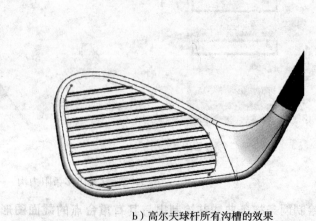

a）设置参数　　　　　　　　　　　b）高尔夫球杆所有沟槽的效果

图 5-66　线性阵列出高尔夫球杆的所有沟槽

本 章 小 结

　　学完本章内容后，读者应重点掌握参考几何体中基准面的创建，因为灵活创建基准面是完成模型创建的重要保证。另外，镜像与阵列也是本章的重点，掌握这些特征，将在创建模型时大大缩减工作量。

思考与练习

一、填空题

　　（1）在建模的过程中，我们经常会用到_____、_____以及_____等参考几何体（也称为基准特征），通过这些参考几何体可以确定实体的_____和_____。

　　（2）_____是创建其他特征的参照线，主要用于创建孔特征、旋转特征，以及作为阵列复制与旋转复制的旋转轴。

　　（3）在 SolidWorks 中，用户创建的坐标系也称为基准坐标，主要在_____和_____时使用。

　　（4）在 SolidWorks 中，基准点主要用于创建优秀的_____。_____是创建曲面的基础。

　　（5）当模型非常大时，为了节约创建、对象选择、编辑和显示的时间，或者为了方便分析以及在冲突几何体的位置创建特征，可_____模型中的一些非关键特征，将它们从模型和显示中移除。

　　（6）可以通过编辑特征的参数来_____特征，主要包括_____和_____等方式。

　　（7）用左键单击"特征"工具栏的_____按钮，可以通过拖动控标或标尺来动态修改模型特征。

　　（8）_____用来沿着一个或两个方向以固定的间距复制出多个新特征。

　　（9）_____是指绕一轴线生成指定特征的多个副本的操作。

　　（10）_____指的是沿着某个平面镜像产生原始特征的副本，副本和原始特征关于这个平面对称，且完全相同。

二、问答题

　　（1）系统共提供了哪几种创建基准面的方式？简述其操作方法。

　　（2）系统共提供了哪几种创建基准轴的方式？简述其操作方法。

　　（3）线性阵列特征中的随形变化复选框有何作用？

　　（4）曲线驱动的阵列中的面法线的作用是什么？通常在什么状态下使用？

　　（5）表格驱动的阵列中表格的形式是什么样子的？

三、操作题

　　（1）打开本书提供的素材文件 5-Lx1. SLDPRT（光盘：素材 \ 005sc \ 5-Lx1. SLDPRT），使用圆周阵列特征创建如图 5-67 所示的模型。

　　（2）打开本书提供的素材文件 5-Lx2. SLDPRT（光盘：素材 \ 005sc \ 5-Lx2. SLDPRT），使用线性阵列特征创建如图 5-68 所示的模型。

图 5-67　模型一

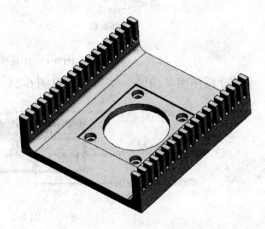

图 5-68　模型二

第 **6** 章

曲线与曲面建模

本章内容提要

章前导读

使用曲面特征可以进行高复杂度的造型设计，并可将多个单一曲面组合成完整且没有间隙的曲面模型，进而将曲面填充为实体。在构造曲面时会用到三维曲线，因此本章将主要介绍创建三维曲线和曲面的方法。

6.1　创建曲线

构建曲面之前首先需要构建曲线。除了可以使用草绘曲线构建曲线外，还可以在建模模式下直接创建曲线。在建模模式下创建的曲线与在草绘模式下创建的曲线有所不同。在建模模式下可以构建一些特殊的复杂曲线，如螺旋线以及通过 X、Y、Z 点的曲线等，如图 6-1 所示。

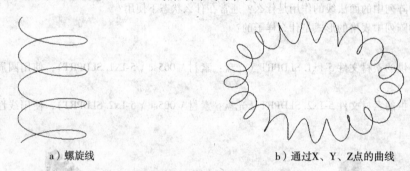

　　　a）螺旋线　　　　　　　　　　　　　　　b）通过X、Y、Z点的曲线

图 6-1　在建模模式下直接创建的曲线

本节介绍使用"曲线"工具栏（见图 6-2）中的按钮创建曲线的方法。

图 6-2　"曲线"工具栏

6.1.1　投影曲线

使用"曲线"工具栏中的"投影曲线"按钮，可以通过两种方法创建投影曲线：一种是将基准面

中绘制的草图曲线投影到某一面上，从而生成一条投影曲线，如图 6-3a 所示；另外一种方法是在两个相交的基准面上分别绘制草图，两个草图各自沿着所在平面的垂直方向进行投影进而得到一个曲面，两个曲面的交线即为投影曲线，如图 6-3b 所示。

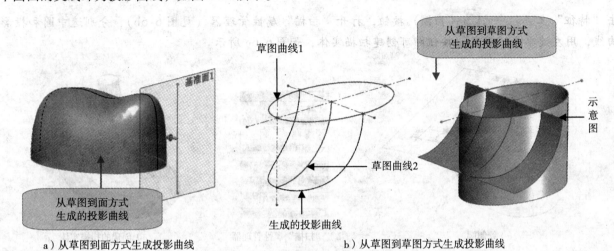

a）从草图到面方式生成投影曲线 b）从草图到草图方式生成投影曲线

图 6-3　创建投影曲线的两种方式

下面看一个以从草图到草图方式创建投影曲线的实例，并讲述使用生成的曲线绘制实体的方法。具体操作步骤如下：

步骤 1　新建一个零件类型的文件，进入上视基准面的草绘模式，绘制如图 6-4a 所示的草绘图形 1，再进入前视基准面的草绘模式，绘制一如图 6-4b 所示的草绘图形 2，然后退出草绘模式。

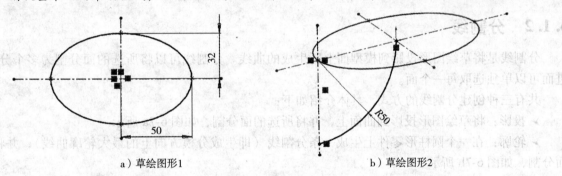

a）草绘图形 1 b）草绘图形 2

图 6-4　创建两个草绘图形

步骤 2　单击"曲线"工具栏中的"投影曲线"按钮，打开"投影曲线"属性管理器（见图 6-

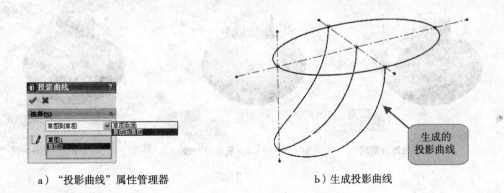

a）"投影曲线"属性管理器 b）生成投影曲线

图 6-5　创建投影曲线

5a)，再在"选择"卷展栏的下拉列表中选择"草图到草图"列表项，然后分别选择步骤1中绘制的两个草绘图形，用左键单击"确定"按钮生成投影曲线，如图6-5b所示。

步骤3 在上视基准面的草绘模式中绘制如图6-6a所示的圆（圆的直径为12mm），然后用左键单击"特征"工具栏中的 ![扫描图标] （扫描）按钮，打开"扫描"属性管理器（见图6-6b），分别选中圆和投影曲线，用左键单击"确定"按钮即可创建扫描实体，如图6-6c所示。

a）绘制圆 b）"扫描"属性管理器 c）创建的扫描实体

图6-6 使用投影曲线创建扫描实体

> 提示 在"投影曲线"属性管理器中，若选择"草图到面"下拉列表项，再分别选中草绘图形和投影面，也可生成投影曲线。其操作较简单，此处不再详细叙述。

6.1.2 分割线

分割线是将草绘图形投影到模型面上所生成的曲线。分割线可以将所选的面分割为多个分离的面，进而可以单独选取每一个面。

共有三种创建分割线的方式，具体介绍如下：

➤ 投影：将草绘图形投影到曲面上，并将所选的面分割，如图6-7a所示。

➤ 轮廓：在一个圆柱形零件上生成一条分割线（即生成分模方向上的最大轮廓曲线），并将所选的面分割，如图6-7b所示。

➤ 交叉：生成两个面的交叉线，并以此交叉线来分割曲面，如图6-7c所示。

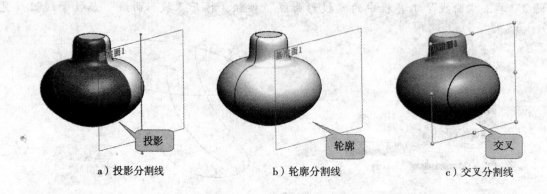

a）投影分割线 b）轮廓分割线 c）交叉分割线

图6-7 分割线的三种创建方式

实际上，分割线主要用于面操作时将面切割，并将多余的面删除，或者在进行放样曲面操作时令放样的边能够相互对应，如图 6-8 所示。

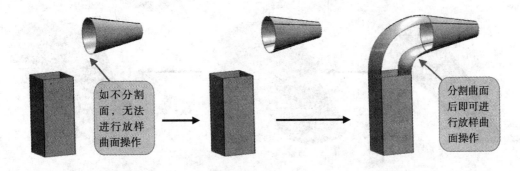

图 6-8　分割线的主要用途

下面看一个使用分割线来辅助创建汽车遥控器的实例，具体操作步骤如下：

步骤 1　打开本书提供的素材文件 6-1-2. SLDPRT（光盘：素材 \ 006sc \ 6-1-2. SLDPRT），如图 6-9a 所示。在素材底面创建如图 6-9b 所示的样条曲线，再用左键单击"曲线"工具栏中的"分割线"按钮，打开"分割线"属性管理器（见图 6-9c），分别选中草图和模型上表面生成分割线，如图 6-9d 所示。

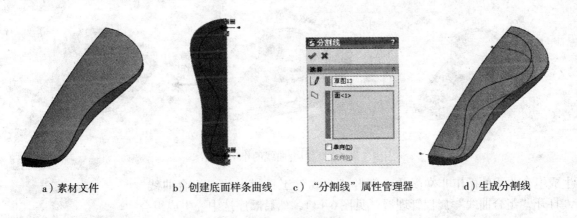

a）素材文件　　　　b）创建底面样条曲线　　　c）"分割线"属性管理器　　　d）生成分割线

图 6-9　创建分割线

步骤 2　用左键单击"特征"工具栏中的"圆角"按钮，打开"圆角"属性管理器（见图 6-10a），在"圆角类型"卷展栏中选中"面圆角"单选钮，再分别选择图 6-10b 所示的两个面作为圆角面，然后选择步骤 1 中生成的分割线以及底面边线作为包络控制线，并选中"曲率连续"复选框，用左键单击确定按钮即可生成如图 6-10c 所示的圆角面。

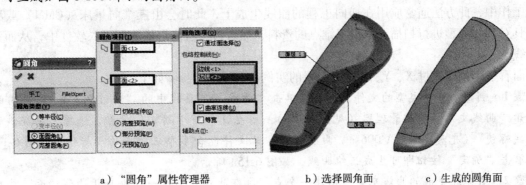

a）"圆角"属性管理器　　　　b）选择圆角面　　　c）生成的圆角面

图 6-10　创建面圆角

步骤3 用左键单击▣（镜像）按钮，以模型的平面为镜像面，以镜像实体方式进行两次镜像操作，完成汽车遥控器的创建操作，如图 6-11 所示。

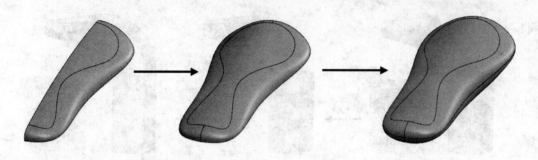

图 6-11 镜像实体操作

6.1.3 组合曲线

组合曲线就是指将所绘制的曲线、模型边线或者草图曲线等进行组合，使之成为单一的曲线。组合曲线可以作为放样或扫描的引导线，如图 6-12 所示。

图 6-12 组合曲线的作用

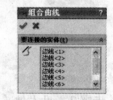

生成组合曲线的操作非常简单，单击"曲线"工具栏中的"组合曲线"按钮，打开"组合曲线"属性管理器（见图 6-13），然后顺序选中要生成组合曲线的曲线、直线或模型的边线（注意，这些线段必须连续），用左键单击"确定"按钮即可。

图 6-13 "组合曲线"属性管理器

6.1.4 通过 X、Y、Z 点的曲线

通过 X、Y、Z 点的曲线是在输入三维坐标值建立点后，再将这些点使用样条曲线连接而成的曲线。在实际工作中，此方法通常应用在逆向工程的曲线生成上，此时会由三维向量床（CMM）或激光扫描仪等工具对实体模型进行扫描，取得三维点的资料，然后再将这些扫描数据代入软件中，从而创建出需要的曲线。

下面看一个创建通过 X、Y、Z 点的曲线的实例，具体操作步骤如下：

步骤1 新建一零件类型的文件，用左键单击"曲线"工具栏中的"通过 X、Y、Z 点的曲线"按钮，打开"曲线文件"属性管理器（见图 6-14a），用左键单击"浏览"按钮，选择本书提供的素材文件"曲线螺旋"（光盘：素材 \ 006sc \ 曲线螺旋）此文件包含多个三维点的坐标值，如图 6-14b 所示。用左键单击"确定"按钮即可生成三维曲线，如图 6-15a 所示。

步骤2 首先在生成的曲线交点处创建一个点，再在此点处创建一个垂直于曲线的面，然后在面中创建一个直径为 6mm 的圆（见图 6-15a），单击"特征"工具栏中的▣（扫描）按钮，选择"圆"和"通过 X、Y、Z 点的曲线"即可生成曲线螺旋体，如图 6-15b 所示。

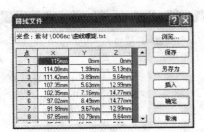

a）"曲线文件"属性管理器

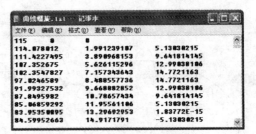

b）"曲线螺旋.txt"文件

图 6-14　"曲线文件"属性管理器和所选择的曲线文件

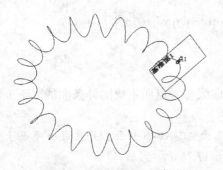

a）在生成的三维曲线上创建圆

b）扫描生成的曲线螺旋体

图 6-15　生成的三维曲线和创建的扫描实体

> 上面创建曲线螺旋线的操作实际上与 Pro/E 和 UG 等工业设计软件中的规律曲线功能有些相近，只不过规律曲线直接使用曲线方程来生成曲线，而通过 X、Y、Z 点的曲线则是首先使用曲线方程算出多个曲线的坐标点，然后再将这些点连接进而生成曲线。
>
> 上面实例创建的曲线也有它的求解方程式，这里简单说明一下：
>
> 主方程：
>
> $x = x_0 + r\cos(r_0)\ \cos(t)$；　　//$r$ 是直线的长度，t 是旋转角度
>
> $y = y_0 + r\cos(r_0)\ \sin(t)$；
>
> $z = r\sin(r_0)$；　　　　　　//x、y、z 是螺旋线上点坐标
>
> 辅助方程：
>
> $x_0 = R_x\cos(t)$；　　　　//R_x 是圆半径
>
> $y_0 = R_x\sin(t)$；　　　　//x_0、y_0 是穿透点坐标
>
> $r_0 = kt$；　　　　　　　//r_0 是旋转角，k 用来控制直线旋转速度，值越大生成的螺旋线越密
>
> 可参照图 6-16a 来理解此方程，一端穿透于母线的直线沿该母线前进，同时直线绕穿透点旋转，该直线另一端点的轨迹即为要绘制的曲线。
>
> 此外，组成曲线的 X、Y、Z 点往往有多个，单独计算每个点非常麻烦，而 SolidWorks 又不能直接使用方程式，此时可以借助 Excel 的功能，在 Excel 中进行的 X、Y、Z 点的计算（见图 6-16b），计算完成后将所计算的数据复制到 txt 文件中即可（需注意使用 RADIANS 函数）。

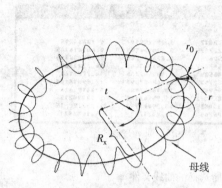

a）创建曲丝螺旋线的原理

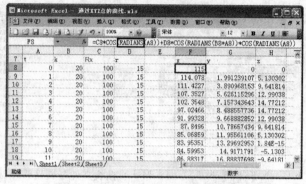

b）在 Excel 中进行的 X、Y、Z 点的计算

图 6-16　创建"曲线螺旋线"的原理和在 Excel 中进行的 X、Y、Z 点的计算

6.1.5　通过参考点的曲线

通过参考点的曲线就是利用定义点或已存在的端点作为曲线参考点而生成的样条曲线。下面看一个创建通过参考点的曲线的实例。

步骤 1　新建一个零件类型的文件，然后平行于前视基准面创建四个平面，并在每个平面上绘制同圆心的圆，在最后两个面上绘制平均分布在圆上的点，如图 6-17 所示。

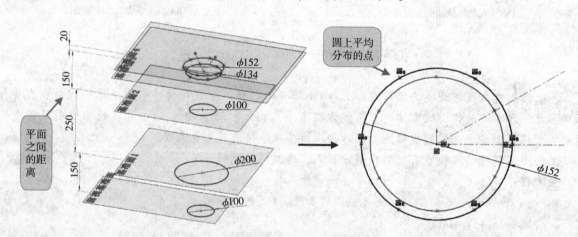

图 6-17　创建平行平面并创建草图

步骤 2　用左键单击"曲线"工具栏中的"通过参考点的曲线"按钮，打开"通过参考点的曲线"属性管理器（见图 6-18a），选中"闭环曲线"复选框，然后依次选中绘图区中最后两个面上平均分布

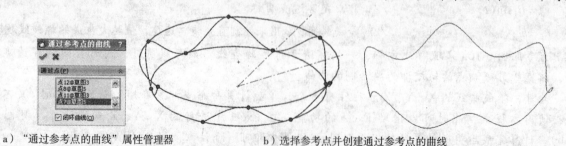

a）"通过参考点的曲线"属性管理器　　　　　b）选择参考点并创建通过参考点的曲线

图 6-18　创建通过参考点的曲线

在圆上的点，用左键单击"确定"按钮，创建通过参考点的曲线，如图 6-18b 所示。

　　步骤 3　用左键单击"曲面"工具栏中的 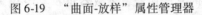（放样曲面）按钮，打开"曲面-放样"属性管理器（见图 6-19），在绘图区中自下而上依次选中绘制好的曲线，单击"确定"按钮即可创建放样曲面，如图 6-20 所示。

图 6-19　"曲面-放样"属性管理器

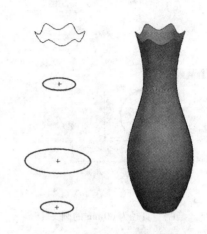

图 6-20　创建放样曲面

　　步骤 4　用左键单击"曲面"工具栏中的 ■（平面区域）按钮，打开"平面"属性管理器，在绘图区中选中模型底面的边线，用左键单击"确定"按钮将模型底部的口封闭，完成整个模型的创建，如图 6-21 所示。

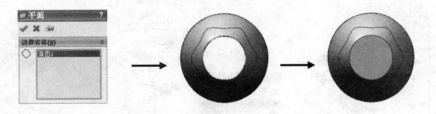

图 6-21　创建平面区域

6.1.6　螺旋线/涡状线

　　在零件中绘制的螺旋线或涡状线（见图 6-22）可以作为扫描特征的一个路径，或作为放样特征的引导线。

　　下面看一个使用螺旋线构建加热丝模型的实例，操作如下：

　　步骤 1　新建一个零件类型的文件，用左键单击"曲线"工具栏中"的螺旋线/涡状线"按钮，选择前视基准面，绘制一直径为 60mm 的圆（此圆相当于螺旋的竖直投影线，决定了螺旋线的径向距离），如图 6-23 所示。

　　步骤 2　用左键单击"确定"按钮，打开"螺旋线/涡状线"属性管理器（见图 6-24a），将"定位方式"选择为"高度和圈数"，将"高度"

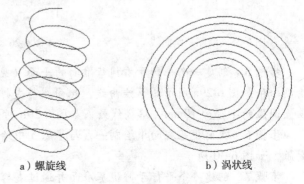

a）螺旋线　　　　　b）涡状线

图 6-22　螺旋线和涡状线

设置为"150.00mm"，将"圈数"设置为"8"，将"起始角度"设置为"30.00deg"，用左键单击"确定"按钮即可生成螺旋线，如图6-24b所示。

图6-23 绘制一直径为60mm的圆

a）"螺旋线/涡状线"属性管理器 b）生成螺旋线

图6-24 创建螺旋线

步骤3 进入上视基准面的草绘环境，绘制如图6-25所示的草绘曲线，完成后退出草绘模式。然后以点和平行面方式创建一平行于前视基准面，且通过螺旋线顶部端点的面如图6-26所示。

步骤4 在新创建的面上绘制如图6-27所示的草绘图形（要求绘制的圆弧于左侧横线相切，且通过螺旋线的顶部端点），用左键单击"确定"按钮退出草绘模式，即可完成支撑杆1路径线的绘制。

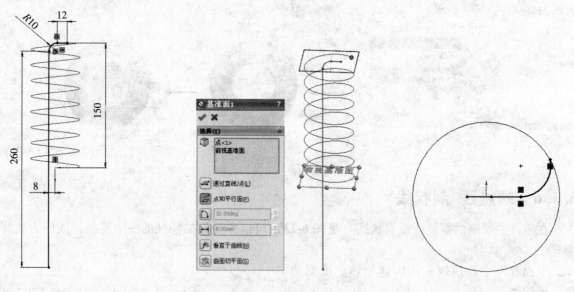

图6-25 绘制草绘曲线

图6-26 创建基准面

图6-27 绘制圆弧

步骤5 创建一个平行于右视基准面的平面（见图6-28），设置平行距离为8mm，然后在此平面中绘制一条如图6-29a所示的草绘曲线，此曲线与支撑杆1的草绘曲线底部重合，顶部与原点对齐，并且设置圆弧的半径为10mm。路径线效果如图6-29b所示。

步骤6 在前视基准面中绘制一条与步骤5中绘制的草绘曲线相切的，且与螺旋线下部端点重合的圆弧，如图6-30所示。

步骤7 创建一个平行于前视基准面并通过支撑杆2路径线底端端点的平面（见图6-31a），然后在新创建的平面中绘制一直径为7mm的圆，如图6-31b所示。

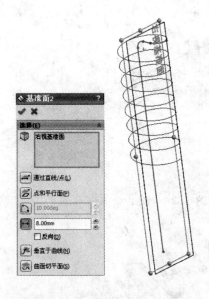

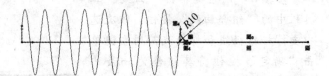

a）绘制草绘曲线

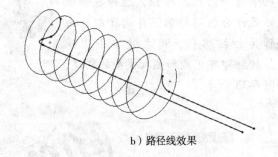

b）路径线效果

图 6-28　创建平行于右视基准面的平面

图 6-29　创建支撑杆 2 路径线

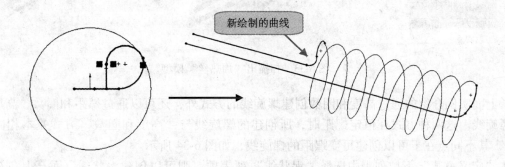

新绘制的曲线

图 6-30　创建支撑杆 2 与螺旋线的连线

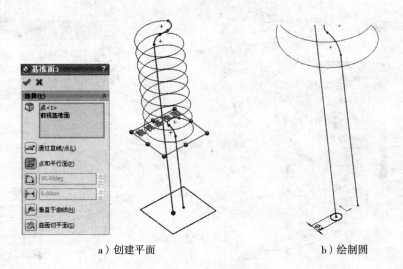

a）创建平面

b）绘制圆

图 6-31　创建截面图形

步骤 8 用左键单击"曲线"工具栏中的"组合曲线"按钮，依次选中支撑杆路径线和螺旋线，用左键单击"确定"按钮将其组合为一条曲线，如图 6-32 所示。

步骤 9 用左键单击"特征"工具栏中的"扫描"按钮，选择底部绘制的圆作为扫描轮廓，再选择组合曲线作为扫描路径，用左键单击"确定"按钮即可完成加热丝模型的创建，如图 6-33 所示。

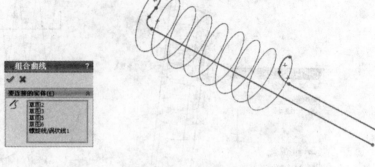

图 6-32 创建组合曲线

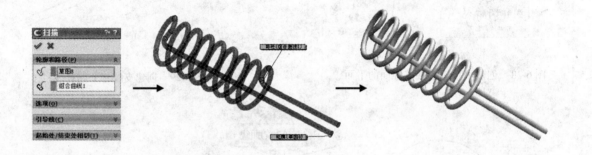

图 6-33 扫描出"加热丝"模型

除了上面实例介绍的通过高度和圈数创建螺旋线的方式外，还可以通过螺距和圈数、高度和螺距方式创建螺旋线。这两种方式在恒定螺距时，所创建的螺旋线与"高度和圈数"方式基本相同（只是选项不同），其不同点在于可以创建可变螺距的螺旋线，如图 6-34 所示。

如在"定义方式"下拉列表中选择"涡状线"列表项，则可以创建涡状线（关于其创建方法，此处不再详细叙述）。此外，在使用螺距和圈数方式创建螺旋线时，可以通过"锥形螺纹线"卷展栏设置螺旋线为"锥形外张"如图 6-35 所示。

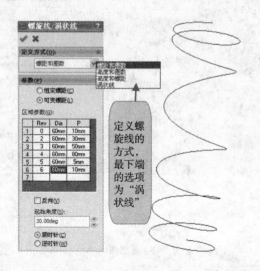

图 6-34 可变螺距螺旋线

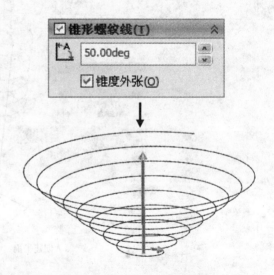

图 6-35 锥形外张螺旋线

实例1 塑料瓶的设计

下面绘制一个塑料瓶模型（见图 6-36b），以熟悉前面所学习的创建三维曲线的知识。

一、制作分析

本实例主要使用通过 X、Y、Z 点的曲线和其他草绘曲线扫描出瓶子的主体轮廓，然后再使用分割线对实体面进行切割，从而添加装饰并进行圆角处理。瓶口部通过螺旋线创建瓶子的螺纹。

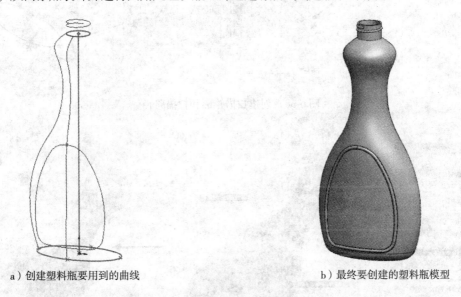

a）创建塑料瓶要用到的曲线   b）最终要创建的塑料瓶模型

图 6-36 创建塑料瓶要用到的曲线和最终创建的塑料瓶模型

二、制作步骤

步骤1 创建通过 X、Y、Z 点的曲线作为扫描引导线 新建一个零件文件，用左键单击"曲线"工具栏中的"通过 X、Y、Z 点的曲线"按钮，打开"曲线文件"属性管理器，用左键单击"浏览"按钮，选择本书提供的素材文件"引导线 1"（光盘：素材 \ 006sc \ 引导线 1），然后用左键单击"确定"按钮插入一条曲线，通过相同操作选择素材文件"引导线 2"（光盘：素材 \ 006sc \ 引导线 2）创建另外一条曲线，如图 6-37 所示。

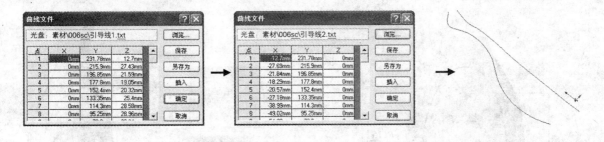

图 6-37 创建通过 X、Y、Z 点的曲线作为扫描的引导线

步骤2 创建扫描轮廓和扫描路径 在前视基准面和上视基准面中分别绘制如图 6-38 所示的草绘图形。

步骤3 创建扫描实体 用左键单击"特征"工具栏中的"扫描"按钮，打开"扫描"属性管理器，选择椭圆作为扫描轮廓，选择直线作为扫描路径，选择两条通过 X、Y、Z 点的曲线作为引导线，扫描出瓶子的主体，如图 6-39 所示。

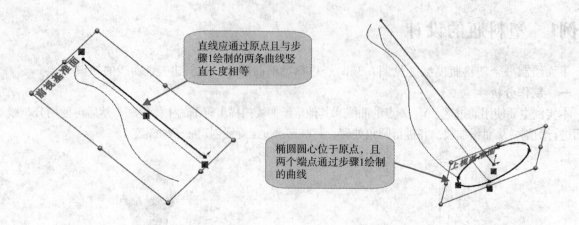

直线应通过原点且与步
骤1绘制的两条曲线竖
直长度相等

椭圆圆心位于原点，且
两个端点通过步骤1绘制
的曲线

图 6-38　创建扫描轮廓和扫描路径

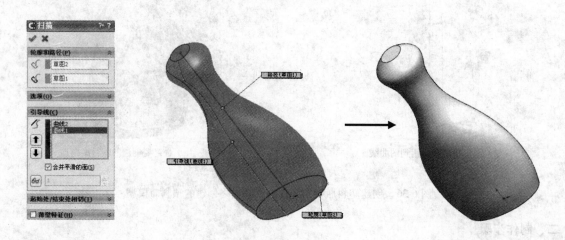

图 6-39　创建扫描实体

步骤 4　创建投影曲线　在前视基准面中绘制如图 6-40 所示的草绘图形（各线段相切），用左键单击"曲线"工具栏中的"投影曲线"按钮，打开"投影曲线"属性管理器（见图 6-41a），以草图到面方式选择绘制好的草绘图形，以瓶子的外表面作为投影面创建一投影曲线，效果如图 6-41b 所示。

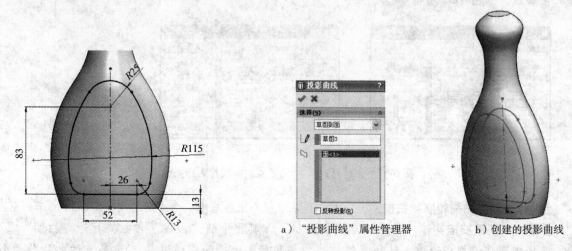

图 6-40　创建草绘图形

a）"投影曲线"属性管理器　　　b）创建的投影曲线

图 6-41　创建投影曲线

步骤5 扫描出瓶子侧面的凸起作为装饰 在右视基准面中绘制一直径为3mm的圆（圆心通过步骤4中创建的投影曲线，如图6-42a所示），用左键单击"扫描"按钮，打开"扫描"属性管理器（见图6-42b），以圆为扫描轮廓线，以投影曲线为扫描路径，创建瓶子侧面的凸起装饰线，效果如图6-42c所示。

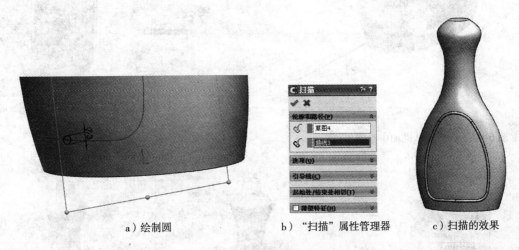

a）绘制圆   b）"扫描"属性管理器   c）扫描的效果

图6-42 扫描出瓶子外表面的凸起作为装饰

步骤6 拉伸出瓶口 首先在瓶口处的平面上绘制一个与瓶口轮廓线半径相同的草绘圆，然后用左键单击"拉伸凸台/基体"按钮，打开"拉伸"属性管理器（见图6-43a），对草绘图形进行拉伸（拉伸距离为16mm），以创建瓶口实体，效果如图6-43c所示。

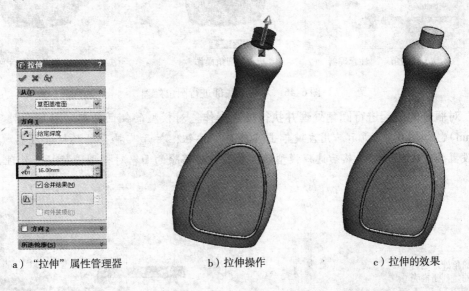

a）"拉伸"属性管理器   b）拉伸操作   c）拉伸的效果

图6-43 拉伸出瓶口

步骤7 创建底部分割线 在前视基准面中绘制一条直线（此直线超出瓶子的两侧，且与瓶子底面的距离为10mm），如图6-44所示。然后用左键单击"分割线"按钮，打开"分割线"属性管理器（见图6-45a），选择"投影"模式，并选择刚绘制的直线在模型底部创建分割线，效果如图6-45b所示。

步骤8 对瓶子底部进行圆角处理 用左键单击"圆角"按钮，打开"圆角"属性管理器（见图6-46a），选择"面圆角"方式，然后选择模型底部的分割面作为"面组1"，选择模型底部面作为"面组2"，并选择模型的分割线作为包络控制线（见图6-46b），对模型的底部进行圆角处理，效果如图6-46c所示。

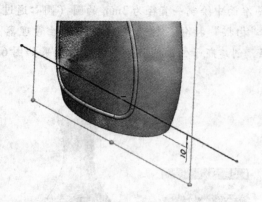

图 6-44　在前视基准面中绘制一直线

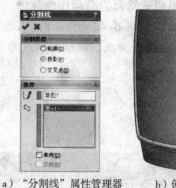

a）"分割线"属性管理器　　　b）创建分割线的效果

图 6-45　创建底部分割线

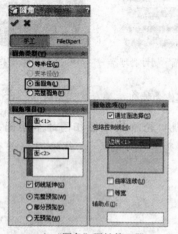

a）"圆角"属性管理器　　　　b）圆角操作　　　　c）圆角处理后的效果

图 6-46　对瓶子底部进行圆角处理

　　步骤9　对瓶子的凸起进行圆角处理并执行抽壳操作　对模型的侧面凸起进行圆角处理（圆角半径设置为 0.5mm），如图 6-47 所示。用左键单击"抽壳"按钮，打开"抽壳"属性管理器（见图 6-48a），将壳的厚度设置为"0.50mm"，然后选择模型的上表面作为移除的面，对模型进行抽壳处理，效果如图 6-48b 所示。

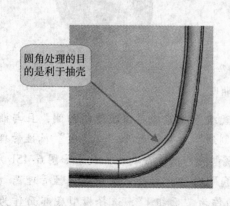

图 6-47　对瓶子的凸起进行圆角处理

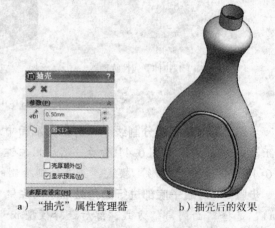

a）"抽壳"属性管理器　　　b）抽壳后的效果

图 6-48　对瓶子进行抽壳处理

步骤10　创建瓶口螺旋线　在距离瓶口3mm处创建一个基准平面（见图6-49），用左键单击"曲线"工具栏中的"螺旋线/涡状线"按钮，选择新创建的基准面作为螺旋线横断面，并在此平面中创建与瓶口外缘大小相同的圆，然后打开"螺旋线/涡状线"属性管理器，按图6-50a所示设置螺旋线参数，用左键单击"确定"按钮即可创建一螺旋线，效果如图6-50b所示。

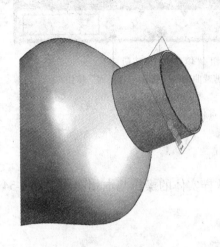

 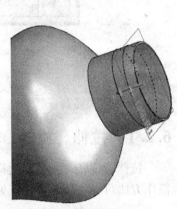

a）"螺旋线/涡状线"属性管理器　　　　　b）创建螺旋线

图 6-49　创建基准面

图 6-50　创建瓶口螺旋线

步骤11　创建截面曲线并扫描出瓶口的螺纹　在右视基准面中绘制如图6-51所示的截面曲线，然后以此截面曲线为轮廓线，以步骤10创建的螺旋线为路径曲线，扫描出瓶口的螺纹（见图6-52），完成整个模型的创建。

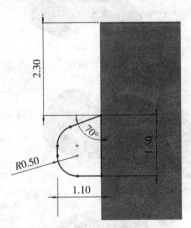

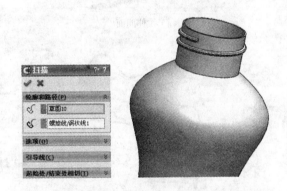

图 6-51　创建截面曲线

图 6-52　扫描出瓶口的螺纹

6.2　创建曲面

曲面是以点和线为构型基础生成的面。实体特征可以非常便捷地创建形状规则的模型，但无法进行高复杂度的造型设计，在此情况下，可以使用曲面特征。曲面特征可以使用多种比较弹性化的方式创建复杂的单一曲面，然后可将多个单一曲面缝合成完整且没有间隙的曲面模型，进而可将曲面模型填充为实体。

在SolidWorks中，主要使用"曲面"工具栏（见图6-53）中的工具来创建曲面并编辑曲面。本节将主要介绍创建曲面工具的使用。

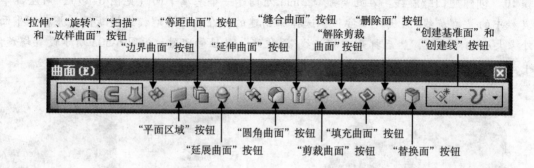

图 6-53   "曲面"工具栏

6.2.1 拉伸、旋转、扫描和放样曲面

拉伸、旋转、扫描和放样曲面与拉伸、旋转、扫描和放样实体的操作基本相同（见图 6-54），详细操作方法可参考第 3 章，此处不再赘述。

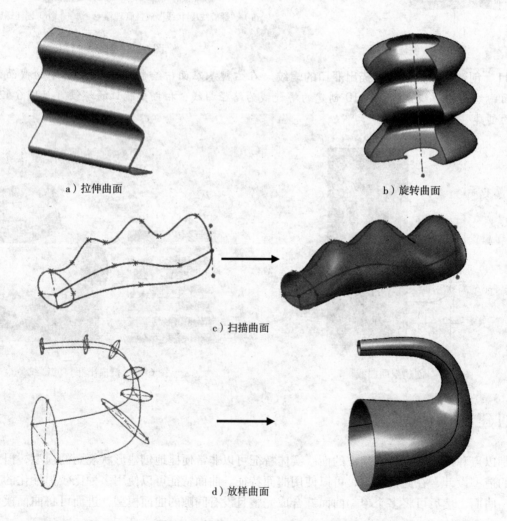

a）拉伸曲面

b）旋转曲面

c）扫描曲面

d）放样曲面

图 6-54 拉伸、旋转、扫描和放样曲面

6.2.2 边界曲面

边界曲面可用于生成在两个方向（可理解为横向和竖向）上与相邻边相切或曲率连续的曲面，如图

6-55 所示。

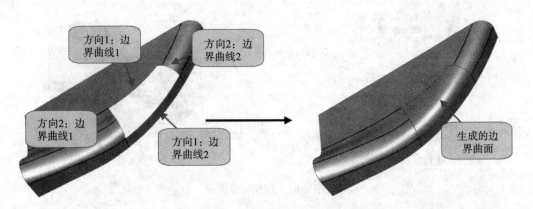

图 6-55 创建边界曲面

下面先来看一个使用边界曲面创建风扇叶轮的实例，操作步骤如下：

步骤1 打开本书提供的素材文件 6-2-2.SLDPRT（光盘：素材 \ 006sc \ 6-2-2.SLDPRT），如图 6-56 所示。在基准面 1 中绘制如图 6-57 所示的草绘图形，再用左键单击"分割线"按钮，在素材外侧的面上创建分割线，如图 6-58 所示。

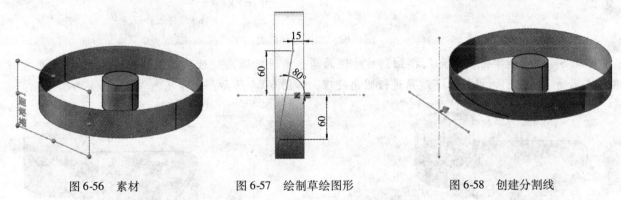

图 6-56 素材　　　　图 6-57 绘制草绘图形　　　　图 6-58 创建分割线

步骤2 在基准面 1 中再创建如图 6-59 所示的草绘图形，并同样用左键单击"分割线"按钮，在素材内部的圆柱上创建分割线，如图 6-60 所示。

图 6-59 创建草绘图形　　　　　　图 6-60 创建分割线

步骤3 用左键单击"曲面"工具栏中的"边界曲面"按钮，打开"边界-曲面"属性管理器（见图 6-61a），依次选中前面两步绘制的分割线，其他选项保持系统默认，然后用左键单击"确定"按钮即可创建一边界曲面（将最外侧曲面隐藏即可），效果如图 6-61b 所示。

步骤4 选择"插入"→"凸台/基体"→"加厚"菜单，打开"加厚"属性管理器（见图 6-62a），选中步骤 3 绘制的边界曲面，设置加厚厚度为"5.00mm"，并正确设置加厚的方向，然后用左键单击"确定"按钮即可对曲面执行加厚操作（此时曲面转化为实体），效果如图 6-62b 所示。

a）"边界-曲面"属性管理器

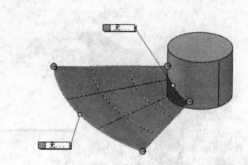

b）创建边界曲面的效果

图 6-61　创建边界曲面

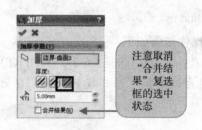

a）"加厚"属性管理器

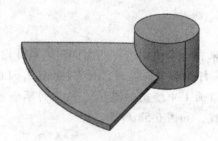

b）实体效果

图 6-62　加厚边界曲面

步骤 5　用左键单击"圆角"按钮，对叶轮的两个角进行圆角处理，如图 6-63 所示。再次用左键单击"圆角"按钮，对叶轮上下边角进行圆角处理，如图 6-64 所示。

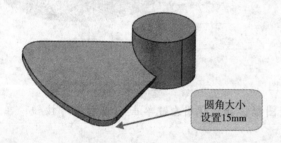

图 6-63　对两个角进行圆角处理

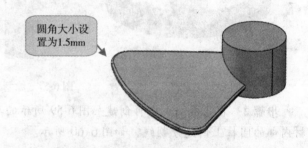

图 6-64　对上下边角进行圆角处理

步骤 6　用左键单击"圆周阵列"按钮，打开"阵列（圆周）"属性管理器（见图 6-65a），选择中

a）"阵列（圆周）"属性管理器

b）实体效果

图 6-65　阵列叶轮

间圆周面，以其轴线作为阵列轴，选择叶轮作为要阵列的实体，将阵列个数设置为"3"，再用左键单击"确定"按钮，完成叶轮的阵列，效果如图 6-65b 所示。

步骤7 在圆柱的上表面绘制如图 6-66 所示的圆，然后用左键单击"拉伸/凸台基体"按钮，打开"拉伸"属性管理器（见图 6-67a），对圆进行拉伸，拉伸深度设置为"40.00mm"，并选中"合并结果"复选框，用左键单击"确定"按钮完成风扇叶轮的创建，效果如图 6-67b 所示。

图 6-66 绘制圆

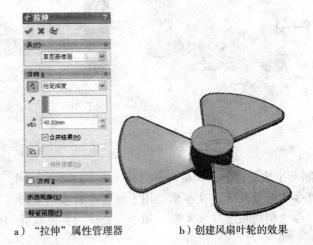

a）"拉伸"属性管理器　　　　b）创建风扇叶轮的效果

图 6-67 创建风扇叶轮

上面实例所创建的边界曲面较简单，如果使用曲面边线创建边界曲面，则可以对更多的选项进行设置，从而生成更加复杂的曲面，如图 6-68 所示。

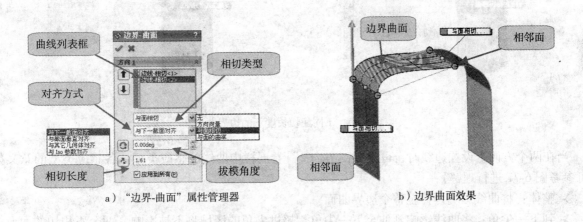

a）"边界-曲面"属性管理器　　　　b）边界曲面效果

图 6-68 有相邻面的边界曲面

图 6-68a 所示为设置一个方向上的边线时"边界-曲面"属性管理器的主要参数。下面分别解释一下各参数的含义：

➢"曲线"列表框：用于确定此方向生成边界曲面的曲线，可以选择草绘曲线、面或边线作为边界曲线（如果边界曲线的方向有错误，可以在绘图区中单击鼠标右键，从弹出的快捷菜单中选择"反转接头"菜单项）。

➢"相切类型"下拉列表：用于设置所生成的边界曲面在某个相邻面处与其相切的类型，如可设置为"无"、"方向向量"和"与面相切"等，其设置效果如图 6-69 所示。

➢"对齐方式"下拉列表：此下拉列表只在单方向时可用，用于控制 iso 参数的对齐方式（相当于

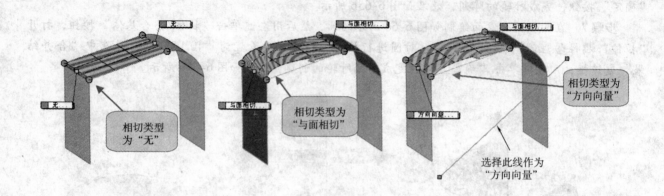

图 6-69　不同相切类型所生成的边界曲面

控制所生成的边界曲面横向和纵向的参数曲线的方向），从而控制曲面的流动。

➤ "拔模角度"文本框：用于设置开始或结束曲线处的拔模角度。

➤ "相切长度"文本框：用于设置在边界曲线处相切长度的大小，其设置效果如图 6-70 所示。

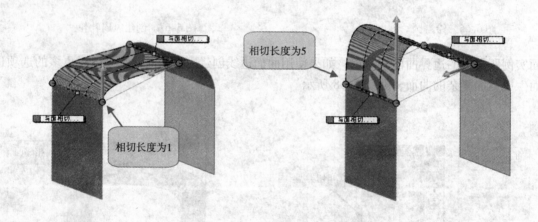

图 6-70　不同相切长度下的边界曲面

当在两个方向上设置边线时，可设置"方向 2"卷展栏中曲线的感应类型。各感应类型的意义如下（可参考图 6-71 进行理解）：

➤ 整体：将曲线影响延伸至整个边界曲面。

➤ 到下一尖角：将曲线影响延伸至下一尖角，超过尖角的区域将不被影响（两个不相切的面形成的边角即为尖角）。

➤ 到下一曲线：只将曲线影响延伸至下一曲线。

➤ 到下一边线：只将曲线影响延伸至下一边线。

➤ 线性：将曲线的感应线性地延伸至整个边界曲面上。

此外，"边界-曲面"属性管理器中还有如图 6-72a 所示两个卷展栏。当在"选项与预览"卷展栏中选中"按照方向 1 剪裁"复选框或"按方向 2 剪裁"复选框设置曲线不形成闭合的边界时，按方向 1 或方向 2 剪裁曲面如图 6-72b 所示。"显示"卷展栏主要用于设置创建边界曲面时曲面的预览效果，此处不对其做详细叙述。

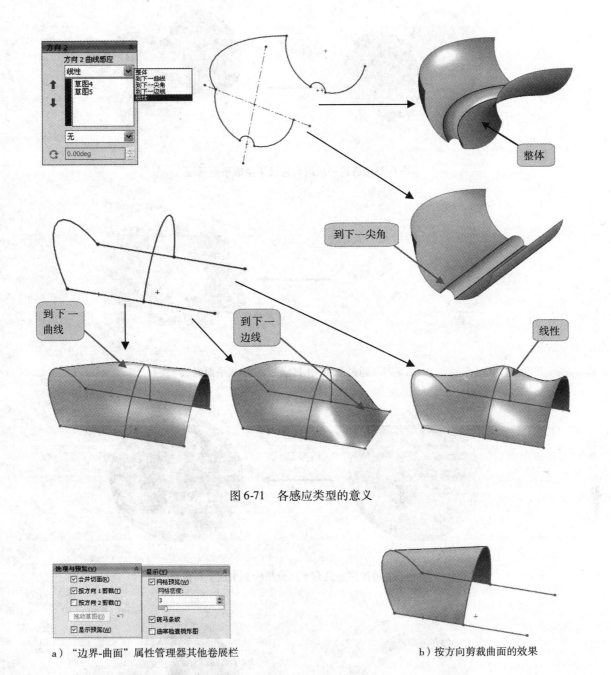

图 6-71　各感应类型的意义

a）"边界-曲面"属性管理器其他卷展栏　　　　b）按方向剪裁曲面的效果

图 6-72　其他卷展栏和按方向剪裁的效果

6.2.3　平面区域

　　使用"曲面"工具栏中的"平面区域"按钮可以通过处于一个平面内的曲线来生成平面。在以下情况时可以使用此命令：一组闭合边线、非相交闭合草图、多条共有平面分型线、一对平面实体，如图6-73 ~ 图 6-76 所示（执行此命令后选择边线或草图即可）。

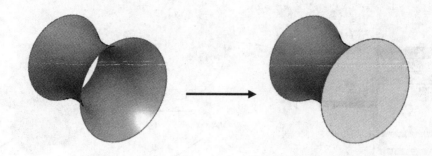

图 6-73　通过一组闭合边线来生成平面区域

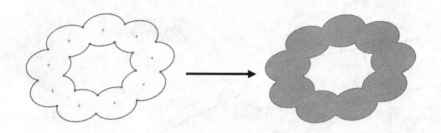

图 6-74　通过非相交闭合草图来生成平面区域

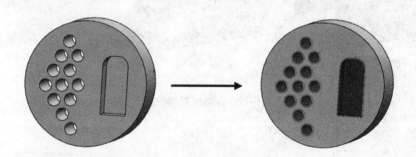

图 6-75　通过多条共有平面分型线来生成平面区域

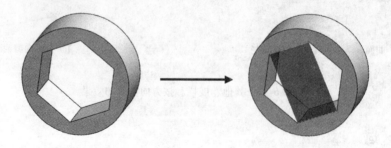

图 6-76　通过一对平面实体来生成平面区域

6.2.4　等距曲面

等距曲面是指将选定的曲面沿其法向方向偏移一定距离后生成的曲面，可同时偏移多个面，并可根据需要改变偏移曲面的方向，如图 6-77 所示。

a）等距偏移一个面

b）等距偏移多个面

图6-77 等距曲面

下面看一个使用等距曲面创建安全帽模型的实例，操作步骤如下：

步骤1 打开本书提供的素材文件 6-2-4. SLDPRT（光盘：素材 \ 006sc \ 6-2-4. SLDPRT），如图 6-78 所示。在前视基准面中绘制如图 6-79 所示的草绘图形。

图6-78 素材

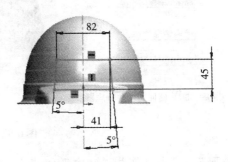

图6-79 绘制草绘图形

步骤2 用左键单击"分割线"按钮，打开"分割线"属性管理器（见图 6-80a），选择步骤1绘制的草绘图形作为要投影的草图，选择素材上表面作为要投影的面，对曲面进行分割并创建一分割面，如图 6-80b 所示。

a）"分割线"属性管理器

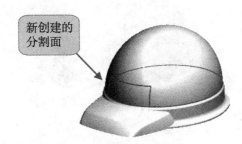

新创建的分割面

b）创建的分割面

图6-80 分割曲面

步骤3 用左键单击"曲面"工具栏中的"等距曲面"按钮，打开"曲面-等距"属性管理器（见图 6-81a），在绘图区中选中步骤2分割出来的曲面，设置等距距离为"8.00mm"，用左键单击"确定"按钮即可创建一等距曲面，如图 6-81b 所示。

步骤4 用左键单击"曲面"工具栏中的"延伸曲面"按钮，选中步骤3绘制的等距曲面，并按照图 6-82a 所示的"曲面-延伸"属性管理器设置延伸参数，用左键单击"确定"按钮对曲面进行延伸，效果如图 6-82b 所示。

等距实体操作较简
单,在此列表框中
选择一个或多个面,
然后在下面的文本
框中输入等距距离
即可

a)"曲面-等距"属性管理器   b)创建的等距曲面

图 6-81 执行"等距曲面"操作

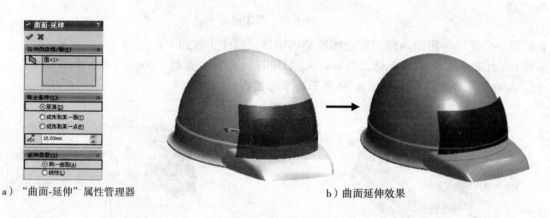

a)"曲面-延伸"属性管理器   b)曲面延伸效果

图 6-82 执行"延伸曲面"操作

步骤5 用左键单击"拉伸凸台/基体"按钮,打开"拉伸"属性管理器,选择"成形到一面"方式,然后选中步骤1绘制的草绘图形,将其拉伸至步骤4绘制的面上,执行"拉伸实体"的操作过程(见图 6-83),然后将步骤4绘制的曲面隐藏,效果如图 6-84 所示。

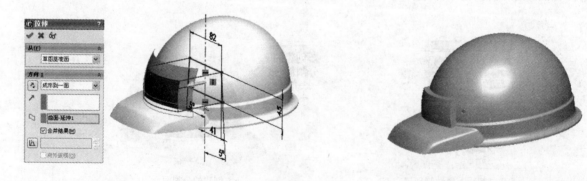

图 6-83 拉伸实体操作   图 6-84 执行拉伸实体操作的效果

步骤6 用左键单击"拔模"按钮,打开"拔模"属性管理器,设置拔模类型为"分型线",拔模角度设置为"20.00deg",然后选择步骤5创建的拉伸实体的一条边线作为拔模方向,选择拉伸实体的三条边线作为分型线,用左键单击"确定"按钮对拉伸实体进行拔模,效果如图 6-85 所示。

步骤7 用左键单击"圆角"按钮对经过拔模处理的实体进行圆角处理,如图 6-86 所示。用左键单击"抽壳"按钮,选中模型底面对整个实体进行抽壳,用左键单击"确定"按钮即可完成安全帽模型的创建,如图 6-87 所示。

图 6-85　执行拔模操作

图 6-86　执行圆角操作　　　　　　　　　　图 6-87　执行抽壳操作

6.2.5　延展曲面

延展曲面主要用于将边线、分割线或空间曲线沿着选定的面延展生成曲面，如图 6-88 所示。用左键单击"曲面"工具栏的"延展曲面"按钮，可以执行延展曲面命令。延展曲面命令在分模时创建分模面较常用，此处不对其做详细描述。

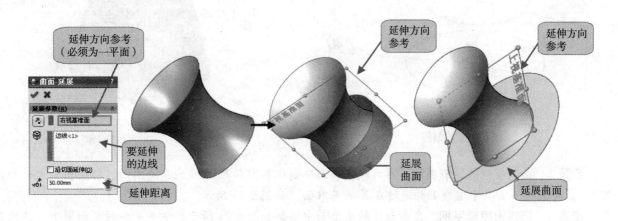

图 6-88　延展曲面

实例 2　喷嘴的设计

下面绘制一个喷嘴模型（见图 6-89b），以熟悉前面所学习的创建曲面的相关知识。

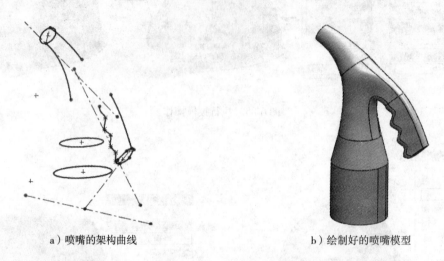

a）喷嘴的架构曲线　　　　　　　　　　　b）绘制好的喷嘴模型

图 6-89　喷嘴的架构曲线和绘制好的喷嘴模型

一、制作分析

本实例主要使用放样曲面、扫描曲面功能创建出喷嘴的主体造型，然后使用放样曲面等功能连接喷嘴的各个组成部分，再对曲面进行延展并创建平面区域，最后通过缝合曲面形成实体，再进行抽壳操作即可得到喷嘴模型。

二、制作步骤

步骤 1　放样操作　新建一个零件类型的文件，在前视图和距离前视图 20mm 的基准面上绘制如图 6-90 所示的圆。用左键单击"放样曲面"按钮，选择这两个圆进行放样（"开始约束"和"结束约束"均选择"无"，其他选项保持系统默认），生成放样曲面，如图 6-91 所示。

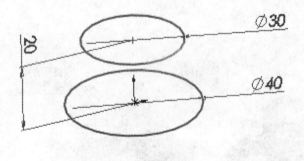

图 6-90　绘制圆

图 6-91　进行放样操作

步骤 2　绘制手柄的轮廓曲线　在右视基准面中创建如图 6-92 所示的草绘图形（样条曲线大体相似即可），再创建一垂直于虚线 1 并通过点 X 的基准面，如图 6-93 所示。

步骤 3　扫描出喷嘴手柄　在新创建的基准面中绘制如图 6-94 所示的喷嘴手柄的截面图形，然后用左键单击"扫描曲面"按钮，选择本步骤中创建的草绘图形作为扫描轮廓，选择步骤 2 创建的圆弧线作为扫描路径曲线，选择样条曲线作为引导线，并在"选项"卷展栏的"方向/扭曲控制"下拉列表中选择"保持法向不变"项，扫描出喷嘴手柄，如图 6-95 所示。

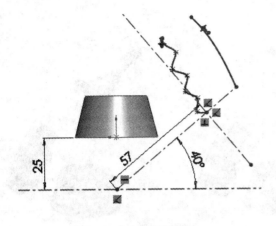

图 6-92　绘制草绘图形

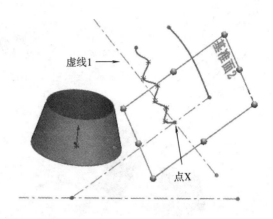

图 6-93　创建基准面

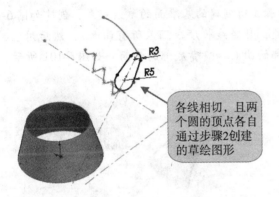

各线相切，且两个圆的顶点各自通过步骤2创建的草绘图形

图 6-94　绘制手柄的截面图形

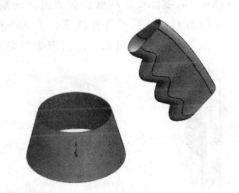

图 6-95　扫描出喷嘴手柄

步骤 4　绘制喷嘴嘴部的轮廓曲线　在右视基准面中创建如图 6-96 所示的草绘图形，以其作为喷嘴嘴部的轮廓曲线。

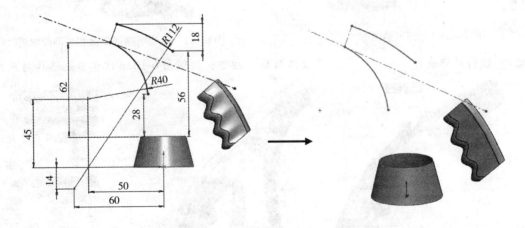

图 6-96　绘制喷嘴嘴部的轮廓曲线

步骤 5　扫描出喷嘴的嘴部曲面　创建垂直于步骤 4 所创建的轮廓曲线的基准面（见图 6-97），并在此基准面中创建一个通过步骤 4 所创建的曲线的圆，如图 6-98 所示。用左键单击"扫描"按钮，以圆为扫描轮廓线，以步骤 4 创建的轮廓曲线为扫描路径（大圆弧）和引导线，扫描出喷嘴的嘴部曲面，如图 6-99 所示。

图 6-97 创建基准面　　　　　图 6-98 绘制圆　　　　　图 6-99 扫描出喷嘴的嘴部曲面

步骤6　对嘴部曲面和底部曲面进行分割　进入步骤5所创建的基准面的草绘模式,创建如图6-100 所示的草绘图形(注意两条竖线通过喷嘴手柄的最宽处,且竖线长度应涵盖所有曲面),然后用左键单击"分割线"按钮,使用此草绘图形分别分割喷嘴嘴部的曲面和喷嘴底部的曲面,如图6-101 所示。

图 6-100 创建草绘图形　　　　　　　　图 6-101 对喷嘴嘴部曲面和底部曲面进行分割

步骤7　执行放样操作　用左键单击"放样曲面"按钮,按照图6-102a 所示分别选择对应的边线进

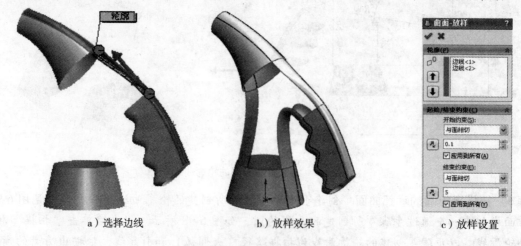

a) 选择边线　　　　　　　b) 放样效果　　　　　　　c) 放样设置

图 6-102 使用放样功能创建曲面连接喷嘴

行放样操作，效果如图6-102b所示。放样的"开始约束"和"结束约束"全部选择"与面相切"即可，其他选项保持系统默认，只是在创建位于手柄和底面的放样面时需要单独调整"结束处的相切长度"。放样设置如图6-102c所示。

步骤8 使用曲面填充功能填充喷嘴的空白区域 用左键单击"填充曲面"按钮，打开"曲面填充"属性管理器，顺序选中喷嘴一侧空缺处的边线，在"曲面控制"下拉列表中选择"相切"列表项，并选中"应用到所有边线"复选框（见图6-103a），再用左键单击"确定"按钮填充喷嘴的空白区域，如图6-103b所示。通过相同操作，在模型的另一侧进行曲面填充操作，效果如图6-103c所示。

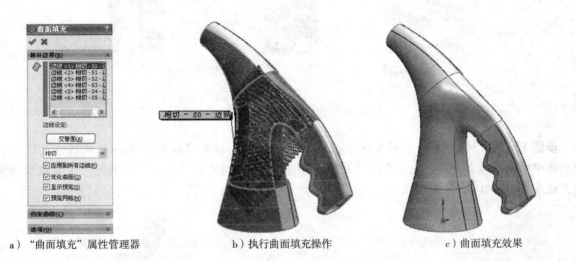

a）"曲面填充"属性管理器　　　　b）执行曲面填充操作　　　　c）曲面填充效果

图6-103 使用曲面填充功能填充喷嘴的空白区域

步骤9 延展喷嘴 用左键单击"延展曲面"按钮，选中模型最下端曲面的多条边线（因为曲面被分割了，所以有多条边线），将延伸距离设置为"40.00mm"，延伸方向参考选择"前视基准面"，用左键单击"确定"按钮即可对喷嘴下端进行延伸，如图6-104所示。

步骤10 使用平面区域功能将喷嘴封闭 用左键单击"平面区域"按钮，分别选中喷嘴嘴部、手柄和底部曲面的多条边线，封闭喷嘴曲面，如图6-105所示。此步的作用是便于步骤11在缝合曲面时形成实体。

步骤11 缝合喷嘴的各个面并形成实体 用左键单击"缝合曲面"按钮，选中模型的所有面，在"曲面-缝合"属性管理器（见图6-106a）中选中"尝试形成实体"复选框，用左键单击"确定"按钮即可缝合曲面并创建喷嘴实体，效果如图6-106b所示。

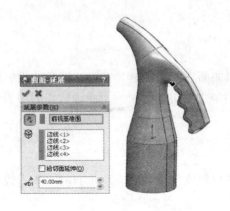

图6-104 使用延展曲面功能延展喷嘴

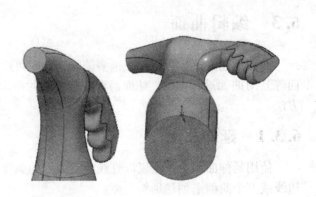

图6-105 使用平面区域功能将喷嘴封闭

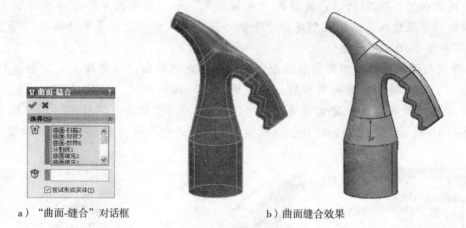

a）"曲面-缝合"对话框　　　　　　　　b）曲面缝合效果

图 6-106　缝合喷嘴的各个面并形成实体

步骤 12　执行抽壳操作　用左键单击"抽壳"按钮，打开"抽壳"属性管理器（见图 6-107a），分别选中喷嘴的嘴部平面和底部平面（见图 6-107b），用左键单击"确定"按钮即可完成喷嘴模型的创建，效果如图 6-107c 所示。

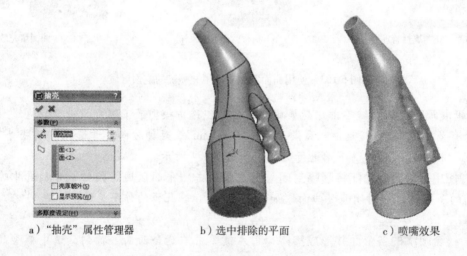

a）"抽壳"属性管理器　　　　b）选中排除的平面　　　　c）喷嘴效果

图 6-107　对喷嘴实体执行抽壳操作

6.3　编辑曲面

曲面创建完成后，会存在很多缺陷，此时可以使用编辑曲面功能（如延伸曲面、圆角曲面、缝合曲面等）对曲面进行编辑，从而得到符合要求的曲面图形。本节主要讲述各个编辑曲面按钮的功能和使用方法。

6.3.1　延伸曲面

使用延伸曲面命令可以以直线或随曲面的弧度将曲面进行延伸，并可以选取曲面的一条边线、多条边线或整个曲面来创建延伸曲面。

图 6-108 所示为以距离方式对整个面进行延伸。实际上系统共提供了三种曲面延伸的终止条件：距离、成形到某一面和成形到某一点（见图 6-108a）。这三种终止条件的意义如下：

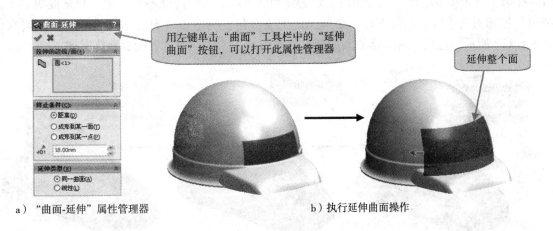

a）"曲面-延伸"属性管理器　　　　　　b）执行延伸曲面操作

图 6-108　创建延伸曲面

➤ 距离：直接指定曲面延伸的距离。

➤ 成形到某一面：选择一个曲面能延伸到的边界面（注意此面应处于原曲面的可延伸范围内，否则不会生成延伸曲面），可将原曲面延伸到边界面，如图 6-109 所示。

➤ 成形到某一点：将曲面延伸到空间中一个草绘点或顶点的位置。

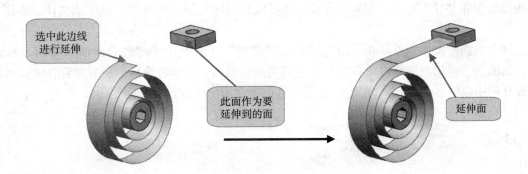

图 6-109　成形到某一面以线性方式延伸曲面

另外，系统还提供了两种延伸类型：同一曲面和线性。它们的意义分别为：

➤ 同一曲面：沿曲面的曲率来延伸曲面（见图 6-110），即延伸出来的面与原曲面具有相同的曲率。

➤ 线性：延伸出来的面与原曲面线性相切，如图 6-111 所示。

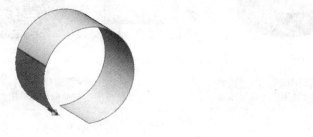

图 6-110　以同一曲面方式延伸曲面

图 6-111　以线性方式延伸曲面

6.3.2　圆角曲面

"曲面"工具栏中的"圆角"按钮与"特征"工具栏中的"圆角"按钮为同一按钮，功能完全相同，因为在第 4 章 4.2 节中已对此按钮做了较为详细的讲解，所以此处不再赘述。只是提醒一下，在使用"圆角"按钮对面进行圆角处理时，如果无法生成圆角，仍然可以通过添加辅助面的方式来获得圆角，如图 6-112 所示。这是一种非常重要的圆角处理方式，希望广大读者能够熟练掌握。

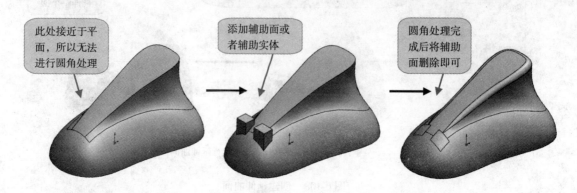

图 6-112　使用添加辅助面的方式执行圆角曲面操作

6.3.3　缝合曲面

缝合曲面用于将两个或多个曲面组合成一个面组。用于缝合的曲面不必位于同一基准面上，但是曲面的边线必须相邻并且不重叠。如果组合成的面形成封闭的空间，则可以尝试生成实体，如图 6-113 所示。

执行缝合曲面的操作非常简单，用左键单击"曲面"工具栏中的"缝合曲面"按钮，然后选中所有要缝合的曲面，再用左键单击"确定"按钮即可缝合曲面。曲面缝合后，所有被缝合的曲面将在特征管理器设计树中以"曲面-缝合"的名称显示，且面和曲面的外观没有任何变化。

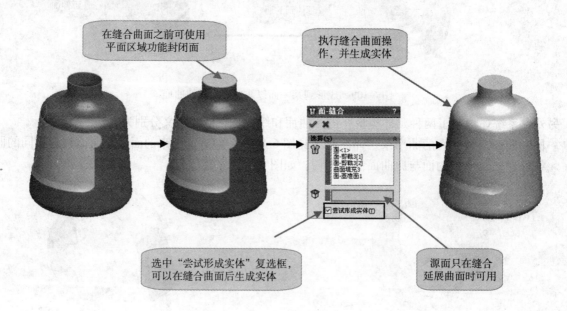

图 6-113　缝合曲面并尝试生成实体

6.3.4　剪裁曲面

可以使用剪裁曲面功能用草绘图形来剪裁曲面（见图 6-114），也可以沿着曲面相交的边线来剪裁曲面（见图 6-115），并可以根据需要选择曲面需要保留的部分。

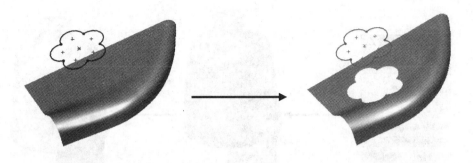

图 6-114　用草绘图形剪裁曲面

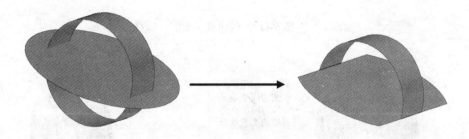

图 6-115　沿着曲面相交的边线剪裁曲面

下面看一个剪裁曲面的操作实例，操作步骤如下：

步骤1　打开本书提供的素材文件 6-3-4. SLDPRT（光盘：素材 \ 006sc \ 6-3-4. SLDPRT），在基准面 1 中绘制用于放样的草绘图形，如图 6-116 所示。

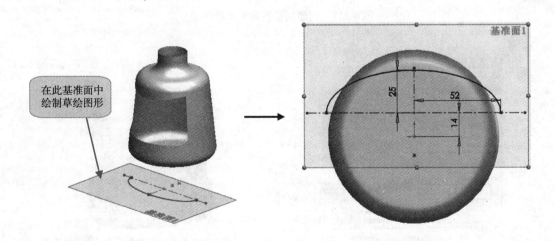

图 6-116　创建用于放样的草绘图形

步骤2　用左键单击"放样曲面"按钮，选择素材上部的边界以及新绘制的草绘图形，创建一放样曲面，如图 6-117 所示。放样参数使用系统默认设置即可。

步骤3　在前视基准面中绘制如图 6-118 所示的草绘图形。绘制此草绘图形的目的是使用其对步骤2 创建的放样曲面进行剪裁，所以其轮廓应适当地小于步骤2 创建的面。

步骤4　用左键单击"曲面"工具栏中的"剪裁曲面"按钮，打开"面-剪裁"属性管理器（见图 6-119a），选择步骤3 绘制的草绘图形作为剪裁工具，选择被剪裁面的上半部分作为保留选择的面（见图 6-119b），用左键单击"确定"按钮对曲面执行剪裁操作。

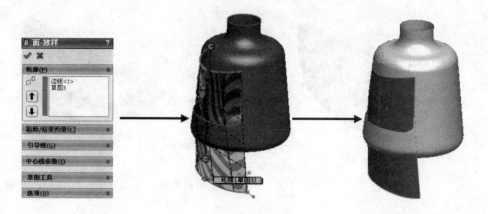

图 6-117　创建放样曲面

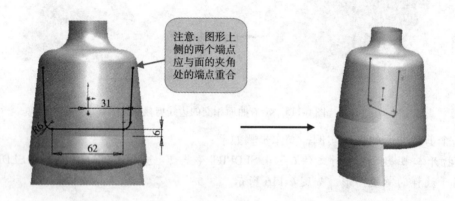

注意：图形上侧的两个端点应与面的夹角处的端点重合

图 6-118　创建用于剪裁的草绘图形

a）"面-剪裁"属性管理器　　　　　　　　　b）选择被剪裁面的上半部为保留选择的面

图 6-119　执行剪裁操作

　　步骤 5　用左键单击"填充曲面"按钮，依次选中剪裁后瓶子中部空隙的边界曲线，并按图 6-120a 所示设置填充面的参数，再用左键单击"确定"按钮填充瓶子中部的曲面，效果如图 6-120b 所示。

　　步骤 6　在右视基准面中绘制如图 6-121 所示的用于剪裁的草绘图形。

　　步骤 7　用左键单击"曲面"工具栏中的"剪裁曲面"按钮，选择步骤 6 绘制的草绘图形作为剪裁工具，再根据需要选中要保留的曲面部分，用左键单击"确定"按钮完成此次实例操作，如图 6-122 所示。

a）"曲面填充"属性管理器　　　　　　　　b）曲面填充效果

图 6-120　执行"曲面填充"操作

图 6-121　创建用于剪裁的草绘图形

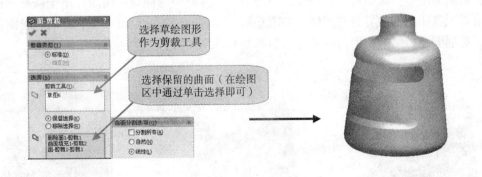

图 6-122　执行剪裁操作

在"面-剪裁"属性管理器中，当选中"标准"单选钮时，可以选择曲面、基准面和草图作为剪裁工具对曲面进行剪裁，如图 6-122 所示。当选中"相互"单选钮时，则可以选择两个或多个相交的曲面，并通过选择保留或删除的曲面部分来剪裁曲面，如图 6-123 所示。

另外，在"曲面-剪裁"属性管理器中还具有"曲面分割选项"卷展栏（见图 6-123）。此卷展栏中各选项的作用如下：

➢"分割所有"复选框；选中此复选框，将显示曲面中的所有分割线，并可选择分割的面，如图 6-124 所示。

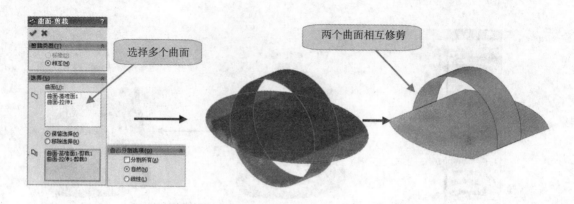

图 6-123   相互剪裁曲面

➤ "自然"单选钮：选中此单选钮边界曲线将随边界曲率自然延伸，如图 6-125 所示。
➤ "线性"单选钮：选中此单选钮边界曲线将线性延伸，如图 6-126 所示。

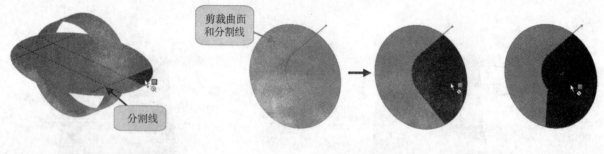

图 6-124   "分割所有"复选框的作用   图 6-125   自然延伸曲面   图 6-126   线性延伸曲面

6.3.5   解除剪裁曲面

解除剪裁曲面不是剪裁曲面的逆过程，而是沿着边界曲面延伸现有曲面，用于修补曲面上的洞或令现有曲面沿着现有曲面的边界自然延伸，如图 6-127 所示。如果对 6.3.4 节中剪裁的曲面使用解除剪裁曲面操作，对漏洞进行修补得到的曲面与原曲面是有区别的。

图 6-127   解除剪裁曲面后现有曲面与原曲面之间的区别

在"曲线"工具栏中用左键单击"解除剪裁曲面"按钮，打开"曲面-解除剪裁"属性管理器，然后选中解除剪裁的曲面边线，用左键单击确定按钮即可完成解除剪裁曲面操作，如图 6-128 所示。

在"曲面-解除剪裁"属性管理器中，"百分比"文本框用于设置在此曲线上曲面延伸的百分比。"边线解除剪裁类型"中的"延伸边线"和"连接端点"单选钮的作用如图 6-129 所示。

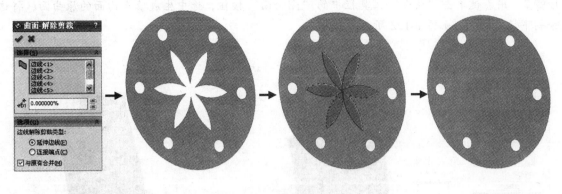

图 6-128　解除剪裁曲面操作

图 6-129　"延伸边线"和"连接端点"单选钮的作用

6.3.6　填充曲面

使用填充曲面工具，可以沿着模型边线、草图或曲线定义的边界对曲面的缝隙（或空洞等）进行修补，从而生成符合要求的曲面区域如图 6-130 所示。使用"填充曲面"工具可以设置生成填充曲面与原曲面的连接条件，如设置"曲率"或"相切"等，从而使填充后的曲面变得更加光滑。

a）素材　　　　　　　　　　b）填充曲面效果　　　　　　　　　c）曲面镜像效果

图 6-130　执行填充曲面操作

下面介绍要绘制如图 6-130 所示的曲面需进行的操作。

步骤 1　打开本书提供的素材文件 6-3-6.SLDPRT（光盘：素材 \ 006sc \ 6-3-6.SLDPRT），用左键单击"曲面"工具栏中的"曲面填充"按钮，打开"曲面填充"属性管理器，选中素材内部缺口的所有边线，在"曲率控制"下拉列表中选择"相切"列表项，并选中"应用到所有边线"复选框（见图 6-131），再用左键单击"确定"按钮即可生成填充曲面，如图 6-130b 所示。

步骤 2 用左键单击"曲面"工具栏中的"删除面"按钮，选中生成填充曲面的原曲面，将这些曲面删除剩下填充曲面，如图 6-132 所示。

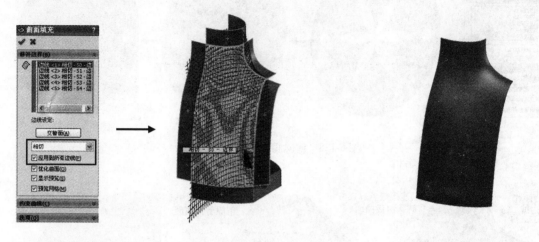

图 6-131　选择各个边线执行填充曲面操作　　　　　　图 6-132　删除原曲面

步骤 3 对剩下的填充曲面执行两次曲面镜像操作，效果如图 6-130c 所示。

下面解释一下"曲面填充"属性管理器（见图 6-131）中部分选项的作用。

➤"交替面"按钮：当在实体模型上生成填充曲面时，此按钮有效，用左键单击此按钮可为填充曲面反转边界面，如图 6-133 所示。

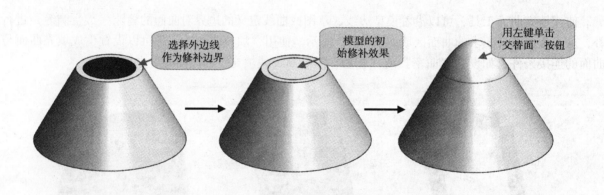

图 6-133　"交替面"按钮的作用

➤"曲率控制"下拉列表：用于定义所生成的填充曲面与邻近面之间的连接关系，可以选择"相触"、"相切"和"曲率"三种类型。

➤"应用到所有边线"复选框：填充曲面与所有连接面之间的连接关系相同，如同为"相切"。

➤"优化曲面"复选框：优化曲面可以令填充曲面的重建时间加快，并可增强填充曲面的稳定性。

➤"反转曲面"按钮：当所有边界曲线共面时，将显示此按钮，用于改变曲面修补的方向，如图 6-134 所示。

➤"选项"卷展栏中的"修复边界"复选框：选中此复选框后，将自动修补边界缺口，从而生成填充曲面，如图 6-135 所示。

➤"约束曲线"卷展栏：用于给修补曲面添加约束线控制，可以使用草绘点或样条曲线作为约束曲线来控制填充曲面的形状，如图 6-136 所示。

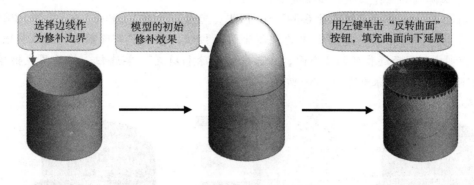

图 6-134 "反转曲面"按钮的作用

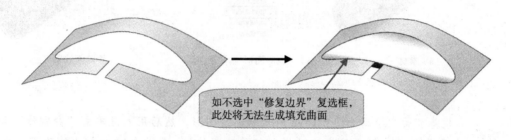

图 6-135 "修复边界"复选框的作用

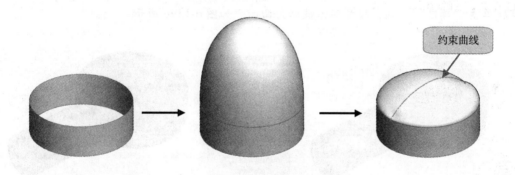

图 6-136 "约束曲线"卷展栏的作用

6.3.7 删除面

使用删除面按钮可以从实体上删除面，并将实体转变为曲面，如图 6-137 所示。也可用其删除曲面中无用的面，并可对删除面后的曲面进行自动填充。

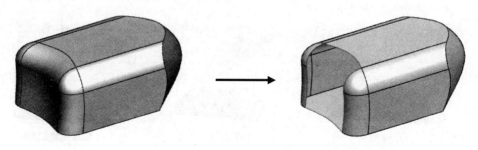

图 6-137 实体删除面后转变为曲面

下面看一个删除面的操作实例，步骤如下：

步骤 1　打开本书提供的素材文件 6-3-7. SLDPRT（光盘：素材 \ 006sc \ 6-3-7. SLDPRT），如图 6-138a 所示。用左键单击"曲面"工具栏中的"删除面"按钮，弹出"删除面 1"属性管理器（见图 6-138b），选中模型中间圆角连接处的几个面，并选中"删除和填充"单选钮，然后用左键单击"确定"按钮，完成删除面操作，效果如图 6-138c 所示。

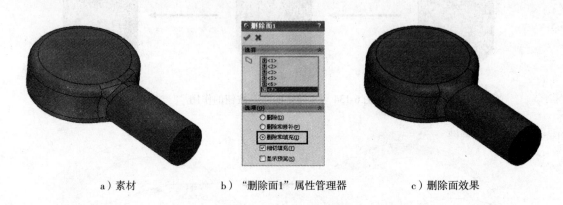

a）素材　　　　　b）"删除面 1"属性管理器　　　　　c）删除面效果

图 6-138　删除并修补面操作

步骤 2　在上视基准面中绘制如图 6-139a 所示的草绘图形，然后用左键单击"分割线"按钮，用此草绘图形对模型上表面进行分割（注意此时模型仍然为实体），再用左键单击"删除面"按钮，弹出"删除面 2"属性管理器（见图 6-139b），选中模型上表面新分割出来的面，并选中"删除"单选钮，最后用左键单击"确定"按钮，模型实体被转为曲面，如图 6-139c 所示。

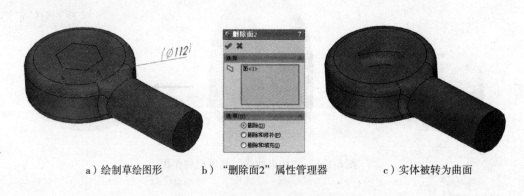

a）绘制草绘图形　　　　　b）"删除面 2"属性管理器　　　　　c）实体被转为曲面

图 6-139　删除面并形成曲面操作

在"删除面"属性管理器中，选中"删除和修补"单选钮与选中"删除和填充"单选钮的区别在于：删除和修补后，原曲面消失，周边的曲面通过自然延伸对空缺的面进行修补，如图 6-140b 所示；

a）素材　　　　　b）删除和修补效果　　　　　c）删除和填充效果

图 6-140　选中"删除和修补"单选钮和选中"删除和填充"单选钮的区别

删除和填充后，原曲面区域仍然存在，只是使用周围的边线对其进行填充，并形成新的曲面，如图 6-140c 所示。

6.3.8　替换面

使用"替换面"工具，可以使用新的曲面替换原有曲面或者实体上的面。用来替换的曲面实体不必与原有的面具有相同的边界，并且曲面被替换后，原有曲面的相邻面将自动延伸，并剪裁到替换面，如图 6-141 所示。

用左键单击"曲面"工具栏中的"替换面"按钮，打开"替换面"属性管理器（见图 6-141b），然后分别选中替换曲面和替换的目标面，再用左键单击"确定"按钮，即可执行曲面替换操作，效果如图 6-141c 所示。

> 提示　用于替换的曲面通常比被替换的曲面要宽并且长，如果被替换的曲面小于原曲面，在某些情况下被替换的曲面将会自动延伸。另外，替换的曲面可以是多个，这些面必须相连，但是不必相切。

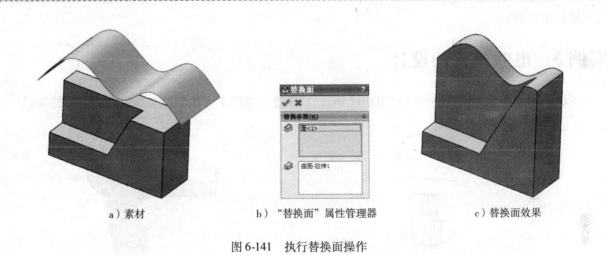

a）素材　　　　b）"替换面"属性管理器　　　　c）替换面效果

图 6-141　执行替换面操作

6.3.9　移动/复制曲面

使用"移动/复制"工具，可以移动、旋转或复制曲面（或实体）。移动曲面时，原始曲面将不存在，即改变了原始曲面的位置，如图 6-142 所示。复制曲面时，原始曲面位置不变，而且可将原始曲面复制一个或多个到相应的位置，如图 6-143 所示。

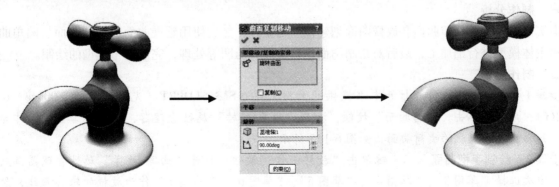

图 6-142　旋转移动曲面

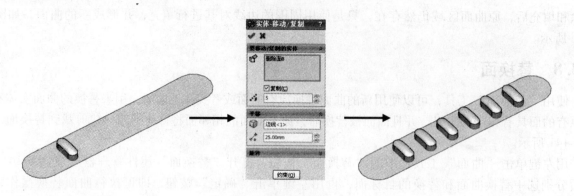

图 6-143　复制曲面

选择"插入"→"曲面"→"移动/复制"菜单，打开"实体-移动/复制"属性管理器（见图 6-143）。此时，选中"复制"复选框，可以设置复制曲面的个数进而复制曲面，否则只能移动曲面；"平移"卷展栏用于设置曲面平移的参照；"旋转"卷展栏用于设置曲面旋转的参照；用左键单击"约束"按钮，可以设置各种约束来移动曲面（其功能类似于本书第 8 章将要讲到的"组件装配"，此处不做详细讲解）。

实例 3　电吹风机的设计

下面绘制一个电吹风机模型（见图 6-144b），以熟悉本章所学习的创建和编辑曲面方面的知识。

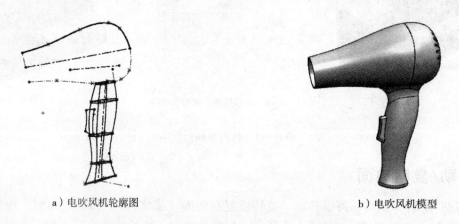

a）电吹风机轮廓图　　　　　　　　　　　　　　b）电吹风机模型

图 6-144　电吹风机轮廓图和创建的电吹风机模型

一、制作分析

本实例主要使用旋转曲面和放样曲面创建模型的主体，然后使用延展曲面、剪裁曲面、圆角曲面等功能对主体模型进行细加工，最后对绘制的面执行加厚和压凹等处理，完成整个模型的绘制。

二、制作步骤

步骤 1　绘制吹筒曲面　打开本书提供的素材文件 6-SL3. SLDPRT（光盘：素材 \ 006sc \ 6-SL3. SLDPRT），用左键单击"旋转曲面"按钮，打开"曲面-旋转"属性管理器，选中"草图 1"作为旋转曲线，旋转出电吹风机的吹筒曲面，如图 6-145 所示。

步骤 2　绘制手柄曲面　用左键单击"放样曲线"按钮，打开"曲面-放样"属性管理器，然后自下而上依次选择"草图 3"、"草图 4"、"草图 5"、"草图 6"、"草图 7"作为放样的轮廓曲线，然后再顺序选择"草图 2"和"草图 8"的四根草绘曲线作为放样的引导线，放样出电吹风机的手柄曲面，如图 6-146 所示。

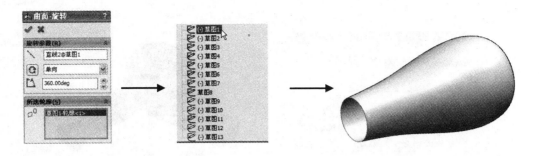

图 6-145 绘制吹筒曲面

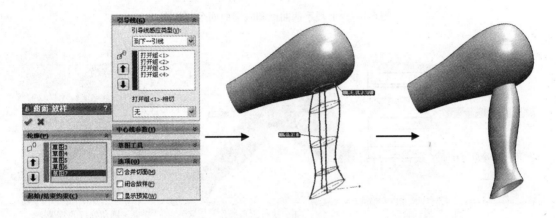

图 6-146 绘制手柄曲面

步骤 3 延伸手柄曲面 用左键单击"延伸曲面"按钮，打开"延伸曲面"属性管理器（见图 6-147a），选中步骤 2 创建的放样曲面的上部边线，将曲面延长 20mm，效果如图 6-147b 所示。

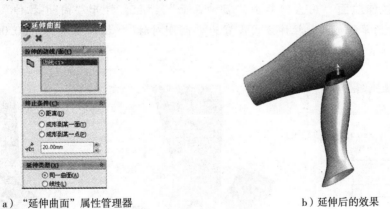

a）"延伸曲面"属性管理器   b）延伸后的效果

图 6-147 延伸手柄曲面

步骤 4 剪裁手柄曲面和吹筒曲面令其相交 用左键单击"剪裁曲面"按钮，打开"剪裁曲面"属性管理器，选择"相互"方式（见图 6-148a），并分别选中前面步骤创建的两个面作为进行相互修剪的曲面，然后选中"保留选择"单选钮，并选择两个面的外侧部分作为要保留的面，用左键单击"确定"按钮即可完成对电吹风机连接部位的剪裁，效果如图 6-148b 所示。

步骤 5 对面进行圆角处理 用左键单击"圆角"按钮，打开"圆角"属性管理器，选中"面圆角"单选钮（见图 6-149a），分别选择吹筒曲面和手柄曲面作为进行圆角处理的两个面，设置圆角半径为"30.00mm"，然后用左键单击"确定"按钮即可将吹筒曲面和手柄曲面使用圆角连接，如图 6-149b 所示。

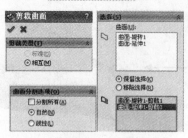

a）"剪裁曲面"属性管理器　　　　　　　　　　b）剪裁效果

图 6-148　剪裁手柄曲面和吹筒曲面令其相交

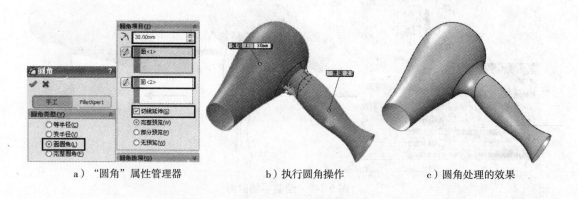

a）"圆角"属性管理器　　　　b）执行圆角操作　　　　c）圆角处理的效果

图 6-149　对电吹风机的吹筒曲面和手柄曲面进行圆角处理

步骤6　创建拉伸曲面　用左键单击"拉伸曲面"按钮，打开"曲面-拉伸"属性管理器，选择"草图9"作为拉伸的草绘截面，拉伸方式设置为"两侧对称"，拉伸长度为"80.00mm"，创建一拉伸曲面，如图6-150所示。

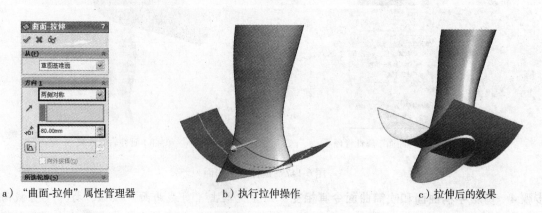

a）"曲面-拉伸"属性管理器　　　　b）执行拉伸操作　　　　c）拉伸后的效果

图 6-150　创建拉伸曲面

步骤7　用新创建的拉伸曲面剪裁手柄曲面并封闭手柄曲面　用左键单击"剪裁曲面"按钮，打开"剪裁曲面"属性管理器，选择"相互"方式，选择步骤6中创建的拉伸曲面和手柄曲面，然后选中"保留选择"单选钮（见图6-151a），再选中手柄曲面的上部和其开口部位的封口面对面进行剪裁，效果如图6-151b所示。

步骤8　对手柄曲面进行圆角处理　用左键单击"圆角"按钮，打开"圆角"属性管理器，设置

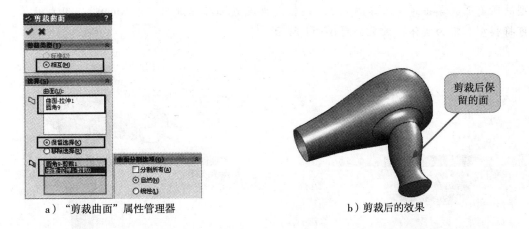

a）"剪裁曲面"属性管理器　　　　　　b）剪裁后的效果

图 6-151　用新创建的拉伸曲面剪裁手柄曲面并封闭手柄曲面

"等半径"方式，选中手柄曲面下部的边线，以"8.00mm"为圆角半径，对手柄曲面进行圆角处理，效果如图 6-152 所示。

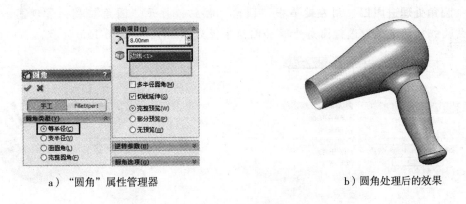

a）"圆角"属性管理器　　　　　　b）圆角处理后的效果

图 6-152　对手柄曲面进行圆角处理

步骤9　剪裁出电吹风机的进风口　用左键单击"剪裁曲面"按钮，打开"剪裁曲面"属性管理器，设置"标准"方式，选中"草图10"对曲面进行剪裁（曲面的保留部分包括吹筒前部的映射面），得到电吹风机的进风口，如图 6-153 所示。

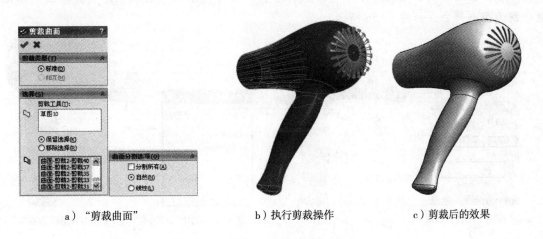

a）"剪裁曲面"　　　　　b）执行剪裁操作　　　　　c）剪裁后的效果

图 6-153　剪裁出电吹风机的进风口

步骤 10　加厚曲面　选择"插入"→"凸台/基体"→"加厚"菜单，打开"加厚"属性管理器，选中模型的所有面，单击▨（加厚侧边2）按钮，再设置加厚厚度为"2.00mm"，用左键单击"确定"按钮即可将模型加厚为实体，效果如图6-154所示。

a）"加厚"属性管理器　　　　　　　　　　　b）加厚后的效果

图6-154　加厚曲面

步骤 11　圆角处理进风口　用左键单击"圆角"按钮，打开"圆角"属性管理器，以"等半径"方式对"电吹风机"的进风口进行圆角处理（圆角半径为1mm），如图6-155所示。

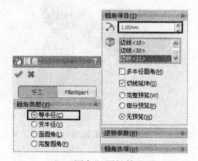
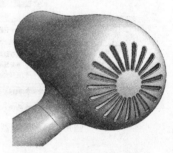

a）"圆角"属性管理器　　　　　　　　　　　b）圆角处理后的效果

图6-155　圆角处理进风口

步骤 12　使用拉伸切除面分割实体　用左键单击"拉伸切除"按钮，选中"草图11"拉伸出一薄壁特征，并在弹出的"要保留的实体"对话框中选中"所有实体"单选钮，用左键单击"确定"按钮将模型分割为两个部分，如图6-156所示。

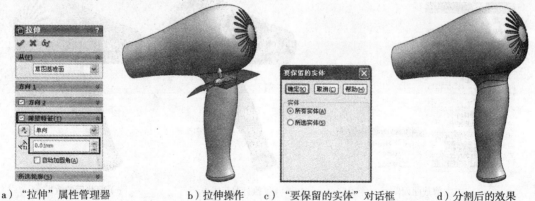

a）"拉伸"属性管理器　　b）拉伸操作　　c）"要保留的实体"对话框　　d）分割后的效果

图6-156　使用拉伸切除面分割实体

步骤 13　等距出手柄口处的曲面　将模型的吹风口部分隐藏，用左键单击"等距曲面"按钮，选中模型手柄口部位的内表面为原始面，等距距离设置为 0，复制出一新的曲面，如图 6-157 所示。

a）"复制曲面"属性管理器　　　　　　　　　b）复制后的效果

图 6-157　等距出手柄口处的曲面

步骤 14　延伸等距出来的曲面　将模型手柄部分的实体也隐藏，用左键单击"延伸曲面"按钮，打开"延伸曲面"属性管理器（见图 6-158a），将终止条件设置为"距离"，将延伸长度设置为"1.00mm"，将延伸类型设置为"线性"，选中步骤 13 等距出的曲面的上边线，单击"确定"按钮即可进行延伸，如图 6-158b 所示。延伸完成后恢复模型手柄部的显示，如图 6-158c 所示。

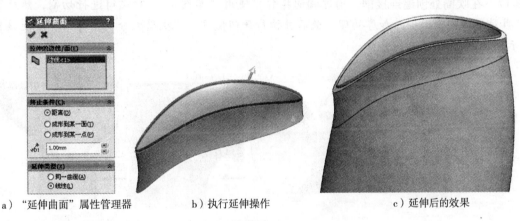

a）"延伸曲面"属性管理器　　　b）执行延伸操作　　　　　c）延伸后的效果

图 6-158　延伸等距出来的曲面

步骤 15　加厚手柄处复制的曲面使其形成手柄口处的连接槽　选择"插入"→"凸台/基体"→"加厚"菜单，对手柄处复制的曲面进行加厚处理，加厚厚度为 1mm，加厚方向为朝向手柄外部的方向，并设置与手柄外部的实体合并，如图 6-159 所示。

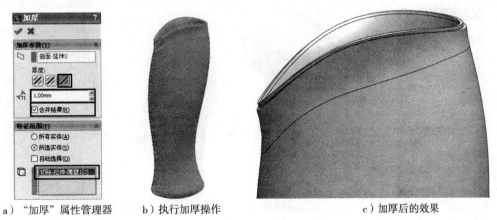

a）"加厚"属性管理器　　　b）执行加厚操作　　　　　c）加厚后的效果

图 6-159　加厚手柄处复制的曲面使其形成手柄口处的连接槽

步骤 16 使用压凹操作在吹筒处压出连接槽 选择"插入"→"特征"→"压凹"菜单，打开"压凹"属性管理器，选择吹筒作为目标实体，选择手柄作为工具实体，并选中"切除"复选框，将间隙设置为"0.01mm"，用左键单击"确定"按钮即可压凹出吹筒处的连接槽，如图 6-160 所示。

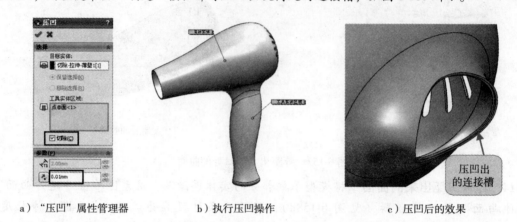

a）"压凹"属性管理器　　　b）执行压凹操作　　　c）压凹后的效果

图 6-160　使用压凹操作在吹筒处压出连接槽

步骤 17 在吹筒处创建连接槽 通过相同操作，使用"草图 12"对吹筒进行切割，然后等距并延伸曲面，再对延伸的曲面进行加厚处理，最后并执行压凹操作，将吹筒处分割，并创建其连接槽，如图 6-161 所示。

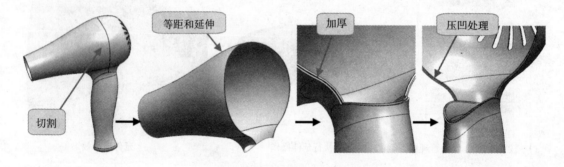

图 6-161　在吹筒处创建连接槽

步骤 18 创建电吹风机的按钮 用左键单击"拉伸凸台/基体"按钮，打开"拉伸"属性管理器，选中"草图 13"拉伸出电吹风机的按钮，然后对其进行圆角处理，最后执行压凹操作，完成电吹风机模型的创建，如图 6-162 所示。

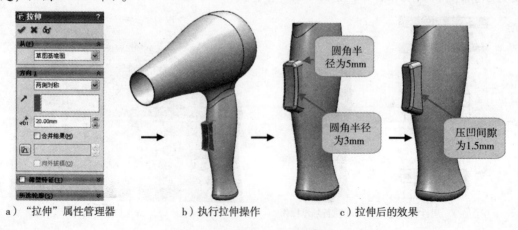

a）"拉伸"属性管理器　　　b）执行拉伸操作　　　c）拉伸后的效果

图 6-162　创建电吹风机的按钮

本 章 小 结

本章主要讲述了创建三维曲线以及创建和处理曲面方面的知识。本章是整本书的重点也是难点。曲面是对模型进行精加工的基础，可以更加弹性化地构造模型，因此需要重点掌握。针对本章而言，编辑曲面是难点。

思考与练习

一、填空题

（1）_____是将草绘图形投影到模型面上所生成的曲线。_____可以将所选的面分割为多个分离的面，从而可以单独选取每一个面。

（2）组合曲线就是指将所绘制的_____、_____线或者_____等进行组合，使之成为单一的曲线。组合曲线可以作为放样或扫描的_____。

（3）在实际工作中，_____通常应用在逆向工程的曲线生成上。

（4）在零件中绘制的螺旋线或涡状线可以作为扫描特征的_____，或放样特征的_____。

（5）_____可用于生成在两个方向（可理解为横向和竖向）上与相邻边相切或曲率连续的曲面。

（6）使用延伸曲面命令可以选取曲面的_____、_____或_____来创建延伸曲面。

（7）用于缝合的曲面不必位于同一基准面上，但是曲面的边线必须_____。

（8）使用_____工具可以沿着模型边线、草图或曲线定义的边界对曲面的缝隙（或空洞等）进行修补，从而生成符合要求的曲面区域。

（9）使用_____工具可以使用新的曲面替换原有曲面或者实体上的面。

二、问答题

（1）有哪几种创建分割线的方式？简述其操作。

（2）在哪些情况时可以使用平面区域创建曲面？简述其操作。

（3）延展曲面通常用在哪里？简述其操作。

（4）有几种延伸曲面的类型？试举例说明其不同。

（5）解除剪裁曲面是不是剪裁曲面的逆过程？简述解除剪裁曲面的主要用途。

三、操作题

（1）打开本书提供的素材文件 6-Lx1. SLDPRT（光盘：素材 \ 006sc \ 6-Lx1. SLDPRT）如图 6-163a 所示。使用本章所学的知识创建如图 6-163b 所示的水龙头模型。

> 提示 本练习素材中已提供了用于创建曲面的曲线，因此只需简单执行旋转、扫描、剪裁等曲面操作即可。图 6-163c 所示为本练习设计树，可供参考。

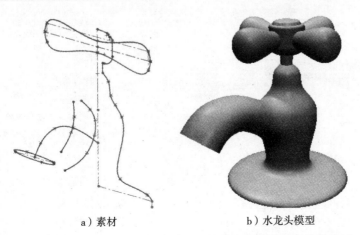 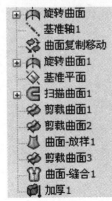

a）素材　　　　　　　　b）水龙头模型　　　　　　　c）设计树

图 6-163　需创建的模型文件和其设计树

（2）打开本书提供的素材文件 6-Lx2. SLDPRT（光盘：素材 \ 006sc \ 6-Lx2. SLDPRT），使用本章所学的曲面和曲线方面的知识创建如图 6-164 所示的方向盘模型。

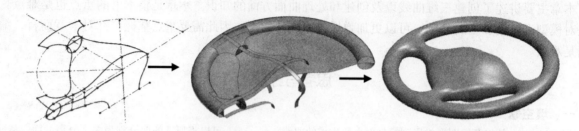

图 6-164　创建的方向盘模型

> 本练习的创作思路非常简单，重点是：首先旋转出基体，然后拉伸出边界面，并对面进行适当切割，再使用填充曲面功能不断填充，得到方向盘中间的曲面，最后进行缝合和镜像操作即可。

第7章

工 程 图

本章内容提要

章前导读

工程图是工程技术人员交流的重要载体,是表达设计思想和加工、制造、装配零部件的依据。由于三维模型不能将加工的尺寸精度、形位公差和表面粗糙度等参数完全表达清楚,所以通常在完成模型设计后需要绘制并打印工程图。本章讲述建立工程图、编辑工程图和标注工程图等知识。

7.1 工程图概述

在 SolidWorks 中,可以将绘制好的三维模型通过投影变换等方式转换为二维的工程图。二维工程图与三维模型的数据相关联,即三维模型被修改后二维工程图将自动更新。本节主要介绍工程图的构成要素、工程图环境和简单工程图的创建。

7.1.1 工程图的构成要素

简单地说,工程图就是通过二维视图反映三维模型的一种方式,通常被打印出来并装订成图集,以作为后续加工制造的参照。工程图通常具有以下几个组成要素(见图 7-1):

➤ 视图:是模型在某个方向上的投影轮廓线,包括基本视图(前视图、后视图、左视图、右视图等)、剖视图和局部视图等。

➤ 标注:在视图上标志模型的尺寸、公差和表面粗糙度等参数,加工人员可以根据这些参数来加工模型。

➤ 标题栏:标明工程图的名称和制作人员等。

➤ 技术要求:用于标明模型加工的技术要求,如要求进行高频淬火等。

➤ 图框:标明图纸的界限和装订位置等,超出图框的图形将无法打印。

7.1.2 工程图环境的模型树和主要工具栏

工程图的模型树与建模环境的模型树有所不同,主要由注解、图纸格式和工程视图三部分组成。各个部分的作用如图 7-2 中的标注所示。

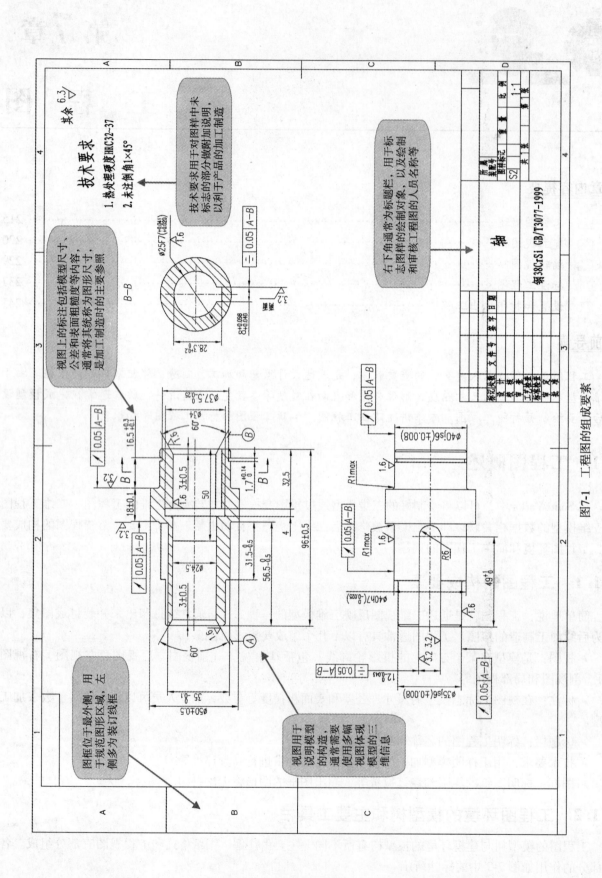

图7-1 工程图的组成要素

工程图的工具栏主要包括"工程图"工具栏、"尺寸/几何关系"工具栏和"注解"工具栏,如图7-3所示。其中,"工程图"工具栏中的按钮主要用于绘制模型的各种视图,"尺寸/几何关系"工具栏和"注解"工具栏主要用于添加工程图的各种标注。

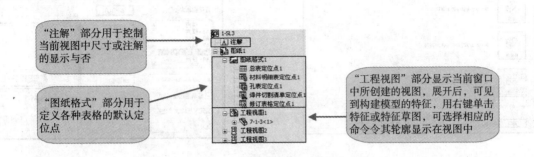

图 7-2　工程图环境的模型树

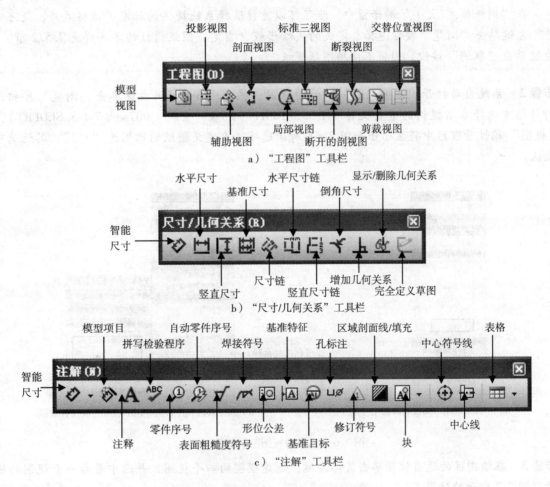

图 7-3　工程图环境下的几个主要工具栏

7.1.3　简单工程图的创建

下面看一个使用 SolidWorks 创建简单工程图的实例,以了解工程图的基本创建过程。其操作步骤如下:

步骤1　选择"文件"→"新建"菜单,打开"新建 SolidWorks 文件"对话框(见图7-4),用左键单击"工程图"按钮，再单击"确定"按钮，弹出"图纸格式/大小"对话框（见图 7-5），设置"标准图纸大小"为"A4-横向"，单击"确定"按钮进行后续操作。

 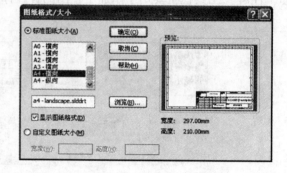

图 7-4 "新建 SolidWorks 文件"对话框　　　　图 7-5 "图纸格式/大小"对话框

> 在"图纸格式/大小"对话框中，除了可以直接选择系统提供的标准图纸格式外，还可以用左键单击"浏览"按钮选择自定义的图纸模板（自定义图纸模板的方法详见 7.5.2 节）。若用左键单击"取消"按钮，则将不使用图纸模板。

步骤 2　系统自动打开"模型视图"属性管理器（见图 7-6a），用左键单击"浏览"按钮，在弹出的对话框中选择本书提供的素材文件 7-1-3.SLDPRT（光盘：素材 \ 007sc \ 7-1-3.SLDPRT），此时"模型视图"属性管理器中将显示出如图 7-6b 所示选项，自定义图纸的比例为"1:3"，其他选项保持系统默认。

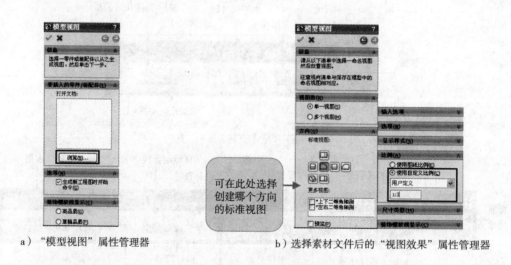

a）"模型视图"属性管理器　　　　b）选择素材文件后的"视图效果"属性管理器

图 7-6 "模型视图"属性管理器

步骤 3　在绘图区的适当位置单击鼠标左键，创建模型的四个视图，并选中最后一个视图的边界将其移动到图 7-7 所示的位置。

步骤 4　用左键单击"尺寸/几何关系"工具栏中的 ◇（智能尺寸）按钮，按照与在草图中标注尺寸相同的操作为视图添加如图 7-8 所示的尺寸标注。

步骤 5　用右键单击图纸空白处，选择"编辑图纸格式"菜单，在图纸模板的 FINISH 单元格内双击左键，填写图纸的制作人；在 TITLE 单元格内双击左键，填写图纸的名称；再用右键单击图纸空白处，选择"编辑图纸"菜单，完成工程图的创建，如图 7-9 所示。

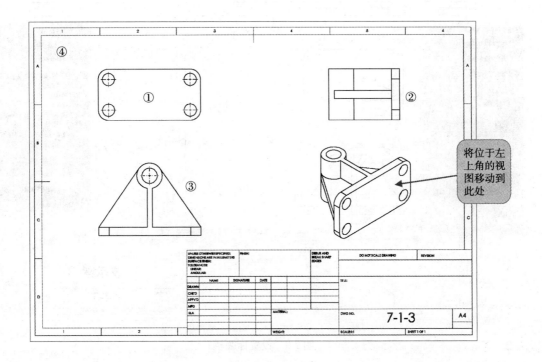

图 7-7   创建模型的几个视图

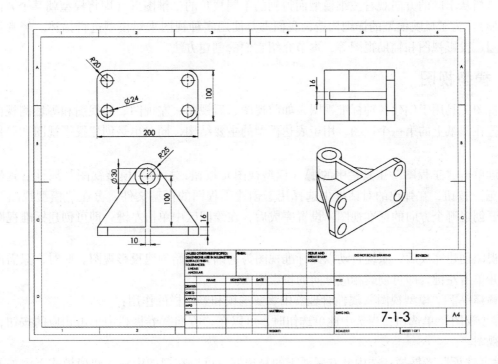

图 7-8   标注模型尺寸

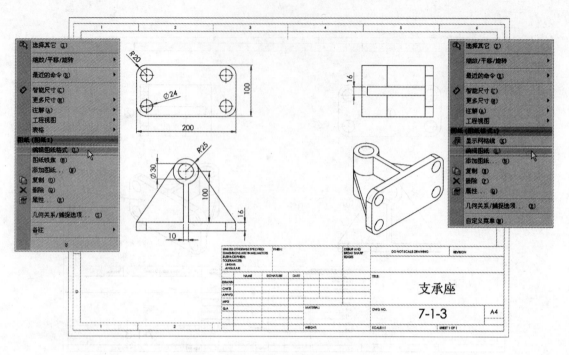

图 7-9   设置标题栏

7.2   建立视图

视图是指从不同的方向观看三维模型而得到的不同视角的二维图形（即将模型朝某个方向投影得到的轮廓图形）。为了反映模型的详细构造，我们需要使用多种视图来对模型进行描述。经常使用的视图有模型视图、投影视图和辅助视图等，本节介绍它们的创建方法。

7.2.1   模型视图

模型视图工具用于创建各种标准视图，如前视图、后视图、左视图、右视图和等轴测视图等。标准视图是放置在图纸上的第一个视图，用于表达模型的主要结构，同时也是创建投影视图和局部视图等的基础和依据。

用左键单击"工程图"工具栏中的🔲（模型视图）按钮，打开"模型视图"属性管理器，用左键单击"浏览"按钮，在弹出的对话框中选择用于创建工程图的模型文件，再在"模型视图"属性管理器中选择要创建哪个方向的标准视图。设置完成后，在绘图区中单击左键，即可创建标准视图，如图 7-10 所示。

标准视图创建完成后，系统自动以此标准视图为基础，开始创建投影视图。此时，只需向各个方向移动鼠标并单击左键，即可创建相应方向的投影视图。

下面解释一下"模型视图"属性管理器中重要选项和卷展栏的作用：

➢"多个视图"单选钮：当选中此单选钮时，可以在"方向"卷展栏中单击相应的按钮，一次创建多个标准视图。

➢"输入选项"卷展栏：选中此卷展栏下的复选框，可以在视图中输入建模模式下添加的注释，如图 7-11 所示。

➢"选项"卷展栏：如图 7-12 所示，选中此卷展栏中的"自动开始投影视图"复选框，将在创建完标准视图后，自动开始创建投影视图。

➢"显示样式"卷展栏：用于设置视图的显示样式，如图 7-13 所示。

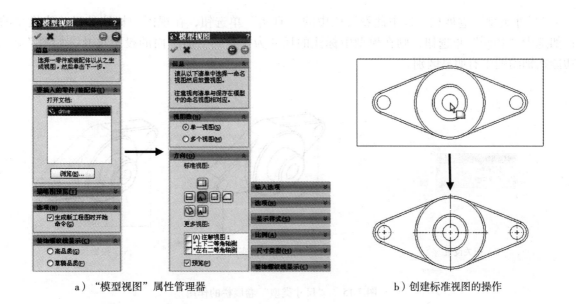

a）"模型视图"属性管理器　　　　　b）创建标准视图的操作

图 7-10　创建标准视图

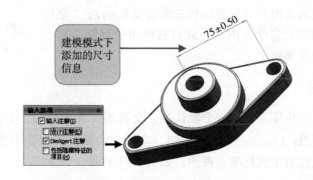

图 7-11　"输入选项"卷展栏的作用

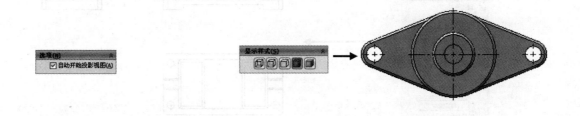

图 7-12　"选项"卷展栏　　　　　　图 7-13　"显示样式"卷展栏的作用

➤ "比例"卷展栏：主要用于设置视图打印尺寸与模型真实尺寸的比值，如图 7-14 所示。

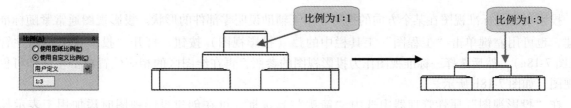

图 7-14　"比例"卷展栏的作用

➤"尺寸类型"卷展栏：选中此卷展栏中的"真实"单选钮，在视图中标注的尺寸为模型的真实值；如选中"预测"单选钮，则在模型中标注的尺寸为模型到当前平面的投影尺寸，如图 7-15 所示。此功能在轴测图中有明显区别。

a）相关设置　　　　　　　　b）真实尺寸　　　　　　　　c）投影尺寸

图 7-15　"尺寸类型"卷展栏的作用

➤"装饰螺纹线显示"卷展栏：如图 7-16 所示，其"高品质"项表示所有的模型信息都被装入内存（系统运行速度会受影响）；"草稿品质"项表示将最小的模型信息装入内存，此时有些边线可能看起来丢失，打印质量也可能略受影响。

图 7-16　"装饰螺纹线显示"卷展栏

7.2.2　标准三视图

标准三视图工具用于产生零部件的三个默认的正交视图（如前视图、上视图和侧视图）。用左键单击"工程图"工具栏中的 🔳（标准三视图）按钮，在打开的属性管理器中选择用于生成三视图的模型文件，即可在视图的默认位置生成标准三视图，如图 7-17 所示。

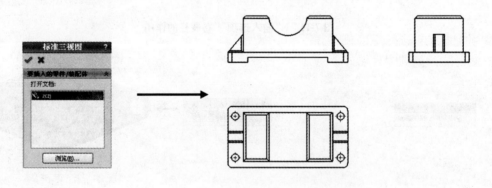

图 7-17　生成标准三视图

7.2.3　投影视图

投影视图是标准视图在某个方向的投影，用于辅助说明零部件的形状。投影视图通常紧随标准视图创建，也可用左键单击"工程图"工具栏中的 🔳（投影视图）按钮，打开"投影视图"属性管理器（见图 7-18a），然后选择一标准视图作为投影视图的参照，再在绘图区的相应位置单击左键即可创建投影视图，如图 7-18b 所示。

在"投影视图"属性管理器中选中"箭头"复选框，可在创建投影视图时添加用于表示投影方向的箭头标记（见图 7-18c），并可在"箭头"卷展栏中输入跟随投影视图和箭头显示的说明性文字。

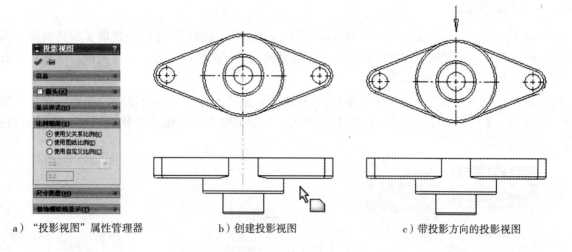

a）"投影视图"属性管理器　　　　b）创建投影视图　　　　c）带投影方向的投影视图

图 7-18　生成投影视图

> 投影视图的投影样式与工程图采用的投影类型有关，通常有第一视角和第三视角两种投影类型，系统默认使用第一视角投影类型来生成投影视图（这也是我国采用的投影方式）。可用右键单击模型树中的视图，选择"属性"菜单，在打开的对话框中更改视图的默认投影类型。

7.2.4　辅助视图

在 SolidWorks 中，辅助视图是一种类似于投影视图的派生视图，通过在现有视图中选取参考边线，创建垂直于该参考边线的展开视图。

用左键单击"工程图"工具栏中的 ![icon]（辅助视图）按钮，打开"辅助视图"属性管理器（见图 7-19a），选取标准视图的一条边线作为辅助视图投影方向的参照，拖动鼠标并在适当位置单击左键，创建垂直于参考边线方向的辅助视图，如图 7-19c 所示。

在"辅助视图"属性管理器的"选项"卷展栏（见图 7-19b）中，可选择在局部视图中显示模型某个方向上的注解。

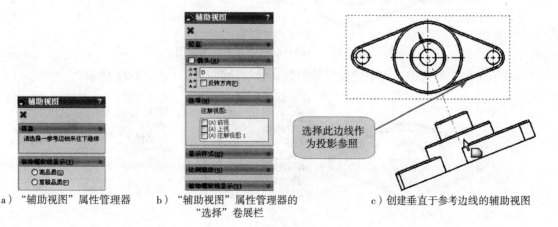

a）"辅助视图"属性管理器　　b）"辅助视图"属性管理器的　　c）创建垂直于参考边线的辅助视图
　　　　　　　　　　　　　　　　　"选择"卷展栏

图 7-19　生成辅助视图

7.2.5 剖面视图

在绘制工程图时，一些实体的内部构造较复杂，需要创建剖面视图才能清楚地了解其内部结构。所谓剖面视图，是指用假想的剖切面，在适当的位置对视图进行剖切后沿指定的方向进行投影，并给剖切到的部分标注剖面符号而得到的视图。

用左键单击"工程图"工具栏中的 （剖面视图）按钮，打开"剖面视图"属性管理器，然后在绘图区中绘制一条横穿标准视图的直线作为剖切线，拖动鼠标即可创建通过此剖切线切割的剖面视图，如图 7-20 所示。

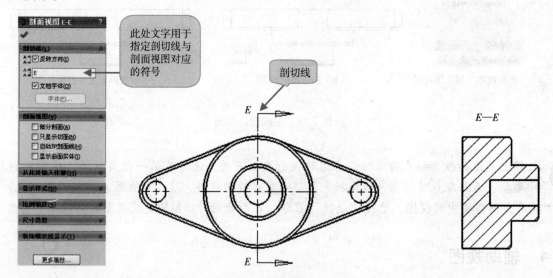

图 7-20　生成剖面视图

下面解释一下"剖面视图"属性管理器中"剖面视图"卷展栏的作用：

➢"部分剖面"复选框：如果剖切线没完全穿过视图，可选中此复选框生成部分剖面，如图 7-21 所示。

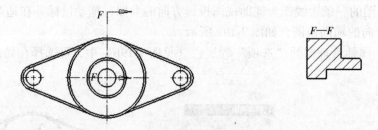

图 7-21　"部分剖面"复选框的作用

➢"只显示切面"复选框：用于设置只显示剖切线切除的曲面，如图 7-22 所示。

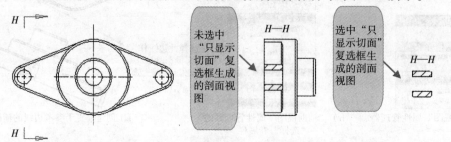

图 7-22　"只显示切面"复选框的作用

 在我国的机械制图标准里称为剖视图。

➤ "自动加剖面线"复选框：此选项在创建装配体的剖面视图时有用，选中后可以自动使用不同的剖面线来标注被切割的不同模型，否则多个被切割体将使用同一种剖面线，如图7-23所示。

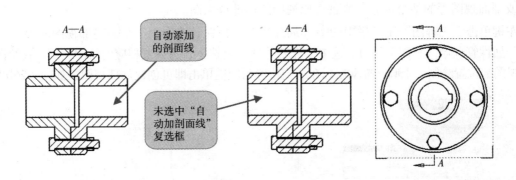

图7-23 "自动加剖面线"复选框的作用

➤ "显示曲面实体"复选框：设置将模型中的曲面实体显示出来，如图7-24所示。

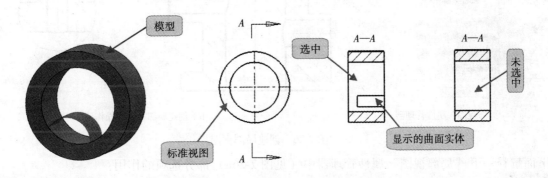

图7-24 "显示曲面实体"复选框的作用

此外，用左键单击"工程图"工具栏中"剖面视图"右侧的下拉按钮，在下拉列表中用左键单击 🔁（旋转剖视图）按钮，然后顺序绘制两条共端点的折线，可创建旋转剖面视图（旋转剖视图是两条折线剖切面的合并视图），如图7-25所示。

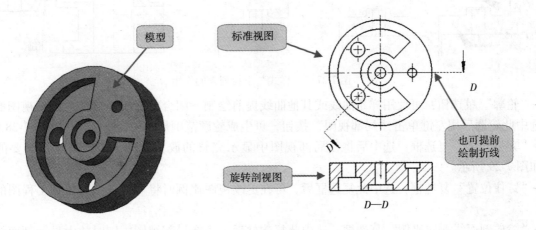

图7-25 创建旋转剖视图

7.2.6　局部视图[⊖]

当需要表达零件的局部细节时，可以用圆形或其他闭合曲线通过框选的方式（可框选标准视图、投影视图或剖面视图等的某个区域）来创建原视图的局部放大图。

用左键单击"工程图"工具栏中的 [Ⓐ]（局部视图）按钮，选中用于绘制局部视图的视图，打开"局部视图"属性管理器（见图 7-26a），选中"完整外形"复选框，并设置相应的绘图比例，在绘图区中要创建局部视图的位置绘制一个圆，拖动鼠标在适当位置用左键单击即可创建局部视图，如图 7-26b 所示。

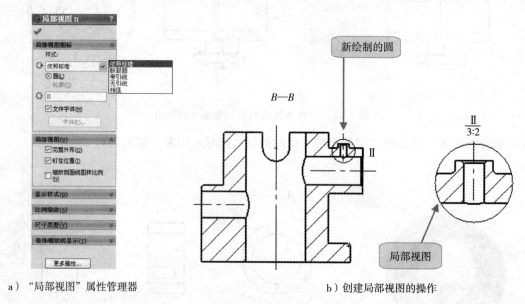

a）"局部视图"属性管理器　　　　　　　　　　b）创建局部视图的操作

图 7-26　创建局部视图

下面解释一下"局部视图"属性管理器中（见图 7-26a）部分选项的作用：

➤"样式"下拉列表：用于设置主视图上剖切轮廓线的显示样式，如图 7-27 所示。

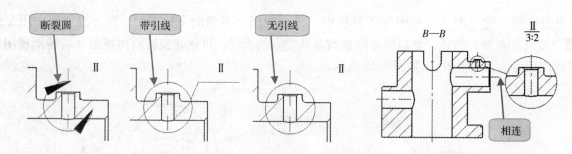

图 7-27　"样式"下拉列表的作用

➤"轮廓"单选钮：可使用样条曲线或其他曲线提前绘制一闭合的轮廓区域作为局部视图的放大范围，选中此轮廓后用左键单击"局部视图"按钮，可生成轮廓范围规定的局部视图，如图 7-28 所示。

➤"完整外形"复选框：选中后将在局部视图中显示完整的放大范围，否则只显示必要的放大范围，如图 7-29 所示。

➤"钉住位置"复选框：选中此复选框后，可在更改视图比例时将局部视图保留在工程图的相对位置上。

➤"缩放剖面线图样比例"复选框：选中此复选框后，将在局部视图中同时放大显示剖面线，否则

⊖　在我国的机械制图标准里称为局部放大图。

将根据视图原剖面线的比例来重新填充剖面线。

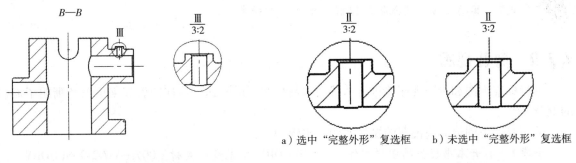

图 7-28　"轮廓"单选钮的作用　　　　图 7-29　"完整外形"复选框的作用

7.2.7　断开的剖视图[⊖]

断开的剖视图为现有视图（如标准视图或投影视图）的一部分，是指用剖切平面局部地剖开模型所得的视图。断开的剖视图用剖视的部分表达零部件的内部结构，不剖的部分表达零部件的外部形状。

用左键单击"工程图"工具栏中的 ⬛（断开的剖视图）按钮，在视图上需要剖视的部分绘制闭合样条曲线，然后设置剖切深度（或选中要切割到的实体），用左键单击"确定"按钮即可创建断开的剖视图，如图 7-30 所示。

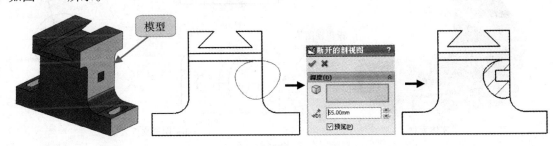

图 7-30　工程图的模型和断开的剖视图的创建过程

7.2.8　断裂视图

当零件很长，而且在一张图纸上无法对其进行完整表述时，可以创建带有多个边界的压缩视图，这种视图就是断裂视图。

用左键单击"工程图"工具栏中的 ⬛（断裂视图）按钮，然后选中用于创建断裂视图的视图，并设置两条折断线的放置位置，用左键单击"确定"按钮即可创建断裂视图，如图 7-31 所示。

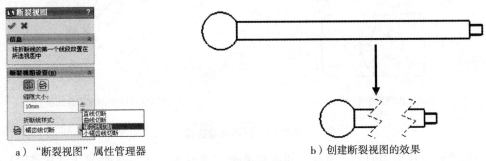

a）"断裂视图"属性管理器　　　　b）创建断裂视图的效果

图 7-31　断裂视图的创建

⊖　在我国的机械制图标准里称为局部视图。

> 提示　在"断裂视图"属性管理器中可以设置视图"断裂的方向"、"缝隙大小"和"折断线的样式"，其功能和意义都较易理解，此处不再赘述。

7.2.9　剪裁视图

可将标准视图和投影视图等进行剪裁，以简化视图的表达，使视图看起来更加清晰明了而没有多余的部分。

下面看一个创建剪裁视图的操作实例，步骤如下：

步骤1　打开本书提供的图样文件7-2-9. SLDDRW（光盘：素材 \ 007sc \ 7-2-9. SLDDRW），如图7-32b所示。其对应的实体素材文件如图7-32a所示。此工程图已经创建好了一个标准视图、一个投影视图和一个辅助视图，由于投影视图和辅助视图边线较乱，下面将对其进行剪裁。

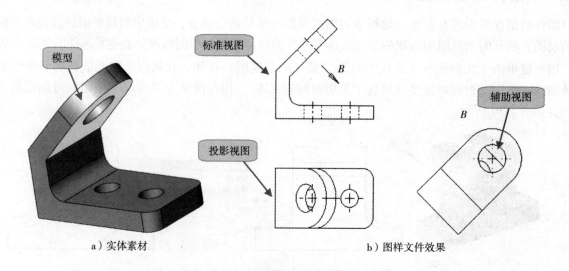

a）实体素材　　　　　　　　　b）图样文件效果

图 7-32　实体素材和图样文件效果

步骤2　使用样条曲线在投影视图中创建如图7-33a所示的闭合曲线，再在辅助视图中使用直线创建如图7-33b所示的闭合线框。

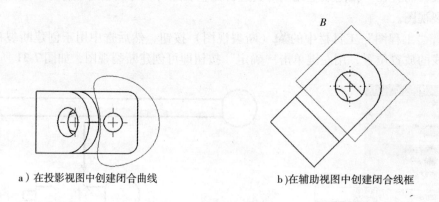

a）在投影视图中创建闭合曲线　　　　　　b）在辅助视图中创建闭合线框

图 7-33　创建剪裁边线

步骤3　选中投影视图上的样条曲线，用左键单击"工程图"工具栏的 ![icon]（剪裁视图）按钮，完成对此视图的剪裁，效果如图7-34所示。使用同样的操作对辅助视图进行剪裁，效果如图7-35所示。最后右键单击辅助视图圆孔内的边线，选择"隐藏边线"菜单将边线隐藏即可，如图7-36所示。最终的效果见本书提供的素材文件 7-2-9-end. SLDDRW（光盘：素材 \ 007sc \ 7-2-9-end. SLDDRW）。

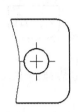
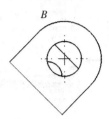
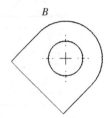

图 7-34 创建剪裁视图 1　　　　图 7-35 创建剪裁视图 2　　　　图 7-36 剪裁视图的最终效果

 提示 用右键单击剪裁后的视图，选择"剪裁视图"→"移除剪裁视图"菜单，可恢复原视图。

7.2.10 交替位置视图

　　创建交替位置视图可以通过幻影线的方式将一个视图叠加于另一个视图之上，主要用于标志装配体的运动范围，如图 7-37 所示。

　　打开一个装配体的工程图（见图 7-37a），用左键单击"工程图"工具栏中的 （交替位置视图）按钮，打开"交替位置视图"属性管理器（见图 7-37b），选中"新配置"单选钮，用左键单击"确定"按钮即可进入工程图的装配模式。在装配模式中移动模型的某个组成部分，完成后回到工程图模式即可创建交替位置视图，如图 7-37c 所示。

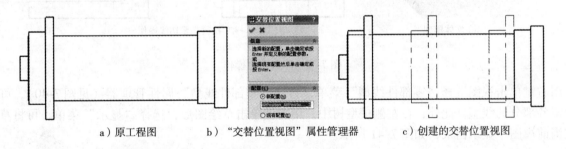

a）原工程图　　　　　　b）"交替位置视图"属性管理器　　　　c）创建的交替位置视图

图 7-37 创建交替位置视图

提示 在创建过交替位置视图后，其属性管理器中的"现有配置"单选钮可用，将其选中后可将已创建的交替位置视图添加到当前视图上（此时不会进入装配模式）。

7.3 编辑视图

　　视图创建完成后，可以对其进行操作和编辑，例如编辑视图边线、移动视图、对齐视图、旋转视图和隐藏/显示视图等。

7.3.1 编辑视图边线

　　新创建的视图，其边线并不一定符合设计的要求，如有些边线可能妨碍对模型的描述。此时，可以用右键单击需要隐藏的边线，选择"隐藏边线"菜单将其隐藏，如图 7-38 所示。

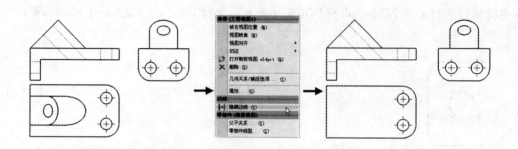

图 7-38　隐藏边线的操作

> **提示** 用右键单击视图选择"显示边线"菜单，选中被隐藏的边线，可将隐藏的边线显示出来。

另外，当设置工程图的显示样式为 □（隐藏线可见）时，模型默认显示切边的边线，此时可以用右键单击视图选择"切边"→"切边不可见"菜单，将切边隐藏，如图 7-39 所示。

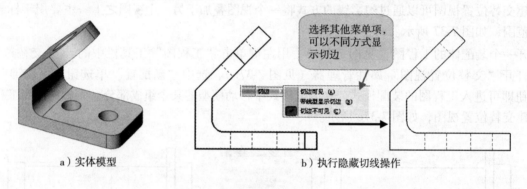

a）实体模型　　　　　　　　　　b）执行隐藏切线操作

图 7-39　隐藏切边操作

用右键单击视图选择"零部件线型"菜单，打开"零部件线型"属性管理器（见图 7-40），可设置工程图各部分的线型。此外，在左侧模型树中，用右键单击草绘图形，选择"显示"菜单，可将草绘图形在当前视图中显示出来，如图 7-41 所示。

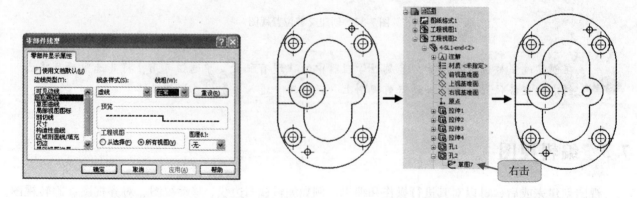

图 7-40　"零部件线型"属性管理器　　　　　　　　图 7-41　显示草图操作

7.3.2　更新视图

模型被修改后，工程图需要随之更新，否则会输出错误的工程图。可以设置自动更新视图，也可以手动更新视图。

用右键单击左侧模型树顶部的工程图图标，在弹出的快捷菜单中选择"自动更新视图"菜单项（见图7-42），可设置工程图根据模型变化自动更新。

选择"编辑"→"重建模型"菜单，或用左键单击"标准"工具栏中的 （重建模型）按钮，可手动更新视图。

7.3.3 移动视图

可以直接在绘图区中将鼠标移至一个视图边界上，按住鼠标左键来移动视图。在移动过程中，若系统自动添加了对齐关系，将只能沿着对齐线移动视图，如图7-43所示。可用右键单击视图，选择"视图对齐"→"解除对齐关系"菜单解除模型间的对齐约束，此时即可任意移动视图了，如图7-44所示。

图7-42 右键单击工程图
图标后出现的菜单

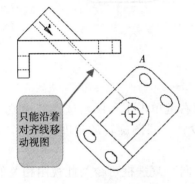
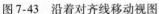

图7-43 沿着对齐线移动视图

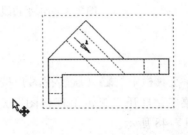

图7-44 任意移动视图

用右键单击左侧模型树顶部的工程图图标，在弹出的快捷菜单中选择"移动"菜单，打开"移动工程图"对话框（见图7-45），然后输入工程图在X方向和Y方向上的移动距离，用左键单击"应用"按钮，可整体移动工程图。

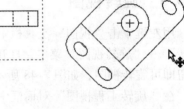

图7-45 "移动工程图"
对话框

7.3.4 对齐视图

可选择"工具"→"对齐工程图视图"菜单下的菜单项（见图7-46a）来对齐选中的视图。若选择"水平对齐另一视图"菜单项，可将两个视图水平对齐，如图7-46b所示。

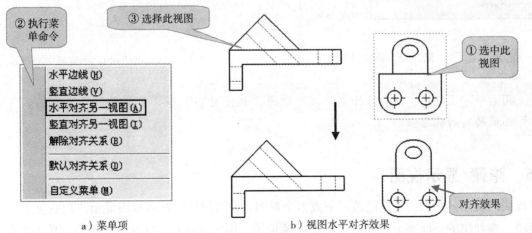

a）菜单项 b）视图水平对齐效果

图7-46 对齐视图操作

图 7-46a 中，若选中"水平边线"或"竖直边线"菜单项，可以令视图以自身的某条边线为基准，进行水平对齐或竖直对齐。水平边线对齐操作如图 7-47 所示。另外，选中"解除对齐关系"菜单项可解除所设置的对齐关系，选中"默认对齐关系"菜单项可恢复视图的默认对齐关系。

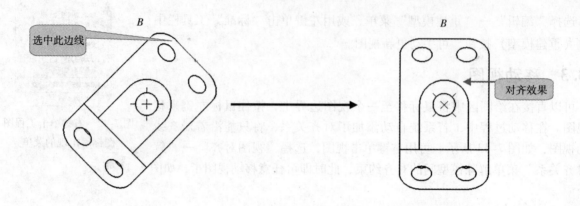

图 7-47　水平边线对齐操作

7.3.5　旋转视图

用左键单击"视图"工具栏中的 ![icon] （旋转视图）按钮，或用右键单击工程图后选择"缩放/平移/旋转"→"旋转视图"菜单，打开"旋转工程视图"对话框，设置好视图旋转的角度，单击"应用"按钮即可旋转视图，如图 7-48 所示。

在"旋转工程视图"对话框中，选中"相关视图反映新的方向"复选框可令与此视图相关的视图（如投影视图）同时更新；选中"随视图旋转中心符号线"复选框，将在旋转视图的同时旋转中心符号线，否则不旋转中心符号线，如图 7-49 所示。

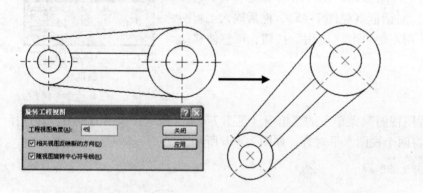
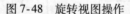
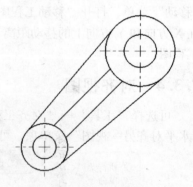

图 7-48　旋转视图操作　　　　　　　　　图 7-49　不旋转中心符号线操作

> 用右键单击视图，然后选择快捷菜单中的"视图对齐"→"默认旋转"菜单项，可恢复视图旋转前的状态。

7.3.6　隐藏/显示视图

工程图的视图建立后，可以隐藏一个或多个视图，也可以将隐藏的视图显示。用右键单击需要被隐藏的视图，在弹出的快捷菜单中选中"隐藏"菜单项，则可以隐藏所选视图；用右键单击视图，然后在弹出的快捷菜单中选择"显示"菜单项，则可恢复视图的显示。

选择菜单栏的"视图"→"被隐藏视图"菜单，将在图纸上以⊠符号来显示被隐藏视图的边界，如图 7-50 所示。

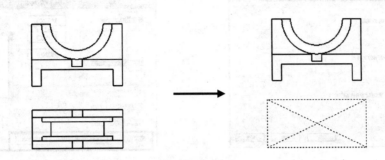

图 7-50 显示被隐藏视图边界

实例 1 绘制泵盖模型工程图

下面绘制一个泵盖模型工程图（见图 7-51b），以熟悉前面所学习的创建和编辑视图等知识。

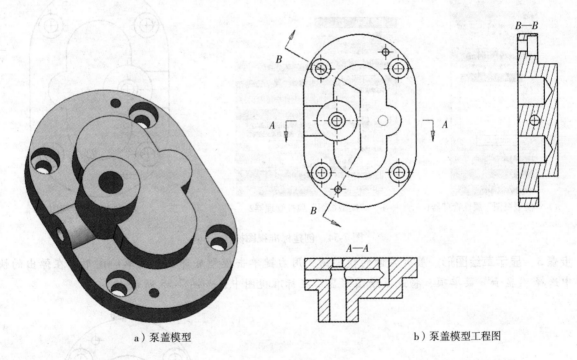

a）泵盖模型   b）泵盖模型工程图

图 7-51 泵盖模型和要创建的泵盖模型工程图

一、制作分析

本实例主要创建三个视图——标准视图、剖面视图和旋转剖视图（旋转剖视图的创建是难点也是重点，应领会其设计思路），并在创建完成后对视图进行适当的调整，如执行对齐视图和隐藏视图边线等操作，以符合制图规范。

二、制作步骤

步骤 1 新建工程图 选择"文件"→"新建"菜单，打开"新建 SolidWorks 文件"对话框（见图 7-52），用左键单击"工程图"按钮，再用左键单击"确定"按钮，弹出"图纸格式/大小"对话框（见图 7-53），用左键单击"自定义图纸大小"单选钮，并设置图纸的"宽度"和"高度"，用左键单击"确定"按钮继续后续操作。

图 7-52 "新建 SolidWorks 文件"对话框

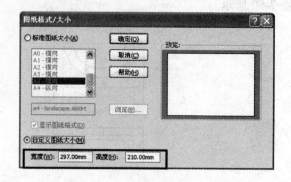

图 7-53 "图纸格式/大小"对话框

步骤 2 创建标准视图 系统自动打开"模型视图"属性管理器（见图 7-54a），用左键单击"浏览"按钮，选择本书提供的素材文件 7-SL1. SLDPRT（光盘：素材 \ 007sc \ 7-SL1. SLDPRT），并设置视图比例为"1:1"（见图 7-54b），在绘图区中单击左键，即可完成标准视图的创建，如图 7-54c 所示。

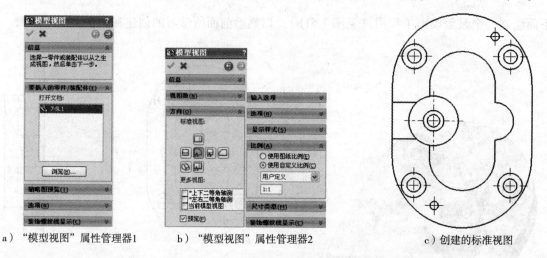

a）"模型视图"属性管理器1   b）"模型视图"属性管理器2   c）创建的标准视图

图 7-54 创建标准视图操作

步骤 3 显示草绘图形 展开左侧的模型树，用右键单击模型底部圆孔的草绘图形，在弹出的快捷菜单中选择"显示"菜单项，将此草绘图形显示在标准视图中，如图 7-55 所示。

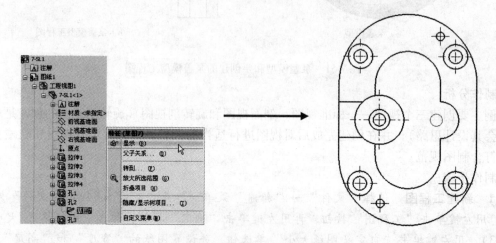

图 7-55 显示草绘图形操作

步骤4 创建剖面视图 用左键单击"工程图"工具栏的 █ （剖面视图）按钮，打开"剖面视图"属性管理器（见图7-56a），在绘图区的标准视图上绘制一条经过模型中心的横向剖面线，再向下拖动创建一剖面视图，如图7-56b所示。

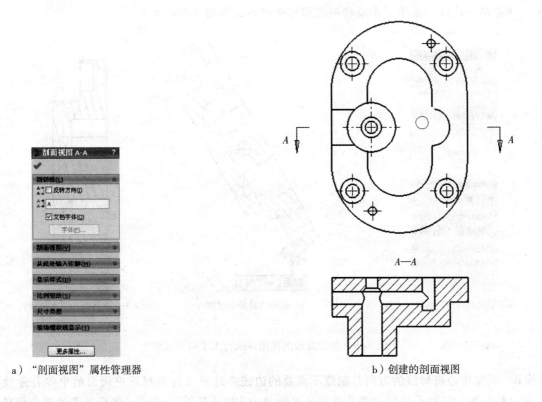

a）"剖面视图"属性管理器

b）创建的剖面视图

图7-56 创建剖面视图操作

步骤5 创建剖面线 用左键单击草图工具栏中的点按钮，在图7-57所示的四个位置绘制四个点，然后用左键单击"直线"按钮，再绘制一条经过这四个点的直线作为剖切线（可先任意绘制直线，然后通过添加几何约束完成此直线的绘制），如图7-58所示。

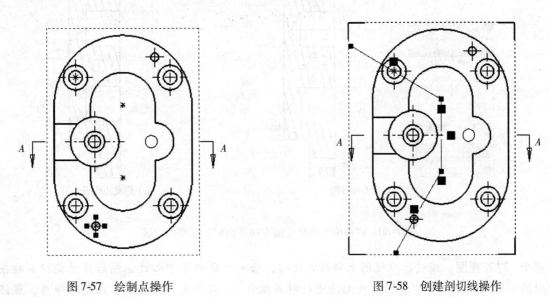

图7-57 绘制点操作

图7-58 创建剖切线操作

步骤6 创建旋转剖视图 选中步骤5绘制的直线，用左键单击"工程图"工具栏的 █ （旋转剖视图）按钮，打开"剖面视图"属性管理器（见图7-59a），按住【Ctrl】键拖动鼠标，根据需要适当选中"反转方向"复选框，单击鼠标左键创建一个旋转剖视图，如图7-59b所示。

步骤7 执行水平对齐操作 选中新创建的旋转剖视图的底部边线，再选择"工具"→"对齐工程图视图"→"水平边线"菜单，令旋转剖视图水平对齐，如图7-59c所示。

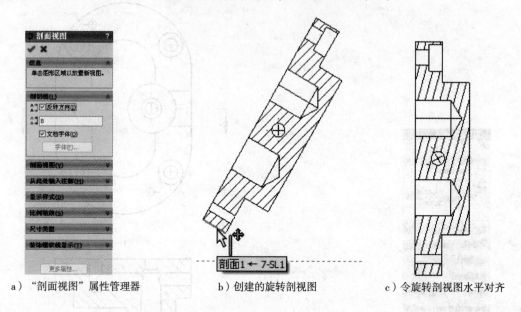

a）"剖面视图"属性管理器   b）创建的旋转剖视图   c）令旋转剖视图水平对齐

图7-59 创建旋转剖视图并执行水平对齐操作

步骤8 调整中心符号线的方向并隐藏不需要的边线 选中旋转剖视图中间圆的中心符号线，在打开的"中心符号线"属性管理器中将其旋转角度调整为30°（见图7-60a），然后用右键单击旋转剖视图中上部圆孔的中心线，选择"隐藏边线"菜单项将其隐藏，如图7-60b所示。

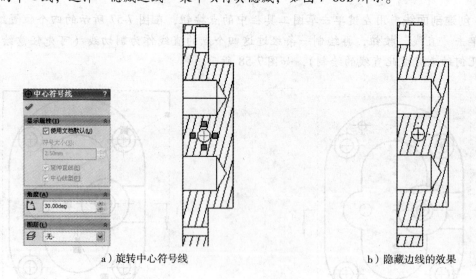

a）旋转中心符号线   b）隐藏边线的效果

图7-60 调整中心符号线的方向并隐藏不需要的边线

步骤9 对齐视图 经过标准视图上部圆的圆心，绘制一条水平中心线，然后移动旋转剖视图，令其上部圆的顶点大概经过中心线（此处无法进行对齐操作），调整完毕后将中心线删除即可，最终效果如图7-61所示。

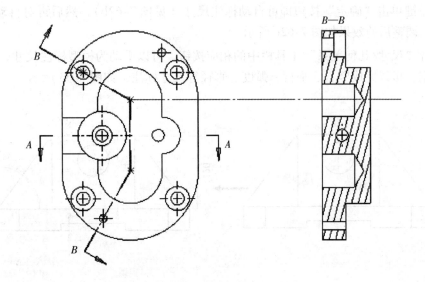

图 7-61　对齐视图操作

7.4　标注工程图

标注是工程图的第二大组成要素,由尺寸、公差和表面粗糙度等组成,用来向工程人员提供详细的尺寸信息和关键技术指标。

7.4.1　尺寸标注

视图的尺寸标注方法和草图模式中的尺寸标注方法类似,只是在视图中不可以对物体的实际尺寸进行更改。

在视图中,既可以由系统根据已有约束自动地标注尺寸,也可以由用户根据需要手动标注尺寸。

用左键单击"注解"工具栏中的 （模型项目）按钮,或选择"插入"→"模型项目"菜单,打开"模型项目"属性管理器(见图 7-62a),将"来源"设置为"整个模型",并选中 （为工程图标

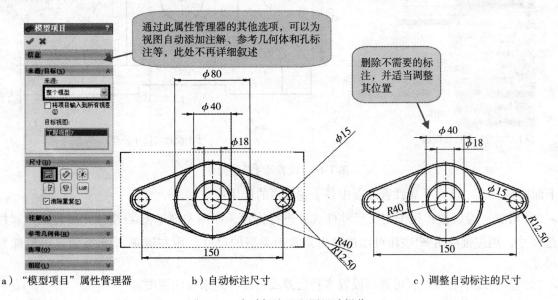

a)"模型项目"属性管理器　　　　b)自动标注尺寸　　　　c)调整自动标注的尺寸

图 7-62　自动标注工程图尺寸操作

注）按钮，用左键单击"确定"按钮即可自动标注尺寸（见图 7-62b），然后再对自动标注的尺寸进行适当调整即可。调整后的效果如图 7-62c 所示。

用左键单击"尺寸/几何关系"工具栏中的相应按钮，可以手动为模型标注尺寸，其中 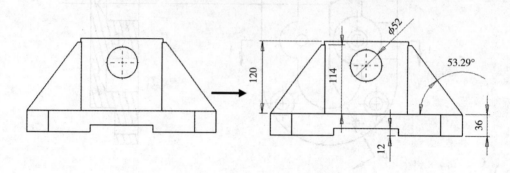（智能尺寸）按钮较常用，可以完成竖直、平行、弧度、直径等尺寸标注，如图 7-63 所示。

图 7-63　手动标注工程图尺寸操作

7.4.2　尺寸公差

模型加工后的尺寸数值不可能精确的与理论数值完全相等，通常允许在一定的范围内浮动，这个浮动的值即是所谓的尺寸公差。

选中一尺寸标注，在右侧将显示"尺寸"属性管理器（见图 7-64a），在此管理器的"公差/精度"卷展栏的"公差类型"下拉列表中选择一公差类型（如选择"双边"项），然后设置最大极限尺寸和最小极限尺寸的值（即设置模型在此处上下可变化的范围），用左键单击"确定"按钮即可设置尺寸公差，如图 7-64b 所示。

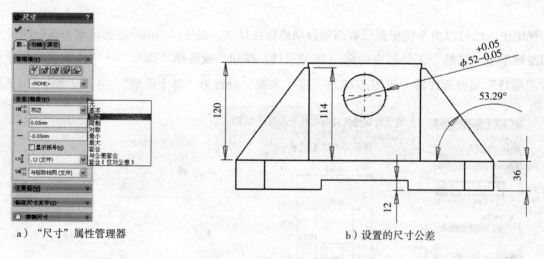

a）"尺寸"属性管理器　　　　　　　　　　　　b）设置的尺寸公差

图 7-64　设置尺寸公差操作

下面解释一下"尺寸"属性管理器中各个卷展栏的作用：

➤"常用项"卷展栏：用于定义尺寸样式并进行管理，如用左键单击 按钮，可将默认属性应用到所选尺寸，用左键单击 按钮可添加和更新常用类型的尺寸，用左键单击 按钮，可删除常用类型的尺寸。

➤"公差/精度"卷展栏：可选择设置多种公差或精度样式来标注视图。

　　在"公差/精度"卷展栏中，从"基本"到"最大"之间的公差类型较易理解；"套合"、"公差套合"与"套合（仅对公差）"三个公差类型用于设置孔和轴的配合关系，可设置三种配合类型：间隙、过渡和过盈。在设置间隙配合时，孔公差带大于轴公差带；在设置过渡配合时，孔公差带与轴公差带相互重叠；在设置过盈配合时，孔公差带小于轴公差带（此处内容可参考机械制图方面的专业书籍）。

　　➢"主要值"卷展栏：用于覆写尺寸值（见图7-65a）。可选中"覆盖数值"复选框，然后输入"尺寸未定"或输入其他值即可。

　　➢"双制尺寸"卷展栏：设置使用两种尺寸单位（如毫米和英寸）来标注同一对象，可选择"工具"→"选项"菜单，打开"双制尺寸"属性管理器（见图7-65b），选择"文件属性"选项卡下的"单位"列表项来指定双制尺寸所使用的单位类型。覆写尺寸值及双制尺寸效果如图7-65c所示。

a）"主要值"属性管理器

b）"双制尺寸"属性管理器

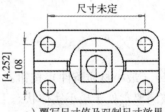
c）覆写尺寸值及双制尺寸效果

图7-65　覆写尺寸值和双制尺寸

7.4.3　形位公差

　　形位公差包括形状公差和位置公差。机械加工后，零部件的实际形状或相互位置与理想几何体规定的形状或相互位置不可避免地存在差异。形状上的差异就是形状误差，而相互位置的差异就是位置误差。这类误差影响机械产品的功能，设计时应规定相应的公差并按规定的符号标注在图样上，即标注所谓的形位公差。

　　下面看一个标注形位公差的操作实例，步骤如下：

　　步骤1　打开本书提供的素材文件7-4-3. SLDDRW（光盘：素材＼007sc＼7-4-3. SLDDRW），用左键单击"注解"工具栏的⊞（形位公差）按钮，打开"形位公差"属性管理器，并同时打开"属性"对话框，如图7-66a所示。

　　步骤2　在"属性"对话框的"符号"下拉列表中选择垂直符号，在"公差1"文本框中输入公差"0.05"，再在"主要"文本框中输入"A"（表示与视图右侧的A基准垂直）。

　　步骤3　在视图左侧竖直边线单击左键，再拖动鼠标设置形位公差的放置位置，完成形位公差的创建操作，如图7-66b所示。

　　下面解释一下形位公差"属性"对话框中各选项的作用，具体如下：

　　➢ ⌀（直径）按钮：当公差带为圆形或圆柱形时，可在公差值前添加此标志，例如可添加此种形式的形位公差——▯ 0.05 A 。

　　➢ S⌀（球直径）按钮：当公差带为球形时，可在公差值前添加此标志。

　　➢ Ⓜ（最大材质条件）按钮：也称为最大实体要求或最大实体原则，用于指出当前标注的形位公差是在被测要素处于最大实体状态下给定的，当被测要素的实际尺寸小于最大实体尺寸时，允许增大形位公差的值。

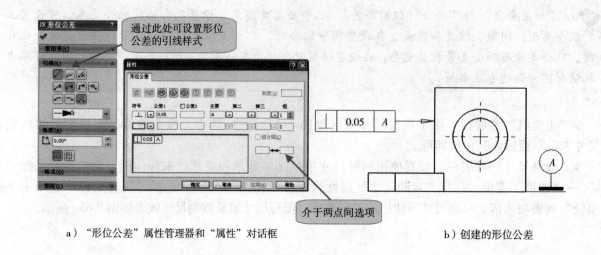

a）"形位公差"属性管理器和"属性"对话框　　　　　b）创建的形位公差

图 7-66　标注形位公差操作

➢ 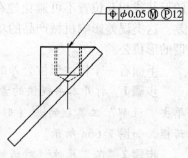（最小材质条件）按钮：也称为最小实体要求或最小实体原则，用于指出当前标注的形位公差是在被测要素处于最小实体状态下给定的，当被测要素的实际尺寸大于最小实体尺寸时，形位公差的值将相应减少。

➢ Ⓢ（无论大小如何）按钮：不同于最大材质条件和最小材质条件按钮的作用，它用于表示无论被测要素处于何种尺寸状态，形位公差的值不变。

➢ Ⓣ（相切基准面）按钮：在公差范围内，被测要素与基准相切。

➢ Ⓕ（自由状态）按钮：适用于在成形过程中对加工硬化和热处理条件无特殊要求的产品，表示对该状态下产品的力学性能不作规定。

➢ ⓈⓉ（统计）按钮：用于说明此处公差值为统计公差。用统计公差既能获得较好的经济效果，又能保证产品的质量，是一种较为先进的公差方式。

➢ Ⓟ（投影公差）按钮：除指定位置公差外，还可以指定投影公差，以使公差更加明确。如图 7-67 所示，可使用投影公差控制嵌入零件的垂直公差带（选择Ⓟ按钮后，可在右侧"高度"文本框中输入最小的投影公差带）。

➢ "符号"选项：通过此选项可设置公差符号，如可插入 ⎯（直线度）、◇（平面度）、○（圆度）和 ⌀（圆柱度）形状公差符号，也可插入 ⌒（直线轮廓度）和 ⌓（面轮廓度）形状和位置公差符

图 7-67　"投影公差"符号的使用

号，还可插入 ∥（平行度）、⊥（垂直度）、∠（倾斜度）、↗（圆跳动）、↗↗（全跳动）、⊕（位置度）、◎（同轴度）和 ≡（对称度）位置公差符号。

➢ "公差"选项：可以为"公差 1"和"公差 2"键入公差值。

➢ "主要"、"第二"、"第三"选项：用于输入主要、第二和第三基准轴的名称。可用左键单击 ⒶⒷ（基准特征）按钮在视图中标注作为基准的特征，如图 7-68 所示。

➢ 框选项：利用该选项可以在形位公差符号中生成额外框。

➢ "组合框"复选项：利用该选项可以输入数值和材料条件符号。

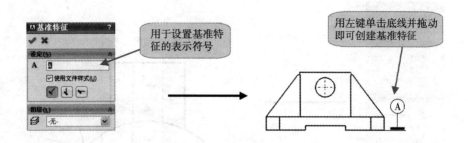

图7-68 标注基准特征

➤"介于两点间"选项：如果公差值适用于在两个点或实体之间进行测量，可在框中键入两点标号。

7.4.4 孔标注

孔标注用于指定孔的各个参数，如深度、直径和是否带有螺纹等信息。用左键单击"注解"工具栏中的 ⊔∅（孔标注）按钮，然后在要标注孔的位置单击左键，系统将按照模型特征自动标注孔的直径和深度等信息，如图7-69所示。

孔标注的"尺寸"属性管理器可参照7.4.2节中的介绍进行理解，其不同点在于可以设置多种引线样式，如图7-69a所示。

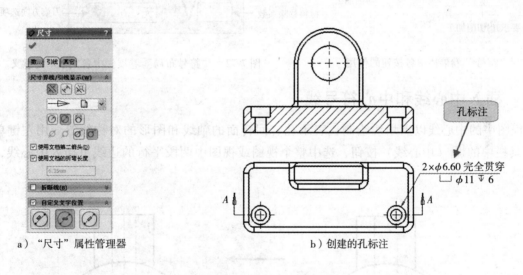

a）"尺寸"属性管理器   b）创建的孔标注

图7-69 添加孔标注

7.4.5 表面粗糙度

模型加工后的实际表面是不平的，不平表面上最大峰值和最小峰值的间距即为模型在此处的表面粗糙度。其标注值越小，表明此处要求越高，加工难度越大。

单击"注解"工具栏的 ✔（表面粗糙度符号）按钮，在打开的"表面粗糙度"属性管理器中输入表面粗糙度值，然后在要标注的模型表面单击左键即可标注表面粗糙度，如图7-70所示。

"表面粗糙度"属性管理器"符号"卷展栏中各按钮的作用如图7-71所示。其中，JIS是日本工业标准。"符号布局"卷展栏中各文本框的意义如图7-72所示。

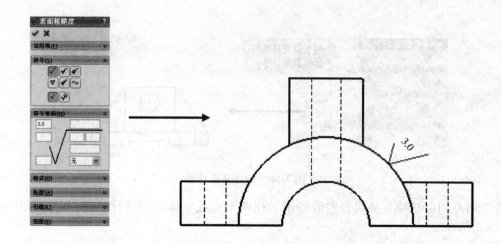

图 7-70　标注表面粗糙度

图 7-71　"符号"卷展栏中各按钮的作用

图 7-72　"符号布局"卷展栏中各文本框的意义

7.4.6　插入中心线和中心符号线

工程图中的中心线以点划线绘制，表示孔、回转面的轴线和图形的对称线等。用左键单击"注解"工具栏中的 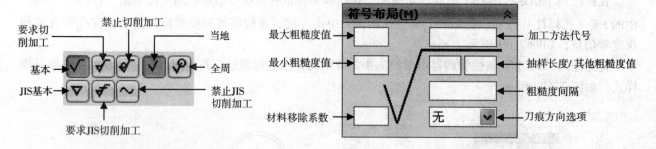（中心线）按钮，选中整个视图或视图中两段平行的边线可插入中心线，如图 7-73 所示。

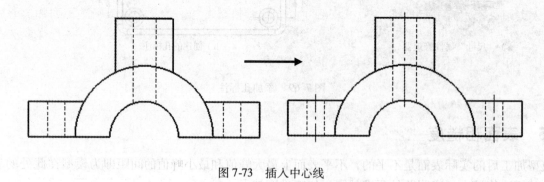

图 7-73　插入中心线

中心符号线用于标志圆或圆弧的中心点。用左键单击"注解"工具栏中的 ⊕（中心符号线）按钮，选中视图中的圆（或一段圆弧），然后在圆的中心插入中心符号线，如图 7-74 所示。

共有三种创建中心符号线的方式，分别为 ⊞（单一中心符号线）、⊞（线性中心符号线）和 ⊕（圆形中心符号线）。它们的作用如图 7-75 所示。

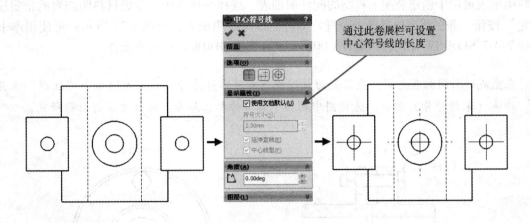

图 7-74 插入中心符号线

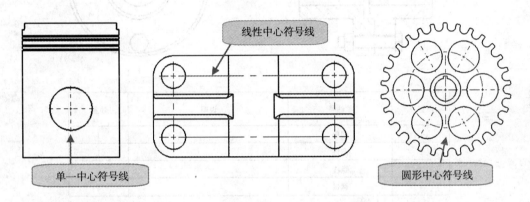

图 7-75 三种创建中心符号线的方式的作用

7.4.7 插入表格

用左键单击"注解"工具栏中的 ⊞▾（表格）按钮，可在弹出的下拉列表中选择插入何种形式的表格，如可选择插入总表、孔表和材料明细表等，其中总表和材料明细表较常使用，下面说明一下其作用。

总表可用于创建标题栏，其操作与 Word 中的表格操作基本相同，只需输入行数和列数，然后单击"确定"按钮，并在适当位置单击左键即可插入总表。插入总表后可以根据需要对其执行拖动和合并等操作，并且用左键双击单元格后，可以在其中输入文字，如图 7-76 所示。

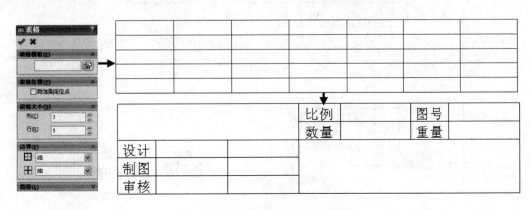

图 7-76 插入总表并对其进行修改

材料明细表可用于创建装配工程图的配件明细表。选择一视图作为生成材料明细表的指定模型，单击"确定"按钮，并在适当位置单击左键，即可生成材料明细表，如图 7-77 所示。可使用本书提供的素材文件 7-4-7. SLDDRW（光盘：素材 \ 007sc \ 7-4-7. SLDDRW）练习此操作。

> 提示　在生成材料明细表之前，应首先为装配视图标注零件序号。可用左键单击"注解"工具栏中的 ⌾（零件序号）按钮，为视图中的各个零部件标注序号，标注方法可自行研究。

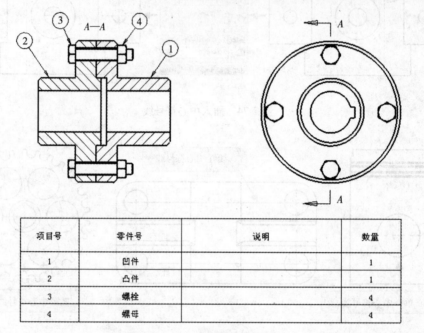

项目号	零件号	说明	数量
1	凹件		1
2	凸件		1
3	螺栓		4
4	螺母		4

图 7-77　插入材料明细表操作

实例2　标注泵盖模型工程图

下面为本章实例1绘制的泵盖工程图添加标注和标题栏等（见图 7-78），以熟悉前面所学习的知识。

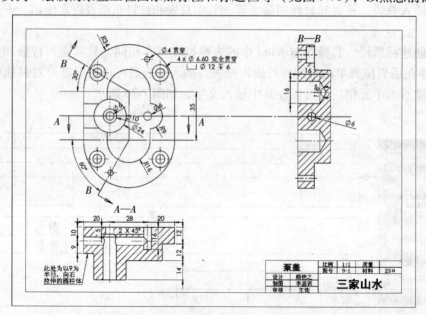

图 7-78　添加标注后的泵盖工程图

一、制作分析

本实例主要使用智能尺寸进行标注，其中个别地方使用了孔标注、倒角标注和文字注释，应认真领会添加这些标注的方法和作用。另外，本实例还创建了图框和标题栏，可使打印出来的工程图更加规整。

二、制作步骤

步骤1　添加中心线　首先打开本章实例1中创建的工程图，用左键单击"注解"工具栏中的 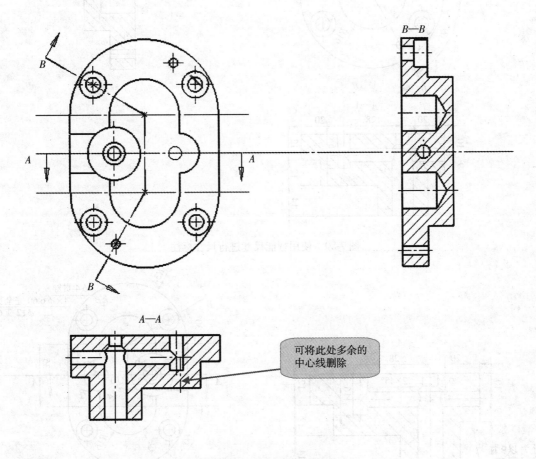（中心线）按钮，分别选择两个剖面图，为其添加中心线，并将不需要的中心线删除，然后用左键单击"草图"工具栏的"中心线"按钮，创建三条平行的中心线，如图7-79所示。

图7-79　添加中心线

步骤2　添加尺寸标注　用左键单击"注解"工具栏中的 ◇（智能尺寸）按钮，按照图7-80所示为视图添加尺寸标注（注意按照工程图显示需要，灵活设置标注的引线样式）。

步骤3　添加倒角尺寸　单击"注解"工具栏中"智能尺寸"下拉列表中的 ￥（倒角尺寸）按钮，顺序单击剖面*A—A*竖孔上侧倒角位置的两条边线，拖动鼠标并单击左键创建此处的倒角尺寸，如图7-81所示。

步骤4　添加文字注释　用左键单击"注解"工具栏中的 **A**（注释）按钮，首先选中如图7-81所示的边线，然后输入文字内容，添加文字注释。

步骤5　添加孔标注　用左键单击"注解"工具栏中的 ⊔∅（孔标注）按钮，然后分别用左键单击标准视图上侧的两个孔，并进行拖动，添加孔标注，如图7-82所示。

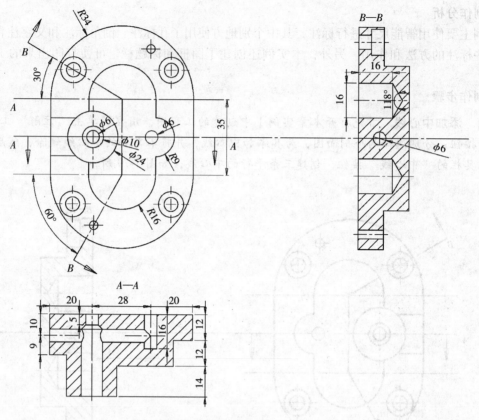

图 7-80 使用智能尺寸进行尺寸标注

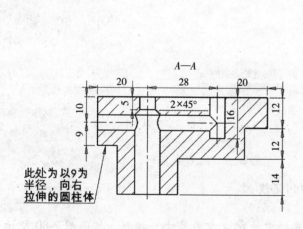

图 7-81 添加倒角尺寸和文字注释

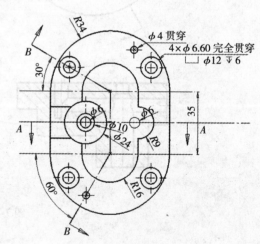

图 7-82 添加孔标注

步骤 6 创建图框 首先以当前视图显示的边界为依据,用左键单击"边角矩形"按钮创建一与此边界大小相同的边框,并设置位置约束为"固定",然后用左键单击"等距实体"按钮,向内创建一距离此边框 10mm 的内边框。

步骤 7 创建标题栏 用左键单击"注解"工具栏中的⊞(总表)按钮,插入一表格,将其移动到视图的右下角,再为其添加文字(见图 7-83),完成工程图的标注工作。

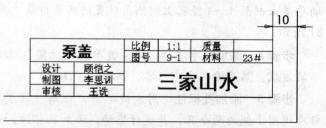

泵盖		比例	1:1	质量	
		图号	9-1	材料	23#
设计	顾恺之				
制图	李思训	三家山水			
审核	王诜				

图 7-83 创建图框和标题栏

7.5 设置和打印输出工程图

通过对工程图进行相应设置，可以更改工程图的页面显示，例如可更改视图的样条粗细、样条的颜色、是否显示虚线、取消网格，以及实现清晰打印等。

7.5.1 工程图选项设置

选择"工具"→"选项"菜单，打开"系统选项"对话框，并默认打开"系统选项"选项卡（见图7-84），在此选项卡中可设置工程图的整体性能，如可设置工程图的显示类型、剖面线样式、线条颜色以及文件保存的默认位置等。

当取消图7-84所示选项卡中"拖动工程图时显示内容"复选框的选中状态时，拖动工程图时的视图显示效果如图7-85所示。此功能可加快工程图的操作速度。

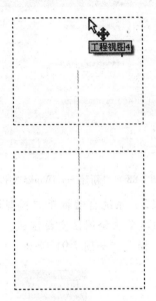

图 7-84　工程图的"系统选项"选项卡　　　　　　图 7-85　拖动工程图时的视图显示效果

在"系统选项"对话框中切换到"文件属性"选项卡（见图7-86），在此选项卡中主要可设置注释的样式，如可设置注释的线性、尺寸和字体等参数。图7-87所示为在图7-86中改变注释箭头显示样式

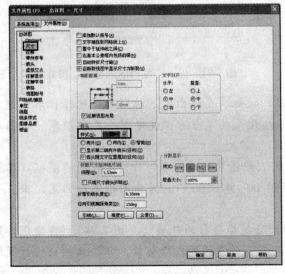

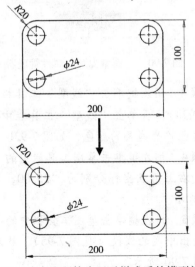

图 7-86　工程图的"文件属性"选项卡　　　　　　图 7-87　改变注释箭头显示样式后的模型效果

后的模型效果。注意，"文件属性"设置只对当前正在操作的工程图文件有影响。

7.5.2　创建图纸模板

图纸模板大都包含规范的标题栏，因此在使用图纸模板创建工程图后，只需进行简单的修改，即可获得符合设计规范的图纸。SolidWorks 中提供了众多的图纸模板，但多是国外标准，不一定符合我国企业的内部规范，因此需要创建自定义的图纸模板。

下面看一个创建图纸模板的操作实例，操作步骤如下：

步骤 1　选择"文件"→"新建"菜单，打开"新建 SolidWorks 文件"对话框（见图 7-88），用左键单击"工程图"按钮，再用左键单击"确定"按钮，弹出"图纸格式/大小"对话框（见图 7-89），自定义图纸大小为 594.00mm×420.00mm，单击"确定"按钮后进行后续操作。

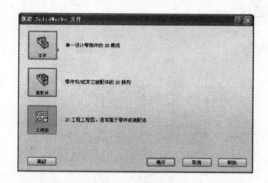

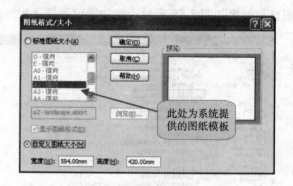

图 7-88　"新建 SolidWorks 文件"对话框　　　　　图 7-89　"图纸格式/大小"对话框

步骤 2　系统自动打开"模型视图"属性管理器（见图 7-90），用左键单击"取消"按钮不创建视图；用右键单击绘图区空白区域，从弹出的快捷菜单中选择"编辑图纸格式"菜单项，进入"编辑图纸格式"模式，如图 7-91 所示。

图 7-90　"模型视图"属性管理器　　　　　　图 7-91　进入"编辑图纸格式"模式

步骤 3　用左键单击"线型"工具栏中的 ▤（线粗）按钮，在弹出的下拉列表中选择标准线线型（见图 7-92a），再单击"线型"工具栏中的 ✐（线色）按钮，在弹出的"设定下一直线颜色"对话框中选择蓝色作为线条的颜色，如图 7-92b 所示。

步骤 4　用左键单击草图工具栏中的"矩形"按钮，在绘图区绘制一矩形作为工程图的图框（其左下角点和右上角点坐标分别为"25.00，10.00"和"584.00，410.00"），并为图框添加固定约束，如图 7-93 所示。

步骤 5　用左键单击草图工具栏中的"直线"按钮，绘制标题栏的外框（见图 7-94），再使用阵列工具阵列出中间的线段（见图 7-95），然后使用修剪工具将不必要的线段修剪掉，并添加相应的位置约束，如图 7-96 所示。

a）设置线宽

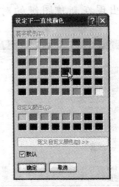

b）设置线色

图 7-92　设置线宽和线色

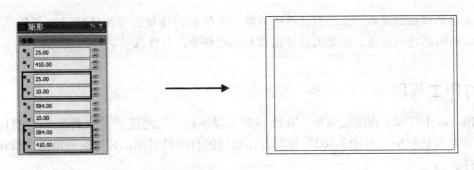

图 7-93　绘制矩形作为工程图的图框

图 7-94　用直线绘制标题栏的外框　　　　图 7-95　阵列中间线段　　　　图 7-96　修剪线段并添加约束

步骤 6　选择"视图"→"隐藏/显示注解"菜单，选择标注的尺寸并将其隐藏（见图 7-97），再按住【Ctrl】键，选择表格内部的线条，然后用左键单击"线型"工具栏中的"线粗"按钮，在弹出的下拉列表中选择细线，效果如图 7-98 所示。

步骤 7　用左键单击"注解"工具栏中的 **A**（注释）按钮，在图纸的适当位置单击左键为标题栏添加文字，如图 7-99 所示。

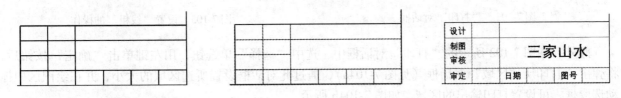

设计		
制图	三家山水	
审核		
审定	日期	图号

图 7-97　隐藏标注尺寸　　　　图 7-98　调整标题栏线型　　　　图 7-99　添加文字

步骤 8　选择"文件"→"保存图纸格式"菜单，弹出"保存图纸格式"对话框（见图 7-100），输入图纸名称，用左键单击"保存"按钮即可在默认位置进行保存，并完成图纸模板的创建。新创建的图纸模板将出现在新建图纸的对话框中，如图 7-101 所示。

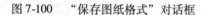

图 7-100　"保存图纸格式"对话框

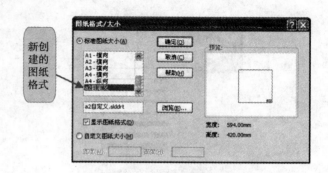

图 7-101　新建图纸对话框

> 完成图纸模板创建后，在绘图区单击右键，从弹出的快捷菜单中选择"编辑图纸"菜单项，可回到编辑图纸状态，此时无法对图框和标题栏等进行修改。

7.5.3　打印工程图

在 SolidWorks 中打印工程图较简单，在绘制完工程图后，只需选择"文件"→"打印"菜单，在弹出的"打印"对话框中（见图 7-102）选择打印输出的打印机名称，并用左键单击"确定"按钮即可打印输出图样。

在图 7-102 所示的"打印"对话框中，用左键单击"线粗"按钮，可打开"线粗"对话框（见图 7-103a），通过此对话框可设置打印输出图形线型的粗细，如图 7-103b 所示。

图 7-102　"打印"对话框

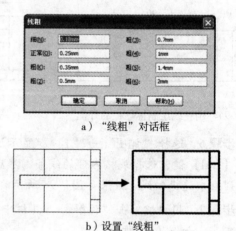

a）"线粗"对话框

b）设置"线粗"

图 7-103　设置"线粗"的操作

此外，在图 7-102 所示的"打印"对话框中，选中"选择"单选钮，用左键单击"确定"按钮后，将弹出"打印所选区域"对话框（见图 7-104a），通过此对话框设置所选区域的大小，并在绘图区中拖动选取框，可设置打印输出的区域，如图 7-104b 所示。

还有，在图 7-102 所示的"打印"对话框中，用左键单击"页面设置"按钮，可打开"页面设置"对话框，在此对话框中选中"颜色/灰度级"单选钮，并用左键单击"确定"按钮即可打印输出彩色工程图，如图 7-105 所示。

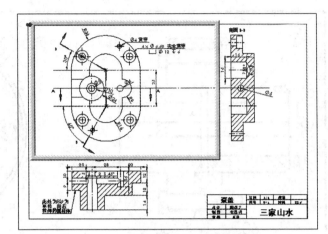

a）"打印所选区域"对话框   b）设置打印输出的区域操作

图 7-104 打印工程图所选区域操作

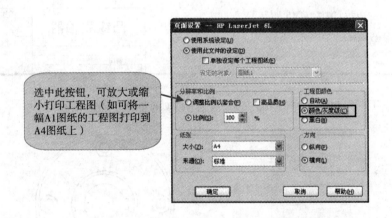

选中此按钮，可放大或缩小打印工程图（如可将一幅A1图纸的工程图打印到A4图纸上）

图 7-105 设置彩色打印工程图的方法

实例 3 设计和打印装配工程图

下面绘制一个凸缘联轴器模型的装配工程图（见图 7-106），以复习本章所学习的工程图创建知识。

一、制作分析

本实例将使用标准视图和剖面视图两个视图来展示实体的装配情况，并适当添加标注、材料明细表和技术要求等对图样进行辅助说明。对剖面视图的调整和设置主表定位点的操作是本实例的两个关键点，在操作时应重点掌握。

二、制作步骤

步骤 1 创建标准视图 首先按照前面章节的操作创建一自定义大小（297×210）的图纸，再选择本书提供的"凸缘联轴器"文件夹下的素材文件"装配.SLDASM"（光盘：素材\007sc\凸缘联轴器\装配.SLDASM），创建一比例为"3:4"的标准视图，如图 7-107 所示。

步骤 2 创建剖面视图 用左键单击"工程图"工具栏中的"剖面视图"按钮，绘制对标准视图进行竖直切割的剖切线，弹出"剖面视图"对话框，选中图 7-108a 中所示的复选框，并在绘图区中选中被切割的两个螺栓作为排除切割的实体，用左键单击"确定"按钮，拖动鼠标创建一剖面视图，如图 7-108b 所示。

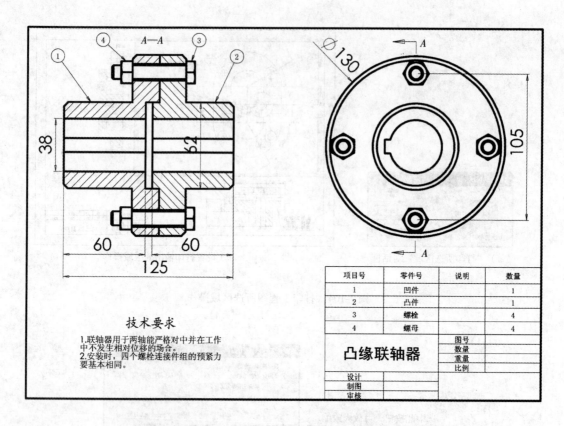

图 7-106 凸缘联轴器模型的装配工程图

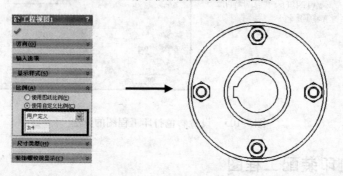

图 7-107 创建标准视图

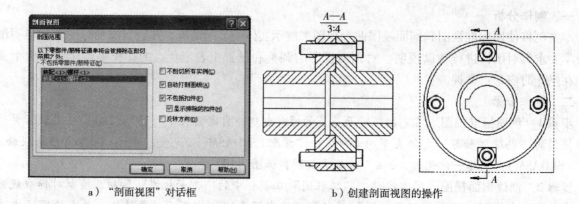

a) "剖面视图"对话框　　　　　b) 创建剖面视图的操作

图 7-108 创建剖面视图

步骤3 设置剖面视图 用右键单击剖面视图，在弹出的快捷菜单中选择"属性"菜单项，打开"工程视图属性"对话框（见图7-109a），切换到"剖面范围"选项卡，选中剖面视图中的两个螺母，将其添加到被排除的扣件列表中，效果如图7-109b所示。

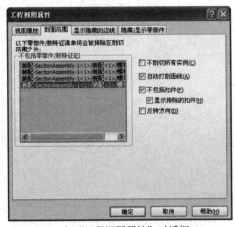

a）"工程视图属性"对话框

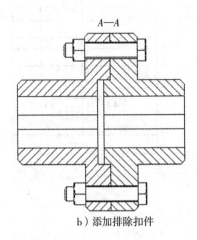

b）添加排除扣件

图7-109 设置剖面视图

步骤4 设置注释的文字大小 选择"工具"→"选项"菜单，打开"文件属性"对话框（见图7-110a），选择"文件属性"选项卡中"注释字体"栏中的"尺寸"选项，打开"选择字体"对话框，按图7-110b中所示设置字体的单位和间距，单击"确定"按钮继续后续操作。

a）"文件属性"对话框

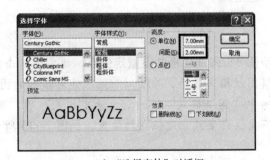

b）"选择字体"对话框

图7-110 设置注释的文字大小

步骤5 标注尺寸 用左键单击"注解"工具栏中的"智能尺寸"按钮，按照图7-111所示在相应的位置为视图标注尺寸。

步骤6 添加零件序号 用左键单击"注解"工具栏中的"零件序号"按钮，打开"零件序号"属性管理器，设置标注样式为"圆形"，大小为"3个字符"，然后在剖面视图的四个组件上顺序用左键单击标注零件序号，如图7-112所示。

步骤7 创建材料明细表 用左键单击"注解"工具栏中"表格"按钮下的"材料明细表"按钮，选中剖面视图，用左键单击"确定"按钮，在绘图区的任一空白区域单击左键，创建一材料明细表，如

图 7-113 所示。

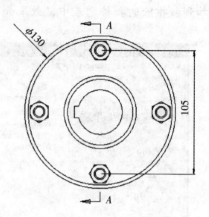

图 7-111 标注工程图

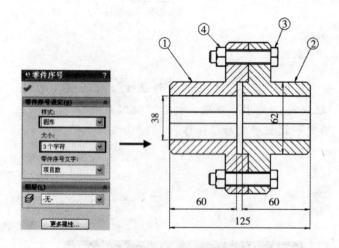

图 7-112 添加零件序号

项目号	零件号	说明	数量
1	凹件		1
2	凸件		1
3	螺栓		4
4	螺母		4

图 7-113 创建材料明细表

步骤8 添加图框并设置定位点 用右键单击绘图区的空白区域，选择"编辑图纸格式"菜单，进入编辑图纸格式界面，并绘制一矩形作为添加的图框（其顶点坐标如图 7-114 所示），然后用右键单击模型树中"图纸格式"下的"总表定位点"项，选择"设置定位点"菜单，再用左键单击新添加图框的右下角，设置总表定位点的位置，如图 7-115 所示。

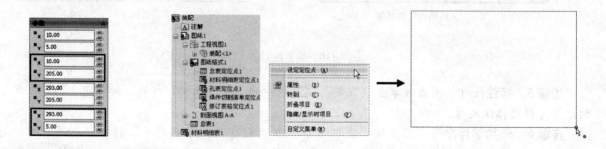

图 7-114 添加图框的顶点坐标   图 7-115 设置图框定位点

步骤9 添加总表并调整材料明细表的位置 用右键单击绘图区空白区域，选择"编辑视图"命令，退出编辑图纸格式界面，然后单击"注解"工具栏中的"总表"按钮，创建一如图7-116所示的总表（需按照图7-116所示设置总表参数），并将步骤7中创建的材料明细表与之对齐。

步骤10 添加技术要求 用左键单击"注解"工具栏中的"注释"按钮，选择合适的字体，在工程图左下角的空白区域单击左键，创建工程图的技术要求（见图7-117），就此完成工程图的创建。

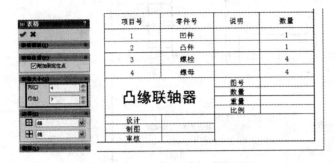

图7-116 添加总表并调整材料明细表的位置　　　　　　图7-117 添加技术要求

本 章 小 结

工程图是SolidWorks的重要模块，结合灵活快捷的建模方式，通过标准化的视图和视图标注，可以高效地创建和打印工程图。本章主要讲述了创建视图、编辑视图和添加视图标注的方法，其难点是视图标注。另外，学习本章前应首先了解机械制图等方面的基础知识，否则对有些概念性的指标将难于理解，会妨碍学习的进程。

思考与练习

一、填空题

（1）工程图的模型树与建模环境的模型树有所不同，主要由_____、_____和_____三部分组成。

（2）工程图的工具栏主要包括_____工具栏、_____工具栏和_____工具栏。

（3）模型视图工具用于创建各种_____。_____是放置在图纸上的第一个视图，用来表达模型的主要结构。

（4）_____是标准视图在某个方向的投影，用于辅助说明零件的形状。

（5）在绘制工程图时，一些实体的内部构造较复杂，需要创建_____才能清楚地了解其内部结构。

（6）使用_____可通过幻影线的方式将一个视图叠加于另一个视图之上，主要用于标志装配体的运动范围。

（7）用左键单击_____工具栏中的相应按钮，可以手动为模型标注尺寸，其中_____按钮较常用。

（8）形位公差包括_____和_____，机械加工后零件的实际形状或相互位置与理想几何体规定的形状或相互位置不可避免地存在差异，形状上的差异就是_____，而相互位置的差异就是_____。

二、问答题

（1）工程图通常具有哪几个组成要素？简述其作用。

（2）"模型视图"属性管理器中"装饰螺纹线显示"卷展栏的两个单选钮有何不同？

（3）剪裁视图能否单独存在？其主要作用是什么？

（4）在创建投影视图时，按住哪个键可令模型不添加自动约束？如添加了自动约束，应该如何解除此约束？

三、操作题

（1）使用本章所学的知识，创建本书提供的素材文件7-Lx1. SLDPRT（光盘：素材 \ 007sc \ 7-Lx1. SLDPRT）的工程图。需创建的"轴"工程图如图7-118所示。

本实例没有太多难点，只是在创建工程图时使用自定义图纸大小（420×297）即可。其中，标题栏是在编辑视图格式模式下创建的（两个图框也是，外侧图框与图纸大小相同，内侧与外侧边框的距离分别为6mm和25mm）。另外，注意设置标注字体的大小。

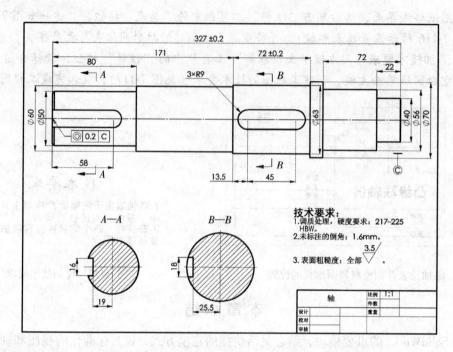

图 7-118　需创建的"轴"工程图

（2）使用本章所学的知识，创建本书提供的素材文件 7-Lx2. SLDPRT（光盘：素材 \ 007sc \ 7-Lx2. SLDASM）的工程图。需创建的"齿式离合器"装配工程图如图 7-119 所示。

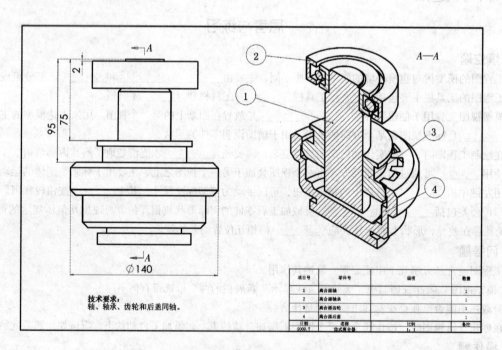

项目号	零件号	说明	数量
1	离合器轴		1
2	离合器轴承		1
3	离合器齿轮		1
4	离合器后盖		1
日期	名称	比例	备栏
2009.7	伪式离合器	1：1	

图 7-119　需创建的"齿式离合器"装配工程图

> 提示　本实例右侧标题栏可在编辑视图模式下直接使用总表和材料明细表创建，右侧的剖面视图可通过右键单击原剖面视图并选择"等轴测剖面视图"菜单转换得到。

第**8**章

装　配

本章内容提要

章前导读

　　装配是 SolidWorks 中集成的一个重要的应用模块。通过装配，可以将各个零部件组合在一起，以检验各零部件之间的匹配情况。同时，也可以对整个结构执行爆炸操作，从而清晰地查看产品的内部结构和装配顺序。

8.1　装配基础

　　所谓装配，就是将产品所需要的所有零部件按一定的顺序和连接关系组合在一起，形成产品完整结构的过程，如图 8-1 所示。

图 8-1　装配示意图

　　通过装配，可以查看零件设计的是否合理、各零件之间的位置关系是否得当。一旦发现问题，可以立即对零件进行修改，从而避免其对生产造成损失。

8.1.1　导入零部件

　　所谓导入零部件，是指将设计好的零部件模型导入到装配环境（SolidWorks 提供专用的装配环境）中。下面看一个导入零部件的实例，步骤如下：

步骤1 启动 SolidWorks 软件后，选择"文件"→"新建"菜单，打开"新建 SolidWorks 文件"对话框（见图 8-2），用左键单击 🗔（装配体）按钮，再用左键单击"确定"按钮，即可进入 SolidWorks 的装配环境。

步骤2 进入装配环境后，系统将自动打开"开始装配体"属性管理器（见图 8-3a），用左键单击"浏览"按钮，在弹出的对话框中选择用于装配的零部件（此处选择本书提供的素材文件"凹.SLDPRT"，路径为光盘：素材 \ 008sc \ 凸缘联轴器 \ 凹.SLDPRT），再在绘图区的适当位置单击鼠标左键放置此零部件，如图 8-3b 所示。注意，第一个被导入的零部件，其位置默认固定不变，所以通常为模型的主体件。

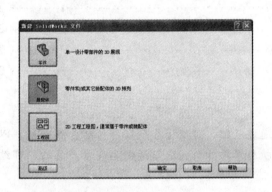

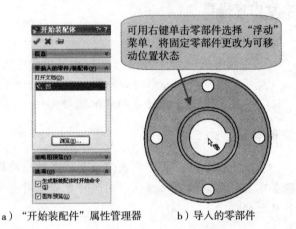

可用右键单击零部件选择"浮动"菜单，将固定零部件更改为可移动位置状态

a）"开始装配件"属性管理器　　b）导入的零部件

图 8-2　"新建 SolidWorks 文件"对话框　　　　图 8-3　导入第一个零部件

步骤3 用左键单击"钣金"工具栏中的 🗔（插入零部件）按钮，打开"插入零部件"属性管理器（见图 8-4a），用左键单击"浏览"按钮插入素材文件"凹.SLDPRT"，通过相同操作插入螺杆和螺母（见图 8-4b），完成零部件的导入。

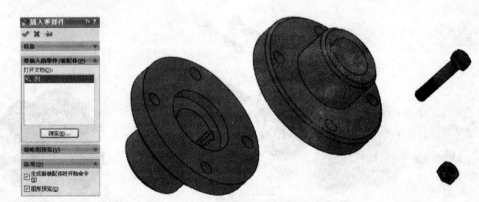

a）"插入零部件"属性管理器　　b）插入素材文件"凹.SLDPRT"、螺杆和螺母

图 8-4　插入其他零部件

除了上面实例中介绍的插入零部件按钮外，在"钣金"工具栏插入零部件按钮右侧的下拉列表中还可以选择多种插入零部件的方式。其作用分别为：

➤ 🗔（新零件）按钮：用左键单击此按钮，进入建模模式新建一零件，并将创建的零件直接导入到零件装配模式（实际上这是一种"自上而下"的装配模式）中。

➤ 🗔（装配体）按钮：将某个装配体作为整体导入到零件装配模式中，以参与新的装配。

➤ 🗔（随配合复制）按钮：相当于在装配模式中复制零部件，只是此处复制的零部件是参照零件配合进行复制的。

> **提示**　除了上面介绍的几个按钮外，用左键单击 ▣ （智能扣件）按钮，如果装配体中有标准规格的孔，智能扣件将自动为装配体添加相关扣件（如螺栓或螺钉等）。另外，要使用智能扣件，需要安装 SolidWorks Toolbox 扣件库。

8.1.2　零件配合

在 SolidWorks 的装配模式中，可以通过添加"配合"来确定各零部件之间的相对位置关系，进而完成零件的装配。下面先来看一个实例。

步骤 1　这里接着 8.1.1 节中的实例进行操作。用左键单击"装配体"工具栏中的 ◈ （配合）按钮，打开"配合"属性管理器（见图 8-5a），顺序用左键单击联轴器的凸部分和凹部分的内径，然后用左键单击"确定"按钮即可执行"同心"配合约束，如图 8-5b 所示。

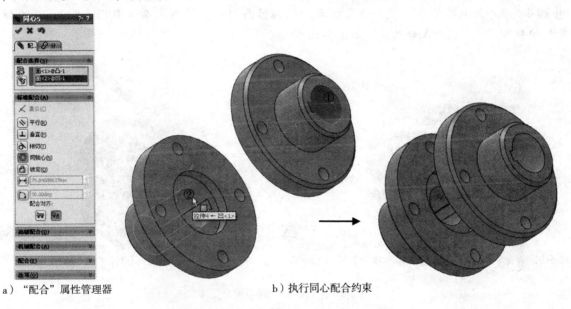

a）"配合"属性管理器　　　　　　　b）执行同心配合约束

图 8-5　进行同心配合操作

步骤 2　顺序用左键单击联轴器凸部分的底部平面和凹部分的对应平面（见图 8-6a），用左键单击"确定"按钮执行重合配合约束，如图 8-6b 所示。

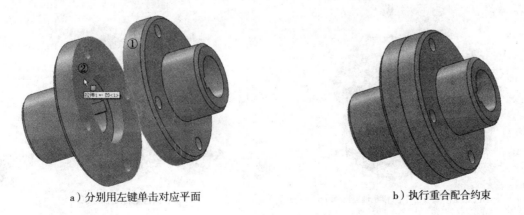

a）分别用左键单击对应平面　　　　　　　　b）执行重合配合约束

图 8-6　进行重合配合操作

步骤 3　顺序用左键单击联轴器凸部分和凹部分的销部顶平面（见图 8-7a），用左键单击"确定"按钮即可执行重合配合约束，如图 8-7b 所示。

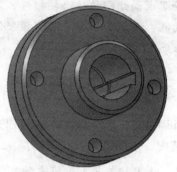

a）分别用左键单击凸部分和凹部分的销部顶平面　　　　　　　　b）执行重合配合约束

图 8-7　进行第 2 个面的重合配合操作

步骤 4　顺序用左键单击螺栓杆部圆柱面和联轴器凸部分孔的内表面（见图 8-8a），用左键单击"确定"按钮即可执行同心配合约束，如图 8-8b 所示。

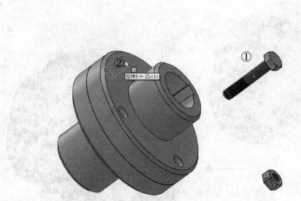

a）分别用左键单击螺栓杆部圆柱面和联轴器凸部分孔的内表面　　　　b）执行同心配合约束

图 8-8　进行螺栓的同心配合操作

步骤 5　顺序用左键单击螺栓杆头的底部平面和联轴器凸部分的外表面（见图 8-9a），再用左键单

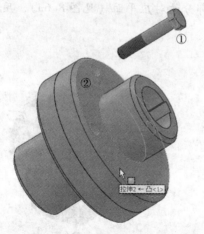

a）分别单击螺栓杆头底部平面和联轴器凸部分的外表面　　　　　　b）执行重合配合约束

图 8-9　进行螺栓的重合配合操作

击"确定"按钮执行重合配合约束，此时即可将螺栓插入到联轴器中，效果如图 8-9b 所示。

步骤 6 顺序用左键单击螺母的底部平面和联轴器凹部分的外表面（见图 8-10a），再在"重合"属性管理器中用左键单击 ![] （反向对齐）按钮以反转螺母的方向，再用左键单击"确定"按钮执行重合配合约束，如图 8-10b 所示。

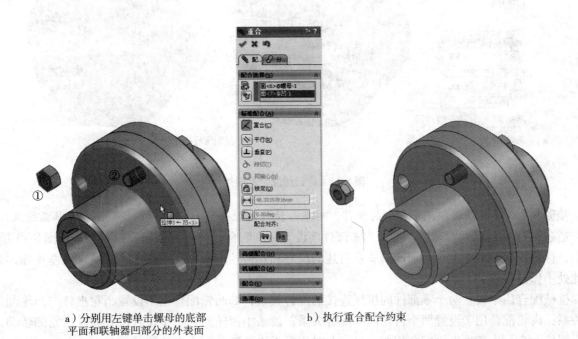

a）分别用左键单击螺母的底部　　　　　　b）执行重合配合约束
平面和联轴器凹部分的外表面

图 8-10　进行螺母的重合配合操作

步骤 7 顺序用左键单击螺母的内表面和螺栓的外部圆柱面（见图 8-11a），用左键单击"确定"按钮执行同心配合约束（见图 8-11b），此时螺母被安装到了螺栓上。

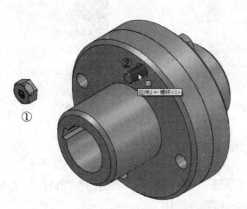
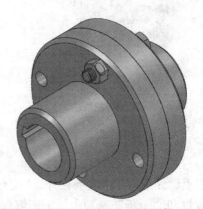

a）分别用左键单击螺母的内表面和螺栓的外部圆柱面　　　　　　b）执行同心配合约束

图 8-11　进行螺母的同心配合操作

步骤 8 用左键单击"装配体"工具栏中的 ![] （随配合复制）按钮，打开"随配合复制"属性管理器（见图 8-12a），选中"螺栓"，再在"随配合复制"属性管理器中用左键单击最后一个"同心"按钮（即不使用此配合），再分别设置上面的同心配合为联轴器的另外一个孔，重合配合为凸部分的上表面，用左键单击"确定"按钮复制出一个螺栓，通过相同操作可复制其他螺栓，效果如图 8-12b 所示。

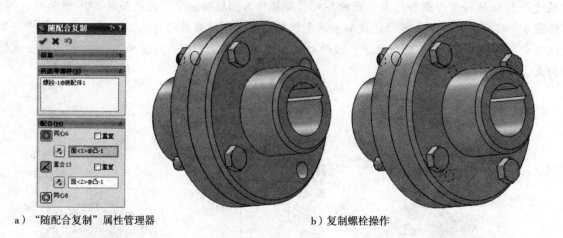

a）"随配合复制"属性管理器　　　　　　　　　　　　　b）复制螺栓操作

图 8-12　进行随配合复制操作

步骤 9　通过与步骤 8 几乎相同的操作，对螺母执行随配合复制操作，完成对凸缘联轴器的装配。

通过"配合"属性管理器，可以为零部件间设置标准配合、高级配合和机械配合，如图 8-13 所示。其中，标准配合和高级配合与前面第 2 章讲述的尺寸和几何约束操作有些相似，其意义也基本相同，所以此处不做过多叙述。

机械配合用于设置两个零部件间机械连接的配合关系，如凸轮配合用于设置凸轮推杆与凸轮间的配合关系；齿轮配合用于设置两个齿轮间的配合关系；齿条小齿轮配合用于设置齿条随着齿轮的转动而移动；螺旋配合与齿条小齿轮配合相似，只是此时相当于齿条转动而小齿轮移动。

a）"标准配合"卷展栏　　　　　　b）"高级配合"卷展栏　　　　　　c）"机械配合"卷展栏

图 8-13　可以添加的配合类型

除了上面介绍的几个卷展栏外，"配合"属性管理器还具有如图 8-14 所示的"配合"卷展栏、"选项"卷展栏和"分析"选项卡。下面解释一下其中几个选项的作用：

➢ "配合"卷展栏：用于显示模型中添加的所有配合关系，选中某个配合后可以对其进行编辑，用右键单击后可以选择相应菜单将其删除。

➢ "选项"卷展栏中的"添加到文件夹"复选框：选中该复选框后，将以文件夹的形式在模型树中存放一次配合过程所添加的配合，否则将在模型树的配合项目中集中存放多次添加的配合。

➢ "选项"卷展栏中的"显示弹出对话"复选框：选中该复选框后，将在创建配合时自动弹出如图 8-14b 所示的对话框，用于设置或选择配合关系。

➢ "选项"卷展栏中的"只用于定位"复选框：选中该复选框后，将不在零件间添加配合特征，而只是移动模型的位置。

➤"分析"选项卡：在"配合"卷展栏中选中某个配合关系，再转到此选项卡，可以设置此配合关系为在"运动算例"中使用的配合关系，即在创建"运动算例"时考虑此配合的承载面和摩擦力等物理属性。

a）"配合"卷展栏　　　　b）对话框　　　　c）"分析"选项卡

图8-14　"配合"属性管理器的几个卷展栏以及用于选择配合关系的对话框

8.2　装配编辑

为了更好地实现所需的装配效果，可对添加到装配体中的各个零部件进行各种编辑操作。例如，阵列零部件、移动零部件、显示和隐藏零部件等操作，下面分别做一下介绍。

8.2.1　阵列零部件

使用"装配体"工具栏中的阵列工具可以对零部件进行阵列装配。用左键单击"线性零部件阵列"右侧的下拉按钮，可以发现共有四种可以使用的阵列装配方法，其操作与前面讲述的阵列特征基本相同，我们这里只简单介绍一下其作用。

➤ ▦（线性零部件阵列）：用左键单击后可以生成一个或两个方向的零部件阵列，此时可以设置在哪个方向或哪两个方向上进行零部件阵列操作，并可设置阵列的间距和个数，如图8-15所示。

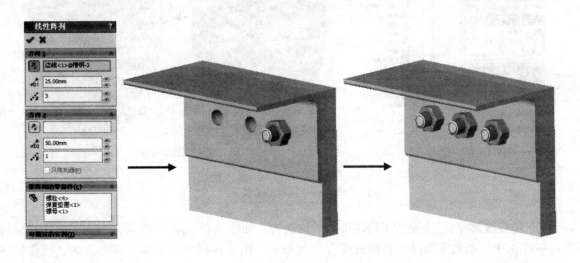

图8-15　典型的线性阵列操作

➢ （圆周零部件阵列）：用左键单击该按钮后可以对某个零部件进行圆周阵列操作，通过选择阵列轴和阵列零部件，并设置旋转的角度和阵列零部件的个数即可执行此阵列操作，如图 8-16b 所示。

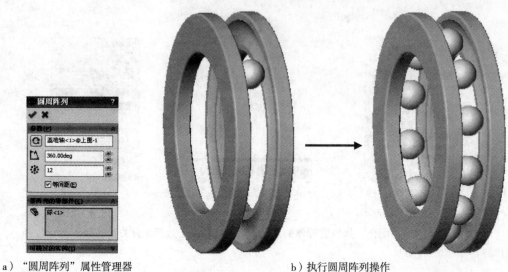

a）"圆周阵列"属性管理器　　　　　　　b）执行圆周阵列操作

图 8-16　典型的圆周阵列操作

➢ （特征驱动零部件陈列）：以零部件原有的阵列特征为驱动创建零部件阵列，即令零部件沿所在的阵列特征进行阵列，从而实现快速装配，如图 8-17 所示。使用此方式创建的零部件阵列与所依赖的阵列特征相关联。

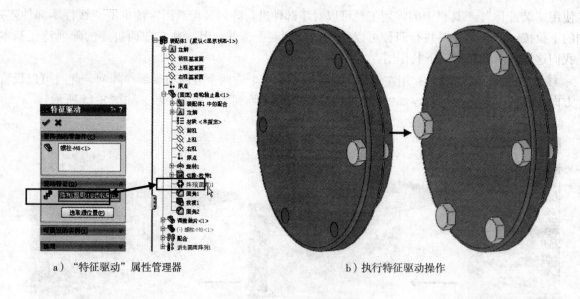

a）"特征驱动"属性管理器　　　　　　　b）执行特征驱动操作

图 8-17　典型的特征驱动操作

➢ （镜像零部件）：主要用于将零部件对称放置，如图 8-18 所示。在操作时，需要选择镜像面和镜像特征（选中"给新零部件重新生成配合"复选框，用于在同时镜像多个零部件时，镜像的零部件间重新生成配合）。

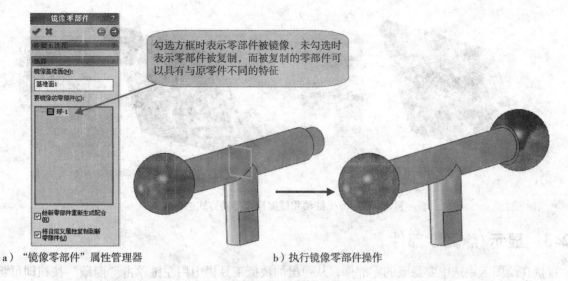

勾选方框时表示零部件被镜像，未勾选时表示零部件被复制，而被复制的零部件可以具有与原零件不同的特征

a）"镜像零部件"属性管理器　　　　　　b）执行镜像零部件操作

图 8-18　典型的镜像零部件操作

8. 2. 2　移动零部件

当零部件所在的位置不便于装配操作时，可以移动零部件的位置，也可以在不与已有的配合冲突的情况下重新定位零部件。

用左键单击"零部件"工具栏中的 ![按钮]（移动零部件）按钮，或用左键单击其右侧下拉列表中的 ![按钮]（旋转零部件）按钮，打开"旋转零部件"属性管理器（见图 8-19a），选中要进行移动的零部件，可以在配合限制的范围内移动零部件，如图 8-19b 所示。

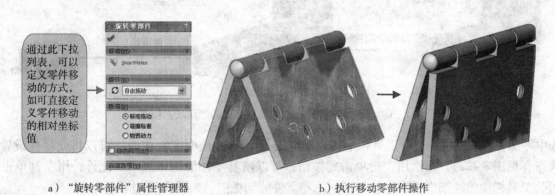

通过此下拉列表，可以定义零件移动的方式，如可直接定义零件移动的相对坐标值

a）"旋转零部件"属性管理器　　　　　　b）执行移动零部件操作

图 8-19　移动零部件

如图 8-19a 所示，在"旋转零部件"属性管理器中共提供了三种移动零部件的方式，上面使用的是标准拖动方式，除此之外还可以选择碰撞检查移动方式，此时可设置当零部件碰到其他零部件时自动停止。标准拖动和碰撞检查移动方式的区别如图 8-20 所示。物资动力移动方式用于当拖动一个零部件与其他零部件发生碰撞时，对其他零部件施加一个力，这个力可以令被碰撞的零部件发生适当的位移。

> 提示　此外，在"旋转零部件"属性管理器中，通过"动态间隙"卷展栏可以设置移动或旋转零部件，当两个零部件相邻某段距离时零件停止移动；通过"高级选项"卷展栏可以设置零件碰撞时是否显示碰撞平面或发出提示声音。

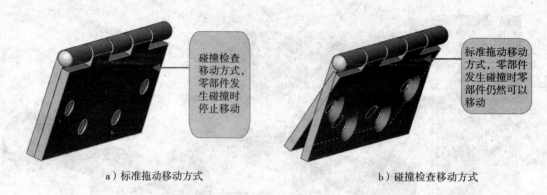

a）标准拖动移动方式   b）碰撞检查移动方式

图 8-20 标准拖动和碰撞检查移动方式的区别

8.2.3 显示/隐藏零部件

直接在绘图区中选中要隐藏的零部件，从弹出的快捷工具栏中用左键单击"隐藏"按钮即可将选中的零部件隐藏，如图 8-21 所示。通过单击"装配体"工具栏中的 ⚙（显示隐藏）按钮，可以切换零部件的隐藏状态，如图 8-21 所示。

在模型树中选中被隐藏的零部件，在弹出的快捷工具栏中用左键单击"显示"按钮，可以显示选择的零部件。

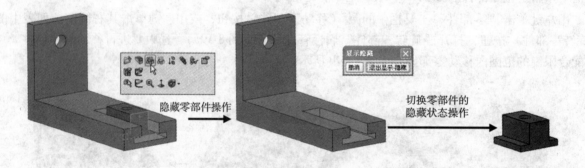

隐藏零部件操作   切换零部件的
隐藏状态操作

图 8-21 隐藏零部件操作和切换零部件的隐藏状态操作

选中零部件，从弹出的快捷工具栏中用左键单击 ⚙（更改透明度）按钮，可以将此零件设置为半透明状态（见图 8-22a），再次用左键单击此按钮，可以恢复零件的正常显示。此外，用左键单击"前导视图"工具栏中的"剖面视图"按钮可显示零部件的剖视图，如图 8-22b 所示。

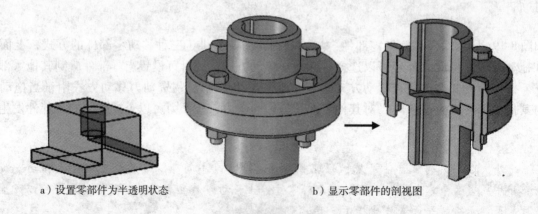

a）设置零部件为半透明状态   b）显示零部件的剖视图

图 8-22 更改透明度操作和显示剖面操作

实例 1　轴承座的装配

下面讲一个轴承座装配的操作实例，其装配效果如图 8-23 所示。

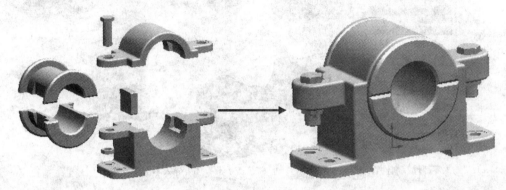

图 8-23　轴承座的装配

一、制作分析

本实例主要用到导入零部件、零件配合、阵列零部件和显示隐藏零部件等操作。在操作过程中应注意零部件的导入顺序和零部件配合的添加技巧。

二、制作步骤

步骤 1　导入轴承座底　新建一装配体类型文件，打开"开始装配体"属性管理器，用左键单击"浏览"按钮，在弹出的对话框中选择本书提供的素材文件"轴承座底.SLDPRT"（光盘：素材\008sc\轴承座\轴承座底.SLDPRT），在绘图区中单击鼠标左键导入此零部件，如图 8-24 所示。

a）"开始装配体"属性管理器

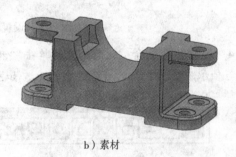

b）素材

图 8-24　导入轴承座底

步骤 2　导入所有零部件　用左键单击"装配体"工具栏中的"插入零部件"按钮，打开"插入零部件"属性管理器（见图 8-25a），用左键单击"浏览"按钮，选择文件"轴套.SLDPRT"并将其导入，再通过相同操作，顺次导入零部件"卡销.SLDPRT"、"轴承座顶.SLDPRT"、"螺栓.SLDPRT"和"螺母.SLDPRT"，如图 8-25b 所示。

步骤 3　设置同心和重合配合约束　首先将除了轴承座底和轴套外的零部件隐藏，然后用左键单击"装配体"工具栏中的"配合"按钮，再顺序用左键单击轴套的外圆面和轴承座底的内圆面，添加同心配合约束，如图 8-26a 所示。再选中轴套的内平面和轴承座底的对应外平面，添加重合配合约束，如图 8-26b 所示。

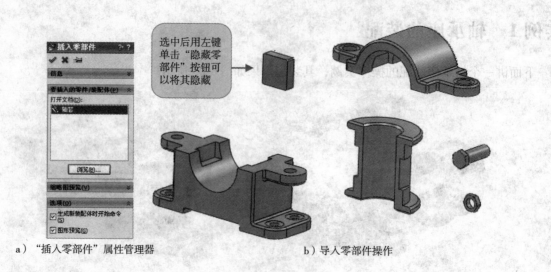

a）"插入零部件"属性管理器　　　　　　　　b）导入零部件操作

图 8-25　导入所有零部件

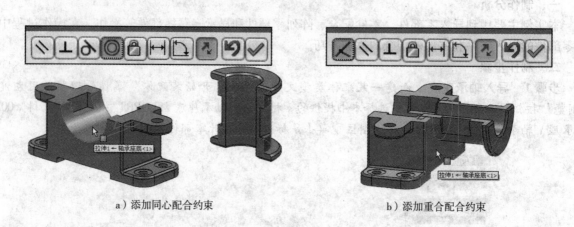

a）添加同心配合约束　　　　　　　　b）添加重合配合约束

图 8-26　设置同心和重合配合约束

步骤 4　设置重合配合　此时用左键单击"移动零部件"按钮可以移动轴套，所以此步继续添加轴套上表面与轴承座底上表面的重合配合约束，如图 8-27 所示。

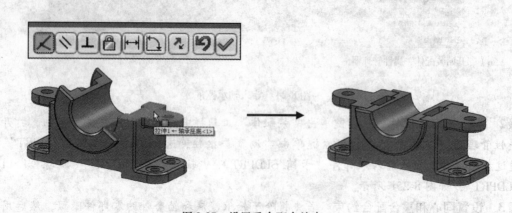

图 8-27　设置重合配合约束

步骤 5　镜像轴套　用左键单击"零部件"工具栏中的"镜像零部件"按钮，以轴套上平面为镜像面对轴套进行镜像操作，如图 8-28 所示。

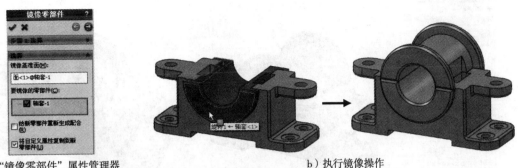

a）"镜像零部件"属性管理器　　　　　　　　　b）执行镜像操作

图 8-28　镜像轴套

步骤 6　定位卡销 1　新镜像的轴套不具备与其他零部件的配合，所以需要先为其添加适当的配合，然后令卡销可见，并为卡销添加到轴承座底的面与面重合约束以及线与线重合约束，如图 8-29 所示。

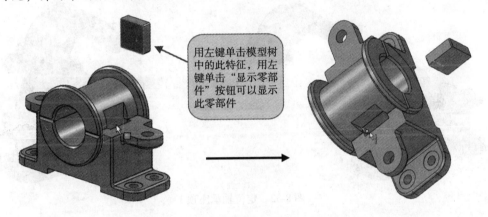

用左键单击模型树中的此特征，用左键单击"显示零部件"按钮可以显示此零部件

图 8-29　定位卡销 1

步骤 7　定位卡销 2　继续为卡销添加到轴承座底的面到面重合约束，完成卡销的装配，如图 8-30 所示。

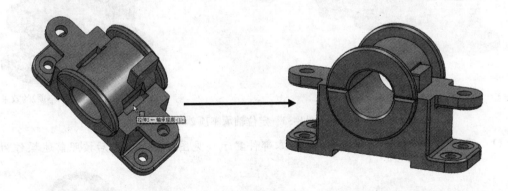

图 8-30　定位卡销 2

步骤 8　复制卡销　用左键单击"装配体"工具栏中的"随配合复制"按钮，选中卡销零部件，再选中轴承座底左侧的相关部分，复制出一个卡销，如图 8-31 所示。

步骤 9　定位轴承座顶 1　令轴承座顶零部件可见，然后为其添加到轴承座底的同心配合和重合配合约束，如图 8-32 所示。

步骤 10　定位轴承座顶 2　通过步骤 9 中的操作后，轴承座顶零部件仍然可以被移动（见图 8-33a），所以此步骤继续为其添加同心配合约束，完成轴承座顶零部件的装配操作，效果如图 8-33b 所示。

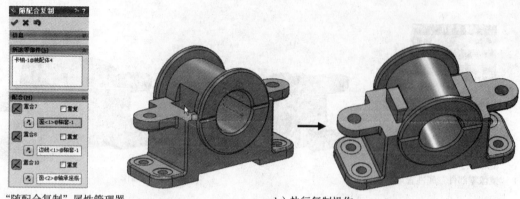

a）"随配合复制"属性管理器 　　　　　　b）执行复制操作

图 8-31　复制卡销

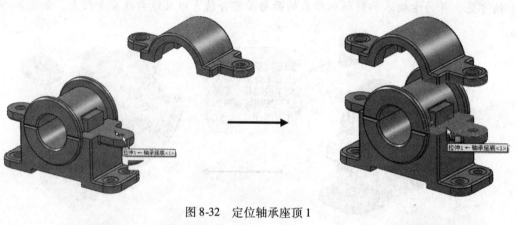

图 8-32　定位轴承座顶 1

a）添加同心配合约束 　　　　　　b）定位轴承座顶2的效果

图 8-33　定位轴承座顶 2

步骤 11　定位螺栓和螺母　令螺栓和螺母零部件显示（见图 8-34a），然后按照前述操作为螺栓添加

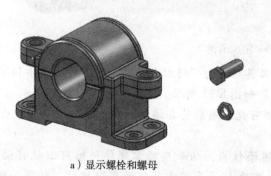

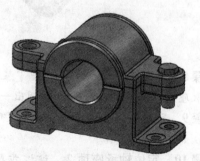

a）显示螺栓和螺母 　　　　　　b）添加相应配合以固定螺杆和螺母

图 8-34　定位螺栓和螺母

到轴承座顶的配合，再为螺母添加到螺栓和轴承座底的配合，如图 8-34b 所示。

步骤 12 镜像螺栓和螺母 首先创建一经过轴承座底的基准面（见图 8-35a），然后用左键单击"装配体"工具栏中的"镜像零部件"按钮，打开"镜像零部件"属性管理器，选中螺栓和螺母进行镜像处理（见图 8-35b），然后再为螺栓和螺母添加适当的配合即可。

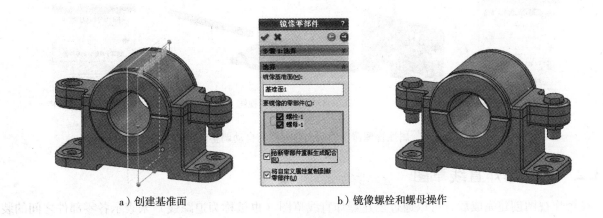

a）创建基准面　　　　　　　　　　　　　　　b）镜像螺栓和螺母操作

图 8-35　镜像螺栓和螺母

8.3 创建爆炸图

通过爆炸图，可以使模型中的零部件按装配关系偏离原位置一定的距离，以便用户查看零件的内部结构。下面介绍创建爆炸视图和创建爆炸直线草图的操作。

8.3.1 创建爆炸视图

在完成零部件的装配后，即可进行爆炸视图的创建。用左键单击"装配体"工具栏中的 （爆炸视图）按钮，打开"爆炸"属性管理器（见图 8-36a），然后选中零部件并进行适当方向的拖动（见图 8-36b），即可创建爆炸视图。

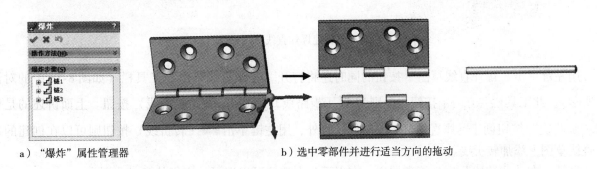

a）"爆炸"属性管理器　　　　　　　　b）选中零部件并进行适当方向的拖动

图 8-36　"爆炸"属性管理器和创建的爆炸视图

"爆炸"属性管理器还具有如图 8-37a 和图 8-37c 所示的两个卷展栏（即"设定"卷展栏和"选项"卷展栏）。其中，"设定"卷展栏主要用于显示当前选中的零部件，以及当前零部件的移动距离，当同时选中多个零部件，并用左键单击此卷展栏中的"应用"按钮时，将按固定间距在一个方向上顺序排列各个零部件，从而自动生成爆炸视图，如图 8-37b 所示。

"选项"卷展栏（见图 8-37c）用于自动生成爆炸视图时，可通过拖动此卷展栏中的滑块调整各零部件间的间距。当选中“选择子装配体的零件”复选框时，将可以移动子装配体中的零部件，否则整个子装配体将被当做一个整体对待。用左键单击“重新使用子装配体爆炸”按钮时，将在子装配体中创建爆炸视图。

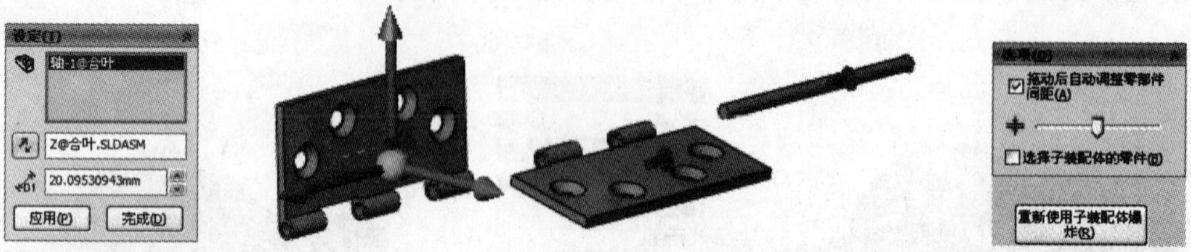

a）“设定”卷展栏　　b）自动生成的爆炸视图　　c）“选项”卷展栏

图 8-37　“爆炸”属性管理器中的两个卷展栏和自动调整的零部件爆炸效果

8.3.2　创建爆炸直线草图

在爆炸视图创建完成后，可以通过创建爆炸直线草图（也被称为追踪线）来表示各零部件之间的装配关系。此时，只需用左键单击“装配体”工具栏中的（爆炸直线草图）按钮，然后顺序选中爆炸视图中零部件经过的路径面（或点、线等），即可创建爆炸直线草图，如图 8-38 所示。

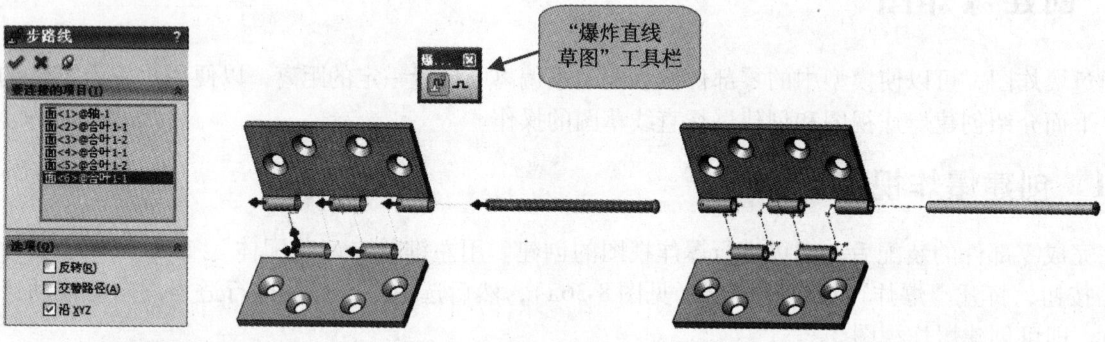

a）“步路线”属性管理器　　b）执行创建操作

图 8-38　创建爆炸直线草图操作

用左键单击“爆炸直线草图”按钮的同时还将打开“爆炸直线草图”工具栏（如图 8-38 中的对话框所示），此工具栏共有两个按钮，分别为（步路线）按钮和（转折线）按钮。上面讲述的是使用“步路线”按钮创建爆炸直线草图的操作。另外，用左键单击（转折线）按钮则可以在创建的爆炸直线草图上添加转折线。

另外，在“步路线”属性管理器中，有以下几个选项可以选择，它们的意义分别为：

➤“反转”复选框：选中后可以反转爆炸直线草图的流向。

➤“交替路径”复选框：选中后可以自动选择另外一条可以使用的路径。

➤“沿 XYZ”复选框：选中后将生成与 X 轴、Y 轴、Z 轴平行的路径，否则将生成最短路径。

8.4　装配体的干涉检查和装配运动

装配的另外一个主要目的就是检验零件的设计是否合理、零部件间是否有冲突（干涉），并可使用默认模拟器模拟零部件的机械运动，从而最大限度地避免出现设计错误或生产出残次品。本节主要对这些内容进行介绍。

8.4.1　干涉检查

如果装配体中具有几十个或上百个零部件，那么将很难确定每个零部件是否都被正确地安装，或零部件间是否有交替冲突的地方。此时，可以使用干涉检查操作来确认装配或零件设计的准确性。

用左键单击"装配体"工具栏中的 🔳（干涉检查）按钮，打开"干涉检查"属性管理器（见图8-39a），用左键单击"计算"按钮，将查找出当前装配体的干涉区域，并在"结果"卷展栏中进行列表显示，同时在绘图区中对干涉部分进行标志，如图8-39b所示。

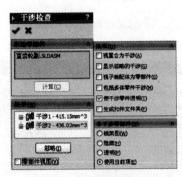

a）"干涉检查"属性管理器

b）标志的干涉部分

图8-39　干涉检查操作

下面解释一下"干涉检查"属性管理器中（见图8-39a）部分选项的作用：

➤ "零部件视图"复选框：选中"结果"卷展栏中的"零部件视图"复选框，将按照零部件名称（而不是按照干涉号）显示各个干涉。

➤ "选项"卷展栏：主要用于设置零部件发生干涉部分的显示状态。其中，"包括多体零件干涉"选项用于设置显示子装配体中的干涉；"生产扣件文件夹"选项用于将扣件间的干涉隔离为在"结果"卷展栏下的单独文件夹（此卷展栏中的其他选项较易理解，此处不做过多解释）。

➤ "非干涉零部件"卷展栏：用于设置非干涉零部件的显示状态。

8.4.2　孔对齐

可通过孔对齐操作来检查装配体中的孔是否全部对齐（只能检查异型孔向导、简单直孔和圆柱切除所生成孔的对齐状况，而不会识别派生、镜像和输入的实体中的孔）。

用左键单击"装配体"工具栏中的 🔳（孔对齐）按钮，打开"孔对齐"属性管理器（见图8-40a），用左键单击"计算"按钮，将查找出当前装配体中未对齐的孔，并以列表的形式显示在"结果"卷展栏中。选中"结果"卷展栏中的误差列表项，将在两个或多个零部件上同时标志应对齐的孔，如图8-40b所示。

8.4.3　AssemblyXpert

单击"装配体"工具栏中的 🔳（AssemblyXpert）按钮，将打开"AssemblyXpert"属性管理器，此属性管理器是对当前装配的报表分析，从中可以获得当前工作窗口中有效的零部件与子装配体的数量，以及其他可以使用的工具与键值，如图8-41所示。

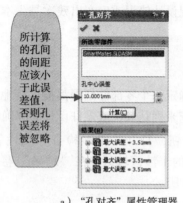

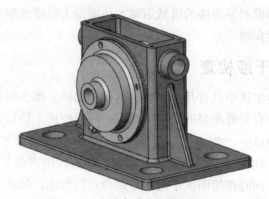

a）"孔对齐"属性管理器   b）标志应对齐的孔

图 8-40　孔对齐操作

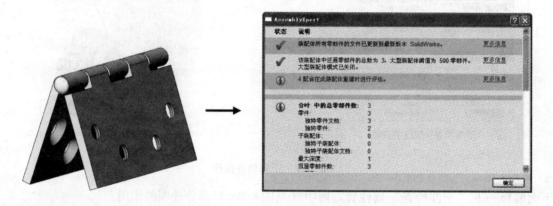

图 8-41　AssemblyXpert 操作

8.4.4　运动算例

　　运动算例用于模拟装配体中零部件的机械运动，并可将模拟运动保存为动画视频。其使用方法有些类似于 Flash 或 3DMax 等动画制作软件，用户只需定义关键帧处的零部件状态，系统将自动添补中间的运动效果。

　　下面通过一个实例来讲解运动算例的使用方法，操作步骤如下：

　　步骤 1　打开本书提供的素材文件"装配. SLDASM"　（光盘：素材 \ 008sc \ 直齿轮 \ 装配. SLDASM），如图 8-42a 所示。此文件已预先定义了需要使用的配合约束。用左键单击 SolidWorks 工

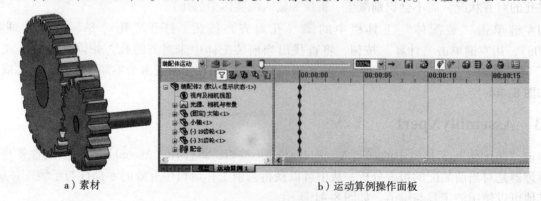

a）素材   b）运动算例操作面板

图 8-42　素材和运动算例操作面板

作界面下部的"运动算例 1"标签，或用左键单击"装配体"工具栏中的 按钮，打开如图 8-42b 所示的运动算例操作面板。

步骤 2 在运动算例操作面板中拖动"19 齿轮 < 1 >"对应的关键点，将其拖动到第 17 帧处（其他按钮保持系统默认），如图 8-43a 所示。然后用左键单击"装配体"工具栏中的"旋转零部件"按钮，并向下拖动小齿轮，令其旋转，如图 8-43b 所示。

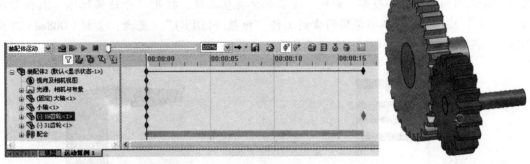

a）拖动"19 齿轮<1>"对应的关键点   b）向下拖动小齿轮

图 8-43 创建关键点并向下拖动"小齿轮"

步骤 3 用左键单击运动算例操作面板中的 ![img]（播放）按钮，播放齿轮旋转动画。此时，在小齿轮旋转的同时，大齿轮将会跟随旋转。另外，用左键单击运动算例操作面板中的 ![img]（保存动画）按钮，可将此运动算例的运动效果保存为 avi 视频格式。

> **提示** 运动算例使用起来较复杂，除了上面实例演示的功能外，还可以进行物理模拟，如可模拟电动机、弹簧、阻尼及引力等在装配体上的物理作用，此处不做过多解释，有兴趣的读者可参考其他专业书籍。

实例 2 创建万向轴联动动画

下面讲一个创建万向轴联动动画的实例。图 8-44 所示为万向轴的装配效果。本实例将讲述万向轴

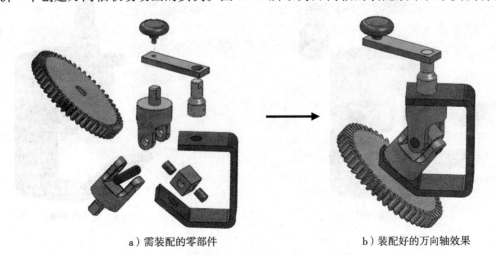

a）需装配的零部件   b）装配好的万向轴效果

图 8-44 万向轴的装配效果

的装配过程和在此装配体基础上创建动画的操作。

一、制作分析

本实例的装配操作过程非常重要，错误的装配过程可能会无法生成联动动画，所以应严格按照本书步骤进行装配。另外，本实例在创建运动动画的过程中用到了运动算例中的"马达"控件，应掌握其使用方法。

二、制作步骤

步骤 1　导入万向轴的外部框架　新建一个装配体类型文件，打开"开始装配体"属性管理器，用左键单击"浏览"按钮，选择本书提供的素材文件"框架.SLDPRT"（光盘：素材 \ 008sc \ 万向轴 \ 框架.SLDPRT）导入此零部件，如图 8-45 所示。

a）"开始装配体"属性管理器　　　　　　b）外部框架

图 8-45　导入万向轴的外部框架

步骤 2　导入其他零部件　用左键单击"装配体"工具栏中的"插入零部件"按钮，通过与步骤 1相同的操作顺次导入本实例中其他的零部件，如图 8-44a 所示。

步骤 3　定义公连接和曲柄轴的位置　用左键单击"装配体"工具栏中的"配合"按钮，通过添加同心和重合配合约束来定义公连接的位置（见图 8-46a），再通过添加同心和两个重合配合约束来定义曲柄轴的位置，如图 8-46b 所示。

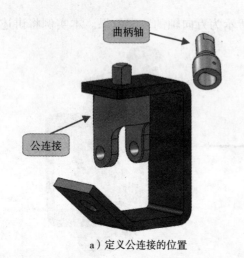

a）定义公连接的位置　　　　　　　　　　b）定义曲柄轴的位置

图 8-46　定义公连接和曲柄轴的位置

步骤 4　定义曲柄臂和曲柄头的位置　通过添加适当配合约束来定义"曲柄臂"的位置（见图 8-47a），再通过添加适当的配合约束来定义曲柄头的位置，如图 8-47b 所示。

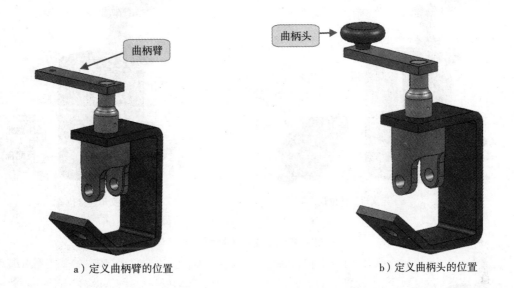

a）定义曲柄臂的位置　　　　　　　　　　　　　　b）定义曲柄头的位置

图 8-47　定义曲柄臂和曲柄头的位置

步骤 5　定义星形轮和长轴的位置　为星形轮添加到公连接的同心配合和重合配合约束，定义星形轮在公连接中的位置（见图 8-48a）；为长轴添加到公连接的同心配合约束和到其外部平面的相切配合约束，定义长轴的位置，如图 8-48b 所示。

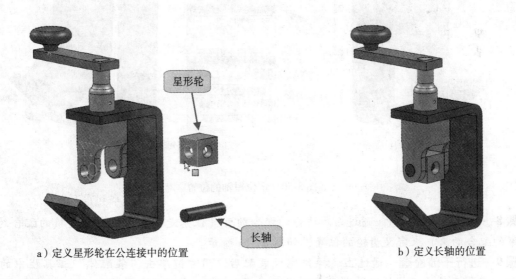

a）定义星形轮在公连接中的位置　　　　　　　　　　b）定义长轴的位置

图 8-48　定义星形轮和长轴的位置

步骤 6　定义母连接的位置　添加母连接到星形轮的同心配合和重合配合约束（见图 8-49a），再添加母连接到框架内斜面的平行配合约束（见图 8-49b），从而定义母连接的位置。

步骤 7　定位短轴的位置　添加短轴到母连接的同心配合和到其外表面的相切配合约束，对短轴进行定位，如图 8-50a 所示；用左键单击"装配体"工具栏的"随配合复制"按钮，在母连接另一侧复制出一短轴，如图 8-50b 所示。

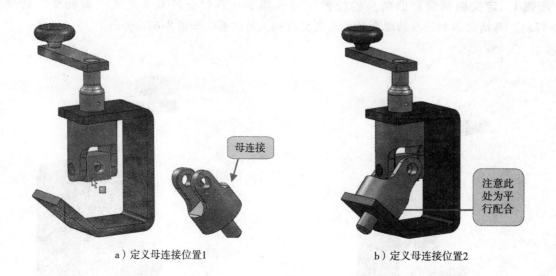

a）定义母连接位置1　　　　　　　　　b）定义母连接位置2

图 8-49　定义母连接的位置

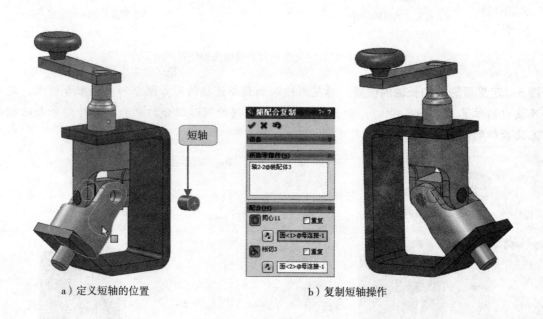

a）定义短轴的位置　　　　　　　　　b）复制短轴操作

图 8-50　定位短轴的位置

步骤 8　定位齿轮的位置　通过添加适当的配合约束（注意是添加齿轮到母连接的配合约束，而不是到框架的配合约束）来定义齿轮的位置，如图 8-51a 所示。

步骤 9　进行干涉检查　通过上述操作完成装配后，用左键单击"装配体"工具栏中的"干涉检查"按钮，在打开的"干涉检查"属性管理器（见图 8-51b）中，用左键单击"计算"按钮，对整个装配体进行干涉检查。如显示"无干涉"，则表示装配无误，可以继续操作；否则应查找产生干涉的原因，并重新定义配合。

步骤 10　打开运动算例操作面板　用左键单击 SolidWorks 工作界面下部的"运动算例 1"标签，打开如图 8-52 所示的运动算例操作面板。

步骤 11　在曲柄轴上添加"马达"　在运动算例操作面板中用左键单击 🔳（马达）按钮，打开"马达"属性管理器（见图 8-53a），设置"马达"的运动速度为"5 RPM"，选择曲柄轴顶部圆柱面作为"马达"转动的参照方向，选择框架作为"马达"相对移动的零部件，选择曲柄轴另外两个圆柱面

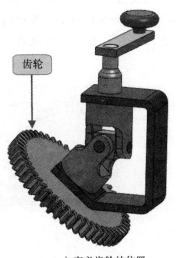

a) 定义齿轮的位置

b) "干涉检查"属性管理器

图 8-51　定位齿轮的位置并进行干涉检查

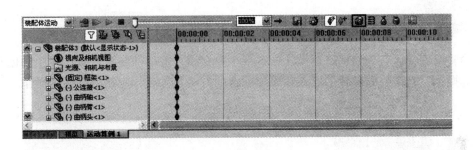

图 8-52　运动算例操作面板

作为"马达"位置和承载面（见图 8-53b），用左键单击"确定"按钮。

a) "马达"属性管理器

b) "马达"位置的确定

图 8-53　在曲柄轴上添加"马达"

步骤12 调整时间轴并观看动画 通过上述操作后，实际上已设置了万向轴联动动画，只是动画的运行时间太短（只有5s）。此时，可通过拖动添加"马达"后系统自动生成的唯一关键帧（如图8-54所示，将其拖动到12s处），并设置播放模式为循环，用左键单击"播放"按钮即可观看万向轴联动动画。

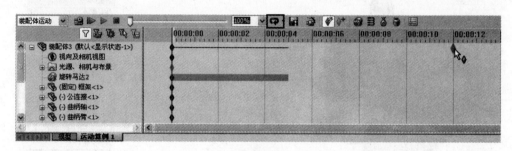

图8-54 调整时间轴并观看动画

> 为什么步骤12中要将动画运行时间设置为12s呢？这是因为在步骤11中将"马达"的转速设置为"5 RPM"（即5r/min），所以12s时"马达"刚好旋转1周，然后设置为循环播放模式，我们即可看到不断旋转的万向轴了。

本 章 小 结

装配是检验对象设计合理性的重要操作。本章主要介绍了零部件装配、爆炸视图的创建、干涉检查和运动算例等操作。其中，零部件的导入和添加配合的方法是重点，应熟练掌握其操作。

思考与练习

一、填空题

（1）SolidWorks 提供有专用的装配环境，所谓导入零部件是指将_____导入到装配环境中。

（2）在 SolidWorks 的装配模式中，可以通过添加_____来确定各零部件之间的相对位置关系，进而完成零件的装配。

（3）可以在不与已有的_____冲突的情况下，重新定位零部件。

（4）单击"装配体"工具栏中的[图标]（显示隐藏的零部件）按钮，可以_____零部件的隐藏状态。

（5）选中零部件，从弹出的快捷工具栏中用左键单击[图标]（更改透明度）按钮，可以将此零件设置为_____状态。

（6）在爆炸视图创建完成后，可以创建_____（也被称为追踪线）来表示各零部件之间的装配关系。

（7）如果装配体中具有几十个或上百个零部件，将很难确定每个零部件是否都安装正确，此时可以使用_____操作来确认装配或零部件设计的准确性。

（8）可通过_____操作检测装配体中的孔是否全部对齐。

（9）_____用于模拟装配体中机械零部件的机械运动，并可将模拟运动保存为动画视频。

二、问答题

（1）共有哪几种导入零部件的方式？简述每种方式的区别。

（2）可为零部件间设置哪几种类型的配合？简述每种类型配合的主要用途。

（3）有哪几种阵列零部件的方式？简述每种阵列方式的主要作用。

三、操作题

（1）使用本章所学的知识，以本书提供的素材文件（光盘：素材 \ 008sc \ 取暖器）为零部件，创建如图8-55所示的取暖器零部件装配。

>
> 本装配较简单，只有三个组件，在装配时可令发热管位于外罩的内部平台上，然后令外罩位于底托上。

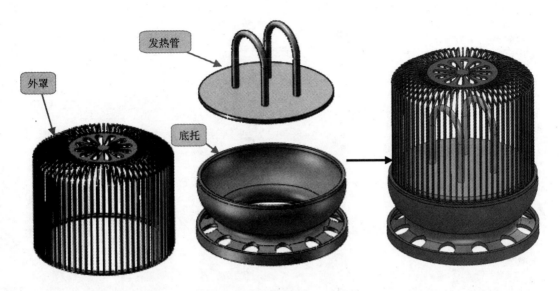

图 8-55　创建取暖器零部件装配

（2）使用本章所学的知识，以本书提供的素材文件（光盘：素材 \ 008sc \ 槽轮）为零部件，创建如图 8-56 所示的槽轮零部件动画。

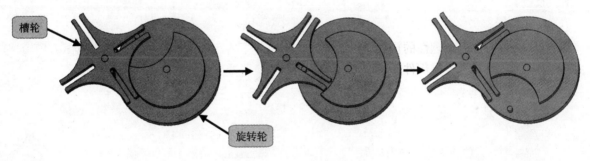

图 8-56　创建槽轮零部件动画

> 本实例除了简单的装配外，主要应为 SolidWorks 安装 COSMOSMotion 算例类型（见图 8-57a），再使用此算例类型创建动画（此时应为旋转轮添加"马达"，并为旋转轮和槽轮添加接触分析，如图 8-57b 所示）。

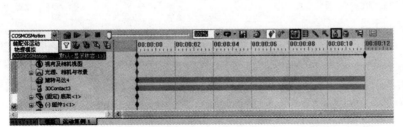

a）COSMOSMotion算例类型

b）添加的分析

图 8-57　选择使用 COSMOSMotion 算例类型并设置接触分析

读者信息反馈表

感谢您购买《SolidWorks 基础与应用精品教程》一书。为了更好地为您服务，有针对性地为您提供图书信息，方便您选购合适图书，我们希望了解您的需求和对我们教材的意见和建议，愿这小小的表格为我们架起一座沟通的桥梁。

姓　名		所在单位名称	
性　别		所从事工作（或专业）	
通信地址		邮　编	
办公电话		移动电话	
E-mail			

1. 您选择图书时主要考虑的因素（在相应项前面画✓）
（　）出版社　（　）内容　（　）价格　（　）封面设计　（　）其他
2. 您选择我们图书的途径（在相应项前面画✓）
（　）书目　（　）书店　（　）网站　（　）朋友推荐　（　）其他

希望我们与您经常保持联系的方式：
☐ 电子邮件信息　　☐ 定期邮寄书目
☐ 通过编辑联络　　☐ 定期电话咨询

您关注（或需要）哪些类图书和教材：

您对我社图书出版有哪些意见和建议（可从内容、质量、设计、需求等方面谈）：

您今后是否准备出版相应的教材、图书或专著（请写出出版的专业方向、准备出版的时间、出版社的选择等）：

非常感谢您能抽出宝贵的时间完成这张调查表的填写并回寄给我们，您的意见和建议一经采纳，我们将有礼品回赠。我们愿以真诚的服务回报您对机械工业出版社技能教育分社的关心和支持。

请联系我们——
地　　址　北京市西城区百万庄大街 22 号　机械工业出版社技能教育分社
邮　　编　100037
社长电话　（010）88379080，88379083；68329397（带传真）
E-mail　jnfs@ mail. machineinfo. gov. cn